SV

Mario Vargas Llosa

Der Geschichtenerzähler

Roman

Aus dem Spanischen
von Elke Wehr

Suhrkamp Verlag

Die Originalausgabe erschien 1987 unter dem Titel
El hablador bei Seix Barral, Barcelona

Erste Auflage 1990

Satz: LibroSatz, Kriftel/Ts.
Druck: May + Co., Darmstadt
Printed in Germany

Der Geschichtenerzähler

Für Luis Llosa Ureta in seinem Schweigen
und für die Machiguenga-Kenkitsatatsiria.

I

Ich war nach Florenz gekommen, um Peru und die Peruaner eine Zeitlang zu vergessen, und da begegnete mir dieses verflixte Land heute morgen auf denkbar unerwartete Weise. Ich hatte das wiederaufgebaute Haus Dantes besichtigt, die kleine Kirche San Martino del Vescovo und die Gasse, wo dieser der Legende nach Beatrice zum ersten Male erblickte, als ein Schaufenster in der Santa-Margherita-Passage mich plötzlich innehalten ließ: Bogen, Pfeile, ein geschnitztes Paddel, ein Krug mit geometrischen Zeichnungen und eine Schaufensterpuppe, die in einer Cushma, einem indianischen Hemd aus wilder Baumwolle, steckte. Aber vor allem drei oder vier Photographien ließen mich ganz plötzlich den Geschmack des peruanischen Urwalds wiederfinden. Breite Flüsse, dickstämmige Bäume, zerbrechliche Kanus, kümmerliche, auf Pfählen erbaute Hütten und Grüppchen halbnackter, farbig bemalter Männer und Frauen, die mich unverwandt aus ihrem glänzenden Fotokarton betrachteten.

Natürlich ging ich hinein. Mit einem seltsamen Kribbeln und der Vorahnung, daß ich eine Dummheit beging, daß ich mich aus trivialer Neugierde der Gefahr aussetzte, das bislang so gut geplante und ausgeführte Vorhaben zum Scheitern zu bringen – ein paar Monate lang in unerbittlicher Einsamkeit Dante und Machiavelli zu lesen und die Malerei der Renaissance anzuschauen – und eine jener unauffälligen Katastrophen auszulösen, die mein Leben von Zeit zu Zeit auf den Kopf stellen. Aber natürlich ging ich hinein.

Die Galerie war winzig klein. Ein einziger Raum mit niedriger Decke, in dem man, um sämtliche Photographien zeigen zu können, zwei zusätzliche Stellwände aufgebaut hatte, die ebenfalls auf beiden Seiten dicht mit Bildern bedeckt waren. Ein mageres Mädchen mit Brille, das hinter einem kleinen Tisch saß, schaute mich an. War die Ausstellung *»I nativi della foresta amazonica«* zu besichtigen?

»Certo. Avanti, avanti.«

Im Innern der Galerie gab es keine Gegenstände, nur Fotos, mindestens um die fünfzig und die meisten ziemlich groß. Sie trugen keine Bildunterschriften, aber irgend jemand, vielleicht Gabriele Malfatti persönlich, hatte auf zwei Blatt Papier vermerkt, daß die Photographien im Verlauf einer zweiwöchigen Reise durch die Amazonas-Region der Departements Cusco und Madre de Dios im Osten Perus entstanden waren. Der Künstler war dem Vorsatz gefolgt, »ohne Demagogie noch Ästhetizismus« das tägliche Leben eines Stammes zu beschreiben, der noch bis vor wenigen Jahren beinahe ohne jeden Kontakt zur Zivilisation, in Einheiten von einer oder zwei Familien verstreut, gelebt hatte. Erst in unseren Tagen begann er, sich an den von der Ausstellung dokumentierten Orten zusammenzufinden, aber viele seiner Mitglieder lebten nach wie vor in den Wäldern. Der Name des Stammes stand in fehlerlosem Spanisch da: Die Machiguengas.

Die Fotos wurden Malfattis Vorsatz durchaus gerecht. Da waren die Machiguengas, wie sie vom Flußufer aus die Harpune schleuderten oder, halb im Dickicht verborgen, den Bogen auf das Wasser- oder das Nabelschwein anlegten; man sah, wie sie Yuccas von den kleinen Saatfeldern ernteten, die um ihre funkelnagelneuen Weiler verstreut lagen – vielleicht die ersten ihrer langen Geschichte –, wie sie den Wald mit Machetenhieben rodeten und Palmblätter flochten, um die Dächer ihrer Unterkünfte zu decken. Im Kreis sitzende Frauen flochten Strohmatten und Körbe, andere fertigten Kronen mit prachtvollen Papageien- und Arafedern, die auf hölzernen Reifen befestigt wurden. Man sah, wie sie ihre Gesichter und Körper sorgfältig mit Orleantinktur bemalten, Feuer anzündeten, Felle trockneten, die Yucca für den Masato in kanuförmigen Gefäßen fermentierten. Die Fotos zeigten anschaulich, wie wenige sie waren in der sie umgebenden unermeßlichen Weite aus Himmel, Wasser und Vegetation, zeigten ihr prekäres und kärgliches Leben, ihre Isolation, ihren Archaismus, ihre Schutzlosigkeit. Es stimmte: ohne Demagogie noch Ästhetizismus.

Was ich jetzt sagen werde, ist weder eine nachträgliche Erfindung noch eine falsche Erinnerung. Ich bin sicher, daß ich mit einer inneren Bewegtheit von Foto zu Foto wanderte, die sich in einem bestimmten Augenblick in Beklemmung wandelte. Was hast du? Was könntest du in diesen Bildern finden, das eine derartige Unruhe rechtfertigte?

Schon bei den ersten Bildern hatte ich die Lichtungen wiedererkannt, auf denen sich Nueva Luz und Nuevo Mundo befinden – vor nicht einmal drei Jahren war ich dort gewesen –, und als mir eine Luftaufnahme des zweiten Ortes vor Augen kam, erwachte in meiner Erinnerung sogar schlagartig das Katastrophengefühl, mit dem ich die akrobatische Landung erlebt hatte, die wir dort an jenem Morgen mit der Cessna des Instituts für Linguistik vollführten und bei der wir den Machiguenga-Kindern ausweichen mußten. Ich glaubte auch, einige Gesichter von Männern und Frauen wiederzuerkennen, mit denen ich dank der Hilfe von Mr. Schneil gesprochen hatte. Der Glaube wurde zur Gewißheit, als ich auf einer anderen Photographie das Kind erblickte, dessen

Mund und Nase von der Uta-Krankheit zerfressen waren, mit demselben aufgeblähten Bäuchlein und denselben lebhaften Augen, wie ich sie in meiner Erinnerung bewahrte. Mit der gleichen natürlichen Unschuld wie uns damals zeigte es der Kamera jene Öffnung mit Eckzähnen, Gaumen und Mandeln, die ihm das Aussehen eines mysteriösen Raubtiers verlieh.

Die Photographie, auf die ich wartete, seit ich die Galerie betreten hatte, befand sich unter den letzten. Auf den ersten Blick war erkennbar, daß diese Gemeinschaft von Männern und Frauen, die auf amazonische Art im Kreis saßen – der orientalischen ähnlich: im Schneidersitz, mit sehr geradem Oberkörper – und in das abnehmende Licht der in Dunkelheit übergehenden Dämmerung getaucht waren, sich im Zustand einer an Hypnose grenzenden Konzentration befand. Ihre Reglosigkeit war vollkommen. Alle Gesichter richteten sich, wie die Radien eines Kreises, auf den Mittelpunkt, eine männliche Gestalt, die im Zentrum des Kreises der gebannt lauschenden Machiguengas stand und mit den Armen gestikulierend sprach. Ich spürte es kalt den Rücken hinunterlaufen. Ich dachte: ›Wie hat dieser Malfatti es fertiggebracht, daß sie ihm erlaubt haben, wie hat er es angestellt, um . . .?‹ Ich bückte mich und näherte das Gesicht der Photographie so weit es ging. Ich betrachtete und beschnupperte sie, durchbohrte sie mit den Augen und der Vorstellungskraft, bis ich bemerkte, daß das Mädchen der Galerie sich von ihrem kleinen Tisch erhob und beunruhigt auf mich zukam.

Bemüht, meine Fassung wiederzugewinnen, fragte ich sie, ob die Photographien verkäuflich seien. Nein, das glaube sie nicht. Sie stammten vom Verlag Rizzoli. Er beabsichtigte anscheinend, ein Buch mit ihnen zu veröffentlichen. Ich bat sie, mich mit dem Photographen in

Kontakt zu bringen. Das würde leider nicht möglich sein:
»Il signore Gabriele Malfatti è morto.«
Gestorben? Ja. An einem Fieber. Ein Virus, mit dem er sich in diesen Urwäldern angesteckt hatte, *forse*. Der Ärmste! Er war Modephotograph gewesen, hatte für *Vogue*, *Uomo* und ähnliche Zeitschriften gearbeitet, Modelle photographiert, Möbel, Schmuckstücke, Kleider. Er hatte sein ganzes Leben davon geträumt, etwas anderes zu machen, etwas Persönlicheres, wie diese Reise in die Amazonas-Region. Und als er es endlich geschafft hatte und man sich anschickte, seine Arbeit in einem Buch zu veröffentlichen, da starb er! Und jetzt, *le dispiaceva*, aber es sei Zeit für das *pranzo* und sie müsse schließen.
Ich bedankte mich bei ihr. Bevor ich hinausging, um mich abermals den Herrlichkeiten und Touristenhorden von Florenz auszuliefern, konnte ich noch einen letzten Blick auf die Photographie werfen. Ja. Es bestand nicht der geringste Zweifel. Ein Geschichtenerzähler.

II

Saúl Zuratas hatte einen dunkelvioletten, weinfarbenen Leberfleck, der die ganze rechte Seite seines Gesichts bedeckte, und rotes Haar, wirr wie die Borsten eines Schrubbers. Der Leberfleck verschonte weder das Ohr noch die Lippen, noch die Nase, die er ebenfalls mit rot geäderten Schwellungen überzog. Er war der häßlichste Junge der Welt; aber auch sympathisch und herzensgut. Ich habe niemanden gekannt, der gleich ihm auf Anhieb den Eindruck eines so offenen, geradlinigen, uneigennützigen und gutwilligen Menschen machte, niemanden, der in jeder erdenklichen Situation eine solche Einfachheit und Herzlichkeit an den Tag legte. Ich lernte ihn kennen, als wir die Aufnahmeprüfungen für die Universität ablegten, und wir wurden ziemlich gute Freunde – soweit man Freund eines Erzengels sein kann –, vor allem in den ersten zwei Jahren, in denen wir gemeinsam Vorlesungen an der Philosophischen Fakultät besuchten. An dem Tag, da ich ihn kennenlernte, erklärte er mir, während er auf seinen Leberfleck wies und dabei schon loslachte:

»Man nennt mich Mascarita, Kumpel. Wetten, du rätst nicht, warum.«

Auch wir auf der San-Marcos-Universität gaben ihm diesen Spitznamen.

Er stammte aus Talara und stand mit allen auf freundschaftlichem Fuß. Wörter und Ausdrücke des Straßenjargons tauchten in jedem Satz auf, der aus seinem Mund kam, und gaben selbst seinen vertraulichen Äußerungen einen scherzhaften Anflug. Sein Problem, so sagte er, bestand darin, daß sein Vater zuviel mit dem Laden in ihrem Kaff verdient hatte, so viel, daß er eines Tages

beschloß, nach Lima überzusiedeln. Und seitdem sie in die Hauptstadt gekommen waren, hatte der Alte sich aufs Judentum verlegt. Er war nicht besonders religiös gewesen in der Hafenstadt dort oben im Departement Piura, soviel Saúl sich erinnern konnte. Gelegentlich hatte er gesehen, wie er in der Bibel las, das ja, aber nie hatte er Mascarita einzuschärfen gesucht, daß er einer anderen Rasse und einer anderen Religion angehörte als die Jungen im Ort. Hier in Lima dagegen wohl. Was für ein Pech! Alter schützt vor Torheit nicht. Oder besser gesagt, vor der Religion Abrahams und Mosis. Du lieber Himmel! Was hatten wir anderen, die wir Katholiken waren, für ein Glück. Die katholische Religion erwies sich als Kinderspiel in ihrer Einfachheit, eine kleine halbstündige Messe jeden Sonntag und die Kommunion jeden ersten Freitag im Monat, die wie im Fluge verging. Er hingegen mußte an den Sonnabenden stundenlang in die Synagoge abtauchen, sich das Gähnen verkneifen und so tun, als interessiere er sich für die Predigten des Rabbiners – von denen er keinen Deut verstand –, um seinen Vater nicht zu enttäuschen, der schließlich und endlich sehr alt und ein herzensguter Mensch war. Hätte Mascarita ihm gesagt, daß er schon seit langem nicht mehr an Gott glaubte und daß es ihm letzten Endes schnuppe war, zum auserwählten Volk zu gehören, den armen Don Salomón hätte der Schlag getroffen.
Ich lernte Don Salomón wenig später kennen, an einem Sonntag. Saúl hatte mich zum Mittagessen eingeladen. Die Wohnung lag im Breña-Viertel, hinter der La-Salle-Schule, in einer heruntergekommenen Seitenstraße der Avenida Arica. Es war eine Wohnung mit tiefen Zimmern voller alter Möbel und einem kleinen sprechenden Papagei, der einen Kafkaschen Namen trug und der die ganze Zeit Saúls Spitznamen wiederholte: »Mascarita!

Mascarita!« Vater und Sohn lebten allein mit einem Dienstmädchen, das mit ihnen aus Talara gekommen war und ihnen nicht nur die Küche besorgte, sondern Don Salomón auch in dem Krämerladen zur Hand ging, den er in Lima aufgemacht hatte. »Der mit dem Rolladen mit dem sechszackigen Stern, Kumpel. Er heißt *La Estrella* wegen des Davidssterns, stell dir das mal vor!«

Ich war beeindruckt von der Zuneigung und Aufmerksamkeit, mit der Mascarita seinen Vater überhäufte, einen krummen, unrasierten Alten, der mit seinen von Hühneraugen entstellten Füßen in gewaltigen Schuhen daherschlurfte, die sich wie römische Kothurne ausnahmen. Er sprach Spanisch mit starkem russischem oder polnischem Akzent, und dabei lebte er, wie er mir sagte, schon seit mehr als zwanzig Jahren in Peru. Er hatte ein verschmitztes, sympathisches Gesicht: »Als Junge wollte ich Trapezkünstler im Zirkus werden, aber das Leben hat mich am Ende zum Krämer gemacht, eine schöne Enttäuschung, nicht?« War Saúl sein einziger Sohn? Ja, das war er.

Und Mascaritas Mutter? Sie war gestorben, zwei Jahre nachdem die Familie ihren Wohnsitz nach Lima verlegt hatte. Mensch, was für ein Unglück, nach diesem Foto zu urteilen, muß deine Mutter sehr jung gewesen sein, oder, Saúl? Ja, das war sie. Na ja, einerseits war ihr Tod Mascarita natürlich sehr nahegegangen. Aber andererseits wäre es für sie vielleicht besser gewesen, ein anderes Leben zu führen. Denn seine arme Alte hatte viel gelitten in Lima. Er bedeutete mir mit Zeichen, näher zu kommen, und senkte die Stimme (eine unnötige Vorsichtsmaßnahme, da wir Don Salomón tief schlafend in einem Schaukelstuhl im Eßzimmer zurückgelassen hatten und uns in seinem Zimmer unterhielten), um mir zu sagen:

»Meine Mama war eine kleine Kreolin aus Talara, der Alte hat sie sich geschnappt, kurz nachdem er als Flüchtling dort angekommen war. Anscheinend hat er mit ihr einfach in wilder Ehe gelebt, bis ich geboren wurde. Erst dann haben sie geheiratet. Kannst du dir vorstellen, was es für einen Juden heißt, sich mit einer Christin zu verheiraten, mit einer sogenannten Goi? Nein, das kannst du dir nicht vorstellen.«
In Talara hatte die Sache nicht die geringste Bedeutung gehabt, weil die beiden jüdischen Familien des Ortes mehr oder minder in der örtlichen Gesellschaft aufgegangen waren. Als sie sich in Lima niederließen, stellten sich der Mutter jedoch zahlreiche Probleme. Sie sehnte sich sehr nach ihrer Heimat, angefangen bei der schönen Wärme und dem wolkenlosen Himmel, an dem das ganze Jahr die Sonne strahlte, bis hin zu ihren Verwandten und Freunden. Zudem hatte die jüdische Gemeinde von Lima sie niemals akzeptiert, obwohl sie Don Salomón zu Gefallen das Ritualbad genommen und sich vom Rabbiner hatte unterweisen lassen, um sämtliche Riten der Bekehrung zu erfüllen. In Wirklichkeit – Saúl zwinkerte mir schalkhaft zu – lehnte die Gemeinde sie weniger deshalb ab, weil sie eine Goi war, als deshalb, weil sie eine kleine Kreolin aus Talara war, eine einfache Frau ohne Bildung, die kaum lesen konnte. Denn die Juden in Lima gaben sich sehr bürgerlich, Bruderherz.
Er erzählte mir das alles ohne jeden Anflug von Groll oder Dramatik, er nahm es gelassen hin, wie etwas, das offenbar nicht anders hätte sein können. »Ich und meine Alte, wir waren ein Herz und eine Seele. Auch sie langweilte sich in der Synagoge zu Tode, und damit diese religiösen Sonnabende rascher vergingen, spielten wir heimlich Händeabklatschen, ohne daß Don Salomón es

merkte. Auf Entfernung. Sie setzte sich in die erste Reihe der Galerie, und ich setzte mich unten hin, zu den Männern. Wir bewegten die Hände gleichzeitig, und manchmal bekamen wir Lachanfälle, was die Frommen verschreckte.« Ein schlimmer Krebs hatte sie in wenigen Wochen ins Grab gebracht. Und seit ihrem Tod war für Don Salomón die Welt zusammengebrochen.
»Dieser kümmerliche Alte, den du da bei seinem Mittagsschlaf gesehen hast, war vor ein paar Jahren ein kräftiger Mann voller Energie und Lebensfreude. Der Tod meiner Alten hat ihn zugrunde gerichtet.«
Saúl hatte sich an der San-Marcos-Universität in Anwaltsrecht eingeschrieben, um Don Salomón einen Gefallen zu tun. Wenn es nach ihm gegangen wäre, dann hätte er ihm lieber in seinem Laden *La Estrella* geholfen, der seinem Vater nicht wenig Kopfzerbrechen bereitete und ihm in seinem Alter größere Anstrengungen abverlangte, als er verdient hatte. Aber Don Salomón war kategorisch. Saúl würde keinen Fuß hinter diesen Ladentisch setzen. Saúl würde niemals einen Kunden bedienen. Saúl würde kein Händler sein wie er.
»Aber warum denn, Väterchen? Hast du Angst, daß ich dir mit diesem Gesicht die Kundschaft vertreibe?« Das erzählte er mir unter lautem Gelächter. »In Wirklichkeit will Don Salomón jetzt, wo er ein paar Pfennige zusammensparen konnte, daß die Familie bedeutend wird. Er sieht schon, wie ich den Namen Zuratas in die Diplomatie oder in die Abgeordnetenkammer trage. So ein Quatsch!«
Den Familiennamen durch die Ausübung eines freien Berufes berühmt zu machen lockte Saúl auch nicht übermäßig. Was interessierte ihn im Leben? Er wußte es offenbar noch nicht. Er entdeckte es im Verlauf jener Monate und Jahre, die unsere Freundschaft dauerte, in

den fünfziger Jahren, in jenem Peru, das – während Mascarita, ich, unsere Generation erwachsen wurde – von der trügerischen Ruhe der Diktatur General Odrías zu den Ungewißheiten und Neuheiten des demokratischen Regierungssystems überwechselte, das 1956 wiederauferstand, als Saúl und ich im dritten Jahr studierten.
Zu dieser Zeit hatte er ohne jeden Zweifel schon herausgefunden, was ihn im Leben interessierte. Nicht in Form einer blitzhaften Eingebung, auch nicht mit der späteren Sicherheit, aber der außergewöhnliche Mechanismus funktionierte bereits, der ihn ganz allmählich erst hierhin, dann dorthin führte und auf diese Weise jenes Labyrinth absteckte, in das Mascarita sich begeben sollte, um niemals wieder herauszukommen. 1956 studierte er gleichzeitig Ethnologie und Jura und war schon mehrere Male im Urwald gewesen. Empfand er zu jener Zeit bereits jene Faszination, war er schon verzaubert von den Menschen des Waldes und von der unberührten Natur, von den primitiven, winzigen Stämmen, die verstreut auf den waldigen Hügeln der Ausläufer der östlichen Kordillere und im amazonischen Tiefland lebten? Brannte es schon in ihm, das solidarische Feuer, das im tiefsten Innern seiner Person jene Landsleute von uns entzündet hatten, die dort seit unvordenklichen Zeiten zwischen den breiten, trägen Flüssen lebten, verfolgt und verleumdet, mit Lendenschurzen und Tätowierungen, und die Geister des Baumes, der Schlange, der Wolke und des Blitzes anbeteten? Ja, all das hatte bereits begonnen. Es wurde mir klar anläßlich jenes Vorfalls im Billard-Café, zu dem es kam, als wir uns schon zwei oder drei Jahre kannten.
Zwischen zwei Vorlesungen gingen wir bisweilen zu einer Partie in einen heruntergekommenen Billard-Saal im Jirón Azángaro, in dem auch Alkohol ausgeschenkt

wurde. Wenn man mit Saúl durch die Straßen ging, entdeckte man, wie beschwerlich sein Leben aufgrund der Grobheit und Bosheit der Leute sein mußte. Sie drehten sich nach ihm um oder stellten sich vor ihn hin, um ihn besser anschauen zu können, und rissen die Augen auf, ohne das Staunen oder den Abscheu zu verbergen, die ihnen sein Gesicht einflößte, und es geschah nicht selten, daß vor allem Kinder ihm dumme Worte hinterherriefen. Ihm schien es nichts auszumachen; er reagierte auf die Unverschämtheiten stets mit irgendeinem Scherz. Den Vorfall beim Betreten des Billard-Saales löste nicht er aus, sondern ich, der ich nichts von einem Erzengel habe.

Der Betrunkene stand an der Theke und trank. Kaum hatte er uns gesehen, kam er schwankend auf uns zu und pflanzte sich vor Saúl auf, die Arme in die Seiten gestemmt:

»Meine Fresse, was ist denn das für ein Monstrum! Sag mal, aus welchem Zoo bist du entflohen?«

»Aus welchem wohl, Alter, aus dem einzigen, den es gibt, aus dem in Barranco«, entgegnete ihm Mascarita. »Wenn du schnell machst, kannst du meinen Käfig noch offen finden.«

Und er versuchte, an ihm vorbeizugehen. Aber der Betrunkene streckte die Hände gegen ihn aus, mit gekreuzten Fingern, wie die Kinder, wenn man sie Hurensöhne nennt.

»Du kommst hier nicht rein, Monstrum.« Er war plötzlich wütend geworden. »Mit diesem Gesicht dürftest du nicht frei herumlaufen, du machst den Leuten ja angst.«

»Aber ich hab nun mal kein anderes, was willst du«, sagte Saúl lächelnd zu ihm. »Laß uns vorbei und nerv uns nicht.«

In diesem Augenblick verlor ich die Geduld. Ich packte

den Betrunkenen am Kragen und begann ihn zu schütteln. Es kam zu einer halben Prügelei, Leute liefen aufgeregt herbei, Gerangel entstand, und Mascarita und ich mußten gehen, ohne unsere Partie zu spielen.
Am nächsten Tag erhielt ich ein Geschenk von ihm, dem einige Zeilen beigefügt waren. Es war ein kleiner weißer Knochen in Rhombenform, in den ein paar ziegelsteinfarbene, in Ocker übergehende geometrische Figuren eingeritzt waren. Die Figuren stellten zwei parallele Labyrinthe dar, aus Strichen verschiedener Länge, die durch gleiche Abstände voneinander getrennt waren, wobei die kurzen Striche gleichsam von den längeren geschützt wurden. Sein heiterer und rätselhafter Brief lautete etwa folgendermaßen:
Bruderherz,
mal sehen, ob dieser magische Knochen dein Ungestüm dämpft und du aufhörst, harmlose Suffköpfe mit Fausthieben zu traktieren. Der Knochen stammt von einem Tapir, und die Zeichnung ist kein ungereimtes Zeug, wie es scheint, irgendein primitives Gekritzel, sondern eine symbolische Inschrift. Morenanchiite, der Herr des Donners, hat sie einem Tiger diktiert und dieser einem Medizinmann und Freund von mir in den Urwäldern am oberen Picha. Wenn du glaubst, daß diese Symbole Wasserstrudel des Flusses darstellen oder zwei zusammengerollte Boas, die ihre Siesta halten, dann hast du vielleicht recht. Aber sie stellen hauptsächlich die Ordnung dar, die in der Welt herrscht. Wer sich von Wut übermannen läßt, verbiegt diese Linien, und wenn sie verbogen sind, können sie die Erde nicht mehr tragen. Du wirst doch wohl nicht schuld daran sein wollen, daß das Leben sich auflöst und wir zum Urchaos zurückkehren, aus dem uns Tasurinchi, der Gott des Guten, und Kientibakori, der Gott des Bösen, mit ihrem Atemhauch herausgeholt

haben, nicht wahr, mein Freund? Also krieg keine Wutanfälle mehr und am allerwenigsten wegen mir. Trotzdem vielen Dank. Tschau

Saúl

Ich bat ihn, mir mehr über das mit dem Donner, dem Tiger, den verbogenen Linien, Tasurinchi und Kientibakori zu erzählen, und mit großem Vergnügen berichtete er mir einen ganzen Nachmittag lang in seiner Wohnung in Breña über die Glaubensvorstellungen und Bräuche eines Stammes, der verstreut in den Urwäldern in Cusco und Madre de Dios lebte.

Ich lag auf seinem Bett, und er saß auf einer Truhe, mit seinem kleinen Papagei auf der Schulter. Das Tier knabberte an seinen roten Haaren und unterbrach ihn ständig mit seinem gebieterischen Gekreisch: »Mascarita!« – »Still, Gregor Samsa«, beruhigte er ihn.

Die Zeichnungen auf ihren Werkzeugen und Cushmas, die Tätowierungen auf ihren Gesichtern und Körpern waren weder launische Einfälle noch bloße Dekoration, Alter. Sie bildeten eine chiffrierte Schrift, die den geheimen Namen der Personen und heilige Formeln enthielt, welche die Gegenstände vor dem Verfall und vor dem bösen Zauber schützen sollten, der durch sie auf ihre Besitzer übergehen konnte. Die Zeichnungen wurden von einer bärtigen, lärmenden Gottheit diktiert, Morenanchiite, dem Herrn des Donners, der inmitten eines Unwetters einem Tiger die Botschaft von der Höhe eines Berges herab verkündete. Dieser übermittelte sie dem Heiler oder Schamanen im Verlauf eines »Rausches«, in den er sich mit Ayahuasca versetzte, jener halluzinogenen Schlingpflanze, deren Sude bei allen Zeremonien der Eingeborenen getrunken wurden. Jener Medizinmann vom oberen Picha – »eher ein Weiser, mein Junge, ich sage Medizinmann, damit du mich verstehst« – hatte ihn über die Philosophie belehrt, die es dem Stamm erlaubt hatte, bis heute zu überleben. Das wichtigste für sie war Gelassenheit: niemals in einem Wasserglas ertrinken, nicht einmal in einer Überschwemmung. Es galt, jeden leidenschaftlichen Impuls zu bezwingen, denn zwischen dem Geist des Menschen und denen der Natur existiert eine schicksalhafte Verbindung, und jede gewaltsame Störung des ersteren löst irgendeine Katastrophe in letzterer aus.

»Der Wutanfall eines Mannes kann bewirken, daß ein Fluß über die Ufer tritt, und ein Mord, daß ein Blitzstrahl das Dorf trifft. An dem Unfall des Expreßbusses auf der Avenida Arequipa heute morgen ist vielleicht der Fausthieb schuld, den du gestern dem armen Säufer verpaßt hast. Hast du keine Gewissensbisse?«

Ich war erstaunt, wieviel er über diesen Stamm wußte. Und mehr noch, als ich die überströmende Sympathie gewahrte, von der diese Kenntnis getragen war. Er sprach von diesen Indianern, von ihren Gewohnheiten und ihren Mythen, von ihrer Landschaft und ihren Göttern mit dem nämlichen bewundernden Respekt wie ich von Sartre, Malraux und Faulkner, meinen Lieblingsautoren in jenem Jahr. Nicht einmal von seinem bewunderten Kafka hörte ich ihn jemals mit solchem Überschwang reden.

Ich habe wohl schon zu jener Zeit den Verdacht gehegt, daß Saúl niemals Anwalt werden würde und auch daß sein Interesse an den Indianern etwas mehr als »ethnologisch« war. Kein berufliches, fachliches Interesse, sondern etwas sehr viel Tieferes, das freilich nicht leicht zu benennen war. Etwas mehr emotional als rational Bedingtes, ein Akt der Liebe eher als intellektuelle Neugier oder jene Abenteuerlust, die an der Berufswahl vieler seiner Kommilitonen im Fach Ethnologie mitzuwirken schien. Saúls Haltung gegenüber seinem neuen Studium, die Hingabe, die er gegenüber der amazonischen Welt an den Tag legte, waren oft Gegenstand von Vermutungen, die wir, seine Freunde und Studienkollegen, im Innenhof der Philosophischen Fakultät von San Marcos über ihn anstellten.

Wußte Don Salomón, daß Saúl Ethnologie studierte, oder glaubte er, daß er sich auf die juristischen Vorlesungen konzentrierte? Mascarita war zwar noch immer in der Juristischen Fakultät eingeschrieben, aber in Wirklichkeit vernachlässigte er den dortigen Unterricht völlig. Mit Ausnahme von Kafka, vor allem seiner Erzählung *Die Verwandlung*, die er unzählige Male wiedergelesen hatte und nahezu auswendig wußte, war seine gesamte Lektüre nunmehr anthropologischer Natur. Ich erinnere mich an seine Empörung darüber, wie wenig Schriftliches es über die Stämme gab, und an seine Proteste angesichts der Schwierigkeit, die entsprechenden Literaturhinweise zu konsultieren, versprengt wie sie waren in Sonderdrucken und Zeitschriften, die nicht immer den Weg nach San Marcos oder in die Nationalbibliothek fanden.

Alles hatte mit einer Reise nach Quillabamba begonnen, erzählte er mir einmal, am Nationalfeiertag. Er war auf Einladung eines Vetters seiner Mutter dorthin gereist, eines Onkels, der aus Piura in diese Gegend ausgewandert war, ein Stück Land bewirtschaftete und auch mit Holz handelte. Der Mann drang in den Wald vor auf der Suche nach Mahagonibäumen oder Rosenholz und beschäftigte indianische Führer und Holzfäller. Mascarita hatte sich bestens mit diesen zumeist recht verwestlichten Eingeborenen verstanden; sie hatten ihn bei ihren Streifzügen mitgenommen und in ihren Lagern untergebracht, die sich über die weite Region verstreuten, durch die der obere Urubamba, der obere Madre de Dios und deren jeweilige Nebenarme fließen. Einen ganzen Abend lang erzählte er mir begeistert, was es für ihn bedeutet hatte, auf einem Floß die Stromenge von Mainique zu durchqueren, wo der Urubamba, eingezwängt zwischen zwei Ausläufern der Kordillere, zu einem Labyrinth aus Stromschnellen und Strudeln wurde.

»Das Entsetzen einiger Träger ist so groß, daß man sie an den Flößen festbinden muß wie die Kühe, damit sie die Stromenge durchqueren. Du kannst dir das nicht vorstellen, Kerl!«

Ein spanischer Missionar aus der Dominikanermission in Quillabamba hatte ihm geheimnisvolle Felsenzeichnungen gezeigt, die verstreut in der Zone existierten, und er hatte Affen- und Schildkrötenfleisch und Würmer gegessen und sich einen gewaltigen Rausch mit Yucca-Masato angetrunken.

»Die Eingeborenen der Region glauben, daß die Welt in der Stromenge von Mainique begonnen hat. Und ich schwöre dir, über dem Ort liegt ein heiliger Hauch, irgend etwas, das dir die Haare zu Berge stehen läßt. Du kannst dir das nicht vorstellen, Kerl! Unglaublich!«

Diese Erfahrung hatte Folgen, die niemand ahnen konnte. Nicht einmal er selbst, da bin ich sicher.

Weihnachten kehrte er nach Quillabamba zurück und blieb den ganzen Sommer über dort. Er wiederholte die Reise in den Juli-Ferien und im folgenden Dezember. Jedesmal, wenn in San Marcos gestreikt wurde, und sei es auch nur für wenige Tage, zog er in den Urwald, egal wie: mit Lastwagen, Zügen, Sammeltaxen, Bussen. Von diesen Reisen kehrte er schwärmerisch und gesprächig zurück, die Augen glänzend vor Bewunderung für die von ihm entdeckten Schätze. Alles dort interessierte und

erregte ihn über die Maßen. Er hatte zum Beispiel den legendären Fidel Pereira kennengelernt: Sohn eines Weißen aus Cusco und einer Machiguenga-Frau, stellte er eine Mischung aus Feudalherrn und indianischem Kaziken dar. Im letzten Drittel des neunzehnten Jahrhunderts war ein Einwohner Cuscos aus guter Familie auf der Flucht vor der Justiz in diese Urwälder eingedrungen, wo die Machiguengas ihn aufnahmen. Er heiratete eine Frau des Stammes. Sein Sohn Fidel hatte zwischen zwei Kulturen gelebt, als Weißer unter Weißen und als Machiguenga unter den Machiguengas. Er hatte mehrere legitime Ehefrauen und zahllose Nebenfrauen sowie eine Konstellation von Töchtern und Söhnen, mit deren Hilfe er sämtliche Kaffeepflanzungen und Saatfelder zwischen Quillabamba und der Stromenge von Mainique bewirtschaftete, auf denen die Leute seines Stammes so gut wie umsonst für ihn arbeiten mußten. Dennoch empfand Mascarita ein gewisses Wohlwollen für ihn:
»Er nutzt sie natürlich aus. Aber er verachtet sie wenigstens nicht. Er kennt ihre Kultur bis auf den Grund und ist stolz auf sie. Und wenn andere ihnen Gewalt antun wollen, verteidigt er sie.«
Saúl war so begeistert, daß er bei den Anekdoten, die er mir erzählte, noch die banalste Episode – das Roden eines Waldstücks oder den Fang einer Gamitana – mit heroischen Dimensionen ausstattete. Aber es war vor allem die indianische Welt mit ihren elementaren Praktiken und ihrem frugalen Leben, ihrem Animismus und ihrer Magie, die ihn verzaubert zu haben schien. Jetzt weiß ich, daß diese Indianer, deren Sprache er mit Hilfe der indianischen Schüler der Dominikanermission in Quillabamba zu lernen begonnen hatte – einmal sang er mir ein unverständliches, trauriges und monotones Lied vor, während er mit einem samengefüllten Kürbis den

Rhythmus dazu angab –, die Machiguengas waren. Jetzt weiß ich, daß er jene Plakate mit Zeichnungen über die Gefahren des Fischfangs mit Dynamit, die ich in seiner Wohnung in Breña aufgestapelt gesehen hatte, angefertigt hatte, um sie an die Weißen und Mestizen am oberen Urubamba zu verteilen – an die Söhne, Enkel, Neffen, Bastarde und Stiefkinder Fidel Pereiras –, mit dem Ziel, die Arten zu schützen, von denen sich ebenjene Indianer ernährten, die ein Vierteljahrhundert später der nunmehr verstorbene Gabriele Malfatti photographieren sollte.

Aus der zeitlichen Distanz, im Wissen, was später mit ihm geschah – ich habe viel darüber nachgedacht –, kann ich sagen, daß Saúl eine Bekehrung erfuhr. In kulturellem und vielleicht auch in religiösem Sinne. Es ist die einzige konkrete Erfahrung, die ich aus der Nähe beobachten konnte, die das zu verdeutlichen, zu veranschaulichen schien, was die Geistlichen an meiner Schule uns im Katechismusunterricht mit Ausdrücken sagen wollten wie »die Gnade empfangen«, »von der Gnade berührt werden«, »in die Fallstricke der Gnade geraten«. Seit seinem ersten Kontakt mit der Amazonas-Region war Mascarita in einem geistigen Hinterhalt gefangen, der einen anderen Menschen aus ihm machte. Nicht nur, weil er das Interesse am Jurastudium verlor und sich in Ethnologie immatrikulierte, und nicht nur wegen der neuen Ausrichtung seiner Lektüre, bei der außer Gregor Samsa keine andere literarische Gestalt überlebte, sondern weil er seit diesem Zeitpunkt begann, sich mit zwei Dingen obsessiv zu beschäftigen, die in den folgenden Jahren sein einziges Gesprächsthema bilden sollten: die Situation der amazonischen Stämme und die Agonie der Wälder, die ihre Zuflucht bildeten.

»Du bist fanatisch geworden, Mascarita. Man kann mit dir über nichts anderes mehr reden.«

»Himmel, das stimmt, Kumpel, ich hab dich überhaupt nicht zu Wort kommen lassen. Erzähl mir ein bißchen von Tolstoi, vom Klassenkampf oder von den Ritterromanen, wenn dir danach ist.«

»Übertreibst du nicht ein bißchen, Saúl?«

»Nein, Bruderherz, ich untertreibe eher. Ich schwör's dir. Was in der Amazonas-Region geschieht, ist ein Verbrechen. Es ist nicht zu rechtfertigen, wie du es auch drehst und wendest. Glaub mir, Mensch, lach nicht. Versetz dich mal in ihre Lage, wenigstens eine Sekunde lang. Wohin können sie denn noch gehen? Sie werden seit Jahrhunderten aus ihren Gebieten vertrieben, immer tiefer in den Wald hinein, immer tiefer. Das Phantastische ist, daß sie trotz so vieler Katastrophen nicht untergegangen sind. Sie sind immer noch da und halten stand. Muß man da nicht den Hut ziehen? Verdammt, jetzt hab ich schon wieder die Zügel schießen lassen. Reden wir von Sartre, komm. Was mich aufbringt, ist, daß es keinem was ausmacht, was da passiert.«

Warum machte es ihm soviel aus? Nicht aus politischen Gründen, soviel stand fest. Für Mascarita war die Politik die uninteressanteste Sache der Welt. Wenn wir über Politik sprachen, wurde mir klar, daß er sich dazu zwang, um mir einen Gefallen zu tun, denn mich begeisterte zu jener Zeit die Idee der Revolution, und ich hatte mich darauf verlegt, Marx zu lesen und über die gesellschaftlichen Produktionsbedingungen zu reden. Saúl langweilten diese Dinge nicht weniger als die Predigten des Rabbiners. Und vielleicht konnte man auch nicht sagen, daß sein Thema ihn aus einem allgemein ethischen Grund interessierten, insofern sich in der Situation der Eingeborenen im Urwald die sozialen Ungleichheiten unseres Landes widerspiegelten, denn Saúl reagierte nicht in gleicher Weise angesichts anderer Ungerechtigkeiten, die er vor Augen hatte, vielleicht bemerkte er sie nicht einmal. Die Lage der Indios in den Anden, zum Beispiel – die mehrere Millionen zählten im Gegensatz zu den wenigen Tausend in der Amazonas-Region –, oder die Art und Weise, wie die Peruaner der Mittel- und Oberklasse ihre Hausangestellten entlohnten und behandelten.

Nein, es war allein jene spezifische Erscheinungsform menschlicher Gewissenlosigkeit, Verantwortungslosigkeit und Grausamkeit, der die Menschen und Bäume, Tiere und Flüsse des Urwalds zum Opfer fielen, die aus einem Grund, den zu begreifen mir damals schwerfiel (und ihm vielleicht ebenso), eine Wandlung in Saúl Zuratas bewirkt hatte, jedes andere Anliegen aus seinem Kopf vertrieb und ihn zu einem Menschen mit fixen Ideen machte. So sehr, daß ich wahrscheinlich den Umgang mit ihm abgebrochen hätte, wäre er nicht ein so liebenswerter, großzügiger und hilfsbereiter Mensch gewesen. Denn er war wirklich langweilig geworden.

Bisweilen provozierte ich ihn, um zu sehen, bis wohin ihn »das Thema« bringen konnte. Worauf wollte er eigentlich hinaus? Daß das restliche Peru davon absah, die Amazonas-Region auszubeuten, um nicht in die Lebensweisen und Glaubensvorstellungen einiger Stämme einzugreifen, von denen viele noch in der Steinzeit lebten? Sollten sechzehn Millionen Peruaner auf die natürlichen Ressourcen von drei Vierteln ihres Territoriums verzichten, damit die sechzig- oder achtzigtausend Amazonas-Indianer einander seelenruhig weiterhin mit Pfeilen abschießen, Schrumpfköpfe herstellen und die Boa constrictor anbeten konnten? Sollten wir die Möglichkeiten der Landwirtschaft, der Viehzucht und des Handels dieser Region außer acht lassen, damit die Ethnologen der Welt sich daran ergötzen konnten, in vivo den

Potlach, die Verwandtschaftsbeziehungen, die Pubertäts-, Heirats- und Todesriten zu studieren, welche diese menschlichen Raritäten seit Hunderten von Jahren so gut wie unverändert praktizierten? Nein, Mascarita, das Land muß sich entwickeln. Hatte Marx nicht gesagt, daß der Fortschritt unter Blutvergießen zustande kommen würde? So traurig es auch war, man mußte es akzeptieren. Wir hatten keine andere Wahl. Wenn der Preis der Entwicklung und Industrialisierung für die sechzehn Millionen Peruaner darin bestand, daß diese wenigen tausend Nackedeis sich das Haar schneiden, die Tätowierungen entfernen und zu Mestizen werden oder, um den verhaßtesten Begriff des Ethnologen zu verwenden, sich akkulturieren müßten, dann wäre das eben nicht zu ändern.

Mascarita war mir nicht böse, denn er ärgerte sich nie wegen irgend etwas oder über irgend jemanden, und er setzte auch keine überlegene Miene auf nach dem Motto: ich-verzeih-dir-weil-du-nicht-weißt-was-du-sagst. Aber wenn ich ihn in dieser Weise provozierte, dann spürte ich, daß ihm das ebenso weh tat, als hätte ich schlecht von Don Salomón Zuratas gesprochen. Er ließ sich freilich nicht das geringste anmerken. Vielleicht hatte er ja schon das Ideal der Machiguengas erreicht, niemals in Wut zu geraten, damit die parallelen Linien, welche die Welt halten, nicht nachgeben. Im übrigen war er nicht bereit, über diese oder irgendeine andere Angelegenheit allgemein, in ideologischen Begriffen, zu reden. Er besaß eine eingefleischte Abneigung gegen jede Art von abstrakter Aussage. Die Probleme stellten sich für ihn stets konkret: ihm ging es um das, was er mit seinen eigenen Augen gesehen hatte, und um die künftigen Folgen, die sich jeder mit ein bißchen Verstand unterm Schädeldach zusammenreimen konnte.

»Der Fischfang mit Sprengstoff, zum Beispiel. Natürlich, er ist verboten. Aber geh hin und schau, Bruderherz. Es gibt im ganzen Urwald keinen Fluß und keinen Wasserarm, in denen die Hochlandbewohner und die Viracochas – wie sie uns Weiße nennen – nicht Fischfang im großen betreiben, mit Dynamit, um Zeit zu sparen. Sie sparen Zeit! Begreifst du, was das heißt? Dynamitpatronen, die Tag und Nacht die Fischbänke in die Luft jagen. Die Arten verschwinden, mein Alter.«
Wir diskutierten an einem Tisch in der Bar Palermo, in der Colmena, und tranken Bier. Draußen schien die Sonne, liefen eilige Menschen, fuhren klapprige Autos mit aggressiven Hupen, und uns umgab jener rauchige Dunst mit dem Geruch nach gebratenem Fett und Urin, wie er typisch ist für die kleinen Kneipen im Zentrum Limas.
»Und der Fischfang mit Giftstoffen, Mascarita? Haben den etwa nicht die Indianer dieser Stämme erfunden? Also plündern auch sie die Amazonas-Region aus.«
Ich sagte ihm das, damit er seine schwere Artillerie auf mich abfeuern konnte. Und natürlich schoß er sie ab. Das war falsch, grundfalsch. Sie fischten mit Hilfe von Königskerze und Cumo, aber in den kleinen Wasserläufen oder Nebenarmen und in den Wasserlöchern, die auf den Inseln zurückbleiben, wenn die Flüsse sinken. Und nur zu bestimmten Zeiten des Jahres. Niemals in der Laichzeit, die sie ganz genau kannten. In diesen Tagen fischten sie mit Netzen, Harpunen und Fallen oder mit bloßen Händen, du wärst baff, wenn du das sehen würdest, Bruderherz. Dagegen benutzten die Kreolen Königskerze und Cumo überall und das ganze Jahr hindurch. Wasser, die im Lauf von Jahrzehnten Abertausende Male vergiftet wurden. Machte ich mir das klar? Sie vernichteten nicht nur die Brut zur Laichzeit, sie

brachten auch die Wurzeln der Bäume und Pflanzen am Ufer zum Verfaulen.

Idealisierte er sie? Ja, ich bin sicher. Und er übertrieb auch die Verheerungen, vielleicht ohne es zu wollen, um seinen Argumenten mehr Nachdruck zu verleihen. Aber es war offensichtlich, daß Mascarita die von den Stielen der Königskerze und des Cumo vergiftete Brut der Alsen und Bagrewelse und die von den Sprengstoffen der Fischer in Loreto, Madre de Dios, San Martín oder Amazonas zerrissenen Stockfische nicht mehr und nicht weniger Schmerz bereiteten, als wenn das Opfer sein kleiner sprechender Papagei gewesen wäre. Und das gleiche galt natürlich für die massiven Holzschläge, die von den Händlern angeordnet wurden – »Mein Onkel Hipólito ist einer von ihnen, auch wenn es mir schwerfällt, das zu sagen« – und mit denen die wertvollsten Bäume allmählich ausgerottet wurden. Er erzählte mir lang und breit von den Praktiken der Viracochas und Hochlandbewohner, die aus den Anden herunterkamen, um den Urwald zu erobern: sie schlugen mit Hilfe von Bränden Schneisen in den Wald und verkohlten auf diese Weise riesige Landstriche, die nach einer oder zwei Ernten aus Mangel an pflanzlichem Humus und durch die Erosion infolge der Wolkenbrüche unfruchtbar wurden. Ganz zu schweigen von der Ausrottung der Tiere, von der frenetischen Gier nach Fellen und Häuten, die zum Beispiel aus Jaguaren, Eidechsen, Pumas, Schlangen und Dutzenden anderer Tierarten biologische Raritäten gemacht hatte, die im Aussterben begriffen waren. Eine lange Rede, an die ich mich sehr gut erinnere wegen etwas, das am Ende der Unterhaltung auftauchte, als wir uns schon etliche Flaschen Bier und ein paar Brote mit Speckgrieben zu Gemüte geführt hatten (die er besonders gern mochte). Von den Bäumen und Fischen kam er bei sei-

40 Jahre

Suhrkamp Literatur

Ingeborg Bachmann / Elfriede Jelinek
Jürgen Becker · Uwe Kolbe · Silvio Blatter · Peter Handke
Werner Koch · Bodo Kirchhoff · Gerhard Meier
Josef Winkler · Georg Hensel · Hermann Hesse · Adolf Muschg
Hans Mayer · Ludwig Hohl · Paul Celan
Schriftenreihe des Uwe-Johnson-Archivs: Siegfried Unseld / Eberhard Fahlke · Peter Nöldechen · Spectaculum
Große kommentierte Berliner und Frankfurter Ausgabe: Bertolt Brecht · Kleine Reihe: Irene Dische
Angela Krauß · Cees Nooteboom · Polnische Bibliothek
Isabel Allende · Julio Cortázar
Eduardo Mendoza · Mario Vargas Llosa · Jurij Dombrowskij
Richard Ellmann · Octavio Paz · Karl Dedecius

Malina
Ein Filmbuch von Elfriede Jelinek
Nach dem Roman von Ingeborg Bachmann

Etwa 150 Seiten. Mit farbigen Filmfotos
Kartoniert. ca. DM 24,–
(Januar 91)

Malina ist wohl die denkbar ungewöhnlichste Dreiecksgeschichte: Zwei der Beteiligten sind in Wahrheit eine Person, »sind eins«, und doch ist jede Person »doppelt«. *Malina*, ein Buch über das Trauma weiblicher Identität – und nach den Worten von Ingeborg Bachmann nicht weniger als »ausdrücklich eine Autobiographie, aber nicht im herkömmlichen Sinn. Eine geistige imaginäre Autobiographie.«
Elfriede Jelinek, eine der provokativsten Autorinnen der Gegenwart, hat diese literarische Herausforderung angenommen und den *Malina*-Roman als Drehbuch nachgestaltet.
Der Film *Malina* soll im Januar 1991 in den Kinos starten.

Jürgen Becker
Das englische Fenster

Gedichte
Etwa 96 Seiten. Leinen. ca. DM 24,–
(August 90)

Wenn es Orte, Gegenden und Zeiten sind, die in Jürgen Beckers Gedichten so oft die Motive stiften, dann heißen sie in diesem neuen Band: Coventry und Leipzig, Warwickshire und Mitteldeutschland; dann reicht der zeitliche Zusammenhang vom Anfang der vierziger bis zum Ende der achtziger Jahre.
Ein Reiseerlebnis im November 1989 und eine Kindheitserinnerung an den November 1940 verweisen auf die Erfahrungen von Gleichzeitigkeit, wie Becker sie ir Kontext seiner Gedichte zu vermittel sucht: durch die Verschmelzung des g genwärtig Erlebten mit der Erinnerun an vergangenes Geschehen, durch ein Vergegenwärtigung, die im Augenblic des Schreibens die Zeitgrenzen aufhebt.

Uwe Kolbe
Vaterlandkanal

Ein Fahrtenbuch
Etwa 90 Seiten. Engl. Broschur
ca. DM 22,– (August 90)

Vaterlandkanal ist Uwe Kolbes vierte Buch, eine vierte Lektion, die die Zeit ve deutlicht, die sich in einem einzelnen w derspiegelnde Geschichte unserer Zei die der Vaterländer und der wilden Reise darin und darüber hinaus, immer wied dieses schon nicht mehr durch Grenzzi hung zu beschränkende *Hineingeborer* Sein.
Uwe Kolbes Biographie versichert uns se ner Kompetenz: dreißig Jahre Ostberli drei Jahre Westen (inbegriffen das Abe teuer USA); zunächst Transportarbeite dann die »große Hoffnung der deutsche Gegenwartslyrik«. Franz Fühmann, d Mentor, der ihm in die Öffentlichkeit ve half, schreibt im Nachwort zu Uwe Kolb erstem Gedichtband, er hoffe, daß e durchhalten werde. Franz Fühmar hatte Gespür. Er hat durchgehalten, u nicht nur das.

Silvio Blatter
Das blaue Haus

Roman
Etwa 376 Seiten. Leinen. ca. DM 36,–
(August 90)

»Laß ihn nicht sterben, erzähl ihn wied jung.«
Der Schweizer Autor Silvio Blatter läßt e nen Vater der elfjährigen Tochter d abenteuerliche Lebensgeschichte d Großvaters Heinrich Zinn erzählen:

Paul Celan
Werke

Historisch-kritische Ausgabe
I. Abteilung: Lyrik und Prosa
Besorgt von der Bonner Arbeitsstelle für die Celan-Ausgabe: Beda Allemann, Rolf Bücher, Axel Gellhaus, Stefan Reichert
7. Band: Atemwende
Herausgegeben von Rolf Bücher
Band 7.1: Text. Etwa 144 Seiten
Band 7.2: Apparat. Etwa 268 Seiten
Leinen. ca. DM 140,–
(August 90)

Heute, sieben Jahre nach dem Erscheinen der *Gesammelten Werke* Celans, ist das Erscheinen der historisch-kritischen Edition anzuzeigen.
In der Geschichte der historisch-kritischen Editionen stellt es ein Novum dar, eine solche wissenschaftliche, den jeweiligen Text und seine Vorstufen in philologisch-kritischer und historisch-genetischer Darstellung erfassende Ausgabe wenige Jahre nach dem Tod eines Autors in Angriff zu nehmen.
Der Doppelband 7 enthält in seinem ersten Teil den Text von *Atemwende* (1967). Wie auch im Apparatteil ist hier an der von Celan festgelegten zyklischen Gliederung der Gedichte festgehalten.
Im Apparatteil (Bd. 7.2) gibt die »Editorische Vorbemerkung« einige grundsätzliche Hinweise zur historisch-kritischen Celan-Ausgabe und deutet auf besondere Probleme des Bandes *Atemwende* hin.

Siegfried Unseld/ Eberhard Fahlke
Uwe Johnson: Für wenn ich tot bin

Mit zahlreichen Abbildungen
Schriften des Uwe-Johnson-Archivs, Band 1
Etwa 160 Seiten. Engl. Broschur
ca. DM 24,– (Oktober 90)

Uwe Johnson, dies versucht der ›Leser‹ Siegfried Unseld aufzuzeigen, hatte eine ganz ureigene Beziehung zu seinen Figuren als lebendigen Menschen, »seine Leute waren keine Tante Emma für ihn«. Uwe Johnson hat die Kraft seiner Erfindung und Intuition ergänzt durch sorgfältige und bewußte Arbeit: bei der Beobachtung, bei der Lektüre, der Dokumentierung, der Recherche in Korrespondenz mit Zeitgenossen und in einer peinlichen Gewissenhaftigkeit beim Studium von Belegen, Statistiken, Kursbüchern, Zeitungsberichten. Das Uwe-Johnson-Archiv verfügt über diese Materialien und hat sie gesammelt, gesichtet und in einer Datenbank für alle Interessenten festgehalten.

Peter Nöldechen
Kleines Bilderbuch von Jerichow und Umgebung

Spurensuche im Mecklenburg der Cresspahls
Schriften des Uwe-Johnson-Archivs, Band 2
Etwa 160 Seiten. Engl. Broschur
ca. DM 24,– (Oktober 90)

Die Personen und zentralen Stätten der Romane Uwe Johnsons sind in seine Fiktion eingeschmolzen. Konkret bedeutet dies für die *Jahrestage*: Die zentralen Orte wie Jerichow, Rande und Gneez sind fiktiv. Alle anderen von Johnson genannten Orte zwischen Klütz an der nordwestlichen Grenze Mecklenburgs (unmittelbar neben Lübeck gelegen) und dem Müritzsee bei Waren sind im Atlas zu finden.
Das mit zahlreichen Abbildungen gut dokumentierte Resultat dieser Spurensuche belegt, daß die Erfindungen dieses Autors die mecklenburgische Realität in allen Details wiedergibt und verweist damit zugleich darauf, daß Uwe Johnsons poetische Zuspitzungsarbeit die Merkmale von Land und Leuten prägnant und nachvollziehbar erfahrbar macht.

Die Briefe an Marianne Zoff stammen vor allem aus den zwanziger Jahren, die an Tochter Hanne Hiob reichen bis in die vierziger Jahre.
Vorgelegt werden Dokumente, durch die manche »weiße Flecken« der Biographie farbig werden.
Günter Glaeser vom Bertolt-Brecht-Archiv in Berlin/DDR hat die Handschriften transkribiert, Datierungen erschlossen und die gesamte Korrespondenz mit Sacherläuterungen versehen.

Polnische Bibliothek
Władisław Terlecki
Die zwei Köpfe des Adlers

Roman
Aus dem Polnischen übersetzt von Monika Wrosek-Müller
Mit einem Nachwort versehen von Michael G. Müller
Etwa 260 Seiten. Leinen. ca. DM 32,–
(September 90)

Die zwei Köpfe des Adlers, Terleckis bisher bekannteste Prosaarbeit von 1970, ist ein historischer Roman besonderer Art. Das geschichtliche Ereignis – der polnische Aufstand von 1863 gegen die russische Teilungsherrschaft – liefert ihm nicht nur Stoff und Szenerie für eine Erzählhandlung. Vielmehr werden auch die Geschichtsbilder und Geschichtsmythen, die sich an Polens nationale Aufstände knüpfen, hier zum Thema.

Kleine Reihe
Irene Dische
Der Doktor braucht ein Heim

Erzählung
Aus dem Amerikanischen von Reinhard Kaiser
Etwa 48 Seiten. Bütten-Broschur
ca. DM 16,80
(August 90)

Was uns hier die Sprache verschlägt? »Die Kunst der Andeutung des hinterrücks hereinbrechenden Schreckens«, wie es Rainer Traub in seiner Kritik zu den *Frommen Lügen* genannt hat. Und die Kunst Irene Disches, »ihre Geschöpfe so zu lassen, wie sie sind«. Sie läßt den Doktor sich erinnern, sie ordnet nicht, reagiert auf Vorhandenes, Gewesenes, Nichtvorhandenes, auf Befinden und Empfinden. »Diese Autorin beherrscht ihr Metier.«

Angela Krauß
Der Dienst

Etwa 50 Seiten. Bütten-Broschur
ca. DM 16,80
(August 90)

Eine Tochter porträtiert ein Vaterleben: »In meiner ausgehenden Kindheit war er der vollkommene Entwurf der Welt, die mich erwartete.« Die Leipziger Autorin Angela Krauß erhielt für die erste Fassung dieser filigranen Erzählung den Ingeborg-Bachmann-Preis 1988.

Cees Nooteboom
Mokusei!

Eine Liebesgeschichte
Aus dem Niederländischen von Helga van Beuningen
Etwa 80 Seiten. Bütten-Broschur
ca. DM 18,80
(September 90)

Cees Nootebooms Buch, so einfach anmutend und doch kunstvoll arrangiert, diese Geschichte einer zweifachen Obsession, die des Fotografen, der ein Beobachter ist, und die des Liebenden, der ein Blinder ist, ist die Suche nach einem Ideal, das Dauer wider die Vergänglichkeit verleiht; nach einer verstehbaren, nicht unergründlichen, japanischen Welt, nach einer Wahrheit jenseits aller Trivialitäten.

Isabel Allende

Eduardo Mendoza

Mario Vargas Llosa

Isabel Allende
Geschichten der Eva Luna

Aus dem Spanischen von Lieselotte Kolanoske
Etwa 380 Seiten. Gebunden
ca. DM 38,–
(Juli 90)

Eva Luna, eine moderne Scheherazade, erzählt 23 unerhörte Begebenheiten aus Lateinamerika, Geschichten, die geprägt sind von Erotik, Leidenschaft, Gewalt – und übermütigem Humor. Ein buntes Bild Südamerikas entsteht: magisch beschworen und augenzwinkernd herbeigezaubert.

Julio Cortázar
Unzeiten

Erzählungen
Aus dem Spanischen von Rudolf Wittkopf
Etwa 180 Seiten. Leinen
ca. DM 30,–
(September 90)

Unzeiten enthält acht Erzählungen, durch die sich als roter – ins Schwärzliche changierender – Faden das Motiv der ›Unzeit‹ zieht, womit nicht nur das zur Unzeit Geschehene benannt ist, sondern auch jene ›andere Zeit‹, die den Raum der Vorstellung erfüllt, das Territoriu zwischen Alltäglichkeit und plötzlich Verstörung, das diese Erzählungen ve messen. Der Autor ist Entdecker und u beirrter, eindringlicher Schilderer der B gebenheiten in diesem Zwischenbereic und was anfangs und von ferne wie d noch rätselhaften Züge einer fremde Landschaft erscheint, erweist sich als da Doppelgesicht unserer eigenen Welt.

Eduardo Mendoza
Das Geheimnis der verhexten Krypta

Roman
Aus dem Spanischen von Peter Schwaar
Etwa 230 Seiten. Gebunden
ca. DM 32,–
(August 90)

Das Geheimnis der verhexten Krypta i die wunderbar geglückte Mischung au einem »Gossenheldenroman« pikare ken Zuschnitts und einem »Großstac krimi«. Ein Mädchen verschwindet a einem Internat für höhere Töchter, d Lösung des Falls ist verzwickt und erf dert einen wahrhaft ungewöhnliche Einsatz.

Hermann Hesse
Tessin

Betrachtungen und Gedichte
Mit ca. 32 Aquarellen des Verfassers
Herausgegeben und eingeleitet
von Volker Michels
Etwa 350 Seiten. Leinen. ca. DM 40,–
(September 90)

Nicht nur in Erzählungen wie *Klingsors etzter Sommer, Klein und Wagner* oder lem Skizzenbuch *Wanderung* hat Hesse lie üppige Berg- und Seenlandschaft südich des St. Gotthard geschildert, sondern hr auch in zahlreichen weniger bekannen Betrachtungen, Gedichten und Aquaellen ein Loblied gesungen. Die schönten dieser Arbeiten faßt unser Band zuammen. Es sind Liebeserklärungen an ine wahlverwandte Region, die diesen)ichter, als er sie dreißigjährig erstmals ründlicher kennenlernte, »stets wie eine orbestimmte Heimat und wie ein erehntes Asyl« anzog.

Adolf Muschg
Die Schweiz am Ende
Am Ende die Schweiz

rinnerungen an mein Land vor 1991
Etwa 200 Seiten. Kartoniert
ca. DM 20,– (Oktober 90)

Die Tatsache, daß Organe der Bundespozei (und der Armee) seit Jahrzehnten twa ein Fünftel der Wohnbevölkerung syematisch – wenn auch dilettantisch – espitzeln, hat in der Schweiz eben jene rschütterung ausgelöst, die mit diesem lbstverräterischen Staatschutz verhinert werden sollte: Wie unsicher ist dieser aat? Wenn er glaubt, seinen Bürgern so enig trauen zu können: wofür steht er och, worauf gründet er sich? Die Antort wurde der Schweiz in Zeiten äußerer edrohung von einem Feindbild abgeommen; jetzt, wo dasjenige im Osten erblaßt, müssen die Schweizer sie sich lber geben und stellen fest, daß sie darıf sehr wenig vorbereitet sind.«

Hans Mayer
Abend der Vernunft

Reden und Vorträge 1985–1990
Etwa 320 Seiten. Leinen. ca. DM 36,–
(September 90)

Die fünfzehn Redetexte des vorliegenden Bandes entstanden zwischen 1985 und 1990. Reden eines Achtzigjährigen. Man muß und soll es ihnen anmerken: an der Thematik wie an der Art des Redens. So schreibt Hans Mayer in seinem Vorwort.
Nach Jahr und Tag, die erste Sammlung von Reden und Vorträgen Mayers, behandelt die großen Themen der kulturellen Überlieferung und ist in hohem Maße, ebenso wie der zweite Band *Aufklärung heute*, als Rhetorik eines Zeitgenossen zu verstehen.
Der nun vorliegende Band steht im Zeichen des Berichtens von der eigenen Erfahrung und in der Ersten Person. Erinnerungsarbeit, Erzählwerk, Abschiedsreden und schließlich »Reden über das eigene Land: Deutschland«.

Ludwig Hohl
Und eine neue Erde

Herausgegeben von Johannes Beringer
Etwa 200 Seiten. Leinen. ca. DM 32,–
(August 90)

Diese Ausgabe der frühen Prosaarbeiten *Und eine neue Erde* vereinigt Erzählungen, Impressionen und epische Skizzen aus den zwanziger und dreißiger Jahren von Ludwig Hohl (1904–1980). Die Prosastücke sind geprägt von der noch jugendlich intensiven Selbstsuche des Dichters, der Züge von Selbstherrlichkeit und Selbstzweifel, Emphase und Zurückhaltung, Eigensinn und Beharrlichkeit eigen sind. Aber es zeichnet sich bereits der für Hohl so typische Denk- und Schreibprozeß ab: Das Begriffliche ringt mit dem Anschaulichen – der Versuch einer genauen Detailbeobachtung mündet in ein sich ständig korrigierendes Schreiben.

40 Jahre Suhrkamp Verlag

:u seinem 40. Verlagsjubiläum legt ler Suhrkamp Verlag im Herbst 1990 ier Lesebücher vor, die jeweils für in Jahrzehnt die wichtigen literarichen Stationen seiner Geschichte in usgewählten Texten nachzeichnen. ie vier Lesebücher geben einen reräsentativen Querschnitt durch die ı den fünfziger, sechziger, siebziger nd achtziger Jahren erschienenen ücher des Verlages. Als Rückblick in Leseerlebnis, aber auch ein Blick ach vorn, ein Blick vor allem auf ie ersten Bücher junger Autoren, die ı den achtziger Jahren publiziert urden, eine Perspektive für komıende Jahrzehnte.

Suhrkamp Jahrzehntebücher
Einmalige Sonderausgabe
Fünf Bände, etwa 1800 Seiten
Kartoniert. ca. DM 50,–
Die Bände sind einzeln nur
in Leinen lieferbar

Die fünfziger Jahre
Ein Suhrkamp-Lesebuch

Gebunden. Etwa 360 Seiten
ca. DM 25,–
(August 90)

Die sechziger Jahre
Ein Suhrkamp-Lesebuch

Gebunden. Etwa 360 Seiten
ca. DM 25,–
(August 90)

Die siebziger Jahre
Ein Suhrkamp-Lesebuch

Gebunden. Etwa 360 Seiten
ca. DM 25,–
(August 90)

Die achtziger Jahre
Ein Suhrkamp-Lesebuch

Gebunden. Etwa 360 Seiten
ca. DM 25,–
(August 90)

Suhrkamp Verlag
1950–1990
Eine Verlagsgeschichte

Mit zahlreichen Abbildungen
und Dokumenten
Kartoniert. Etwa 240 Seiten
ca. DM 20,–
(August 90)

Die jetzt vierzigjährige Geschichte des Suhrkamp Verlages beginnt 1950 mit der Veröffentlichung von Büchern von Theodor W. Adorno, Walter Benjamin, T.S. Eliot, Max Frisch, Hermann Hesse, Bernard Shaw und Dolf Sternberger.
40 Jahre später kann der Verlag auf erfolgreich Geleistetes zurückblicken.
Die Verlagsgeschichte liest sich für Außenstehende wie für Eingeweihte gleichermaßen: interessant, informativ.

Suhrkamp Jahrzehntebücher
und Verlagsgeschichte in Kassette
Leinen. Etwa 1800 Seiten
ca. DM 100,–

Spectaculum 50

Sechs moderne Theaterstücke und Materialien
208 Seiten. Gebunden. DM 28,–
Im Abonnement DM 24,–
(September 90)

Der hier angezeigte *Spectaculumband 50* soll dem in den Theatern Gegenwärtigen Rechnung tragen und will zugleich mit den publizierten Autoren einen größeren Zeitraum Gegenwartstheater nicht außer acht lassen.
Der 30seitige Materialienteil enthält neben biobibliographischen Angaben zu den Autoren Beiträge von Ulrich Bitz, Thomas Brasch, Volker Braun, E. M. Cioran, Benjamin Henrichs, Rolf Michaelis, Manfred Seiler, Botho Strauß und Sibylle Wirsing.

Samuel Beckett
»Nacht und Träume«
Deutsch von Elmar Tophoven

Thomas Bernhard
»Der Theatermacher«

Thomas Brasch
»Frauen · Krieg · Lustspiel«

Volker Braun
»Die Übergangsgesellschaft«

Hans Henny Jahnn
»Medea«
(Prosafassung von 1924)

Botho Strauß
»Besucher«

Nagelprobe 7

Texte des jungen Literaturforums Hessen
Mit einem Vorwort von Renate Wiggershaus
Etwa 96 Seiten. Kartoniert ca. DM 10,–
(Oktober 90)

Band 7
Stücke 7

Bearbeitet von Michael Voges
Etwa 420 Seiten
Leinenausgabe ca. DM 48,–
(bei Bestellung der Gesamtausgabe),
sonst ca. DM 64,–
Lederausgabe ca. DM 148,–
(bei Bestellung der Gesamtausgabe),
sonst ca. DM 164,–

Der Band enthält die Stücke *Der Aufstie des Arturo Ui, Die Gesichte der Simon Machard, Schweyk* und *The Duchess Malfi. An Adaption for the Modern Stag nach John Webster.*
Der Kommentar bietet zu jedem Stück ne ben den Angaben zu den Textgrundlage und einer Übersicht mit den wichtigste Daten eine ausführliche Entstehungs Text- und Wirkungsgeschichte sow Sacherläuterungen in einem Zeilenkor mentar.
Michael Voges ist Assistent am Deutsche Seminar der Universität Tübingen.

Große kommentierte Berline und Frankfurter Ausgabe in 30 Bänden
Bertolt Brecht
Briefe an Marianne Zoff und Hanne Hiob

Herausgegeben von Hanne Hiob
Redaktion: Günter Glaeser
Mit zahlreichen Abbildungen
Etwa 250 Seiten. Leinen. ca. DM 34,
Leder. ca. DM 92,–
(Herbst 90)

Der Band dokumentiert sehr Persönlich aus der Biographie Bertolt Brechts: er e hält einhundertvierundfünfzig Briefe u Postkarten von ihm an die Mezzosopra stin und »Spezialsängerin« Marianne Jo phine Zoff sowie an die gemeinsame To ter Hanne. Die unbekannten Zeugni werden von Hanne Hiob mit dieser A gabe erstmals zugänglich gemacht.

Bibliothek Suhrkamp

Thomas Bernhard:
In der Höhe Rettungsversuch, Unsinn
BS 1058. ca. DM 14,80 (Oktober 90)

Jorge Ibargüengoitia:
Die toten Frauen
BS 1059. ca. DM 16,80 (Oktober 90)

Henry de Montherlant: Moustique
BS 1060. ca. DM 16,80 (November 90)

Carlo Emilio Gadda:
An einen brüderlichen Freund
BS 1061. ca. DM 18,80 (November 90)

Sandor Weöres: Der von Ungern
BS 1063. ca. DM 16,80 (Dezember 90)

Ernst Penzoldt: Der arme Chatterton
BS 1064. ca. DM 18,80 (Januar 91)

Giorgos Seferis: Alles voller Götter
BS 1065. ca. DM 24,80 (Januar 91)

Horst Krüger: Das zerbrochene Haus
BS 1066. ca. DM 18,80 (Februar 91)

Alain: Die Kunst, sich und andere zu erkennen
BS 1067. ca. DM 16,80 (Februar 91)

Rainer Maria Rilke:
Bücher – Theater – Kunst
BS 1068. ca. DM 22,80 (März 91)

Claude Ollier: Bildstörung
BS 1069. ca. DM 18,80 (März 91)

edition suhrkamp

Eine Auswahl literarischer Titel

Patrick Roth: Die Wachsamen
es 1614. ca. DM 14,– (Juli 90)

Ilma Rakusa: Steppe
es 1634. ca. DM 9,– (November 90)

Thomas Rosenlöcher:
Die verkauften Pflastersteine
es 1635. ca. DM 10,– (November 90)

Ulrich Plenzdorf: Zeit der Wölfe /
Ein Tag länger als ein Leben
es 1638. ca. DM 9,– (Dezember 90)

Cees Nooteboom: Berliner Notizen
es 1639. ca. DM 14,– (Dezember 90)

Barbara Köhler: Deutsches Roulette
es 1642. ca. DM 9,– (Januar 91)

Adelaida Garcia Morales:
Das Schweigen der Sirenen
es 1647. ca. DM 12,– (Februar 91)

Werner Fritsch: Fleischwolf
es 1650. ca. DM 9,– (März 91)

Karl Dedecius
Lebenslauf aus Büchern und Blättern

Etwa 300 Seiten. Leinen. ca. DM 29,8
(September 90)

Der Friedenspreis des Deutschen Buc handels 1990 ist Karl Dedecius zugespr chen worden. Zu Ehren dieses Ereigniss wird der *Lebenslauf aus Büchern un Blättern* vorgelegt, ein Buch, das ei ein halbes Jahrhundert währende Leber arbeit widerzuspiegeln versucht. Karl I decius, Übersetzer aus der russischen, s bokroatischen, tschechischen, insbeso dere aus der polnischen Sprache, hat si der Aufgabe des Übersetzens seit de fünfzehnten Lebensjahr verschriebe Und seither folgte Buch um Buch. Die Unermüdlichkeit seines Wirkens trug z friedensfördernden Verständigung zv schen den Völkern bei. So entstanden F cher als Brücke, als greifbares, haltba Angebot.

Diese hier vorgestellten Neuerscheinungen finden Sie in allen Buchhandlungen. Andernfalls erklärt sich Ihr Buchhändler gerne bereit, jedes von Ihnen gewünschte Buch in kürzester Zeit zu besorgen.
Für weitere Informationen und Prospekte wenden Sie sich an Ihren Buchhändler oder direkt an den Verla
Fotonachweis: Jerry Bauer (Mario Vargas Llosa), Martin Eberle (Bodo Kirchhoff), Isolde Ohlbaum (Peter Handl Andreas Pohlmann (Silvio Blatter), Ute Schendel (Eduardo Mendoza), Horst Tappe (Isabel Allende); weitere Nachweise über das Bildarchiv des Suhrkamp Verlags.
Suhrkamp Verlag, Lindenstraße, 6000 Frankfurt/M. 1. Preisänderungen vorbehalten. 7/90 (99323)

Silvio Blatter

Peter Handke

Bodo Kirchhoff

;ostümschneider und Lockensammler. haustelller und Geschichtenerzähler. ltreisender und Schwindler. ein Großvater.«
's blaue Haus ist heute im Fluß der ndheit verschwunden, vom Stausee verluckt.
er wie in seinen Vorgängerromanen erot Silvio Blatter wieder seinen weit aus- lenden epischen Einspruch. Auch nn die Spuren gelöscht werden, muß nicht das Ende bedeuten: wenn die nnerung zum Gedächtnis von Geichte wird – wie in Silvio Blatters Ron *Das blaue Haus.*

Peter Handke
'ersuch über die Jukebox

Erzählung

wa 160 Seiten. Leinen. ca. DM 25,–

(August 90)

ch seinem *Versuch über die Müdig-*, wie angekündigt vom Autor, ein terer »Versuch«: über die Jukebox, jezu einem Mythos gewordene Musikit, und der Bedeutung dieses Gegenndes für sein Leben. Zugleich ist diese ihlung eine Reflexion über Bedingundes Schreibens, im August des Jahres 9, in dem die Menschheit für Peter ndke ihre Träume zu realisieren en.

Bodo Kirchhoff
Infanta

Roman

Etwa 500 Seiten. Leinen. ca. DM 39,80

(August 90)

»Es ist eine Liebesgeschichte, Du kannst es mir glauben. Sie spielt sich in bemerkenswerter Stille ab, fast unmodern heimlich ...«

So berichtet einer von fünf alten Missionaren, Wegbereitern einer Liebe, die unaufhaltsam ihren Ruhestand erschüttert. Aus den abgeklärten Greisen werden ruhelose Männer, aus dem, was spielerisch begann, ein Drama. Bodo Kirchhoff erzählt von einer Kettenreaktion und ihren staunenden Zeugen, von der einzigen positiven Katastrophe, die das Leben bereithält, der Liebe.

Bodo Kirchhoff hat nicht nur einen großartigen Liebesroman, sondern auch einen Roman über die Liebe geschrieben. Der Erzähler erweist sich als sinnlicher Beobachter, als leidenschaftlicher Protokollant und welthaltiger Romancier.

Werner Koch
Altes Kloster

Erzählung
Etwa 190 Seiten. Gebunden
ca. DM 26,– (August 90)

Man sollte es nicht allzu wörtlich nehmen, das alte Kloster. Zwar geht es um ein klösterliches, ein der Abgeschiedenheit dienendes Haus, mit Zellen samt der ihnen eigenen Anspruchslosigkeit, die Bewohner des Klosters aber sind nicht Mönche, nicht Nonnen.
Eine kleine Gemeinschaft von Eingeschlossenen, Geschädigten, Ruhelosen, Ratlosen.
Eines Tages blieb der, der erzählt, allein zurück. Werner Koch erzählt die Lebensbeichte des Erzählers, eine radikale Preisgabe auf der Suche nach Befreiung.

Gerhard Meier
Land der Winde

Roman
Etwa 140 Seiten. Gebunden
ca. DM 24,– (August 90)

Land der Winde gleicht wie Gerhard Meiers unablässiges Schreiben dem Weben am großen Teppich von Erinnerungen, Eindrücken und Erlebnissen.
»So geht die Zeit dahin! Und es ist, als würde sie von Winden verweht, über die Meere hin, die sich ihrer bemächtigen, so daß die Brandung eigentlich hörbar gewordene Zeit wäre, von Menschen abgestottert.«
Land der Winde schreibt mit Worten musizierend Gerhard Meiers dichterische Gegenwelt fort, sein ein und einziges Lebensbuch, an dem er wie alle großen Autoren arbeitet.

Josef Winkler
Friedhof der bitteren Orangen

Roman
Etwa 400 Seiten. Gebunden
ca. DM 38,– (September 90)

»Ich zeichne mit meinen Worten ein Käfig um den Schrecken, bis der nächs Schrecken auf mich zukommt und mi zerfleischen will. Bevor er zum tödliche Biß in meine Gurgel ansetzen kan werfe ich das Netz meiner Sprache a Ist aber einmal der Schrecken schnell als meine Sprache, so bin ich eine Ze lang vollkommen gelähmt, bis ich e schlüpfe und, mich versteckend vor all Welt, an einem neuen Sprachn knüpfe, das ich bei der nächsten Gelege heit dem Schrecken über den K werfe.«
Dies ist der Roman von einem, der a zog, das Fürchten, das ihn am Leb hält, nicht zu verlernen.

Georg Hensel
Spiel's noch einmal

Das Theater der achtziger Jahre
Etwa 420 Seiten. Gebunden
ca. DM 44,– (Oktober 90)

Hensels Buch *Spiel's noch einmal* e hält mehr als vierzig Kritiken über ne Stücke von Achternbusch bis Bob Wils und fast vierzig Kritiken über neue Ins nierungen der interessantesten Reg seure von Dieter Dorn bis Zadek. Es si taufrische Augenzeugenberichte, alle für die »Frankfurter Allgemeine Z tung« – geschrieben am Morgen na den Aufführungen.
Wer das Theater betrachtet, der betrach sich selbst. So ist Hensels Buch über Theater der achtziger Jahre auch Buch über die Menschen dieses Ja zehnts, über ihre Vorlieben, Hoffnung und Narreteien.

Mario Vargas Llosa
Der Geschichtenerzähler

Roman
Aus dem Spanischen von
Elke Wehr
Etwa 280 Seiten. Gebunden
ca. DM 34,–
(Juli 90)

er neue große Roman des international rühmten Erzählers Vargas Llosa entwikelt in der spannend entfalteten Handng um einen Indioforscher in den Urildern Perus und um einen verschollen Forscher ein packendes und zeitgeäßes Thema: welchen Platz lassen wir em »ganz anderen«, dem für uns eraunlichen, aber gleichzeitig so urrünglichen und natürlichen Leben?

Jurij Dombrowskij
Die Fakultät unnützer Dinge

Roman
Aus dem Russischen von
Heddy Pross-Weerth
Etwa 550 Seiten. Gebunden
ca. DM 48,–
(September 90)

:r schreiben das Jahr 1937. Das Volksmmissariat für Innere Angelegenhei1 (NKWD) in Alma-Ata, der Hauptstadt n Kasachstan, beabsichtigt, einen hauprozeß zu inszenieren, der jenen in oskau (1936/37) nicht nachstehen soll. ese ›Reinigung‹ soll auch Alma-Ata n den ›Schädlingen‹ befreien, deren nken und Bewußtsein in den Fakultä- »unnützer Dinge« gebildet worden id. Die Sowjetmacht hat mit dem chtsempfinden, das in diesen Fakultä1 gelehrt wurde, gebrochen und anlle von Schuld das Prinzip der »Schädhkeit«, anstatt Strafe das vom »Mittel s sozialen Schutzes« gesetzt.

Richard Ellmann
Vier Dubliner – Wilde, Yeats, Joyce und Beckett

Aus dem Englischen von
Wolfgang Held
Mit Abbildungen
Etwa 140 Seiten. Leinen
ca. DM 30,–
(September 90)

Das letzte Buch des brillanten Biographen und Oxfordprofessors umfaßt vier Essays, die aus Vorträgen entstanden sind, die der Gelehrte zwischen 1982 und 1985 an der Library of Congress in Washington hielt. Anhand neu entdeckter Dokumente und aufgrund von Gesprächen, die er selbst mit Angehörigen und Bezugspersonen der Autoren führte, deckt Ellmann ebenso furchtlos wie behutsam bisher weitgehend ungelüftete Geheimnisse der Dichterpsyche im Spannungsfeld sexueller, religiöser und existentieller Nöte auf.

Octavio Paz
In mir der Baum

Gedichte
Spanisch und deutsch
Übertragen von Rudolf Wittkopf
Etwa 380 Seiten. Leinen
ca. DM 64,–
(September 90)

Es wurde gesagt, Paz sei als Essayist Dichter und als Dichter Essayist. Tatsächlich ist bei diesem Autor das diskursive Denken stets verbunden mit einer analogischen Weltsicht, welche die Voraussetzung jedes Dichtens ist. Andererseits wird Paz' Dichtung, die im strahlkräftigen Bild gründet, immer vom Denken observiert und in Fluß gehalten.

nem langen Sermon immer wieder auf den Hauptgrund seiner Besorgnis zurück: auf die Stämme. Auch sie würden aussterben, wenn es so weiterginge.

»Glaubst du wirklich, daß die Polygamie, der Animismus, die Herstellung von Schrumpfköpfen und die Hexerei mit Suden aus Tabakpflanzen eine höhere Form von Kultur darstellen, Mascarita?«

Ein kleiner Hochlandindio schüttete eimerweise Sägespäne über die Spucke und den anderen Schmutz auf dem rötlichen Fliesenboden der Bar Paloma, und ein Chino ging hinter ihm her und kehrte alles zusammen. Saúl schaute mich eine ganze Weile an, ohne zu antworten. Schließlich schüttelte er den Kopf.

»Höher, nein. Das hab ich nie gesagt oder geglaubt, Bruderherz.« Er war sehr ernst geworden. »Niedriger vielleicht, gemessen an der Kindersterblichkeit, an der Lage der Frau, in Sachen Monogamie oder Polygamie, Handwerk und Industrie. Glaub nicht, daß ich sie idealisiere. Ganz und gar nicht.«

Er schwieg, als lenkte ihn etwas ab, vielleicht der Streit an einem Nebentisch, der regelmäßig anschwoll und abflaute, seitdem wir dort saßen. Aber das war es nicht. Seine Erinnerungen hatten ihn abgelenkt. Und ich hatte den Eindruck, daß er plötzlich traurig wurde.

»Es gibt bei den Menschen, die gehen, und bei den anderen Stämmen Dinge, die dich sehr schockieren würden, Kumpel. Das leugne ich nicht.«

Zum Beispiel rissen die Aguarunas und Huambisas am oberen Marañón das Hymen ihrer Töchter mit den Händen heraus und aßen es, wenn diese zum erstenmal bluteten. Bei vielen Stämmen existierte Sklaverei, und in manchen Gemeinschaften ließ man die Alten beim ersten Anzeichen von Schwäche sterben, mit der Begründung, ihre Seelen seien gerufen worden und ihr Schicksal habe sich erfüllt. Aber das Schlimmste von allem, was aus unserer Sicht vielleicht am wenigsten akzeptiert werden konnte, war etwas, das sich mit ein wenig schwarzem Humor als Perfektionismus der Arawak-Familie bezeichnen ließ. Perfektionismus, Saúl? Ja, etwas, das mir ebenso wie ihm auf Anhieb ungeheuer grausam vorkommen würde, mein Freund. Kinder, die mit körperlichen Defekten geboren wurden, lahm, einarmig, blind, mit mehr oder weniger Fingern als normal oder mit einer Hasenscharte, wurden von den eigenen Müttern getötet, die sie in die Flüsse warfen oder lebendig begruben. Wen würden diese Sitten wohl nicht schockieren.

Er sah mich eine Weile forschend an, schweigend, nachdenklich, als suchte er nach den richtigen Worten für das, was er mir sagen wollte. Plötzlich berührte er seinen gewaltigen Leberfleck.

»Ich hätte die Prüfung nicht bestanden, Kumpel. Mich hätten sie liquidiert«, sagte er leise. »Man sagt, daß die Spartaner das gleiche getan haben, nicht? Daß sie die kleinen Monstren, die Gregor Samsas, vom Taygetos hinabstürzten, nicht wahr?«

Er lachte, ich lachte, aber beide wußten wir, daß er nicht scherzte und daß es keinen Grund zum Lachen gab. Er erklärte mir, daß diese Menschen, die so unerbittlich mit den mißgebildeten Neugeborenen verfuhren, sich seltsamerweise sehr tolerant gegenüber jenen verhielten, die als Kinder oder Erwachsene Opfer irgendeines Unfalls oder einer Krankheit mit körperlichen Schäden wurden. Zumindest hatte Saúl keine Feindseligkeit gegenüber den Invaliden oder den Verrückten des Stammes bemerkt. Seine Hand lag noch immer auf der dunkelvioletten Flechte seiner Gesichtshälfte.

»Aber so sind sie eben, und wir müssen sie respektieren. Daß sie so sind, hat ihnen geholfen, Hunderte von Jahren in Harmonie mit ihren Wäldern zu leben. Auch wenn wir ihre Glaubensvorstellungen nicht verstehen und einige ihrer Sitten uns schockieren, haben wir kein Recht, sie zugrunde zu richten.«

Ich glaube, daß er an jenem Vormittag in der Bar Paloma zum ersten und einzigen Mal nicht im Scherz, sondern im Ernst und sogar mit einer gewissen Dramatik auf das anspielte, was bei aller Eleganz, mit der er darüber hinwegging, eine Tragödie in seinem Leben sein mußte, die Wucherung, die ihn zu einer wandelnden Ursache von Spott und Abscheu machte und gewiß seine sämtlichen Beziehungen, besonders zu Frauen, in Mitleidenschaft zog. (Er verhielt sich ihnen gegenüber sehr schüchtern; an der Universität hatte ich bemerkt, daß er sie mied und sich nur dann auf ein Gespräch mit einer unserer Kommilitoninnen einließ, wenn diese das Wort an ihn richtete.) Schließlich ließ er die Hand sinken, mit einem Ausdruck von Verdruß, als bereue er es, den Leberfleck berührt zu haben, und stürzte sich in eine neue Rede:

»Geben uns unsere Autos, Kanonen, Flugzeuge und Coca-Colas das Recht, sie zu vernichten, weil sie nichts davon besitzen? Oder glaubst du etwa an die sogenannte ›Zivilisierung der Urwaldwilden‹? Wie denn? Indem man sie zu Soldaten macht? Indem man sie auf den Feldern arbeiten läßt, als Sklaven der Kreolen vom Typ Fidel Pereira? Indem man sie zwingt, die Sprache, die Religion, die Sitten zu wechseln, wie es die Missionare wollen? Was ist damit gewonnen? Daß man sie besser ausbeuten kann, weiter nichts. Daß sie sich in Zombies verwandeln, in die menschlichen Karikaturen, zu denen die halb akkulturierten Eingeborenen in den Straßen von Lima geworden sind.«

Der kleine Hochlandindio, der eimerweise Sägespäne auf den Boden des Palermo warf, trug jene Schuhe –

eine Sohle und zwei Riemen aus Autoreifen –, wie sie die Straßenhändler herstellen, und seine geflickte Hose wurde von einem Stück Strick zusammengehalten. Ein Kind mit Greisengesicht, mit strohigem Haar, schwarzen Fingernägeln und einer rötlichen Kruste in der Nase. Ein Zombie? Eine Karikatur? Wäre es besser für ihn gewesen, in seinem Andendorf zu bleiben, Ohrenmütze, Indiosandalen und Poncho zu tragen und niemals Spanisch zu lernen? Ich wußte es nicht, und ich zweifle noch immer. Aber Mascarita wußte es. Er sprach ohne Heftigkeit, ohne Zorn, mit ruhiger Festigkeit. Eine gute Weile setzte er mir die andere Seite jener Grausamkeiten auseinander (»sie sind«, so sagte er, »der Preis, den sie für ihr Überleben zahlen«), das, was ihm an diesen Kulturen bewundernswert erschien. Es war etwas, das sie bei allen Unterschieden verband: das gute Einvernehmen mit der Welt, in der sie lebten, jene Weisheit, Ergebnis einer uralten Praxis, die ihnen mit Hilfe eines ausgeklügelten Systems von Riten, Verboten, Ängsten und Fertigkeiten, welche die Eltern den Kindern wiederholten und übermittelten, erlaubt hatte, die scheinbar so üppige und in Wirklichkeit doch so anfällige und vergängliche Natur zu erhalten, von der ihre Subsistenz abhing. Sie hatten überlebt, weil ihre Sitten und Gebräuche sich den Rhythmen und Erfordernissen der natürlichen Welt willig angepaßt hatten, ohne ihr Gewalt anzutun, weil sie in die Natur nur eingriffen, soweit es unerläßlich war, um nicht von ihr zerstört zu werden. Das genaue Gegenteil von dem, was wir, die Zivilisierten, taten, die wir die Elemente vergeudeten, ohne die wir verwelken würden wie Blumen, denen man das Wasser entzieht.

Ich hörte ihm zu und tat, als würde ich mich für seine Worte interessieren. Aber statt dessen dachte ich an sei-

nen Leberfleck. Weshalb hatte er ihn plötzlich erwähnt, während er mir erklärte, was er für die Eingeborenen in der Amazonas-Region empfand? Lag hier der Schlüssel für Mascaritas Bekehrung? Jene Shipibos, Huambisas, Aguarunas, Yaguas, Shapras, Campas, Mashcos stellten in der peruanischen Gesellschaft etwas dar, das er besser als jeder andere verstehen konnte: eine pittoreske Scheußlichkeit, einen Ausnahmefall, dem die anderen mit Mitleid oder Spott begegneten, dem sie nicht den Respekt und die Würde zugestanden, die nur jene verdienten, die sich in Aussehen, Sitten und Glaubensvorstellungen der »Normalität« anpaßten. Beide galten als anormal für die übrigen Peruaner; sein Leberfleck löste in ihnen, in uns ein ähnliches Gefühl aus, wie wir es im Grunde jenen Wesen gegenüber empfanden, die dort in der Ferne lebten, halbnackt, Läuse aßen und unverständliche Dialekte sprachen. War dies der Grund für die Liebe, die Mascarita auf den ersten Blick für die Urwaldwilden gespürt hatte? Hatte er sich unbewußt mit diesen Wesen am Rande der Gesellschaft identifiziert, weil sein Leberfleck auch ihn in eine Randexistenz verwandelte, sobald er einen Fuß auf die Straße setzte?
Ich unterbreitete ihm diese Interpretation, um zu sehen, ob sie seine Laune verbesserte, und er brach in der Tat in Lachen aus.
»Hast du den Psychologiekurs bei Dr. Guerrita bestanden?« sagte er spöttisch. »Ich hätte dich durchfallen lassen.«
Und dann erzählte er mir, noch immer lachend, daß Don Salomón Zuratas, schlauer als ich, ihm eine jüdische Lesart der Geschichte vorgeschlagen habe.
»Ich würde die Amazonas-Indianer mit dem jüdischen Volk identifizieren, das immer minoritär war und immer wegen seiner Religion und seiner Gebräuche verfolgt

wurde, weil diese sich von denen der restlichen Gesellschaft unterschieden. Wie findest du das? Eine edlere Interpretation als deine, die man das Frankenstein-Syndrom nennen könnte. Jedem Tierchen sein Pläsierchen, Bruderherz.«

Ich erwiderte ihm, daß beide Interpretationen einander nicht ausschlössen. Am Ende phantasierte er amüsiert drauflos.

»Ja, wie recht du auf einmal hast. Daß ich halb Jude, halb Monstrum bin, hat mich plötzlich empfänglicher für das Schicksal der Urwaldbewohner gemacht als einen so entsetzlich normalen Menschen wie dich.«

»Arme Urwaldbewohner! Du gebrauchst sie als Tränentuch. Du benutzt sie auch, siehst du.«

»Na gut, lassen wir das, ich hab eine Vorlesung«, verabschiedete er sich, während er aufstand, ohne eine Spur der vorausgegangenen Mutlosigkeit. »Aber erinnere mich daran, daß ich dir das nächste Mal das mit den armen Urwaldbewohnern richtigstelle. Ich werde dir ein paar Dinge erzählen, daß du baff sein wirst, alter Freund. Zum Beispiel, was man mit ihnen in der Zeit des Kautschukfiebers gemacht hat. Wenn sie das überstanden haben, dann darf man sie nicht arm nennen. Eher Übermenschen. Du wirst schon sehen.«

Offenbar redete er also mit Don Salomón über sein Thema. Der Alte hatte wohl am Ende akzeptiert, daß Saúl den Namen Zuratas statt im Gerichtssaal in den Vorlesungssälen der Universität und in der anthropologischen Forschung mit Ruhm bedecken würde. Wollte er das im Leben sein? Ein Professor? Ein Forscher? Daß er die Voraussetzungen dazu besaß, hörte ich eines Nachmittags von einem seiner Professoren, Dr. José Matos Mar, der damals die Abteilung für Ethnologie an der San-Marcos-Universität leitete.

»Dieser Junge, Zuratas, hat sich erstklassig gemacht. Er hat die drei Monate Semesterferien am Urubamba verbracht, mit Feldarbeit bei den Machiguengas, und ist mit ausgezeichnetem Material zurückgekommen.«

Das erzählte er Raúl Porras Barrenechea, einem Historiker, mit dem ich an den Nachmittagen arbeitete und der einen heiligen Abscheu vor der Ethnologie und der Anthropologie empfand, die er beschuldigte, das Werkzeug anstelle des Menschen zum Protagonisten der Kultur zu erklären und die spanische Prosa zu verhunzen (die er, nebenbei bemerkt, wunderbar beherrschte).

»Na, dann machen wir doch aus diesem Jungen einen Historiker und keinen Steinchensammler, Dr. Matos. Seien Sie altruistisch, schicken Sie ihn mir in die Abteilung für Geschichte.«

Die Arbeit, die Saúl im Sommer 1956 bei den Machiguengas leistete, wurde später in erweiterter Form zu seiner Magisterarbeit. Er präsentierte sie, als wir im fünften Jahr studierten, und ich erinnere mich noch sehr gut an Don Salomóns Ausdruck von Stolz und tief empfundener Freude. Festlich gekleidet, mit einer gestärkten Hemdbrust unter dem Sakko, verfolgte er die Zeremonie von der ersten Reihe des Prüfungssaales aus, und seine kleinen Augen glänzten, während Saúl seine Schlußfolgerungen vorlas, die Fragen der Kommission beantwortete – deren Vorsitz Matos Mar innehatte –, die Prüfung bestand und ihm das entsprechende akademische Band umgelegt wurde.

Don Salomón lud Saúl und mich zum Mittagessen ins Raimondi ein, im Zentrum von Lima, um das Ereignis zu feiern. Aber er nahm keinen Bissen zu sich, vielleicht um nicht unfreiwillig die jüdischen Essensvorschriften zu verletzen. (Einer von Saúls Scherzen, wenn er Speckgrieben oder Meeresfrüchte bestellte, lautete: »Daß ich

eine Sünde begehe, wenn ich sie esse, gibt ihnen außerdem einen ganz speziellen Beigeschmack, Bruderherz, du wirst nie wissen, was das ist.«) Don Salomón konnte sich nicht fassen vor Freude über den Titel seines Sohnes. Mitten im Essen wandte er sich mit seinem angestrengten osteuropäischen Akzent an mich und bat eindringlich:
»Überzeugen Sie Ihren Freund, daß er das Stipendium annimmt.« Und als er mein überraschtes Gesicht sah, erklärte er mir: »Er will nicht nach Europa gehen, um mich nicht allein zu lassen, als wäre ich nicht groß genug, um für mich selbst sorgen zu können. Ich hab ihm gesagt, wenn er sich darauf versteift, dann wird er mich zwingen zu sterben, damit er in aller Ruhe nach Frankreich gehen und sich dort spezialisieren kann.«
Auf diese Weise erfuhr ich, daß Matos Mar ihm ein Stipendium besorgt hatte, damit er an der Universität von Bordeaux promovieren konnte. Mascarita hatte abgelehnt, weil er seinen Vater nicht allein lassen wollte. War dies der Grund, weshalb er nicht nach Bordeaux reiste? Damals glaubte ich es; jetzt bin ich sicher, daß er log. Jetzt weiß ich, daß diese Bekehrung, auch wenn er sie niemandem anvertraute und tief verschlossen in sich verwahrte, in ihm gegärt hatte, bis sie die Merkmale einer mystischen Verzückung, womöglich einer Suche nach Märtyrertum angenommen hatte. Ich hege jetzt keinen Zweifel daran, daß er jenen Titel in Ethnologie nur deshalb erworben hat, daß er sich der Mühe, eine Magisterarbeit zu schreiben – obwohl er wußte, daß er niemals Ethnologe werden würde –, nur deshalb unterzogen hat, um seinem Vater diese Genugtuung zu verschaffen. Ich, der ich mir in jenen Tagen die Hacken ablief, um irgendein Stipendium zu bekommen, mit dessen Hilfe ich nach Europa gehen konnte, versuchte ihn mehrere Male zu

überzeugen, eine solche Gelegenheit nicht vorübergehen zu lassen. »Das wird sich dir nicht noch einmal bieten, Mascarita. Europa! Frankreich! Sei kein Idiot, Mann!« Er war kategorisch: er könne nicht fortgehen, er sei der einzige Mensch, den Don Salomón auf der Welt habe, und er werde ihn in seinem hohen Alter nicht zwei oder drei Jahre allein lassen.

Natürlich glaubte ich ihm. Wer ihm nicht ganz glaubte, war derjenige, der ihm das Stipendium besorgt und nicht wenige akademische Hoffnungen in ihn gesetzt hatte, sein Professor Matos Mar. Dieser erschien an einem jener Nachmittage wie üblich bei Porras Barrenechea zu einem Gedankenaustausch bei Tee und Biskuit und verkündete ihm mit betrübter Miene:

»Sie haben gewonnen, Dr. Porras. Über das Stipendium für Bordeaux kann dieses Jahr die Abteilung für Geschichte verfügen. Unser Kandidat hat es abgelehnt. Was sagen Sie dazu?«

»Soviel ich weiß, ist es das erste Mal in der Geschichte von San Marcos, daß jemand ein Stipendium für Frankreich ablehnt«, sagte Porras. »Was ist denn in diesen Jungen gefahren?«

Ich, der ich im gleichen Raum, in dem sie sich unterhielten, gerade damit beschäftigt war, die Mythen über El Dorado und die Sieben Städte von Cibola bei den Chronisten der Entdeckung und der Konquista auszuwerten, gab meinen Senf dazu und sagte, daß der Grund für die Ablehnung Don Salomón sei, den Saúl nicht allein lassen wolle.

»Das ist der Grund, den Zuratas nennt, ja, und hoffentlich stimmt er«, nickte Matos Mar mit skeptischer Miene. »Aber ich fürchte, es gibt noch einen tieferen Grund. Saúl hat Zweifel bekommen an der Forschung und an der Feldarbeit. Ethische Zweifel.«

Porras Barrenechea streckte das Kinn vor und machte kleine listige Augen, wie immer, wenn ihm eine Bosheit auf der Zunge lag.

»Na, wenn Zuratas begriffen hat, daß die Ethnologie eine Pseudowissenschaft ist, die die Gringos erfunden haben, um die Humanwissenschaften zu zerstören, dann ist er intelligenter, als man erwarten konnte.«

Aber Matos Mar lächelte nicht.

»Ich spreche im Ernst, Dr. Porras. Es ist schade, weil der Junge glänzende Voraussetzungen besitzt. Er ist intelligent, aufnahmefähig und ein sehr guter Forscher mit großer Arbeitskapazität. Er hat sich in den Kopf gesetzt, daß die Arbeit, die wir machen, unmoralisch ist, stellen Sie sich das mal vor.«

»Unmoralisch? Nun ja, wer weiß, was Sie bei den guten Urwaldwilden machen, unter dem Vorwand, ihre Sitten zu erforschen«, sagte Porras lachend. »Ich würde meine Hand natürlich nicht für die Tugend der Ethnologen ins Feuer legen.«

»Daß wir sie überfahren, daß wir ihre Kultur vergewaltigen«, fuhr Matos Mar fort, ohne auf ihn einzugehen. »Daß wir mit unseren Tonbändern und Kugelschreibern der Wurm sind, der in die Frucht eindringt und sie zum Verfaulen bringt.«

Er berichtete, daß es vor wenigen Tagen zu einer Diskussion in der Abteilung für Ethnologie gekommen war. Saúl Zuratas hatte alle durch die Erklärung irritiert, daß die Arbeit der Ethnologen ähnliche Folgen zeitige wie das Vorgehen der Kautschuksammler, Holzhändler, Armeewerber und übrigen Mestizen und Weißen, die dabei waren, die Stämme zu dezimieren.

»Er hat gesagt, wir hätten die Arbeit dort wiederaufgenommen, wo die Missionare in der Kolonialzeit aufgehört haben«, fügte er hinzu. »Daß wir mit dem Märchen von der Wissenschaft genau wie sie mit dem Märchen von der Evangelisierung die Speerspitze der Vernichtung der Stämme seien.«

»Wird in San Marcos der fanatische Indigenismus der dreißiger Jahre wieder lebendig?« sagte Porras seufzend. »Das würde mich nicht wundern, denn er kehrt zu gewissen Zeiten wieder, wie der Schnupfen. Ich sehe Zuratas schon Pamphlete gegen Pizarro, die spanische Eroberung und die Verbrechen der Inquisition verfassen. Ich will ihn nicht in der Abteilung für Geschichte! Er soll dieses Stipendium annehmen, französischer Staatsbürger werden und Karriere machen, indem er die Schwarze Legende verbreitet.«

Ich maß den Worten von Matos Mar, die ich an jenem Nachmittag zwischen den staubigen Regalen voller Bücher und kleiner Don-Quijote- und Sancho-Panza-Statuen in der Wohnung von Porras Barrenechea in der Calle Colina von Miraflores hörte, keine große Bedeutung zu. Ich glaube auch nicht, daß ich die Sache Saúl gegenüber erwähnt habe. Doch jetzt, hier in Florenz, wo ich mich erinnere und Notizen mache, gewinnt diese Episode rückwirkend eine große Bedeutung. Jene Sympathie, Solidarität, Verzauberung oder was auch immer hatte damals einen Höhepunkt erreicht und ihr Wesen verändert. Wenn Mascarita die Ethnologen in Frage stellte, von denen man bei aller Kurzsichtigkeit, die ihnen eigen war, zumindest behaupten konnte, daß sie sich der Notwendigkeit bewußt waren, die Weltsicht der Eingeborenen des Urwalds in deren eigenen Kategorien zu begreifen, was verteidigte er damit? Etwas so Phantastisches wie die Erklärung des Urwalds zum Quarantänegebiet und die Anerkennung unveräußerlicher Rechte über ihre Ländereien seitens des übrigen Landes? Sollte niemand das Gebiet jemals wieder betreten dürfen, um

die Kontamination dieser Kulturen durch die zersetzenden Miasmen der unseren zu verhindern? Hatte Saúls amazonischer Purismus derartige Extreme erreicht?
Tatsächlich sahen wir uns nicht sehr oft in den letzten Monaten auf der Universität. Auch ich war sehr beschäftigt, da ich meine Abschlußarbeit schrieb. Er hatte das Jurastudium praktisch aufgegeben. Ich traf ihn in großen Zeitabständen, die wenigen Male, die er in der Abteilung für Literatur auftauchte, die damals an die Ethnologie angrenzte. Wir tranken einen Kaffee zusammen oder rauchten eine Zigarette, während wir uns unter den gelblichen Palmen am alten Universitätsgebäude unterhielten. Mit den Jahren und den verschiedenen Tätigkeiten und Projekten, denen wir nachgingen, hatte sich unsere Freundschaft, die in den ersten Jahren recht eng gewesen war, in eine sporadische und oberflächliche Beziehung verwandelt. Ich fragte ihn nach seinen Reisen, denn immer war er entweder gerade zurückgekehrt oder auf dem Sprung in den Urwald, und bis zu jenem Kommentar von Matos Mar gegenüber Dr. Porras verband ich sie mit seiner Studienarbeit, mit Saúls zunehmender Spezialisierung in den amazonischen Kulturen. Aber ich glaube, daß wir in jenen letzten Monaten, abgesehen von unserer letzten Unterhaltung – als wir uns voneinander verabschiedeten und er seine Streitrede gegen das Institut für Linguistik und das Ehepaar Schneil hielt –, keines jener endlosen Zwiegespräche mehr führten, bei denen wir das Herz auf der Zunge trugen und freimütige Bekenntnisse austauschten, wie sie uns so oft in den Jahren zwischen 1953 und 1956 zusammengeführt hatten.
Wären wir bei diesen Gesprächen geblieben, hätte er mir dann sein Herz geöffnet und durchblicken lassen, was er tun würde? Wahrscheinlich nicht. Entscheidungen von

der Art, wie sie Heilige und Verrückte treffen, werden nicht in die Öffentlichkeit getragen. Sie reifen allmählich, in den tiefsten Winkeln der Seele, hinter dem Rücken der eigenen Vernunft und vor indiskreten Blikken geschützt, ohne daß man sie den anderen zwecks Zustimmung unterbreitet – die sie niemals gewähren würden –, bis man sie in die Praxis umsetzt. Ich stelle mir vor, daß der Heilige, Erleuchtete oder Verrückte sich im Laufe dieses Prozesses – während der Plan heranreift und zur Tat wird – mehr und mehr isoliert, sich in einer Einsamkeit einmauert, in die die anderen nicht einzudringen vermögen. Ich für meinen Teil hatte nicht die mindeste Ahnung, daß Mascarita in jenen letzten Monaten unseres Studentenlebens – wir waren beide schon zu Männern geworden – eine derartige innere Revolution erlebte. Daß er scheuer war als die übrigen Sterblichen oder vielmehr daß er sich mit dem Ende seiner Jugend noch zurückhaltender zeigte, bemerkte ich wohl. Aber ich schrieb es ausschließlich seinem Gesicht zu, seiner erschreckenden Häßlichkeit, die sich zwischen ihn und die Welt stellte und seine Beziehungen mit den anderen Menschen erschwerte. War er noch immer der gleiche gelassene, sympathische, gutmütige Mensch wie in den Jahren zuvor? Mir schien er ernster und einsilbiger, weniger gelöst als früher. Aber ich traue meinem Gedächtnis in dieser Hinsicht nicht besonders. Vielleicht war er noch immer derselbe heitere und redefreudige Mascarita, den ich 1953 kennengelernt hatte, und meine Phantasie verändert ihn, damit er besser zu dem anderen paßt, dem der künftigen Jahre, den ich nicht mehr kannte und den ich – da ich der verfluchten Versuchung nachgegeben habe, über ihn zu schreiben – nun erfinden muß. Die Erinnerung trügt mich jedoch nicht, da bin ich sicher, was seine Kleidung und sein Aussehen betrifft.

Dieses rote Haar mit einem Wirbel oben auf dem Hinterkopf, das dem Kamm widerstand, sprühte immer Flammen, bewegte sich, tanzte über diesem Doppelgesicht mit seiner blassen, sommersprossigen Haut auf der gesunden Seite. Seine Augen und seine Zähne waren ebenmäßig. Er war groß, mager, und ich bin sicher, daß ich ihn außer an dem Tag seiner Magisterprüfung niemals mit Krawatte gesehen habe. Stets trug er billige Sporthemden aus derbem Baumwollstoff, über die er im Winter einen Pullover von irgendeiner Farbe anzog, und ausgeblichene, zerknitterte Jeans. Seine großen Schuhe dürften niemals eine Bürste gesehen haben. Ich glaube nicht, daß es in seinem Leben Vertrauenspersonen gab oder daß ihn mit irgend jemandem eine enge Freundschaft verband. Wahrscheinlich ähnelten seine anderen Freundschaften der unseren: sehr herzlich, aber recht oberflächlich. Bekannte besaß er in großer Zahl, an der Universität und zweifellos in seinem Viertel, aber ich würde schwören, daß niemand aus seinem Mund erfuhr, was in ihm vorging oder welche Pläne er hegte. Wenn er sein Vorhaben überhaupt sorgfältig plante und es nicht eher so war, daß alles schrittweise geschah, unmerklich, mehr aus den Umständen als aus einer persönlichen Entscheidung heraus. Darüber habe ich in diesen Jahren oft nachgedacht, aber wissen werde ich es natürlich niemals.

III

Danach brachen die Menschen der Erde auf, geradewegs auf die herabstürzende Sonne zu. Zuvor waren auch sie ruhig geblieben. Die Sonne, ihr Himmelsauge, stand unbeweglich. Wachsam, stets geöffnet, betrachtete es uns und wärmte die Welt. Ihrem Licht konnte Tasurinchi standhalten, obwohl es sehr stark war. Es gab kein Unheil, es gab keinen Wind, es gab keinen Regen. Die Frauen brachten reine Kinder zur Welt. Wenn Tasurinchi essen wollte, tauchte er die Hand in den Fluß und holte eine zappelnde Alse heraus; oder er schoß den Pfeil aufs Geratewohl, tat ein paar Schritte durch den Wald und stieß plötzlich auf eine kleine Truthenne, ein Rebhuhn oder einen Trompetero, die er getroffen hatte. Niemals fehlte es an Nahrung. Es gab keinen Krieg. Die Flüsse waren übervoll von Fischen und die Wälder von Tieren. Die Mashcos existierten nicht. Die Menschen der Erde waren stark, weise, gelassen und vereint. Ruhig und ohne Zorn. Vor dem Danach.

Die fortgingen, kehrten zurück und schlüpften in den Geist der Besten. So starb gewöhnlich niemand. »Es ist die Reihe an mir, fortzugehen«, sagte Tasurinchi. Er ging zum Flußufer hinunter und bereitete sich sein Lager mit Blättern und dürren Zweigen und einem Dach aus Ungurabi. Um sich herum errichtete er einen Pfahlzaun aus spitzem Rohr, damit das Wasserschwein nicht seinen Leichnam fräße, wenn es sich am Ufer herumtrieb. Er legte sich nieder, ging fort, und wenig später kehrte er zurück und nahm Wohnung in dem, der am meisten gejagt, am besten gekämpft oder die Sitten geachtet hatte. Die Menschen der Erde lebten zusammen. Ruhig. Der Tod war nicht der Tod. Er war ein Fortgehen und

Wiederkehren. Statt sie zu schwächen, stärkte er sie, denn er fügte jenen, die blieben, die Weisheit und die Kraft der Fortgegangenen hinzu. »Wir sind und wir werden sein«, sagte Tasurinchi. »Es scheint, daß wir nicht sterben werden. Die fortgehen, sind zurückgekehrt. Sie sind hier. Sie sind wir.«

Warum, wenn sie so rein waren, sind die Menschen der Erde dann aufgebrochen? Weil die Sonne eines Tages herabzustürzen begann. Damit sie nicht noch mehr stürzte, um ihr beim Aufstehen zu helfen. Das sagt Tasurinchi.

Das ist zumindest, was ich erfahren habe.

Hatte die Sonne schon ihren Krieg mit Kashiri, dem Mond, ausgetragen? Vielleicht. Sie begann zu blinzeln, sich zu bewegen, ihr Licht erlosch, und man konnte sie kaum noch sehen. Die Menschen begannen sich zitternd den Körper zu reiben. Das war die Kälte. So begann sie danach, scheint es. Damals, im Halbdunkel, traten die Menschen, unwissend und voller Furcht, in ihre eigenen Fallen, aßen Fleisch vom Hirsch im Glauben, es sei Tapir, und fanden nicht mehr den Heimweg vom Yuccafeld zu ihrem Haus. Wo bin ich? fragten sie verzweifelt, während sie blind umherirrten und stolperten, wo mögen meine Verwandten sein? Was geschieht in der Welt? Der Wind hatte sich erhoben. Heulend, mit den Händen fuchtelnd, trug er die Wipfel der Palmen davon und riß die Lupunas mit der Wurzel aus. Der Regen prasselte herab und löste Überschwemmungen aus. Man sah Scharen ertrunkener Nabelschweine, die mit den Füßen nach oben im Strom trieben. Die Flüsse änderten ihren Lauf, die Palisaden gaben nach und ließen die Tümpel überfließen, die Seen wurden zu Flüssen. Die Seelen verloren die Gelassenheit. Das war kein Fortgehen mehr. Es war Sterben. Wir müssen etwas tun, sagten sie. Und sie schauten nach rechts und nach links, was, was sollen wir tun? sagten sie. »Aufbrechen«, befahl Tasurinchi. Sie befanden sich in tiefer Finsternis, von Unheil umgeben. Die Yucca ging aus, das Wasser roch übel. Die fortgingen, kehrten nicht mehr zurück, in die Flucht geschlagen von den Verheerungen, verloren zwischen der Welt der Wolken und der unseren. Unter dem Boden, auf den sie traten, hörten sie schwer den Kamabiría fließen, den Fluß der Toten. Als käme er ihnen näher, als riefe er sie. Aufbrechen? »Ja«, sagte der Seripigari, während er sich in seinem Rausch am Tabak verschluckte. »Gehen, gehen. Und erinnert euch, an dem Tag, da ihr aufhört zu gehen, werdet ihr ganz fortgehen. Und ihr werdet die Sonne mit hinunternehmen.«

So begann es. Die Bewegung, das Gehen. Vorankommen mit oder ohne Regen, zu Lande oder zu Wasser, den Berg hinauf oder die Schlucht hinunter. In den dichten Wäldern herrschte Nacht, wenn es Tag war, und die Ebenen sahen wie Seen aus, weil kein einziges Gebüsch auf ihnen stand, wie der Kopf eines Mannes, dem der kleine Kamagarini-Teufel das Haar geraubt hat. »Die Sonne ist noch nicht herabgestürzt«, ermutigte Tasurinchi sie. »Sie stolpert und sie steht auf. Vorsicht, sie schläft ein. Wekken wir sie auf, helfen wir ihr.« Wir haben Schäden und Tote zu beklagen, aber wir gehen weiter. Würden alle Funken des Himmels ausreichen, die Monde zu zählen, die vergangen sind? Nein. Wir sind lebendig. Wir bewegen uns.

Um im Gehen zu leben, mußten sie zuvor leicht werden und alles zurücklassen, was sie besaßen. Sie. Die Wohnungen, Tiere, Saatfelder, die Fülle, die sie umgab. Den kleinen Strand, wo sie die Schienenschildkröten mit dem salzigen Fleisch umdrehten; den Wald, der von singenden Vögeln wimmelte. Sie nahmen das Unerläßliche und brachen auf. War er eine Strafe, der Gang durch den Wald? Eher ein Fest wie der Fischfang oder die Jagd in der trockenen Jahreszeit. Sie behielten ihre Pfeile und Bogen, ihre Hörner mit dem Gift, ihre Röhren mit Orleantinktur, ihre Messer, ihre Trommeln, die Cushmas, mit denen sie bekleidet waren, die Beutel und Stoffstreifen, um die Kinder zu tragen. Die Neugeborenen kamen im Gehen zur Welt, die Alten starben im Gehen. Wenn es hell wurde, bewegte sich das Gezweig im Vorbeigehen ihrer Körper, waren sie schon da, einer nach dem anderen, und gingen und gingen, die Männer mit den schußbereiten Waffen, die Frauen mit den Trögen und Körben, die Augen aller auf die Sonne gerichtet. Wir haben die Richtung noch nicht verloren. Die Hartnäckigkeit wird uns also rein erhalten haben. Die Sonne ist nicht herabgestürzt, sie stürzt nicht bis zu Ende. Sie kommt und geht wie die Seelen, denen Glück beschieden ist. Sie wärmt die Welt. Die Menschen der Erde sind auch nicht gestürzt. Hier sind wir. Ich in der Mitte, ihr um mich herum. Ich, der ich spreche, ihr, die ihr zuhört. Wir leben, wir gehen. Das ist das Glück, so scheint es.

Aber sie mußten sich zuvor opfern für diese Welt. Katastrophen, Leiden und Unheil ertragen, die jedes andere Volk vernichtet hätten.

Damals machten die Menschen, die gehen, Rast, um auszuruhen. In der Nacht brüllte der Tiger, und der Herr des Donners dröhnte mit dröhnender Stimme. Es gab böse Vorzeichen. Die Schmetterlinge drangen in die Behausungen ein, und die Frauen mußten die Strohmatten schütteln und sie von den Eßtrögen vertreiben. Sie hörten die Eule und die Chícua schreien. Was wird geschehen? sagten sie voller Furcht. In der Nacht schwoll der Fluß so sehr an, daß sie sich im Morgengrauen von stürmischen Wassern umgeben sahen, in denen Hölzer, Stauden, Gestrüpp und Kadaver trieben, die auseinandergerissen wurden, wenn sie gegen die Ufer stießen. Rasch schlugen sie Holz und stellten rohe Flöße und Kanus her, bevor die Überschwemmung die kleine Insel verschluckte, in die sich die Erde verwandelt hatte. Sie mußten sich in das schlammige Wasser stürzen und zu paddeln beginnen. Sie paddelten, paddelten, und während die einen die Stäbe ergriffen, schrien die anderen, zeigten rechts auf die Stellen, an denen man gegen die Palisaden stoßen konnte, links auf die Schlünde der Wasserwirbel, dort, dort auf das Geschlängel der Wasserschlange, die hinterlistig und ganz still unter dem Wasser den Augenblick abwartet, da sie das Kanu umwerfen und die Insassen verschlingen kann. Drinnen im Wald trank Kientibakori, der Herr der Dämonen, Masato, verrückt vor Freude, und tanzte inmitten der Menge der Kamagarinis. Viele gingen fort, weil sie in den steigenden Wassern ertranken, wenn ein versunkener, unsichtbarer Stamm das Floß spaltete und die Familien raubte.

Diese kehrten nicht zurück. Ihre aufgedunsenen Körper, von den Pirañas angefressen, tauchten bisweilen an einem Strand auf oder hingen in Fetzen an den Wurzeln eines Baumes am Ufer. Man darf sich nicht vom Schein trügen lassen. Die auf solche Weise fortgehen, gehen fort. Wußten die Seripigaris das damals? Wer weiß, ob die Weisheit schon gekommen war. Wenn die Vögel und das Getier ihre Schalen fressen, findet die Seele den Weg nicht mehr zurück, so scheint es. Sie verliert sich in irgendeiner Welt, sie wird ein kleiner Kamagarini-Teufel und steigt zu denen in der Tiefe hinab, oder sie wird ein kleiner Saankarite-Gott und steigt zu den oberen Welten empor. Deshalb mißtrauten sie vorher dem Fluß, dem See, selbst dem flachen Seitenarm. Sie waren mit ihnen

verfeindet. Deshalb durchfurchten sie nur die Flüsse, wenn ihnen alle Wege versperrt waren. Vielleicht weil sie nicht sterben wollten. Die Wasser sind trügerisch, sagten sie. Auf den Wassern fortgehen bedeutet sterben.
Das ist zumindest, was ich erfahren habe.
An der Großen Stromenge ist der Grund des Flusses dicht mit unseren Leichnamen bedeckt. Es werden wohl sehr viele sein. Hier wurden sie mit dem Atemhauch erschaffen, und hierher sind sie gewiß zurückgekehrt, um zu sterben. Dort werden sie sein, tief unten, und die Wehklage des Wassers hören, das gegen die Steine schlägt und an den scharfen Felsen zerstäubt. Deshalb wird es keine Schienenschildkröten geben hinter der Stromenge, im bergigen Land. Sie sind gute Schwimmerinnen, und doch wird keine diese Wasser durchquert haben können. Die es versucht haben, sind gewiß ertrunken. Jetzt werden auch sie in der Tiefe sein und hören, wie die Welt oben erbebt. Dort haben wir Machiguengas begonnen, und dort werden wir enden, so scheint es. In der Großen Stromenge.
Andere gingen im Kampf fort. Es gibt viele Arten zu kämpfen. Damals hatten die Menschen, die gehen, Rast gemacht, um neue Kräfte zu schöpfen. Ihre Müdigkeit war so groß, daß sie kaum sprechen konnten. Sie hielten sich in einem Waldstück auf, das sicher zu sein schien. Sie hatten es gesäubert und ihre Hütten gebaut, ihre Dächer geflochten. Es lag hoch, und sie glaubten, daß die Wasser, die Kientibakori gesandt hatte, um sie zu ertränken, sie dort nicht erreichen würden. Oder daß sie die Fluten rechtzeitig sehen würden, wenn sie kämen, und fliehen könnten. Nachdem sie den Wald gerodet und abgebrannt hatten, pflanzten sie Yucca und Bananen, säten Mais. Es gab wilde Baumwolle, um die Cushmas zu weben, und Tabakpflanzen, deren Geruch die Schlangen fernhielt.

Die Huacamayos kamen und gurrten auf den Schultern der Menschen. Die Jungen des Ozelots saugten an den Brüsten der Frauen. Die Mütter gingen in die Tiefe des Waldes und kamen nieder, badeten sich und kehrten mit Kindern wieder, die Hände und Füße bewegten und leise Laute von sich gaben, froh über die schöne Wärme der Sonne. Es gab keine Mashcos. Kashiri, der Mond, richtete noch kein Unheil an; er war schon auf der Erde gewesen und hatte die Menschen gelehrt, wie man Yucca anbaut. Er hatte seinen bösen Samen hinterlassen, vielleicht. Sie wußten es nicht. Alles schien gut.
Da wurde Tasurinchi eines Nachts, während er schlief, von einem Vampir gebissen. Er hieb ihm seine beiden Eckzähne ins Gesicht, und obwohl Tasurinchi mit den Fäusten nach ihm schlug, wollte er sich nicht abschütteln lassen. Er mußte ihn zerreißen und sich mit seinen weichen Knochen beschmieren, die klebrig waren wie Kot. »Das ist eine Warnung«, sagte Tasurinchi. Was bedeutete die Warnung? Niemand verstand sie. Die Weisheit war verlorengegangen, oder sie hatte noch nicht begonnen. Sie brachen nicht auf. Sie blieben dort, furchtsam, in Erwartung. Bevor die Yucca und der Mais wuchsen, bevor die Bananenstauden Früchte trugen, kamen die Mashcos. Sie spürten ihr Kommen nicht, sie hörten nicht die Musik ihrer Trommeln aus Affenfell. Plötzlich regneten Pfeile, Speere und Steine auf sie herab. Plötzlich setzten große Loderfeuer ihre Häuser in Brand. Bevor sie sich verteidigen konnten, hatten die Feinde schon viele Köpfe abgeschnitten, schon etliche Frauen geraubt. Und sie hatten alle Körbe mit Salz mitgenommen, die sie auf dem Berg gefüllt hatten. Die so fortgingen, kehrten sie zurück oder starben sie? Wer weiß. Sie würden vielleicht sterben. Ihr Geist würde wohl fortgehen und die Wut und Kraft ihrer Räuber vermehren. Oder sie

waren noch immer da und irrten hilflos durch den Wald.
Wer weiß, wie viele nicht zurückgekehrt sein mögen. Die von Pfeilen Durchbohrten, die Gesteinigten, die Gestürzten, die das Gift der Speere und die bösen Räusche zitternd zu Boden warfen. Jedesmal, wenn die Mashcos angriffen und Tasurinchi sah, wie die Menge sich lichtete, wies er zum Himmel empor. »Die Sonne stürzt herab«, spricht er. »Wir haben etwas Schlechtes getan. Wir sind gewiß verdorben, weil wir so lange am gleichen Ort geblieben sind. Die Sitte muß geachtet werden. Wir müssen wieder rein werden. Gehen wir weiter.« Und die Weisheit kehrte zum Glück zurück, als sie nahe daran waren, unterzugehen. Da vergaßen sie ihre Saatfelder, ihre Häuser, alles, was nicht in den Beuteln verwahrt werden konnte. Sie legten die Ketten, die Kronen an, verbrannten alles übrige, und unter Trommelschlagen, Singen und Tanzen brachen sie auf. Noch einmal, noch einmal. Da hielt die Sonne inne in ihrem Sturz zwischen den Welten des Himmels. Bald spürten sie, daß sie erwachte, daß sie zornig wurde. »Schon wärmt sie die Erde wieder«, sagten sie. »Wir sind lebendig«, sagten sie. Und sie gingen weiter.
So gelangten die Menschen, die gehen, jenes Mal zum Berg. Da war er. Unendlich hoch, rein ragte er empor, empor bis zu Menkoripatsa, der weißen Welt der Wolken. Fünf Flüsse strömten brodelnd zwischen den salzigen Steinen dahin. Den Berg umgaben Wäldchen aus gelbem Stroh, mit kleinen Tauben und Rebhühnern, mit kleinen verspielten Mäusen und Ameisen, die nach Honig schmeckten. Die Felsen waren aus Salz, der Boden aus Salz, auch der Grund der Flüsse war aus Salz. Die Menschen der Erde füllten die Körbe, die Beutel, die Netze, ruhig, da sie wußten, daß das Salz niemals zu

Ende gehen würde. Sie waren zufrieden, so scheint es. Sie zogen los, kehrten zurück, und das Salz hatte sich vermehrt. Immer gab es Salz für den, der hinaufstieg, um es zu holen. Viele stiegen hinauf. Ashaninkas, Amueshas, Piros, Yaminahuas. Die Mashcos stiegen hinauf. Alle kannten den Berg. Wir kamen an, und die Feinde waren da. Wir bekämpften einander nicht. Es gab weder Krieg noch Jagden, sondern Achtung, so heißt es. Das ist zumindest, was ich erfahren habe. Es wird wohl wahr sein. Nichts anderes geschieht an den Salzquellen, an den Tränken. Bekämpfen sich etwa die Tiere an diesen verborgenen Stellen des Waldes, wo die Erde salzig ist und sie kommen, um sie zu lecken? Wer hat gesehen, daß an einem solchen Ort das Pekari auf den Majaz losstürmt oder das Wasserschwein den Shimbillo beißt? Sie tun sich nichts. Hier treffen sie sich, und hier bleiben sie, jeder an seinem Platz, und lecken ruhig ihr Salz oder ihr Wasser vom Boden, bis sie genug haben. Ist es denn nicht sehr gut, eine Salzquelle oder eine Tränke zu entdecken? Wie leicht kann man dann die Tiere jagen. Da sind sie, sorglos, vertrauensvoll, und lecken. Sie hören den Stein nicht, sie fliehen nicht, wenn der Pfeil schwirrt. Sie fallen leicht. Der Berg war die Salzquelle der Menschen, ihre große Tränke. Er besaß seinen Zauber, vielleicht. Die Ashaninkas sagen, daß er heilig ist, daß die Geister im Innern des Steins miteinander sprechen. Vielleicht ist es so, vielleicht sprechen sie miteinander. Sie kamen mit den Körben und den Beuteln, und niemand jagte sie. Sie schauten sich nur an. Es gab Salz und Achtung für alle.

Danach konnte man nicht mehr auf den Berg hinaufsteigen. Danach blieben sie ohne Salz. Danach wurde gejagt, wer hinaufstieg. Gefesselt wurde er in die Lager mitgenommen. Das war das Ausbluten der Bäume. Vorwärts, *carajo!* Danach füllte sich die Erde mit Viracochas auf der Suche und Jagd nach Männern. Sie nahmen sie mit, und sie zapften den Baum an und trugen den Kautschuk fort. Vorwärts, *carajo!* Die Lager waren schlimmer als das Dunkel und der Regen, so scheint es, schlimmer als die Zeit des Unheils und die Mashcos. Wir hatten sehr viel Glück. Gehen wir denn nicht? Sie waren schlau, die Viracochas, so heißt es. Sie wußten, daß die Menschen mit ihren Körben und Netzen hinaufsteigen würden, um das Salz des Berges zu sammeln. Sie erwarteten sie mit Fallen und Flintenschüssen. Sie nahmen den mit, der fiel. Ashaninka, Piro, Amahuaca, Yaminahua, Mashco. Sie hatten keine Vorlieben. Sie nahmen den, der fiel, wenn ihm nicht Hände fehlten, um den Baum anzuzapfen, Finger, um ihm Wunden zu schlagen, seine Dose anzubringen und seine Milch aufzufangen, Schultern, um die Last zu tragen, und Beine, um mit den Kautschukkugeln in die Lager zu laufen. Einige entkamen vielleicht. Sehr wenige, so heißt es. Es war nicht leicht. Man mußte mehr fliegen als laufen. Stirb, *carajo!* Wer floh, wurde vom Schuß der Flinte niedergestreckt. Machiguenga tot, *carajo!* »Es ist vergeblich, aus den Lagern zu fliehen«, sagte Tasurinchi. »Die Viracochas haben ihren Zauber. Etwas geschieht uns. Etwas werden wir getan haben. Die Geister schützen sie, und uns verlassen sie. Wir tragen die Schuld für etwas. Es ist besser, sich einen Dorn der Chambira-Palme einzujagen oder Cumo-Saft zu trinken. Wenn man auf diese Weise fortgeht, mit Dorn oder Gift, aus eigenem Willen, dann besteht Hoffnung, daß man zurückkehrt. Wer durch einen Flintenschuß fortgeht, kehrt nicht zurück, er treibt für immer im Kamabiría-Fluß, ein Toter unter Toten.« Es sah aus, als ob die Menschen verschwinden würden. Aber haben wir denn nicht Glück? Hier sind wir. Noch immer gehen wir. Unver-

ändert froh. Seitdem haben sie das Salz des Berges nicht mehr gesammelt. Er wird unverändert dasein, unendlich hoch, mit reiner Seele, und der Sonne ins Gesicht schauen.
Das ist zumindest, was ich erfahren habe.
Tasurinchi, der, welcher an der Biegung des Flusses lebt und zuvor am See lebte, wo in der trockenen Jahreszeit, wenn seine Wasser verschwinden, so viele halbtote Schienenschildkröten zurückbleiben, geht weiterhin. Ich begab mich zu ihm und sah ihn. Ich blies aus der Ferne ins Horn, um ihm anzukündigen, daß ich ihn besuchen käme, und als ich näher herangekommen war, tat ich es ihm mit lauten Rufen kund. »Ich bin gekommen! Ich bin gekommen!« Mein kleiner Papagei wiederholte: »Bin gekommen! Bin gekommen!« Er trat nicht heraus, um mich zu empfangen, und ich dachte, daß er jetzt vielleicht an einem anderen Ort lebte und mein Weg dorthin vergeblich gewesen war. Nein. Da stand noch immer sein Haus, an der Biegung des Flusses. Ich stellte mich mit dem Rücken davor hin, um zu warten, bis er mich empfangen würde. Ich mußte lange warten. Er war unten, am Fluß, und höhlte einen Baumstamm aus, um sich ein Kanu anzufertigen.
Während ich wartete, beobachtete ich seine Frau. Dort, ganz in meiner Nähe, saß sie neben dem Webstuhl und färbte einige Baumwollfasern mit den zerstoßenen Wurzeln der Myrte. Sie erhob sich nicht und schaute mich nicht an. Sie arbeitete weiter, als wäre ich nicht gekommen oder unsichtbar. Sie trug mehr Halsketten als das letzte Mal. »Trägst du so viele Halsketten, damit die kleinen Kamagarini-Teufel nicht in deine Nähe kommen oder damit der Machikanari-Zauberer dich nicht verzaubern kann?« fragte ich sie. Aber sie antwortete mir nicht und fuhr fort, die Fasern zu färben, so als würde sie mich

auch nicht hören. Sie trug auch zahlreichen Schmuck an den Armen, an den Fußknöcheln und auf den Schultern und dem Vorderteil ihrer Cushma. Die Krone auf ihrem Kopf war ein Regenbogen aus Federn vom Huacamayo, vom Tukan, vom Papagei, vom Helmhokko und von der Kanarihenne.

Schließlich kam Tasurinchi. »Ich bin gekommen«, sagte ich zu ihm. »Bist du da?« – »Hier bin ich«, antwortete er mir, froh, mich zu sehen, und mein Papagei wiederholte: »Bin ich, bin ich.« Da stand seine Frau auf und entrollte zwei Strohmatten, damit wir uns setzen konnten. Sie brachte einen Topf frisch gebratener Yuccas, die sie in ein paar Bananenblätter schüttete, und ein Gefäß mit Masato. Auch sie schien froh zu sein, mich zu sehen. Wir sprachen bis zum folgenden Mond, ohne Unterlaß.

Die Frau ist trächtig, und dieses Mal wird das Kind in der richtigen Zeit auf die Welt kommen und nicht fortgehen. Ein kleiner Gott hat es dem Seripigari während des Rausches gesagt. Und er hat ihm mitgeteilt, wenn das Kind dieses Mal stirbt, bevor es zur Welt kommt, wie die anderen Male, dann wird die Frau die Schuldige sein und nicht ein Kamagarini. In diesem Rausch hat der Seripigari viele Dinge erfahren. Die anderen Male waren die Kinder tot auf die Welt gekommen, weil sie Zaubertränke zu sich genommen hatte, damit sie in ihr stürben und sie sie vor der Zeit ausstoßen konnte. »Ist das wahr?« fragte ich die Frau. Und sie antwortete mir: »Ich erinnere mich nicht. Vielleicht ist es so. Wer weiß.« – »Ja, es ist wahr«, versicherte mir Tasurinchi. Er hat sie gewarnt, daß er sie töten wird, wenn das Kind dieses Mal tot auf die Welt kommt. »Wenn es tot auf die Welt kommt, wird er mich mit einem vergifteten Pfeil durchbohren und mich an den Fluß legen, damit mich die Wasserschweine fressen«, bestätigte mir die Frau. Sie lachte, sie hatte keine Bange, es schien eher, als würde sie uns zum besten halten.

Ich fragte Tasurinchi, warum ihm so viel daran lag, daß seine Frau niederkam. Das Kind kümmert ihn nicht, ihr gilt seine Besorgnis. »Ist es nicht seltsam, daß all ihre Kinder tot zur Welt kommen?« sagt er. Er fragte sie noch einmal, in meiner Gegenwart: »Hast du sie tot geboren, weil du Zaubertränke genommen hast?« Sie wiederholte, was sie mir gesagt hatte: »Ich erinnere mich nicht.« »Manchmal denke ich, sie ist keine Frau, sondern eine Teufelin, eine Sopai«, gestand mir Tasurinchi. Nicht nur das mit den Kindern läßt ihn argwöhnen, daß sie eine andere Seele besitzt. Auch jene Armbänder, Halsketten, Kronen und Schmucksachen, die sie sich anlegt. Und das ist wahr, ich habe noch nie jemanden gesehen, der so viele Dinge am Körper und an der Cushma trägt. Wer weiß, wie sie gehen kann mit diesem ganzen Gewicht. »Sieh, was sie sich jetzt umhängt«, sagte Tasurinchi zu mir. Er ließ die Frau näher treten und zeigte nacheinander: Schellen mit Saatkörnern, reihenweise Ketten aus Rebhuhnknochen, Wasserschweinzähnen, Äffchenschienbeinen, Majazfangzähnen, Raupenhüllen und vielen anderen Dingen, an die ich mich nicht erinnere. »Sie sagt, diese Ketten schützen sie vor dem bösen Zauberer, dem Machikanari«, erzählte mir Tasurinchi. »Aber manchmal, wenn ich sie sehe, scheint es eher, daß sie ein Machikanari ist und einen Zauber gegen jemanden vorbereitet.« Sie lachte und sagte, sie glaube nicht, daß sie eine Zauberin oder Teufelin sei, sondern nur eine Frau wie die anderen auch.

Tasurinchi würde es nichts ausmachen, allein zu bleiben, wenn er seine Frau töten sollte. »Es ist besser so, anstatt weiter mit jemandem zu leben, der alle Teile meiner Seele rauben kann«, erklärte er mir. Aber er glaubte, es würde

nicht so kommen, da das Kind dieses Mal im Gehen auf die Welt käme, wie der Seripigari im Rausch erfahren hatte. »Vielleicht ist es so«, hörte ich seine Frau mit lautem Lachen sagen, ohne daß sie den Blick von den Baumwollfasern hob. Die beiden sind wohlauf. Sie gehen. Tasurinchi gab mir dieses kleine Netz aus Bast. »Damit du etwas fischst«, sagte er mir. Er gab mir auch Yuccas und Mais. »Hast du keine Angst, allein zu reisen?« fragte er mich. »Wir Machiguengas gehen immer in Begleitung durch den Wald, weil uns unterwegs etwas erwarten könnte.« – »Ich reise auch in Begleitung«, antwortete ich ihm. »Siehst du denn nicht meinen kleinen Papagei?« – »Papagei, Papagei«, wiederholte der kleine Papagei.
Das alles erzählte ich Tasurinchi, dem, der vorher am Mitaya-Fluß lebte und jetzt tief im Wald am Yavero-Fluß lebt. Er überlegte nachdenklich und sagte zu mir: »Das verstehe ich nicht. Fürchtet er, daß seine Frau eine Sopai ist, weil sie tote Kinder wirft? Dann wären diese Frauen auch Teufelinnen, weil sie nicht nur Tote gebären, sondern manchmal auch Kröten und Eidechsen. Wer hat gelehrt, daß eine Frau eine böse Zauberin ist, wenn sie viele Ketten trägt? Ich kenne diese Weisheit nicht. Der Machikanari ist ein böser Zauberer, weil er Kientibakori dient, dem, der mit seinem Atemhauch die bösen Geister geschaffen hat, und weil die Kamagarinis, seine kleinen Teufel, ihm helfen, den Zauber vorzubereiten, so wie die kleinen Götter, die Tasurinchi geschaffen hat, dem Seripigari, dem guten Zauberer, helfen, Schäden zu heilen, Zauber zu brechen und die Wahrheit zu entdecken. Aber der Machikanari wie auch der Seripigari legen sich Ketten an, soviel ich weiß.«
Die Frauen begannen zu lachen, als sie ihn hörten. Es kann doch nicht stimmen, daß sie tote Kinder ausstoßen,

denn es gab ein Gewimmel von kleinen Kindern dort im Haus am Yavero. »Es sind viele Mäuler«, klagte Tasurinchi. Früher gingen im Mitaya-Fluß immer Fische ins Netz, obwohl die Erde nicht gut für die Yucca war. Aber wo er jetzt hingegangen ist, weit hinauf an einen der Seitenarme, die in den Yavero einmünden, gibt es keine Fische. Ein dunkler Ort voller Kröten und Gürteltiere, und feuchte Erde, die die Pflanzen zum Verfaulen bringt.

Ich habe immer gewußt, daß man das Fleisch des Gürteltiers nicht essen darf, denn das Gürteltier stammt von einer unreinen Mutter, bringt Schaden, und der Körper dessen, der es ißt, bedeckt sich mit Flecken. Aber sie dort aßen es. Die Frauen häuteten ein Gürteltier, und dann brieten sie sein Fleisch, in kleine Stücke geschnitten. Tasurinchi steckte mir mit den Fingern ein Stück in den Mund. Es kostete mich Mühe, es zu schlucken, wegen der Furcht, die ich empfand. Es scheint nicht, daß mir etwas geschehen ist. Sonst wäre ich wohl nicht hier und könnte weitergehen.

»Warum bist du so weit fortgegangen, Tasurinchi?« fragte ich ihn. »Es hat mich Mühe gekostet, dich zu finden. Außerdem leben in dieser Gegend, ganz nah, die Mashcos.« – »Du bist bei meinem Haus am Mitaya gewesen und den Viracochas nicht begegnet?« fragte er erstaunt. »Sie sind überall dort. Vor allem auf dem Ufer gegenüber dem Ort, wo ich gelebt habe.«

Die Fremden hatten vor vielen Monden begonnen, auf dem Fluß zu fahren, hinauf und hinunter, hinunter und hinauf. Es gab Punamenschen, die aus dem Hochland gekommen waren, und viele Viracochas. Sie befanden sich nicht auf der Durchfahrt. Sie sind geblieben. Sie haben Häuser gebaut, Bäume gefällt. Sie jagen Tiere mit Flintenschüssen, die im Wald widerhallen. Mit ihnen ka-

men auch einige Menschen, die gehen. Von jenen, die oben leben, auf der anderen Seite der Großen Stromenge, jene, die schon aufgehört haben, Menschen zu sein, und auch ein wenig wie Viracochas sind durch die Art, wie sie sich kleiden und sprechen. Sie kamen, um ihnen zu helfen, dort am Mitaya. Sie haben sogar Tasurinchi besucht. Sie wollten ihn dazu bringen, daß er mit ihnen käme, um zu arbeiten, um den Wald zu roden und Steine zu tragen für einen Weg, den sie anlegten, dicht am Fluß. »Sie werden dir nichts tun«, ermunterten sie ihn, als sie ihm das sagten. »Bring auch die Frauen mit, damit sie dir das Essen bereiten. Schau uns an: haben sie uns vielleicht etwas getan? Es ist nicht mehr wie beim Ausbluten der Bäume. Damals, ja, da waren diese Viracochas Teufel, sie wollten uns das Blut abzapfen wie den Bäumen, sie wollten unsere Seelen rauben. Jetzt ist es anders. Mit diesen arbeitest du so lange, wie du willst. Sie geben dir Essen, sie geben dir ein Messer, sie geben dir eine Machete, sie geben dir eine Harpune für den Fischfang. Wenn du bleibst, kannst du eine Flinte bekommen.«
Jene, die Menschen gewesen waren, schienen wohl zufrieden zu sein. »Wir haben Glück«, sagten sie. »Sieh uns an, faß uns an. Willst du nicht auch Glück haben? Dann lerne. Dann mach es wie wir.« Tasurinchi ließ sich überzeugen. »Gut«, sagte er. »Ich werde kommen und sehen.« Und er überquerte den Mitaya-Fluß und begleitete sie zum Lager der Viracochas. Als er dort ankam, entdeckte er, daß er in eine Falle geraten war. Er war von Teufeln umgeben. Wie hast du das gemerkt, Tasurinchi? Weil der Viracocha, der ihm auf schwerverständliche Weise erklärte, was er tun sollte, ihm plötzlich unverblümt den Schmutz seiner Seele zeigte. Und wie, Tasurinchi? Was ist denn geschehen? Er fragte ihn: »Arbeitest du gut mit der Machete?« Und auf einmal verstummte er,

das Gesicht verzerrt, voller Falten. Er riß den Mund weit auf und hatschi! hatschi! hatschi! Dreimal nacheinander, so scheint es. Seine Augen wurden feucht, rot wie Lichter. Tasurinchi hatte niemals zuvor eine solche Angst gehabt. ›Ich sehe einen Kamagarini‹, dachte er. ›Das ist sein Gesicht, das ist sein Lärm. Noch heute muß ich sterben.‹ Als er dachte ›er ist ein Teufel, ein Teufel‹, fühlte er, daß seine Haut sich mit Tröpfchen bedeckte, als käme er aus dem Wasser. Die Kälte ließ seine Knochen knirschen, und er sah sich von innen, genau wie im Rausch. Er mußte die größte Anstrengung seines Lebens vollbringen, sagt er, um sich zu bewegen. Die Beine gehorchten ihm nicht, so sehr zitterten sie. Schließlich gelang es ihm. Der Viracocha sprach von neuem, ohne zu wissen, daß er sich verraten hatte. Ein Rinnsal grünen Schleims rann ihm aus den Nasenlöchern. Er sprach, als wäre nichts geschehen, so wie ich jetzt spreche. Er war gewiß erstaunt, als er sah, daß Tasurinchi davonrannte und ihn mit offenem Mund stehenließ. Jene, welche Menschen gewesen waren und dort standen, versuchten ihn festzuhalten. »Hab keine Angst, es wird dir nichts geschehen«, täuschten sie ihn. »Es ist Niesen, weiter nichts. Sie tötet es nicht. Sie haben ihre Medizin.« Tasurinchi stieg in sein Kanu und ließ sich nichts anmerken. »Ja, gut, ich muß zurück, ich werde wiederkommen, wartet auf mich.« Noch immer schlugen seine Zähne aufeinander, so scheint es. ›Es sind Teufel‹, dachte er. ›Heute muß ich vielleicht sterben.‹

Kaum war er am anderen Ufer, versammelte er die Frauen und Kinder um sich. »Das Unheil ist gekommen, wir sind von Kamagarinis umgeben«, verkündete er ihnen. »Wir müssen weit fortgehen. Gehen wir, vielleicht ist es nicht zu spät, vielleicht können wir noch gehen.« Das taten sie, und jetzt leben sie an diesem Seitenarm, im

Wald am Yavero-Fluß. Die Viracochas werden nicht bis dorthin gelangen, so meint er. Auch nicht die Mashcos, nicht einmal sie würden sich an einen solchen Ort gewöhnen. »Nur wir, die Menschen, die gehen, können an solchen Orten leben«, sagte er stolz. Er war froh, mich zu sehen. »Ich fürchtete, daß du niemals bis hierher kommen würdest, um mich zu besuchen«, sagte er. Die Frauen wiederholten, während sie sich gegenseitig lausten: »Ein Glück, daß wir entkommen sind, was wäre sonst mit unseren Seelen geschehen.« Auch sie schienen froh, mich zu sehen. Wir aßen, tranken und sprachen viele Monde lang. Sie wollten nicht, daß ich fortging. »Wie kannst du denn gehen«, sagte Tasurinchi, »du hast noch nicht zu Ende gesprochen. Sprich, sprich, du hast mir noch viel zu sagen.« Wenn es nach ihm gegangen wäre, dann würde ich noch immer bei ihm am Yavero sein und sprechen.

Er hat sein Haus noch nicht fertiggestellt. Aber er hat den Boden schon gesäubert und die Stöcke und Blätter geschnitten und die Strohbündel für das Dach vorbereitet. Er mußte sie von unten holen, denn dort, wo er lebt, gibt es weder Palmen noch Stroh. Ein Junge, der eine seiner Töchter zur Frau nehmen möchte, wohnt in der Nähe und hilft Tasurinchi bei der Suche nach einem Stück Land an der höchsten Stelle, um Yucca zu säen. Der Ort ist voller Skorpione, und sie vertreiben sie, indem sie die Löcher ihrer Verstecke ausräuchern. Es gibt auch viele Fledermäuse in der Nacht; sie haben schon eines der kleinen Kinder gebissen, das sich im Schlaf vom Feuer entfernte. Er sagt, die Fledermäuse dort gehen sogar bei Regen auf Nahrungssuche, was es anderswo nicht gibt. Dort am Yavero haben die Tiere andere Sitten. »Ich lerne sie noch immer kennen«, sagte mir Tasurinchi. »Das Leben wird schwer, wenn man den Ort wechselt«, sagte ich zu ihm. »So ist es«, antwortete er mir. »Ein Glück, daß wir gehen können. Ein Glück, daß wir so lange Zeit gegangen sind. Ein Glück, daß wir immer den Ort gewechselt haben. Was wäre aus uns geworden, wenn wir zu jenen gehörten, die sich nicht bewegen! Wir wären verschwunden, wer weiß, wohin. So ist es vielen ergangen während der Ausblutung der Bäume. Es gibt keine Worte, um zu sagen, was für ein Glück wir haben.«

»Wenn du Tasurinchi wieder besuchst, dann erinnere ihn daran, daß ein Teufel ist, wer hatschi! macht, aber nicht die Frau, die tote Kinder zur Welt bringt oder sich viele Halsketten aus Knochen anlegt«, spottete Tasurinchi und brachte die Frauen damit zum Lachen. Und er erzählte mir die Geschichte, die ich euch jetzt erzählen werde. Sie geschah vor vielen Monden, als die ersten Weißen Väter auf dieser Seite der Großen Stromenge erschienen. Sie lebten schon eine Zeitlang auf der anderen Seite, flußaufwärts. Sie besaßen ihre Häuser in Koribeni und Chirumbia, aber sie waren noch nicht hierhergekommen, flußabwärts. Der erste, der die Große Stromenge durchquerte, begab sich zum Timpía-Fluß, weil er wußte, daß dort Menschen lebten, die gehen. Er hatte gelernt zu sprechen. Er sprach, so scheint es. Es war zu verstehen, was er sagen wollte. Er stellte viele Fragen. Er blieb dort. Sie halfen ihm, den Boden zu säubern, sein Haus zu errichten, ein Feld anzulegen. Er ging fort und kam wieder. Er brachte Nahrung, Angelhaken, Macheten. Die Menschen, die gehen, vertrugen sich gut mit ihm. Sie waren wohl zufrieden. Die Sonne stand an ihrem Platz, ruhig. Aber als er von einer seiner Reisen zurückkehrte, hatte der Weiße Vater schon eine andere Seele, obwohl sein Gesicht das gleiche war. Er war Kamagarini geworden und brachte Unheil. Aber

niemand bemerkte es, und deshalb brach niemand auf. Sie hatten die Weisheit verloren, vielleicht. Das ist zumindest, was ich erfahren habe.
Der Weiße Vater lag auf seiner Strohmatte, und sie sahen, wie er Grimassen schnitt. Hatschi! hatschi! Wenn sie sich ihm näherten und ihn fragten: »Was hast du? Warum verzerrst du so das Gesicht? Was sind das für Geräusche?«, antwortete er: »Nichts, es geht schon vorbei.« Das Unheil war allen in die Seele eingedrungen: Kindern, Frauen, Alten. Und auch, sagen sie, in die Huacamayos, die Helmhokkos, die kleinen Waldschweine, die Rebhühner, in alle Tiere, die sie besaßen. Auch sie: Hatschi! hatschi! Am Anfang lachten sie. Sie glaubten, es sei wie ein fröhlicher Rausch. Sie schlugen sich auf die Brust, und sie stießen einander an, im Spiel. Und mit verzerrtem Gesicht: Hatschi! Der Schleim rann ihnen aus der Nase, die Spucke lief ihnen aus dem Mund. Sie spuckten aus und lachten. Aber sie konnten nicht mehr aufbrechen. Die Zeit war vergangen. Ihre Seelen, in Stücke zerbrochen, hatten schon begonnen, ihre Körper durch die höchste Stelle ihres Kopfes zu verlassen. Es blieb ihnen nichts anderes übrig, als sich mit dem abzufinden, was geschehen würde.
Es war ihnen, als hätte man im Innern ihrer Körper Feuer entzündet. Sie brannten, wie in Flammen. Sie badeten sich im Fluß, aber das Wasser löschte das Feuer nicht, sondern verstärkte es noch. Dann spürten sie eine schreckliche Kälte, als wäre der Regen die ganze Nacht auf sie herabgeprasselt. Obwohl die Sonne am Himmel stand und mit ihrem gelben Auge schaute, zitterten sie, von Schwindel und Angst erfaßt, und sahen nicht, was sie sahen, erkannten nicht das Bekannte. Sie waren wütend, weil sie ahnten, daß sie das Unheil in sich trugen, wie den Pique, der unter den Nagel geht. Sie hatten die

Warnung nicht verstanden, sie waren nicht aufgebrochen beim ersten Hatschi! des Weißen Vaters. Es starben sogar die Läuse, so scheint es. Die Ameisen, die Käfer und die Spinnen, die sich dorthin verirrten, starben auch, so heißt es. Niemand hat je wieder gelebt an diesem Ort am Timpía-Fluß. Obwohl man nicht mehr genau weiß, wo er ist, weil der Wald alles wieder bedeckt hat. Es ist nicht gut, diesen Ort zu durchqueren, es ist besser, einen Bogen zu machen und ihn zu meiden. Man erkennt ihn an einem weißen, übelriechenden Dunst und gellenden Heultönen. Ob die Seelen derer, die so fortgehen, zurückkehren? Wer weiß. Vielleicht kehren sie zurück. Vielleicht treiben sie aber auch im Kamabiría, dem Wasserweg der Toten.

Ich bin wohlauf. Ich gehe. Jetzt bin ich wohlauf. Aber vor einiger Zeit trug ich Unheil in mir und glaubte, die Stunde sei gekommen, meine Zuflucht aus Zweigen am Ufer des Flusses zu errichten. Ich befand mich auf dem Weg zum Haus von Tasurinchi, dem Blinden, der am Lauf des Cashiriari lebt. Plötzlich kam alles aus mir heraus, während ich ging. Ich merkte es erst, als ich meine befleckten Beine sah. Was ist das für ein Unheil? Was ist in meinen Körper eingedrungen? Ich ging weiter, aber der Weg zum Cashiriari war noch weit. Als ich mich hinsetzte, um auszuruhen, kam das Zittern über mich. Ich überlegte, was ich tun konnte, und blickte mich forschend um. Schließlich fand ich einen Stechapfelbaum und riß ihm so viele Blätter aus, wie ich konnte. Ich bereitete einen Sud und bespritzte meinen Körper. Ich wärmte abermals das Wasser im Gefäß und legte, glühendheiß erhitzt, den Stein hinein, den mir der Seripigari gegeben hatte. Ich atmete seinen Dampf, bis der Schlaf über mich kam. So blieb ich viele Monde, wer weiß, wie viele, auf der Strohmatte ausgestreckt, ohne Kräfte, um zu gehen, sogar ohne Kräfte, mich aufzusetzen. Die Ameisen liefen über meinen Körper, und ich vertrieb sie nicht; wenn eine ganz nah an meinen Mund kam, schluckte ich sie hinunter, und das war meine ganze Nahrung. Im Schlaf hörte ich den kleinen Papagei, der mich rief: »Tasurinchi! Tasurinchi!« Halb schlafend, halb wach und immer wie tot vor Kälte. Ich fühlte eine große Traurigkeit, vielleicht.

Da erschienen einige Menschen. Ich sah ihre Gesichter über mir, sie beugten sich herab, um mich anzuschauen. Einer bewegte mich mit seinem Fuß, und ich konnte nicht zu ihm sprechen. Es waren keine Menschen, die gehen. Es waren auch keine Mashcos, glücklicherweise. Ashaninkas eher, glaube ich, denn ich konnte etwas verstehen von dem, was sie sagten. Sie beobachteten mich, sie stellten mir Fragen, aber mir fehlte die Kraft, sie zu beantworten, obwohl ich sie hörte, aus der Ferne. Mir schien, sie stritten darüber, ob ich ein Kamagarini sei. Auch darüber, was man tun muß, wenn man im Wald einem kleinen Teufel begegnet. Sie stritten. Einer sagte, es würde ihnen Unheil bringen, jemandem wie mir auf ihrem Weg begegnet zu sein, und es sei ratsam, mich zu töten. Sie konnten sich nicht einigen. Sie sprachen und überlegten lange Zeit. Am Ende beschlossen sie zu meinem Glück, mich gut zu behandeln. Sie ließen mir einige Yuccas da, und als sie sahen, daß mir die Kraft fehlte, nach ihnen zu greifen, steckte einer von ihnen mir ein Stück in den Mund. Es war kein Gift. Es war Yucca. Sie wickelten die anderen in ein Bananenblatt und legten es mir in diese Hand. Vielleicht habe ich das alles geträumt. Ich weiß es nicht. Aber später, als ich mich besser fühlte und die Kräfte zu mir zurückkehrten, waren die Yuccas da. Ich aß sie auf, und auch der kleine Papagei fraß. Ich konnte die Reise wiederaufnehmen.

Langsam ging ich und blieb alle Augenblicke stehen, um auszuruhen.
Als ich zu Tasurinchi gelangte, dem Blinden, der am Cashiriari-Fluß lebt, erzählte ich ihm, was mir widerfahren war. Er umräucherte mich und bereitete mir Tabaksud zu. »Dir ist widerfahren, daß deine Seele sich in viele aufgeteilt hat«, erklärte er mir. »Das Unheil ist in deinen Körper eingedrungen, weil ein Machikanari es dir gesandt hat oder weil du ahnungslos seinen Weg gekreuzt hast. Dein Körper ist nur die Cushma der Seele. Ihre Hülle, wie bei der Raupe. Als das Unheil schon drinnen war, hat die Seele versucht, sich zu verteidigen. Sie hörte auf, eine zu sein, und verwandelte sich in viele, um das Unheil zu verwirren. Dieses raubte sich, so viele es konnte. Eine, zwei, mehrere. Viele wird es nicht mitgenommen haben, weil du sonst ganz fortgegangen wärst. Es war gut, daß du in Tohé-Wasser gebadet und seinen Dampf eingeatmet hast. Aber du hättest etwas Schlaueres tun sollen. Dir die höchste Stelle des Kopfes mit Orleantinktur einreiben, bis sie ganz rot gewesen wäre. Dann hätte das Unheil mit der Last der Seelen deinen Körper nicht verlassen können. Dort geht es hinaus, das ist seine Tür. Der Orlean versperrt ihm den Weg. Wenn es sich drinnen gefangen fühlt, verliert es seine Kraft und stirbt. Mit dem Körper verhält es sich genau so wie mit den Häusern. Rauben die Teufel, die in die Häuser eindringen, denn nicht die Seelen und entkommen dann durch die höchste Stelle, durch die Spitze des Daches? Warum verflechten wir die Zweige an der höchsten Stelle des Daches so sorgfältig? Damit der Teufel nicht mit den Seelen der Schlafenden entkommen kann. Beim Körper ist es genauso. Du hast dich schwach gefühlt wegen der Seelen, die du verloren hast. Aber sie sind wieder zu dir zurückgekehrt, und deshalb bist du hier.

Sie müssen Kientibakori entkommen sein, indem sie eine Unachtsamkeit seiner Kamagarinis ausgenutzt haben. Sie müssen zurückgekehrt sein, um dich zu suchen, bist du denn nicht ihr Haus? Dort haben sie dich gefunden, am gleichen Ort, in den letzten Zügen, dem Tode nahe. Sie sind in deinen Körper eingedrungen, und du bist wieder zum Leben erwacht. Jetzt haben sich alle Seelen in dir wieder vereint. Jetzt sind sie von neuem nur eine einzige.«

Das ist zumindest, was ich erfahren habe.

Tasurinchi, der Blinde, der am Cashiriari lebt, ist wohlauf. Obwohl er die meiste Zeit so gut wie nichts sieht, kann er sein Feld säubern. Er geht. Er sagt, daß er im Rausch jetzt mehr Dinge sieht als vor seiner Blindheit. Es wird wohl Glück sein, was ihm zugestoßen ist. Das glaubt er. Er beherrscht die Dinge in einer Weise, daß seine Blindheit ihm und den Seinen den geringsten Schaden zufügt. Sein jüngster Sohn, der auf allen vieren kroch, als ich ihn das letzte Mal besuchte, ist fortgegangen. Eine Viper hatte ihn ins Bein gebissen. Als sie es bemerkten, bereitete Tasurinchi einen Sud zu und tat, was er konnte, um ihn zu retten, aber es war schon viel Zeit verstrichen. Er wechselte die Farbe, wurde schwarz wie der Huito und ging fort.

Aber seinen Eltern wurde die Freude zuteil, ihn noch einmal zu sehen,

Das geschah folgendermaßen.

Sie gingen zum Seripigari und sagten ihm, daß sie sehr traurig seien über den Fortgang des Kindes. Sie baten ihn: »Finde heraus, was aus ihm geworden ist, in welcher der Welten er sich aufhält«, sprechen sie. »Und bitte ihn, er möge uns wenigstens noch einmal besuchen.« Das tat der Seripigari. Seine Seele reiste im Rausch, von einem Saankarite geleitet, bis zum Fluß der reinen Geister, dem

Meshiareni. Dort fand sie das Kind. Die Saankarites hatten ihn gebadet, er war gewachsen, besaß ein Haus, und bald würde er auch eine Frau finden. Der Seripigari erzählte ihm, wie traurig seine Eltern waren, und veranlaßte ihn auf diese Weise, zu dieser Erde zurückzukehren und ihnen einen letzten Besuch abzustatten. Er versprach es und tat es.
Tasurinchi, der Blinde, sagt, daß im Haus am Cashiriari plötzlich ein junger Mann erschien, bekleidet mit einer neuen Cushma. Alle erkannten ihn wieder, obwohl er kein Kind mehr war, sondern ein junger Mann. Tasurinchi, der Blinde, erkannte ihn an seinem Geruch. Er setzte sich zu ihnen und nahm einen Bissen Yucca und einige Tropfen Masato zu sich. Er erzählte ihnen seine Reise, seitdem seine Seele durch die höchste Stelle des Kopfes aus seinem Körper entwichen war. Es herrschte Dunkelheit, aber er konnte den Eingang der Höhle erkennen, durch die man zum Fluß der toten Seelen hinabsteigt. Er warf sich in den Kamabiría und trieb in den zähflüssigen Wassern, ohne unterzugehen. Er brauchte weder die Füße noch die Hände zu bewegen. Die Strömung, silbrig wie Spinnweben, trug ihn langsam davon. In seinem Umkreis reisten auch andere Seelen auf dem Kamabiría, einem breiten Fluß, an dessen Ufern Felsen aufragten, schroffer noch als die an der Großen Stromenge. Schließlich gelangte er an den Ort, wo die Wasser sich teilen und jene, die zum Gamaironi hinabsteigen, um zu leiden, den steilen Abgrund aus Kaskaden und Strudeln hinunterstürzen. Die Strömung des Flusses selbst teilte die einen von den anderen. Erleichtert fühlte der Sohn von Tasurinchi, dem Blinden, daß die Wasser ihn von dem Abgrund entfernten; voll Freude erkannte er, daß er auf dem Kamabiría weiterreisen würde, gemeinsam mit denen, die über den Me-

shiareni-Fluß in die obere Welt hinaufsteigen würden, in die Welt der Sonne, Inkite. Er reiste noch lange, um dorthin zu gelangen. Er mußte durch das Ende dieser Erde hindurch, durch Ostiake, wo alle Flüsse einmünden. Eine morastige Gegend voller Monstren; Kashiri, der Mond, steigt bisweilen herab, um dort seine Missetaten anzuzetteln.

Sie warteten, bis der Himmel frei von Wolken war und die Sterne sich deutlich in den Wassern spiegelten. Dann konnte der Sohn von Tasurinchi mit seinen Reisegefährten über den Meshiareni, der eine Leiter aus Sternen ist, bis zu Inkite emporsteigen. Die Saankarites empfingen sie mit einem Fest. Er aß eine süße Frucht, die ihn wachsen ließ, und sie zeigten ihm das Haus, in dem er leben würde. Jetzt, bei seiner Rückkehr, würden sie eine Frau für ihn bereithalten. Er war zufrieden, so scheint es, in der oberen Welt. Er erinnerte sich nicht an den Biß der Viper.

»Gibt es nichts auf dieser Erde, wonach du dich zurücksehnst?« fragten ihn seine Verwandten. Doch, etwas. Das Glück, das er empfand, wenn seine Mutter ihm die Brust zum Trinken gab. Und dann, so erzählte mir der Blinde vom Cashiriari, bat der junge Mann um Erlaubnis, näherte sich seiner Mutter, öffnete ihre Cushma und saugte mit großer Zartheit an ihren Brüsten, wie er es als Neugeborener getan hatte. Kam ihr die Milch heraus? Wer weiß. Aber er fühlte sich glücklich, vielleicht. Froh nahm er Abschied von ihnen.

Auch die beiden jüngeren Schwestern von Tasurinchis Frau sind fortgegangen. Eine der beiden wurde von Punamenschen geraubt, die am Lauf des Cashiriari auftauchten; sie zwangen sie, für sie zu kochen, und gebrauchten sie als Frau, viele Monde lang. Es war die Zeit, in der sie rein sein mußte, mit beschnittenem Haar,

ohne zu essen, ohne mit jemandem zu sprechen und ohne daß ihr Mann sie berührte. Tasurinchi sagt, daß er sie keine Scham empfinden ließ für das, was ihr widerfahren war. Aber sie quälte sich angesichts ihres Schicksals. »Ich verdiene es nicht mehr, daß jemand mit mir spricht«, sagt sie. »Ich weiß auch nicht, ob ich es verdiene zu leben.« Als es Nacht wurde, ging sie langsam zum Ufer, bereitete ihr Lager aus Zweigen und stach sich mit einem Chambira-Dorn. »Sie war so traurig, daß ich ahnte, daß sie das tun würde«, sagte mir Tasurinchi, der Blinde. Sie hüllten sie in zwei Cushmas, damit die Geier sie nicht zerhackten, und anstatt sie in einem Kanu auf dem Fluß auszusetzen oder sie zu begraben, hängten sie sie hoch an einen Baum. Das war sehr weise, denn morgens und nachmittags leckten die Strahlen der Sonne ihre Knochen. Tasurinchi zeigte mir die Stelle, und ich war erstaunt. »Wie hoch! Wie konntest du bis dorthin gelangen?« – »Ich mag kein Augenlicht haben, aber um auf einen Baum zu steigen, braucht man keine Augen, sondern Beine und Arme, und die meinen sind noch immer kräftig«, antwortete er mir.
Die andere Schwester der Frau Tasurinchis, des Blinden vom Cashiriari, stürzte in eine Schlucht, als sie vom Yuccafeld zurückkehrte. Tasurinchi hatte ihr aufgetragen, nach den Fallen zu sehen, die er im Umkreis des Feldes aufstellt und in die immer die Goldhasen geraten, wie er sagt. Der Vormittag verging, und sie kehrte nicht zurück. Sie machten sich auf die Suche nach ihr und fanden sie in der Tiefe der Schlucht. Sie war hinabgerollt, vielleicht war sie ausgerutscht, oder die Erde unter ihren Füßen hatte nachgegeben. Aber mich wunderte es. Es ist keine tiefe Schlucht. Jeder könnte bis auf den Grund springen oder rollen, ohne den Tod zu finden. Sie ist vorher gestorben, vielleicht, und ihr leerer Körper ohne

Seele ist den Abhang hinuntergerollt. Tasurinchi, der Blinde vom Cashiriari, sagt: »Wir haben immer gedacht, daß dieses Mädchen ohne Erklärung fortgehen würde.« Sie hat ihr ganzes Leben lang Lieder vor sich hin gesummt, die niemand kannte. Seltsame Anwandlungen überkamen sie, sie sprach von unbekannten Orten, und es scheint, daß die Tiere ihr Geheimnisse erzählten, wenn niemand in der Nähe war, der ihnen zuhören konnte. Das sind Zeichen dafür, daß jemand bald fortgeht, meint Tasurinchi. »Jetzt, wo diese beiden fortgegangen sind, gibt es mehr Essen zu verteilen, was haben wir für ein Glück«, scherzte er.
Er hat seine jüngsten Söhne das Jagen gelehrt. Den ganzen Tag läßt er sie üben, falls ihm etwas zustoßen sollte. Er bat sie, mir zu zeigen, was sie gelernt hatten. Es stimmt, sie handhaben schon den Bogen und das Messer, selbst die, die gerade zu gehen beginnen. Sie sind auch geschickt im Fallenstellen und Fischen. »Wie du sehen kannst, wird es ihnen nicht an Nahrung fehlen«, sagte mir Tasurinchi. Mir gefällt seine Zuversicht. Er ist ein Mann, den nichts betrübt. Ich war mehrere Tage mit ihm zusammen und begleitete ihn, wenn er seine Angelhaken auslegte, seine Fallen versorgte, und ich half ihm, sein Feld zu säubern. Er arbeitete gebeugt, er riß das Unkraut aus, als würden seine Augen sehen. Wir gingen auch zu einem See, wo es Sungaros gibt, aber wir haben nichts gefischt. Er wurde nicht müde, mir zuzuhören. Er ließ mich die gleichen Geschichten wiederholen: »So werde ich mir selbst noch einmal erzählen, was du mir jetzt erzählst, wenn du uns verläßt«, sagt er.
»Wie elend muß das Leben der anderen sein, die nicht wie wir Menschen haben, die sprechen«, überlegte er. »Dank deiner Erzählungen ist es, als würde das, was geschehen ist, viele Male wieder geschehen.« Als eine

seiner Töchter einschlief, während ich sprach, weckte er sie mit einem Stoß auf: »Hör zu, vergeude diese Geschichten nicht, Kind«, sagt er. »Lerne die Missetaten von Kientibakori. Erfahre das Unheil, das seine Kamagarinis uns zugefügt haben und uns immer noch zufügen können.«

Jetzt wissen wir viele Dinge von Kientibakori, die sie früher nicht wußten. Wir wissen, daß er viele Eingeweide besitzt, wie die Inkiro-Kaulquappe. Wir wissen, daß er uns Machiguengas haßt. Er hat viele Male versucht, uns zu vernichten. Wir wissen, daß er alles Böse mit seinem Atem geschaffen hat, von den Mashcos bis zum Unheil. Die scharfen Felsen, die dunklen Wolken, den Regen, den Schlamm, den Regenbogen, all das hat er gehaucht. Und die Läuse, die Flöhe, die Piques, die Schlangen und die giftigen Vipern, die Mäuse und die Kröten. Er hat die Fliegen gehaucht, die Moskitos, die Stechmücken, die Fledermäuse und die Vampire, die Ameisen und die Truthahngeier. Er hat die Pflanzen gehaucht, die die Haut verbrennen, und die, die nicht eßbar sind; und die rote Erde, die dazu dient, Gefäße herzustellen, aber nicht dazu, Yucca anzubauen. Dies erfuhr ich am Shivankoreni-Fluß, aus dem Mund des Seripigari. Er weiß am meisten über die von Kientibakori gehauchten Dinge und Wesen, vielleicht.

Noch nie stand er so kurz vor unserer Vernichtung wie jenes Mal. Es war nicht mehr die Zeit des Überflusses. Auch nicht die Zeit der Ausblutung der Bäume. Vor dieser und nach jener, so scheint es. Ein Kamagarini kam, als Mensch verkleidet, und sagte zu den Menschen, die gehen: »Wer wirklich Hilfe braucht, ist nicht die Sonne. Sondern Kashiri, der Mond, welcher der Vater der Sonne ist.« Er erklärte ihnen seine Gründe mit Worten, die sie nachdenklich machten. Brachte die Sonne, die so stark war, denn nicht den zum Weinen, der wagte, sie fest anzuschauen, ohne zu blinzeln? Was für eine Hilfe konnte sie dann benötigen? Daß sie stürzte und sich erhob, war List. Kashiri hingegen mit seinem schwachen, gutmütigen Licht kämpfte fortwährend unter schwierigen Bedingungen gegen die Finsternis. Wenn der Mond nicht da wäre in den Nächten und am Himmel Ausschau hielte, wäre die Dunkelheit vollkommen, eine dichte Finsternis: der Mensch würde in den Abgrund stürzen, auf die Viper treten und könnte sein Kanu nicht finden noch hinausgehen, um Yucca anzubauen oder zu jagen. Er würde gefangen an einem einzigen Ort leben, und die Mashcos könnten ihn umzingeln, mit Pfeilen durchbohren, ihm den Kopf abschneiden und die Seele rauben. Wenn die Sonne ganz herabstürzte, wäre es Nacht, vielleicht. Aber solange der Mond schiene, würde die Nacht niemals ganz Nacht sein, nur halbes Dunkel, und das Leben ginge gewiß weiter. Sollten die Menschen nicht vielmehr Kashiri helfen? War nicht das ihr Nutzen? Wenn sie es täten, würde das Licht des Mondes stärker leuchten, und die Nacht wäre weniger Nacht, ein Halbdunkel, gut, um zu gehen.

Der ihnen diese Dinge sagte, sah wie ein Mensch aus, aber er war ein Kamagarini. Einer von jenen, die Kientibakori gehaucht hatte, damit sie sich in dieser Welt herumtreiben und Unheil säen. Sie erkannten ihn vorher nicht. Obwohl er inmitten eines großen Unwetters auftauchte, so, wie die kleinen Teufel immer in die Dörfer kommen. Sie verstanden es vorher nicht, vielleicht. Jemand, der erscheint, wenn der Herr des Donners dröhnt und Wolkenbrüche niederprasseln, ist kein Mensch, sondern ein Kamagarini. Jetzt wissen wir es. Ihnen war es noch nicht bekannt. Sie ließen sich überzeugen. Und sie änderten ihre Sitten und begannen, in der Nacht zu tun,

was sie zuvor am Tage taten, und am Tage, was sie zuvor in der Nacht taten. Weil sie glaubten, daß Kashiri, der Mond, auf diese Weise stärker leuchten würde.
Kaum erschien das Auge der Sonne am Himmel, begaben sie sich ins Haus und sagten einer zum anderen: »Es ist Zeit, auszuruhen«, »Es ist Zeit, Feuer zu machen«, »Es ist Zeit, sich zu setzen und dem zuzuhören, der spricht.« So taten sie es: sie ruhten aus beim Schein der Sonne oder sie versammelten sich, um dem Geschichtenerzähler zuzuhören, bis es zu dunkeln begann. Dann streckten sie die Glieder und sagten: »Der Augenblick ist gekommen, zu leben.« In der Nacht reisten sie, in der Nacht jagten sie, in der Nacht errichteten sie ihre Häuser, und in der Nacht rodeten sie den Wald und säuberten die Yuccafelder von Unkraut und Stauden. Sie gewöhnten sich im Lauf der Zeit an die neue Lebensweise. So sehr, daß sie es nicht mehr ertrugen, in den Stunden der Helligkeit im Freien zu sein. Die Hitze der Sonne ließ ihre Haut brennen, und das Feuer ihres Auges machte sie blind. Sie rieben sich und sagten: »Wir sehen nichts, wie schrecklich ist dieses Licht, wir hassen es.« In der Nacht hingegen hatten sich ihre Augen an die Dunkelheit gewöhnt, und sie sahen in ihr wie ich und ihr während des Tages. Sie sagten: »Es war richtig, Kashiri, der Mond, dankt uns für die Hilfe, die wir ihm geben.« Sie nannten sich nun nicht mehr Menschen der Erde, nicht mehr Menschen, die gehen, nicht mehr Menschen, die sprechen. Sondern die Menschen der Finsternis.
Alles war wohl sehr gut. Sie schienen zufrieden, vielleicht. Das Leben verlief ohne Zwischenfälle. Sie fühlten sich gelassen. Die fortgingen, kehrten zurück, und schlecht und recht fehlte es ihnen nicht an Nahrung. »Wir waren weise, als wir taten, was wir getan haben«, sagten sie. Sie befanden sich im Irrtum, so scheint es. Sie

hatten die Weisheit verloren. Alle verwandelten sie sich in Kamagarinis, aber sie ahnten es nicht. Bis ihnen gewisse Dinge zu widerfahren begannen. Tasurinchi erwachte eines Tages mit Schuppen und einem Schwanz, wo er die Füße gehabt hatte. Er sah aus wie eine riesige Carachama. Ja, jener Fisch, der im Wasser und auf dem Land lebt, jener Fisch, der schwimmt und geht. Er schleppte sich mühsam über den Boden, um in den See zu tauchen, und murmelte tief betrübt, daß er das Leben auf dem Land nicht ertragen könne, weil er das Wasser vermisse. Einige Monde später waren Tasurinchi beim Erwachen Flügel anstelle der Arme herausgekommen. Er tat einen kleinen Sprung, und sie sahen, wie er sich erhob und flatternd wie ein Kolibri über den Bäumen verschwand. Tasurinchi wuchs ein Rüssel, und seine Kinder, die ihn nicht erkannten, riefen ausgelassen: »Ein Pekari, wir wollen es essen.« Als er ihnen sagen wollte, wer er war, gab er ein Brummen von sich und grunzte. Er mußte im Trott entfliehen. Plump trottete er auf seinen vier Füßen dahin, die er kaum zu gebrauchen wußte, verfolgt von den hungrigen Menschen, die ihm mit Pfeilen und Steinen nachsetzten. »Wir wollen es fangen, wir wollen es jagen«, sprechen sie.
In diesem Land gab es allmählich keine Menschen mehr. Einige wurden zu Vögeln, andere zu Fischen, andere zu Schildkröten, andere zu Spinnen, und sie gingen fort, um das Leben der kleinen Kamagarini-Teufel zu führen. »Was geschieht mit uns, was ist das für ein Unglück«, fragten sich die Überlebenden betäubt. Sie waren furchtsam und blind, sie verstanden nicht. Wieder einmal war die Weisheit verlorengegangen. »Wir werden verschwinden«, klagten sie. Traurig, vielleicht. Da fielen inmitten dieser großen Verwirrung die Mashcos über sie her und richteten ein großes Blutbad an. Sie schnitten vielen die

Köpfe ab und nahmen ihre Frauen mit. Es schien, als sollten die Katastrophen niemals aufhören. Da kam einer in der Verzweiflung auf den Gedanken: »Wir wollen Tasurinchi besuchen.«
Er war ein schon alter Seripigari, der allein am Timpía-Fluß lebte, hinter einem Wasserfall. Er hörte ihnen zu, ohne etwas zu sagen. Er ging mit ihnen zu dem Ort, an dem sie lebten. Mit seinen Triefaugen betrachtete er die Hilflosigkeit und die Unordnung, die in der Welt herrschten. Er fastete mehrere Monde lang, stumm, gesammelt, nachdenklich. Dann bereitete er die Sude für den Rausch. Er zerstampfte grünen Tabak im Mahlstein, zerrieb die Blätter über einem Sieb, goß Wasser hinzu und stellte das Gefäß zum Kochen aufs Feuer, bis der Sud dick wurde und Blasen schlug. Er zerstampfte die Wurzel des Ayahuasca, preßte ihren braunen Saft aus, kochte ihn und ließ ihn erkalten. Sie löschten das Feuer und bedeckten das Haus rundherum mit Bananenblättern, um die Dunkelheit vollkommen zu machen. Der Seripigari beräucherte sie alle, einen nach dem anderen, und sang, und sie antworteten ihm, singend. Dann trank er seine Sude, noch immer singend. Sie warteten begierig. Er fuhr fort, seine Blätterbündel zu schütteln und zu singen. Sie verstanden nicht, was er sagte. Schließlich, als er schon Geist geworden war, sahen sie, wie sein Schatten den mittleren Pfahl der Hütte hinaufkletterte und durch das Dach verschwand, an ebender Stelle, wo der Teufel die Seelen hinausträgt. Nach kurzer Zeit kehrte er zurück. Er besaß noch immer seinen Körper, aber er war nicht mehr er, sondern ein Saankarite. Er tadelte sie wütend. Er erinnerte sie daran, was sie gewesen waren, was sie getan hatten, so viele Opfer, seit sie begonnen hatten, zu gehen. Wie konnten sie sich nur täuschen lassen von den Listen desjenigen, der seit jeher ihr Feind

war? Wie konnten sie nur die Sonne an Kashiri, den Mond, verraten? Als sie ihre Lebensweise änderten, störten sie die Ordnung der Welt, verwirrten sie die Seelen derer, die fortgegangen waren. In der Dunkelheit, in der sie sich bewegten, erkannten die Seelen sie nicht wieder, sie wußten nicht, ob sie sich im Irrtum befanden. Deshalb geschah das Unglück, vielleicht. Die Geister derer, die fortgingen und zurückkehrten, waren verwirrt durch die Veränderungen und gingen wieder fort. Sie irrten verwaist durch den Wald und seufzten im Wind. In die verlassenen Körper, denen die Seelen keinen Halt mehr gaben, drang der Kamagarini ein, um sie zu verderben; deshalb wuchsen ihnen Federn, Schuppen, Schnauzen, Klauen, Stachel. Aber es war noch nicht zu spät. Die Auflösung und die Unreinheit hatte ihnen ein Teufel gebracht, der als Mensch gekleidet unter ihnen lebte. Sie zogen aus, ihn zu suchen, entschlossen, ihn zu töten. Aber der Kamagarini war schon in die Tiefe des Waldes geflohen. Da verstanden sie. Beschämt, taten sie wieder, was sie zuvor getan hatten, bis die Welt und das Leben wieder wurden, was sie waren und sein mußten. Betrübt, voll Reue, brachen sie auf. Muß nicht jeder tun, was ihm zukommt? Mußten sie nicht gehen und damit der Sonne helfen, sich zu erheben? Sie haben wohl ihre Pflicht erfüllt. Erfüllen wir sie auch? Gehen wir? Leben wir?

Der schlimmste kleine Teufel aller Kamagarinis, die Kientibakori gehaucht hat, ist der Kasibarenini, so scheint es. Wenn er mit seiner erdfarbenen Cushma, klein wie ein Kind, an irgendeinem Ort erscheint, dann deshalb, weil es einen Kranken dort gibt. Er will sich seiner Seele bemächtigen und ihn dazu treiben, Grausamkeiten zu begehen. Deshalb darf man die Kranken keinen Augenblick allein lassen. Es genügt eine kleine Unaufmerksamkeit, damit der Kasibarenini sein Unwesen treibt.

Tasurinchi sagt, daß ihm das widerfahren ist. Jener, der zurückgekehrt ist, jener, der jetzt am Camisea-Fluß lebt. Tasurinchi. Er meint, ein Kasibarenini trug die Schuld an dem, was ihm in Shivankoreni geschah, wo die Menschen noch immer wütend sind, wenn sie sich daran erinnern. Ich ging ihn besuchen, auf dem kleinen Strand am Camisea, wo er sein Haus gebaut hat. Er erschrak, als er mich auftauchen sah. Er griff nach seiner Flinte. »Kommst du, um mich zu töten?« sagt er. »Vorsicht, sieh, was ich in den Händen halte.« Er war nicht wütend, sondern traurig. »Ich komme dich besuchen«, beruhigte ich ihn. »Und um zu dir zu sprechen, wenn du mich anhören willst. Wenn du es vorziehst, daß ich gehe, werde ich gehen.« – »Wie sollte ich nicht wollen, daß du zu mir sprichst«, antwortete er mir, während er zwei Strohmatten ausbreitete. »Komm, komm. Iß mein ganzes Essen, nimm alle Yuccas mit, die ich habe. Alles ist dein.« Er beklagte sich bitter, daß sie ihm nicht erlaubten, nach Shivankoreni zurückzukehren. Wenn er sich nähert, kommen seine früheren Verwandten ihm mit Pfeilen und Steinen entgegen und schreien: »Teufel, verfluchter Teufel.«

Außerdem haben sie einen bösen Zauberer, einen Machikanari, gebeten, daß er ihm Unheil zufügt. Tasurinchi überraschte ihn, als er heimlich in sein Haus eindrang, in der Nacht, um eine Haarsträhne oder etwas anderes von ihm zu rauben, damit er ihn krank werden und eines furchtbaren Todes sterben lassen konnte. Er hätte den Machikanari töten können, aber er trieb ihn nur in die Flucht, indem er einen Flintenschuß in die Luft abgab. Der Beweis, so meint er, daß seine Seele von neuem rein ist. »Es ist nicht gerecht, daß sie mich so sehr hassen«, sagte er. Er erzählte mir, daß er zu Tasurinchi gegangen ist, flußaufwärts, und ihm Nahrung und Geschenke mitgebracht hat. Er bat ihn, ihm irgendeine seiner Töchter zur Frau zu geben, und erbot sich dafür, ihm ein neues Feld im Wald anzulegen. Tasurinchi beschimpfte ihn: »Laus, Kot, Lügner, wie kannst du es wagen, hierherzukommen, ich werde dich sofort töten.« Und er hatte versucht, ihn mit der Machete umzubringen.

Weinend klagte er über sein Schicksal. Er sagte, es sei nicht wahr, daß er ein als Mensch verkleideter Kasibarenini-Teufel sei. Vielleicht eine Zeitlang, vorher. Aber jetzt ist er genauso wie jeder der Machiguengas von Shivankoreni, die ihn nicht näher kommen lassen. Sein Unglück begann damals, als ihn das Unheil heimsuchte. Er war so mager und so schwach, daß er sich nicht von der Strohmatte erheben konnte. Er konnte auch nicht sprechen; er öffnete den Mund, und keine Stimme kam heraus. ›Ich verwandle mich in einen Fisch‹, dachte er, so scheint es. Aber er sah und hörte, was in seinem Umkreis, in den anderen Hütten von Shivankoreni, geschah. Er erschrak sehr, als er bemerkte, daß sich alle im Haus die Ketten und die Schmucksachen an den Handgelenken, Armen und Fußknöcheln abnahmen. Er hörte sie sagen: »Er wird bald sterben. Aber bevor er fortgeht, wird sein Geist sich die Adern herausreißen und uns damit, wenn wir schlafen, an den Stellen des Körpers fesseln, an denen wir Schmucksachen trugen.« Er wollte sie beruhigen, ihnen sagen, daß er das niemals mit ihnen tun und daß er auch nicht sterben würde. Aber die Stimme kam ihm nicht heraus. Und da erblickte er ihn, im Regen. Er strich im Dorf herum und spielte den Unschuldigen. Ein Kind mit einer erdfarbenen Cushma, das vergnügt mit einigen Stechapfelsamen zu spielen und mit seiner Hand das Flattern des Kolibris nachzuahmen schien. Tasurinchi kam nicht auf den Gedanken, daß es ein kleiner Teufel sein könnte. Deshalb war er nicht beunruhigt, als seine Verwandten zum See aufbrachen, um zu fischen. Nun, als er sah, daß er allein war, verwandelte sich der Kasibarenini in eine Ameise und drang durch das Nasenloch, durch das man den Tabaksaft einatmet, in Tasurinchis Körper ein. Sogleich fühlte er sich von seinem Unheil erlöst, sogleich kehrten die Kräfte zu ihm zurück, und er wurde dick. Aber er fühlte auch einen unwiderstehlichen Drang, das zu tun, was er getan hat. Und er rannte schreiend los, schlug sich auf die Brust wie ein Affe und begann, die Häuser von Shivankoreni in Brand zu setzen. Er sagt, daß nicht er es war, sondern der kleine Teufel, der das Stroh anzündete und die Feuer überall verbreitete, brüllend und hüpfend, glücklich. Tasurinchi erinnert sich an das Gekreisch der Papageien und an die Atemnot, die er inmitten der Rauchwolken spürte, während vorne und hinten, rechts und links alles brannte. Wenn die anderen nicht gekommen wären, würde es Shivankoreni heute nicht geben. Er sagt, kaum habe er die Menschen herbeilaufen sehen, da reute ihn schon, was er getan hatte. Er mußte fliehen, in Angst und Schrecken, während er bei sich dachte: ›Was geschieht nur mit mir.‹ Sie wollten ihn töten, sie verfolgten ihn und schrien: »Teufel, Teufel.«

Aber, so meint Tasurinchi, dies ist eine alte Geschichte. Den kleinen Teufel, der ihn dazu brachte, Feuer an Shivankoreni zu legen, hat ihm ein Seripigari aus Koribeni ausgesaugt: er hat ihn aus der Achselhöhle herausgeholt und ihn dann erbrochen. Tasurinchi hat ihn gesehen: er besaß die Form eines kleinen weißen Knochens. Er sagt, seitdem ist er wieder wie ich oder wie jeder von euch. »Warum, glaubst du, lassen sie mich nicht in Shivankoreni leben?« fragte er mich. »Weil sie dir mißtrauen«, erklärte ich ihm. »Alle erinnern sich an den Tag, da du nur gesund wurdest, um ihre Häuser zu verbrennen.

Und außerdem wissen sie, daß du auf der anderen Seite der Großen Stromenge gelebt hast, bei den Viracochas.« Denn Tasurinchi trug keine Cushma, sondern Hemd und Hose. »Dort, unter ihnen, fühlte ich mich als Waise«, sagte er zu mir. »Ich träumte davon, nach Shivankoreni zurückzukehren. Und jetzt, da ich hier bin, geben mir meine Verwandten auch das Gefühl, eine Waise zu sein. Werde ich immer in einer solchen Einsamkeit leben, ohne Familie? Das einzige, was ich möchte, ist eine Frau, die die Yuccas brät und Kinder bekommt.«
Ich blieb drei Monde bei ihm. Er ist ein scheuer und zerstreuter Mensch, der manchmal mit sich selbst spricht. Wer mit einem Kasibarenini-Teufel in seinem Körper gelebt hat, kann wohl nicht mehr der werden, der er war. »Daß du gekommen bist, um mich zu besuchen, ist vielleicht der Beginn einer Veränderung«, sagte er zu mir. »Glaubst du, daß die Menschen, die gehen, mir bald erlauben, mit ihnen zu gehen?« Wer weiß, antwortete ich ihm. »Es gibt nichts Traurigeres, als sich wie jemand zu fühlen, der kein Mensch mehr ist«, sagte er zu mir, als wir uns verabschiedeten. Als ich auf dem Camisea-Fluß davonfuhr, erblickte ich ihn in der Ferne. Er war auf einen Hügel gestiegen und folgte mir mit den Augen. Ich erinnerte mich an sein düsteres, hilfloses Gesicht, aber ich sah es nicht mehr.
Das ist zumindest, was ich erfahren habe.

IV

Ich lernte den Amazonas-Urwald in der Mitte des Jahres 1958 kennen, dank meiner Freundin Rosita Corpancho. Ihr Aufgabenbereich an der San Marcos-Universität war unklar; ihre Macht unermeßlich. Sie trieb sich unter den Professoren herum, ohne zu ihnen zu gehören, und alle taten, worum Rosita sie bat; dank ihrer Künste öffneten sich die trägen Türen der Verwaltung, und die Formalitäten vereinfachten sich.

»Es gibt einen Platz in einer Expedition zum oberen Marañón, die das Institut für Linguistik für einen mexikanischen Anthropologen organisiert«, sagte sie zu mir, als ich ihr eines Tages im Innenhof der Philosophischen Fakultät über den Weg lief. »Willst du mitfahren?«

Ich hatte endlich das ersehnte Stipendium für Europa erhalten und sollte im nächsten Monat nach Spanien reisen. Aber ich willigte ein, ohne eine Sekunde zu überlegen.

Rosita stammt aus Loreto, und wenn man darauf achtet, kann man bei ihr noch immer eine Spur des weichen Singsangs der Peruaner aus dem Osten gewahren. Sie war – und ist es ohne Zweifel noch immer – Beschützerin und treibende Kraft des Sommerinstituts für Linguistik, einer Institution, die in den vierzig Jahren ihres Bestehens in Peru Gegenstand heftiger Kontroversen gewesen ist. Jetzt, da ich diese Zeilen schreibe, packt es offensichtlich die Koffer, um das Land zu verlassen. Nicht, weil man es hinausgeworfen hätte (das wäre ihm beinahe zur Zeit der Diktatur von General Velasco widerfahren); sondern *motu proprio*, weil es die Aufgabe als erfüllt betrachtet, die es einst nach Yarinacocha führte – seine Operationsbasis am Ufer des Ucayali, etwa zehn

Kilometer von Pucallpa entfernt – und von dort aus praktisch in alle Ecken und Winkel der Amazonas-Region.

Worin besteht die Aufgabe des Instituts? Seinen Feinden zufolge ist es ein Arm des nordamerikanischen Imperialismus, der unter dem Vorwand der wissenschaftlichen Forschung nachrichtendienstliche Tätigkeiten ausübt und bei den Amazonas-Indianern auf eine neokolonialistische kulturelle Penetration hinarbeitet. Diese Anschuldigungen kommen vor allem von seiten der Linken. Zu seinen Gegnern gehören jedoch auch Teile der katholischen Kirche – hauptsächlich die Urwaldmissionare –, die es beschuldigen, eine Phalanx von Protestanten zu bilden, die unter der Maske von Linguisten ihre Art von Evangelium verkünden. Unter den Anthropologen gibt es Stimmen, die ihm vorwerfen, die Eingeborenenkulturen zu pervertieren mit dem Ziel, sie zu verwestlichen und in die Marktwirtschaft zu integrieren. Manche Konservative kritisieren die Existenz des Instituts in Peru aus nationalistischen und hispanischen Gründen. Zu den letzteren gehörte mein Professor und damaliger Arbeitgeber, der Historiker Porras Barrenechea, der, als er erfuhr, daß ich in dieser Expedition mitreisen würde, mich ermahnte: »Passen Sie auf, diese Gringos werden versuchen, Sie zu kaufen.« Für ihn war es unerträglich, daß die Urwaldindianer durch die Schuld des Instituts wahrscheinlich eher Englisch als Spanisch lernen würden.

Die Freunde des Instituts, wie Rosita Corpancho, verteidigten es mit pragmatischen Argumenten. Die Arbeit der Linguisten – das Studium der Sprachen und Dialekte der Amazonas-Region, die Erstellung von Wörterverzeichnissen und Grammatiken der verschiedenen Stämme – kam dem Land zugute und stand, zumindest

theoretisch, unter der Aufsicht des Erziehungsministeriums, das seine Projekte billigen mußte und Kopien des gesamten, vom Institut zusammengetragenen Materials erhielt. Solange das Ministerium selbst oder die peruanischen Universitäten sich nicht der Mühe dieser Arbeit unterzogen, war es gut für Peru, daß jemand sie übernahm. Darüber hinaus wurde die vom Institut in der Amazonas-Region geschaffene Infrastruktur mit ihrer kleinen Flotte von Wasserflugzeugen und ihrem Funkverbindungssystem zwischen der Basis in Yarinacocha und dem Netz der Linguisten, die bei den Stämmen lebten, auch vom Land genutzt, da die Lehrer, Beamten und Militärs entfernter Urwaldorte – nicht nur in Notfällen – auf sie zurückzugreifen pflegten.
Die Kontroverse findet kein Ende und wird natürlich auch nie eines finden.
Diese wenige Wochen dauernde Expedition, an der teilzunehmen ich das Glück hatte, hinterließ einen derart starken Eindruck bei mir, daß ich mich siebenundzwanzig Jahre später noch immer mit zahllosen Einzelheiten an sie erinnere und nicht aufhöre, über sie zu schreiben. Wie jetzt, in Florenz. Wir hielten uns zunächst in Yarinacocha auf, wo wir mit den Linguisten sprachen, und dann in der weit von dort entfernten Region des oberen Marañón, wo wir verschiedene Weiler und Dörfer zweier Stämme bereisten, die von den Jíbaros abstammten: Aguarunas und Huambisas. Danach begaben wir uns zum Morona-See hinauf und besuchten die Shapras.
Wir reisten in einem kleinen Wasserflugzeug und in bestimmten Gegenden in Eingeborenen-Kanus, auf schmalen Wasserarmen, die unter einer so dichten Vegetation lagen, daß man am hellichten Tage glaubte, es sei Nacht. Die Gewalt und die Einsamkeit der Natur – die riesigen Bäume, die glatten Seen, die unwandelbaren

Flüsse – ließen an eine eben erst erschaffene, von Menschen unberührte Welt denken, an ein Pflanzen- und Tierparadies. Gelangten wir hingegen zu den Stämmen, dann kamen wir mit der Vorgeschichte in Berührung. Wir sahen die elementare, ursprüngliche Existenz der fernen Vorfahren: die Jäger, Sammler, Bogenschützen, Nomaden, Irrationalen, Magischen, Animisten. Auch das war Peru, und erst damals wurde mir dies vollauf bewußt: eine noch ungezähmte Welt, die Steinzeit, die magisch-religiösen Kulturen, die Polygamie, die Herstellung von Schrumpfköpfen (in einem Shapra-Dorf in Moronacocha erklärte uns der Kazike Tariri mit Hilfe eines Dolmetschers das komplizierte Verfahren des Füllens und Abkochens, das dazu erforderlich war), mit anderen Worten, der Beginn der menschlichen Geschichte.

Während der ganzen Fahrt dachte ich sicher ständig an Saúl Zuratas. Ich sprach auch viel über ihn mit seinem Professor Matos Mar, der zur Expedition gehörte und mit dem ich seit jener Reise befreundet bin. Matos Mar erzählte mir, er habe Saúl eingeladen, mit uns zu kommen, aber dieser habe aufgrund ernsthafter Einwände gegen die Arbeit des Instituts abgelehnt.

Die Reise versetzte mich in die Lage, Mascaritas Faszination angesichts dieser Landschaften und dieser Menschen besser zu verstehen, den gewaltigen Eindruck zu erahnen, der den Lauf seines Lebens verändert hatte. Aber sie verschaffte mir auch konkrete Erfahrungen, mit denen sich im nachhinein zahlreiche Meinungsverschiedenheiten rechtfertigen ließen, die ich mit Saúl eher intuitiv als aus wirklicher Sachkenntnis über die Amazonas-Kulturen ausgetragen hatte. Was war das für eine Schimäre, diese Stämme so erhalten zu wollen, wie sie waren, wie sie lebten? Zuerst einmal war das nicht möglich. Alle, die einen langsamer, die anderen rascher, unterlagen sie der Ansteckung durch westliche und mestizische Einflüsse. Und war diese utopische Bewahrung denn überhaupt wünschenswert? Was nützte es den Stämmen, weiter so zu leben wie bisher und wie die puristischen Anthropologen vom Schlage Saúls es wollten? Ihr Primitivismus machte sie vielmehr zu Opfern der schlimmsten Ausplünderungen und Grausamkeiten.

Im Aguaruna-Dorf Urakusa, in dem wir in der Abenddämmerung eintrafen, sahen wir aus den kleinen Fenstern des Wasserflugzeugs das gewohnte Schauspiel, wie jedesmal, wenn wir am Ufer irgendeines Stammes auf dem Wasser niedergingen: die gesamte Bevölkerung halbnackter, bemalter Männer und Frauen verfolgte, angelockt vom Motorenlärm, die Manöver des Flugzeugs, während sich alle mit beiden Händen ins Gesicht und auf die Brust schlugen (um die Insekten zu verscheuchen). Aber in Urakusa erwartete uns außer kupferfarbenen Körpern, Hängebrüsten, Kindern mit von Parasiten aufgeblähten Bäuchen und rot- oder schwarzgestreifter Haut ein Anblick, den ich niemals vergessen habe: der eines kürzlich gefolterten Mannes. Es handelte sich um den Kaziken des Ortes namens Jum.

Eine Expedition von Weißen und Mestizen aus Santa Maria de Nieva, einer Handelsniederlassung am Ufer des Nieva-Flusses, die wir ebenfalls als Gäste einer katholischen Mission besucht hatten, war einige Wochen vor uns in Urakusa eingetroffen. Sämtliche zivilen Amtspersonen der Ortschaft und ein Militär der Grenzgarnison gehörten ihr an. Als Jum ihnen entgegenging, um sie zu empfangen, brachten sie ihm mit einem schweren Schlag eine tiefe Wunde an der Stirn bei. Dann verbrannten sie die Hütten von Urakusa, schlugen die Eingeborenen, die sie zu fassen bekamen, und vergewaltigten mehrere Frauen. Jum nahmen sie nach Santa Maria de la Nieva mit, wo sie ihn kahlschoren, um ihn zu demütigen. Dann folterten sie ihn öffentlich. Sie peitschten ihn aus; sie verbrannten ihm die Achselhöhlen mit heißen Eiern und hängten ihn schließlich an einen Baum, wie man es mit den Stockfischen macht, damit sie auslaufen. Nach einigen Stunden in dieser Position ließen sie ihn frei und erlaubten ihm, in sein Dorf zurückzukehren.

Die unmittelbare Ursache dieser Brutalität war ein geringfügiger Vorfall, der sich in Urakusa zwischen den Aguarunas und einer Gruppe durchziehender Soldaten ereignet hatte. Der tiefere Grund lag jedoch darin, daß Jum versucht hatte, eine Kooperative unter den Aguaruna-Dörfern am oberen Marañón zu organisieren. Der Kazike war ein aktiver, geistig reger Mensch, und der Linguist des Instituts, der bei den Aguarunas arbeitete, hatte ihn ermuntert, einen Kurs in Yarinacocha zu besuchen, um zweisprachiger Lehrer zu werden. Dies war ein Programm, das das Erziehungsministerium mit Hilfe des Instituts für Linguistik ausgearbeitet hatte. Man nahm von den Stämmen Männer nach Yarinacocha mit, die, wie Jum, fähig schienen, in ihrem Dorf eine pädagogische Arbeit zu leisten. In Yarinacocha erhielten sie eine Ausbildung – recht summarisch, stelle ich mir vor –, die von den Linguisten und von peruanischen Lehrern erteilt wurde, damit sie ihr Volk in der eigenen Sprache alphabetisieren konnten. Danach schickte man sie mit Unterrichtsmaterial und mit dem etwas optimistischen Titel eines zweisprachigen Lehrers in ihre Ortschaft zurück.

Zwar erreichte das Programm nicht das selbstgesetzte Ziel – die Alphabetisierung der Amazonas-Indianer –, aber im Fall von Jum zeitigte es unvorhersehbare Folgen. Sein Aufenthalt in Yarinacocha, sein Kontakt mit der »Zivilisation« führten den Kaziken von Urakusa zu der Erkenntnis – von selbst oder mit Hilfe seiner Ausbilder –, daß er und seine Stammesbrüder von den *patronos*, mit denen sie Handel trieben, ruchlos ausgebeutet wurden. Die *patronos*, Weiße oder Mestizen aus der Amazonas-Region, bereisten regelmäßig die Stämme, um ihnen Kautschuk und Tierhäute abzukaufen. Sie selbst bestimmten den Preis für das, was sie kauften, und bezahlten in Naturalien – Macheten, Angelhaken, Kleidung, Flinten –, deren Preise sie ebenfalls nach ihrem Gutdünken und zu ihrem Vorteil festsetzten. Durch seinen Aufenthalt in Yarinacocha begriff Jum, daß die Aguarunas, wenn sie sich, statt mit den *patronos* zu handeln, die Mühe machten, den Kautschuk und die Häute in den Städten zu verkaufen – in den Büros der Hypothekenbank zum Beispiel –, einen sehr viel höheren Preis für diese Waren erhalten würden. Und daß sie dort die Produkte, die ihnen die *patronos* verkauften, billiger einkaufen könnten.

Es hatte tragische Folgen für die Urakusas, daß sie den Wert des Geldes entdeckten. Jum teilte den *patronos* mit, daß er keinen Handel mehr mit ihnen treiben würde. Diese Entscheidung bedeutete schlicht und einfach den Ruin jener Viracochas in Santa Maria de Nieva, die uns so freundlich aufgenommen hatten. Ein paar elende, barfüßige Weiße und Mestizen, im übrigen halbe Analphabeten, die unter fast ebenso niedrigen Bedingungen lebten wie ihre Opfer. Die grausamen Exzesse, die sie an den Aguarunas begingen, machten sie nicht reich, sie sicherten gerade nur ihr Überleben. In diesem Erdenwinkel fand die Ausbeutung auf einem nachgerade untermenschlichen Niveau statt. Deshalb hatte man die Strafexpedition gegen Urakusa organisiert, und deshalb

hatten sie Jum, während sie ihn folterten, immer wieder gesagt: »Vergiß die Kooperative.«
Das alles hatte sich vor kurzem ereignet. Jums Verletzungen eiterten noch. Sein Haar war noch nicht gewachsen. Während man uns auf der friedlichen Lichtung von Urakusa diese Geschichte übersetzte – Jum stieß nur heiser den einen oder anderen Satz auf spanisch hervor –, dachte ich: ›Ich muß mit Saúl darüber sprechen.‹ Was würde Mascarita sagen? Würde er zugeben, daß in einem Fall wie diesem überdeutlich wurde, daß für Urakusa, für Jum nicht der Schritt zurück, sondern der Schritt nach vorn der richtige wäre? Das heißt, seine Kooperative einzurichten, mit den Städten Handel zu treiben, sich wirtschaftlich und sozial zu verbessern, so daß man mit ihnen nicht mehr machen könnte, was die »Zivilisierten« von Santa Maria de Nieva gemacht hatten. Oder würde Saúl wirklichkeitsfern reagieren und mir sagen, dem sei nicht so, die wahre Lösung bestehe darin, daß diese Viracochas die Gegend verlassen und die Urakusas wieder ihr traditionelles Leben aufnehmen können?
In dieser Nacht blieben Matos Mar und ich wach und sprachen über Jums Geschichte und darüber, wie sehr sie die schreckliche Situation der Schwachen und Armen in unserem Land verdeutlichte. Unsichtbar und stumm, beteiligte sich an dem Gespräch der Schatten von Saúl Zuratas, den wir beide gern dabeigehabt hätten, um seine Meinung zu hören und mit ihm zu diskutieren. Matos Mar glaubte, daß Mascarita aus Jums Mißgeschick Gründe ableiten würde, um seine Thesen zu untermauern. Bewies es nicht, daß die Koexistenz unmöglich war, daß sie zwangsläufig auf die Herrschaft der Viracochas über die Eingeborenen hinauslief, auf die schrittweise, systematische Zerstörung der schwächeren Kultur? Diese rohen Trunkenbolde aus Santa Maria de Nieva würden

den Urakusas niemals, auf keinen Fall, den Weg ins moderne Zeitalter weisen, nur den ihrer Auslöschung; ihre »Kultur« besaß nicht mehr Anrechte auf Vorherrschaft als die der Aguarunas, die, anders als sie und so primitiv sie auch sein mochten, Kenntnisse und Fertigkeiten genug entwickelt hatten, um mit der natürlich Welt des Amazonas im Gleichgewicht zu leben. Aus Gründen der älteren Rechte, der Geschichte und der Moral mußte man ihnen die Souveränität über dieses Territorium zugestehen und die fremden Eindringlinge aus Santa Maria de Nieva daraus vertreiben.

Ich war nicht einverstanden mit Matos Mar; ich glaubte, daß Jums Geschichte Saúl wohl eher zu mehr praktischen Erwägungen verleiten könnte, dazu, sich mit dem kleineren Übel abzufinden. Gab es denn auch nur die entfernteste Möglichkeit, daß irgendeine peruanische Regierung, welchen Zeichens auch immer, den Stämmen das Recht der Extraterritorialität im Urwald zugestehen würde? Es lag auf der Hand, daß es sie nicht gab. Warum dann nicht eher die Viracochas verändern, damit sie die Eingeborenen in anderer Weise behandelten?

Wir schliefen auf der bloßen Erde und teilten uns ein Moskitonetz, in einer vom Geruch nach Kautschuk getränkten Hütte (es war das Lager von Urakusa), umgeben von den Atemzügen unserer Gefährten und den unbekannten Geräuschen des Urwalds. Matos Mar und ich teilten in jener Zeit auch die Begeisterung für den Sozialismus und seine Ideen, und im Verlauf der Unterhaltung tauchten natürlich jene berühmten gesellschaftlichen Produktionsbedingungen auf, die einem Zauberstab gleich zur Erklärung und Lösung aller Probleme dienten. Das der Urakusas – und aller Stämme – mußte als Teil des generellen Problems verstanden werden, das sich aus der Klassenstruktur der peruanischen Gesellschaft ergab. Der Sozialismus, der die Obsession des ökonomischen Profits – des individuellen Gewinns – durch den Begriff des Dienstes an der Gemeinschaft als Arbeitsanreiz ersetzte und den gesellschaftlichen Beziehungen wieder eine solidarische, menschliche Dimension verlieh, könnte jene Koexistenz zwischen dem modernen und dem primitiven Peru ermöglichen, die Mascarita für unmöglich und nicht wünschenswert hielt. Im neuen Peru, das aus der Wissenschaft von Marx und Mariátegui schöpfen würde, könnten sich die Stämme der Amazonas-Region innerhalb des Mosaiks verschiedener Kulturen, aus dem die künftige peruanische Gesellschaft bestünde, sowohl modernisieren als auch das Wesentliche ihrer Tradition und ihrer Sitten bewahren. Glaubten wir wirklich, daß der Sozialismus die Integrität unserer magisch-religiösen Kulturen garantieren würde? Gab es nicht schon genügend Beweise dafür, daß die industrielle Entwicklung, gleich ob kapitalistisch oder kommunistisch, zwangsläufig die Vernichtung dieser Kulturen nach sich zog? Gab es eine einzige Ausnahme in der Welt von dieser schrecklichen, unausweichlichen Regel? Wenn man es recht bedenkt – noch dazu aus der Sicht der seither vergangenen Jahre und aus dem Blickwinkel des sommerlichen Florenz –, dann waren wir ebenso wirklichkeitsfern und romantisch wie Mascarita mit seiner archaischen und ahistorischen Utopie.

Jenes lange Gespräch mit Matos Mar unter dem Moskitonetz, bei dem wir zusahen, wie einige schwarze, vom Dach aus Palmwedeln herabhängende Beutel hin und her schwangen, die im Morgengrauen auf geheimnisvolle Weise verschwanden – Hunderte von Spinnen, erfuhren wir später, die sich auf diese Weise in den Nächten in der Wärme des Hüttenfeuers zusammenballten –, stellt eines der unvergänglichen Bilder dieser Reise dar. Ein anderes: die Erinnerung an einen Gefangenen aus einem feindlichen Stamm, den die Shapras am Morena-See frei hielten und dem sie erlaubten, sich in aller Ruhe im Dorf zu bewegen. Sein Hund dagegen war in einem Käfig eingesperrt und Gegenstand sorgfältiger Überwachung. Gefangener und Bewacher stimmten offenbar überein in der Bedeutung dieser Metapher; sowohl für die einen als auch für den anderen verhinderte das eingesperrte Tier, daß der Gefangene floh, band es diesen stärker an seine Bewacher – mit der Kraft des Ritus, des Glaubens, der Magie – als eine eiserne Kette. Und noch eines: die Gerüchte und Phantasien, die uns auf der ganzen Reise verfolgten und einem Abenteurer, Gauner und Feudalherrn galten, einem Japaner namens Tushía, von dem behauptet wurde, er wohne auf einer Insel im Pastaza-Fluß mit einem Harem kleiner Mädchen, die er an allen Ecken und Enden der Amazonas-Region geraubt hatte.

Auf lange Sicht gesehen, dürfte jedoch die denkwürdigste und am häufigsten wiederkehrende Erinnerung jener Reise – eine Erinnerung, die an diesem Nachmittag in Florenz beinahe ebenso heftig brennt wie die glühende Sommersonne der Toskana – die Geschichte sein, die ich in Yarinacocha von zwei Linguisten hörte, dem Ehepaar Schneil. Zunächst schien mir, daß ich den Namen jenes Stammes zum erstenmal vernahm. Aber plötzlich wurde mir klar, daß es derselbe war, über den ich so viele Geschichten von Saúl gehört hatte, jener Stamm, mit dem er seit seiner ersten Reise nach Quillabamba in Berührung gekommen war: die Machiguengas. Und doch schienen beide, vom Namen abgesehen, nicht viel gemeinsam zu haben.

Nach und nach erriet ich den Grund dafür, daß ich die

Bilder nicht verstand. Obwohl es sich um den gleichen Stamm handelte, die Machiguengas – deren Zahl man grob auf vier- bis fünftausend schätzte –, waren sie in ungleicher Weise mit dem übrigen Peru und untereinander verbunden. Ein zersplittertes Volk. Eine Trennlinie, deren Hauptgrenze die Stromenge von Mainique bildete, teilte die Machiguengas, die verstreut in dem an das Hochland angrenzenden Bergstreifen lebten – eine gebirgige Region mit einer starken Präsenz von Weißen und Mestizen –, von den Machiguengas der östlichen Region, jenseits der Stromenge, wo das Amazonas-Tiefland beginnt. Die geographische Gegebenheit, jener Engpaß zwischen den Bergen, wo der Urubamba wild, schaumig, wirbelig und tosend wird, trennte die ersteren, die Kontakte mit der Welt der Weißen und Mestizen unterhielten und in einen Akkulturierungsprozeß eingetreten waren, von den anderen, den in den Wäldern des Tieflands Verstreuten, die in fast völliger Isolation lebten und ihre traditionelle Lebensweise mehr oder minder intakt bewahrt hatten. Die Dominikaner hatten bei den ersteren Missionen errichtet, wie Chirumbia, Koribeni und Panticollo, und in dieser Region gab es auch Felder von Viracochas, auf denen einige Machiguengas arbeiteten. Das war die Domäne des berühmten Fidel Pereira und die Welt der Machiguengas, auf die sich die Berichte Saúls bezogen: der Teil, der am stärksten verwestlicht und der Außenwelt ausgesetzt war.
Der andere Teil der Gemeinschaft – aber konnte man unter diesen Bedingungen überhaupt von Gemeinschaft sprechen? –, der verstreut in den weit ausgedehnten Flußgebieten des Urubamba und des Madre de Dios lebte, hütete am Ende der fünfziger Jahre noch immer sorgfältig seine Abgeschiedenheit und widerstand jeder Art von Kommunikation mit den Weißen. Zu ihnen wa-

ren die dominikanischen Missionare nicht vorgedrungen, und in dieser Region gab es vorläufig auch nichts, was die Viracochas angezogen hätte. Aber nicht einmal dieser Teil erwies sich als homogen. Bei den primitivsten Machiguengas existierte eine kleine Gruppe oder Untergruppe, die noch archaischer und mit dem Rest verfeindet war: die sogenannten »Kogapakori«. Konzentriert auf das Gebiet, durch das die Zuflüsse des Urubamba – der Timpía und der Tikompinía – flossen, lebten die Kogapakori völlig nackt, mit Ausnahme einiger Männer, die Phallusfutterale aus Bambus trugen, und griffen jeden an, der in ihr Gebiet eindrang, auch wenn er der gleichen Ethnie angehörte. Ihr Fall war außergewöhnlich, denn verglichen mit den anderen Stämmen, hatten sich die Machiguengas traditionell friedlich verhalten. Ihr sanfter, fügsamer Charakter machte sie zu den bevorzugten Opfern der Kautschuk-Periode, als man in großem Umfang auf Indianerjagd ging, um die Siedlungen der Kautschuksammler mit Arbeitskräften zu versorgen – eine Zeit, in der der Stamm buchstäblich dezimiert wurde und nahe daran war, auszusterben –, und deshalb auch hatten sie stets den kürzeren gezogen bei den Scharmützeln mit ihren notorischen Feinden, den Yaminahuas und Mashcos, vor allem mit letzteren, berühmt ob ihres kriegerischen Charakters. Das waren die Machiguengas, von denen uns das Ehepaar Schneil erzählte. Sie bemühten sich schon seit zweieinhalb Jahren, von ihnen akzeptiert zu werden, und stießen noch immer auf Mißtrauen und bisweilen Feindseligkeit bei den Gruppen, mit denen sie den Kontakt hatten aufnehmen können.

Yarinacocha in der Stunde der Abenddämmerung, wenn der rote Mund der Sonne hinter den Wipfeln der Bäume zu versinken beginnt und die grünlichen Wasser des Sees unter dem indigoblauen Himmel, an dem die ersten Sterne flimmern, wie in Flammen lodern, ist eines der schönsten Schauspiele, die ich je gesehen habe. Wir befanden uns auf der Terrasse eines Holzhauses und betrachteten über die Schultern des Ehepaars Schneil hinweg den Horizont des Urwalds, der sich verdunkelte. Ein wunderschöner Anblick. Aber ich glaube, wir alle fühlten uns unbehaglich und deprimiert. Denn das, was uns das Paar erzählte – beide recht jung und von jenem sportlichen, unbefangenen, puritanischen und eifrigen Naturell, wie es alle Linguisten gleich einer Uniform zur Schau trugen –, war eine düstere Geschichte. Selbst die beiden Anthropologen der Gruppe, Matos Mar und der Mexikaner Juan Comas, staunten über den Grad an Hinfälligkeit und Pessimismus, der nach den Worten des Ehepaars Schneil die brüchige Gesellschaft der Machiguengas kennzeichnete. Nach dem zu urteilen, was wir hörten, schien sie sich praktisch zu desintegrieren.

Sie waren bislang so gut wie nicht erforscht. Abgesehen von einem kleinen Buch, das ein Dominikaner, Padre Vicente de Cenitagoya, 1943 veröffentlicht hatte, und einigen Artikeln anderer Missionare über ihr Brauchtum und ihre Sprache, die in den Zeitschriften des Ordens erschienen waren, existierte keine ernsthafte ethnographische Arbeit über sie. Sie gehörten zur Familie der Arawak und vermischten sich etwas mit den Campas von den Flüssen Ene und Perené vom Großen Schwemmland, denn ihre Sprachen wiesen ähnliche Wurzeln auf. Ihr Ursprung lag völlig im dunkeln; ihre Identität war verschwommen. Mit dem vagen Namen Antis von den Inkas belegt, die sie aus dem östlichen Teil Cuscos vertrieben, jedoch niemals in ihre Urwaldgebiete eindringen noch sie unterwerfen konnten, erschienen sie in den Chroniken und Berichten der Kolonialzeit unter willkürlichen Bezeichnungen – Manaríes, Opataris, Pilcozones –, bis die Reisenden im neunzehnten Jahrhundert sie schließlich bei ihrem Namen zu nennen begannen. Einer der ersten, die sie so bezeichneten, war der Franzose Charles Wiener, der 1880 »die Leichname zweier rituell am Fluß zurückgelassener Machiguengas« fand, die er enthauptete und seiner Sammlung von Kuriositäten aus dem peruanischen Urwald einverleibte. Der Stamm befand sich seit langen Zeiten auf der Wanderung, und es ist zu vermuten, daß er niemals seßhaft, in Gemeinschaften gelebt hat. Der Umstand, daß die Machiguengas in gewissen Zeitabständen von kriegerischeren Stämmen und – in den Perioden des Kautschuk-, Gold- und Rosenholzfiebers und der nicht weniger fieberhaften landwirtschaftlichen Kolonisierung – von den Weißen in immer ungesündere und unfruchtbarere Gegenden abgedrängt worden waren, in denen umfangreiche Gruppen unmöglich überleben konnten, hatte ihre Zersplitterung verstärkt und einen fast anarchischen Individualismus in ihnen entstehen lassen. Es gab nicht ein einziges Machiguenga-Dorf. Sie hatten keine Kaziken und schienen keine andere Autorität zu kennen als die jedes Vaters über seine eigene Familie. Sie waren in winzigen Einheiten von höchstens einem Dutzend Personen in jenem gewaltigen Umkreis zersprengt, der den gesamten Urwald von Cusco und Madre de Dios umfaßte. Die Armut der Region zwang diese menschlichen Zellen, sich fortwährend zu bewegen, wobei sie eine erhebliche Distanz voneinander wahrten, um den Bestand der Jagdbeute nicht zu gefährden. Bedingt durch die Erosion und die Auslaugung des Bodens, mußten sie ihre Yuccafelder spätestens alle zwei Jahre verlegen.

Was das Ehepaar Schneil über ihre Mythologie, ihre Glaubensvorstellungen und Sitten hatte herausfinden können, spiegelte die Härte ihrer bisherigen Existenz wider und ließ Bruchstücke ihrer Geschichte aufscheinen. Der Gott Tasurinchi, der Schöpfer alles Bestehenden, hatte sie mit seinem Atem erschaffen, und sie besaßen keine Eigennamen. Ihr Name war immer provisorisch, relativ und vorübergehend: der, der kommt, oder der, der geht, der Mann von der, die gerade gestorben ist, oder der, der aus dem Kanu steigt, der, der geboren wurde, oder der, der den Pfeil abgeschossen hat. Ihre Sprache ließ nur folgende Mengen zu: eins, zwei, drei und vier. Alle anderen wurden mit dem Adjektiv »viele« ausgedrückt. Ihre Vorstellung vom Paradies war bescheiden: ein Ort, an dem es in den Flüssen Fische gab und in den Wäldern Tiere zum Jagen. Sie verbanden ihr Nomadenleben mit der Bewegung der Sterne am Firmament. Die Zahl der Freitode war überaus hoch bei ihnen. Das Ehepaar Schneil berichtete uns von einigen Fällen, die sie bei den Machiguengas – Männern und Frauen, aber vor allem bei letzteren – erlebt hatten: sie nahmen sich das Leben, indem sie sich Chambira-Dorne ins Herz oder in die Schläfen stachen oder giftige Tränke zu sich nahmen, aus nichtigen Gründen wie einem Streit, einem verfehlten Pfeilschuß oder einem Tadel seitens eines Familienangehörigen. Eine winzige Unannehmlichkeit konnte den Machiguenga dazu treiben, sich umzubringen. Als hätte sich ihr Lebenswille, ihr Überlebenstrieb auf seinen kleinsten Ausdruck beschränkt.

Die geringfügigste Krankheit bedeutete gewöhnlich das Ende für sie. Sie hatten panische Angst vor dem Schnupfen, wie viele Stämme der Amazonas-Region – in ihrer Gegenwart zu niesen hieß ihnen Furcht und Schrecken einjagen –, aber im Unterschied zu anderen Stämmen weigerten sie sich, zu genesen, wenn sie krank wurden. Beim ersten Kopfschmerz, Bluten oder Unfall schickten

sie sich an, zu sterben. Sie weigerten sich, Medikamente einzunehmen oder sich heilen zu lassen. »Wozu, wenn wir auf jeden Fall fortgehen müssen«, antworteten sie. Ihre Zauberer oder Heiler – die Seripigaris – wurden befragt und benötigt, um die bösen Geister und die Schäden der Seele zu exorzieren; aber wenn diese sich erst einmal in körperlichen Leiden äußerten, dann hielten sie sie für nahezu irreparabel. Man konnte bei ihnen oft beobachten, daß der Kranke sich an den Fluß legte, um auf den Tod zu warten.
Ihre Empfindlichkeit und ihr Mißtrauen gegenüber Fremden waren extrem, ebenso wie ihr Fatalismus und ihre Schüchternheit. Die Leiden der Gemeinschaft während der Kautschuk-Periode, als sie von den »Lieferanten« der Siedlungen oder von Indianern anderer Stämme gejagt wurden, die auf diese Weise ihre Schulden bei den *patronos* abtrugen, hatten eine tiefe Spur von Schrecken in den Mythen und Legenden hinterlassen, die sich auf diese Periode, die von ihnen sogenannte Ausblutung der Bäume, bezogen. Vielleicht waren sie wirklich, wie ein Dominikanermissionar, Padre José Pío Aza behauptete – der als erster ihre Sprache studiert hatte –, die letzten Überbleibsel einer panamazonischen Zivilisation (von der die mysteriösen Steinzeichnungen Zeugnis ablegen würden, die verstreut am oberen Urubamba existieren), die seit ihren Zusammenstößen mit den Inkas Niederlage um Niederlage erlitten hatte und allmählich ausgestorben war.
Das Ehepaar Schneil hatte große Mühe gehabt, die ersten Kontakte herzustellen. Erst ein Jahr nach Beginn der Versuche war es ihm, dem Ehemann, gelungen, von einer Machiguenga-Familie aufgenommen zu werden. Er erzählte uns diese heikle Erfahrung, seine Angst und Erwartung an jenem Morgen, an einem der Quellflüsse

des Timpía, als er, völlig nackt, auf die einsame strohgedeckte Hütte aus Rindenspänen zuging, in der er bereits zu drei verschiedenen Malen gewesen war und Geschenke hinterlassen hatte – ohne jemanden anzutreffen, aber im Rücken die Blicke der Machiguengas spürend, die ihn vom Wald her beobachteten – und sah, daß das halbe Dutzend Bewohner dieses Mal nicht davonlief.

Seither hatte das Ehepaar Schneil – getrennt oder gemeinsam – kurze Zeitspannen mit dieser und anderen Machiguenga-Familien am oberen Urubamba und seinen Zuflüssen verbracht. Sie hatten die Gruppen in der trockenen Jahreszeit begleitet, wenn sie zum Fischfang oder zur Jagd gingen, und Tonbandaufnahmen gemacht, die sie uns vorspielten. Ein sonores Prasseln mit plötzlichen schrillen Tönen und ab und zu ein großes kehliges Durcheinander, Laute, die, wie sie uns erklärten, Gesänge darstellten. Sie besaßen die Transkription und Übersetzung eines dieser Gesänge; ein Dominikanermissionar hatte sie in den dreißiger Jahren angefertigt, und das Ehepaar Schneil hatte den Gesang ein Vierteljahrhundert später an einem Nebenarm des Sepahua-Flusses wieder gehört. Der Text veranschaulichte auf bewundernswerte Weise den Seelenzustand der Gemeinschaft, den sie uns geschildert hatten. So sehr, daß ich ihn abschrieb. Seitdem habe ich ihn immer bei mir getragen, zusammengefaltet in einem Winkel meiner Brieftasche, als Amulett. Er läßt sich noch immer entziffern:

Opampogyakyena shinoshinonkarintsi
  Die Traurigkeit schaut mich an
opampogyakyena shinoshinonkarintsi
  die Traurigkeit schaut mich an

ogakyena kabako shinoshinonkarintsi
die Traurigkeit schaut mich genau an
ogakyena kabako shinoshinonkarintsi
die Traurigkeit schaut mich genau an
okisabintsatana shinoshinonkarintsi
sehr verstimmt mich die Traurigkeit
okisabintsatana shinoshinonkarintsi
sehr verstimmt mich die Traurigkeit
amakyena tampia tampia tampia
sie hat mir Luft und Wind gebracht
ogaratinganaa tampia tampia
sie hat mir die Luft aufgewirbelt
okisabintsatana shinoshinonkarintsi
sehr verstimmt mich die Traurigkeit
okisabintsatana shinoshinonkarintsi
sehr verstimmt mich die Traurigkeit
amaanatyomba tampia tampia
sie hat mir die Luft gebracht, den Wind
onkisabintsatenatyo shinonka
sehr verstimmt mich die Traurigkeit
shinoshinonkarintsi
Traurigkeit
amakyena popyenti pogyentima pogyenti
sie hat mir Würmchen, Würmchen gebracht
tampia tampia tampia
die Luft, den Wind, die Luft.

Obwohl sie ausreichende Kenntnisse über die Machiguenga-Sprache besaßen, beherrschten sie noch lange nicht die Geheimnisse ihrer Struktur. Es war eine archaische, kraftvoll tönende und agglutinierende Sprache, in der ein einziges, aus vielen anderen Wörtern zusammengesetztes Wort einen umfassenden Gedanken ausdrücken konnte.

Frau Schneil war schwanger. Dies war der Grund, warum das Ehepaar sich in der Basis in Yarinacocha aufhielt. Nach der Geburt ihres ersten Kindes würde das Paar nach Urubamba zurückkehren. Der Junge oder das Mädchen, sagten sie, würde dort aufwachsen und die Sprache der Machiguengas besser und vielleicht sogar eher beherrschen als sie.

Beide hatten ihr Diplom, wie die anderen Linguisten auch, an der Universität von Oklahoma erhalten, aber was sie gemeinsam mit ihren Kollegen vor allem bewegte, war ein spirituelles Anliegen: die Verbreitung der Bibel. Ich weiß nicht, welches ihre genaue religiöse Zugehörigkeit war, da sich unter den Linguisten des Instituts Angehörige verschiedener Kirchen befanden. Das Ziel, das sie veranlaßte, die primitiven Kulturen zu studieren, war jedenfalls religiöser Natur: sie wollten die Bibel in diese Sprachen übersetzen, damit diese Völker Gottes Wort in den Kadenzen und Tönen ihrer eigenen Musik hören konnten. Mit dieser Absicht hatte Dr. Peter Townsend – eine interessante Persönlichkeit, eine Mischung aus Missionar und Pionier, Freund des mexikanischen Präsidenten Lázaro Cárdenas und Verfasser eines Buches über ihn – das Institut gegründet, und mit diesem Ansporn leisten die Linguisten noch immer ihre langwierige Arbeit. Die Konfrontation mit einem festen, unerschütterlichen Glauben, der einen Menschen dazu bringt, ihm sein Leben zu weihen und für ihn sämtliche Opfer auf sich zu nehmen, hat mich immer bewegt und erschreckt, denn aus dieser Haltung erwachsen sowohl Heroismus als auch Fanatismus, altruistische Handlungen und Verbrechen. Aber im Fall der Linguisten des Instituts erschien mir ihr Glaube auf dieser Reise als wohltätig. Ich erinnere mich noch an jene Frau – fast noch ein Mädchen –, die seit Jahren unter den Shapras am Morona-See lebte, und an jene Familie, die sich bei den Huambisas niedergelassen hatte und deren Kinder – ein paar rothaarige kleine Gringos – nackt an den Ufern des Flusses mit den kupferfarbenen Kindern des Dorfes herumplanschten und genau wie diese sprachen und spuckten. (Die Huambisas spucken, während sie sprechen, um zu zeigen, daß sie die Wahrheit sagen. Ein Mensch, der beim Reden nicht spuckt, ist für sie ein Lügner.)

Gewiß, wie primitiv die Bedingungen auch waren, unter denen sie bei den Stämmen lebten, so kam ihnen doch eine Infrastruktur zugute, die sie schützte: Flugzeuge, Rundfunkgeräte, Ärzte, Medikamente. Dennoch besaßen sie eine tiefe Überzeugung und ein Anpassungsvermögen, das seinesgleichen suchte. Die Linguisten, die wir bei den Stämmen antrafen, lebten fast ebenso wie diese, mit dem Unterschied, daß sie bekleidet und ihre Gastgeber halb nackt waren: in den gleichen Hütten oder halb im Freien, unter einem dürftigen Pamacari hausend, teilten sie die frugale Nahrung und die spartanischen Verhältnisse der Eingeborenen. Bei ihnen allen existierte auch jene Bereitschaft zum Abenteuer – die Anziehungskraft der immer neuen Grenze –, die ein so häufiges Merkmal der nordamerikanischen Mentalität ist und der gemeinsame Nenner von Menschen der unterschiedlichsten Herkunft oder Tätigkeit. Das Ehepaar Schneil war sehr jung, sie hatten erst vor kurzem geheiratet, und nach dem, was sie uns bei diesem Gespräch zu verstehen gaben, betrachteten sie ihren Aufenthalt in der Amazonas-Region nicht als vorübergehend, sondern als ein lebenswichtiges Engagement von großer Tragweite.

Was sie uns über die Machiguengas erzählt hatten, ging mir während unserer ganzen Reise durch das Gebiet des

oberen Marañón nicht aus dem Kopf. Ich wollte diese Sache mit Saúl besprechen; ich benötigte seine kritischen Kommentare und Anmerkungen zum Zeugnis der Eheleute Schneil. Außerdem würde ich ihm eine Überraschung bereiten. Denn ich hatte den Text jenes Liedes auswendig gelernt und würde es ihm in der Sprache der Machiguengas aufsagen. Ich stellte mir seine Verblüffung vor, das gewaltige, herzliche Lachen . . .
Die Stämme, die wir am oberen Marañón und in Moronacocha besuchten, unterschieden sich sehr von denen am Urubamba und am Madre de Dios. Die Aguarunas unterhielten Kontakte mit dem übrigen Peru, und einige ihrer Dörfer unterlagen einem Prozeß der Rassenmischung, sichtbar durch bloßen Augenschein. Die Shapras lebten isolierter und standen bis vor kurzem – vor allem, weil sie Schrumpfköpfe herstellten – im Ruf der Gewalttätigkeit, aber bei ihnen war keines der Symptome von Mutlosigkeit und moralischem Zusammenbruch zu erkennen, wie sie uns das Ehepaar Schneil bei den Machiguengas geschildert hatte.
Als wir nach Yarinacocha zurückkehrten, um die Rückreise nach Lima anzutreten, verbrachten wir einen letzten Abend mit den Linguisten. Eine Arbeitssitzung, bei der diese Matos Mar und Juan Comas über ihre Reiseeindrücke befragten. Als das Treffen beendet war, fragte ich Edwin Schneil, ob es ihm etwas ausmache, wenn wir uns noch ein wenig unterhielten. Er nahm mich mit in sein Haus. Seine Frau bereitete uns eine Tasse Tee. Sie lebten in einer der letzten Hütten, wo das Institut aufhörte und der Urwald begann. Das regelmäßige, wohlklingende, symmetrische Zirpen der Insekten draußen diente als Hintergrundmusik für unser Gespräch, das lange dauerte und an dem sich bisweilen auch Frau Schneil beteiligte. Sie war es, die mir von der Kosmogonie der

Machiguengas erzählte, in deren Mittelpunkt die Flüsse standen: die Milchstraße entsprach dem Meshiareni-Fluß, auf dem die zahllosen großen und kleinen Götter aus ihrem Pantheon auf die Erde herabstiegen und auf dem die Seelen der Toten in das Paradies hinaufstiegen. Ich fragte sie, ob sie Photographien von den Familien besäßen, mit denen sie gelebt hatten. Sie verneinten. Aber sie zeigten mir zahlreiche Gegenstände der Machiguengas. Handtrommeln und große Trommeln aus Affenfell, Rohrflöten und eine Art Panflöte aus kleinen Binsenröhren in Stufenreihe, die von Pflanzenfasern zusammengehalten wurden. Wenn man sie an die Unterlippe setzte und hineinblies, gab sie eine reiche Skala von Tönen von extrem hoch bis ganz tief von sich. Siebe, gefertigt aus in kleine Streifen geschnittenen und geflochtenen Rohrblättern, wie kleine Körbe, um die Yuccas durchzuseihen, mit denen sie Masato herstellten. Ketten und Schellen aus Samenkörnern, Zähnen und Knochen. Fußknöchelschmuck und Armbänder. Kronen aus Papageien-, Huacamayo-, Tukan- und Helmhokkofedern, die auf hölzernen Reifen befestigt waren. Bogen, Pfeilspitzen aus bearbeitetem Stein und einige Hörner, in denen sie das Curare aufbewahrten, um ihre Pfeile zu vergiften, und die Tinkturen für die Tätowierung. Das Ehepaar Schneil hatte einige der Muster, die die Machiguengas sich in die Gesichter und auf die Körper malten, auf dünnem Karton aufgezeichnet: geometrische Gebilde, einige sehr einfach und andere wie verwickelte Labyrinthe. Sie erklärten mir, daß sie je nach den Umständen und dem Stand der Person getragen wurden. Ihre Funktion bestand darin, das Glück anzuziehen oder das Unglück abzuwehren. Diese hier gehörten den Unverheirateten, diese hier den Verheirateten, die dort wurden benutzt, um zur Jagd zu gehen, und über andere hatten sie noch keine sehr klare Vorstellung. Die Symbolik der Machiguengas war überaus subtil. Eine Figur – zwei gekreuzte Striche, wie ein liegendes Kreuz, innerhalb eines Halbkreises – malten sich anscheinend jene auf, die sterben würden.

Erst am Ende, als ich eine Pause im Gespräch suchte, um mich zu verabschieden, tauchte zufällig das Thema auf, das im nachhinein sämtliche anderen Dinge jener Nacht auslöschte und mit Sicherheit der Grund dafür ist, daß ich jetzt meine Tage in Florenz nicht so sehr Dante, Machiavelli und der Kunst der Renaissance widme als dem Versuch, die Erinnerungen und Phantasien dieser Geschichte miteinander zu verflechten. Ich weiß nicht, wie es kam. Ich stellte ihnen viele Fragen, und einige davon bezogen sich gewiß auf die Zauberer und Heiler der Machiguengas (es gab zwei Arten: die guten, die Seripigaris, und die bösen, die Machikanaris). Vielleicht war es in diesem Zusammenhang. Oder vielleicht entstand die Gedankenverbindung, als ich sie nach den Mythen, Legenden und Geschichten fragte, die sie auf ihren Reisen hatten sammeln können. Sie wußten nicht viel über die Zauberpraktiken der Seripigaris und Machikanaris, außer daß beide, wie die Schamanen anderer Stämme auch, im Verlauf ihrer Sitzungen – die sie, nicht anders als die simple Trunkenheit nach dem Genuß des Masato, Rausch nannten – Tabak, Ayahuasca und andere halluzinogene Pflanzen, die Rinde des Kobuiniri zum Beispiel, benutzten. Die Machiguengas waren von sich aus sehr gesprächig, großartige Informanten, aber die beiden hatten nicht allzusehr auf der Angelegenheit der Zauberer beharren wollen, aus Angst, sie zu verletzen.

»Ja, und außer dem Seripigari und dem Machikanari gibt es bei ihnen noch diese seltsame Person, die weder Heiler noch Priester zu sein scheint«, sagte plötzlich Frau

Schneil. Sie wandte sich an ihren Mann und fragte zweifelnd: »Na ja, vielleicht ist er beides ein wenig, nicht wahr, Edwin?«
»Ach, du meinst den . . .«, sagte Herr Schneil und zögerte. Er artikulierte ein lautes, langes, kehliges Geräusch mit vielen »s«. Dann verstummte er und überlegte. »Wie könnte man das übersetzen?«
Sie schloß halb die Augen und hob einen Fingerknöchel an den Mund. Sie war blond, ihre Augen waren sehr blau und ihre Lippen ganz schmal; ihr Lächeln wirkte kindlich.
»Vielleicht Unterhalter. Oder besser Geschichtenerzähler«, sagte sie schließlich. Und sie brachte noch einmal den Laut hervor: rauh, zischend, sehr lang.
»Ja«, sagte er lächelnd. »Ich glaube, das kommt der Sache am nächsten. Geschichtenerzähler.«
Sie hatten nie einen gesehen. Aufgrund ihrer ausgeprägten Diskretion – ihrer Furcht, sie zu irritieren – hatten sie ihre Gastgeber niemals um eine ausführliche Erklärung über die Funktionen gebeten, die er bei den Machiguengas erfüllte, oder um die Präzisierung, ob es einen gab oder viele oder – sie tendierten dazu, diese Hypothese zu verwerfen – ob es sich womöglich nicht um konkrete, zeitgenössische Wesen, sondern um ein Fabelwesen handelte, wie Kientibakori, der Herr der bösen Geister und Schöpfer alles Giftigen und Ungenießbaren. Soviel stand fest: das Wort »Geschichtenerzähler« wurde mit außergewöhnlichen Zeichen von Respekt von allen Machiguengas ausgesprochen, und jedesmal, wenn jemand es in Gegenwart der Eheleute Schneil äußerte, hatten die anderen das Thema gewechselt. Aber sie glaubten nicht, daß es sich um ein Tabu handelte. Denn das berühmte Wort entschlüpfte ihnen sehr oft, was darauf hinzudeuten schien, daß der Erzähler ihnen geistig

immer gegenwärtig war. War er der Chef und Mentor der ganzen Gemeinschaft? Nein, er schien keine spezifische Gewalt über das lockere, so verstreute Archipel der Machiguenga-Gesellschaft auszuüben. Außerdem kannte diese keine Autoritäten. Darüber hegten die beiden nicht den geringsten Zweifel. Sie hatten nur dann Oberhäupter gehabt, wenn sie ihnen von den Viracochas aufgezwungen worden waren, wie in den kleinen, von den Dominikanern gegründeten Siedlungen Koribeni und Chirumbia, oder zur Zeit der Haziendas und der Kautschuk-Siedlungen, als die *patronos* einen von ihnen zum Chef ernannten, um sie besser kontrollieren zu können. Vielleicht übte der Erzähler ja ein geistiges Führertum aus, vielleicht vollführte er bestimmte religiöse Praktiken. Aber nach den Anspielungen, die sie hier und da, in der Äußerung des einen oder in der Antwort des anderen, aufgeschnappt hatten, schien die Funktion des Erzählers vor allem in dem zu bestehen, was schon sein Name besagte: erzählen.
Frau Schneil war vor wenigen Monaten am Ufer des Kompiroshiato-Flusses etwas Seltsames passiert. Plötzlich verschwand die Machiguenga-Familie, mit der sie lebte – acht Personen: zwei alte Männer, ein erwachsener Mann, vier Frauen und ein Mädchen –, ohne ihr eine Erklärung zu geben. Das wunderte sie sehr, denn das hatten sie noch nie zuvor getan. Die acht kehrten ein paar Tage später zurück, genauso mysteriös, wie sie fortgegangen waren. Wohin waren sie auf diese Weise entschwunden? »Den Erzähler hören«, hatte das Mädchen gesagt. Der Sinn des Satzes war klar, aber Frau Schneil konnte nicht mehr erfahren, weil niemand weitere Einzelheiten hinzufügte und sie auch um keine bat. Gleichwohl waren die Machiguengas in den folgenden Tagen äußerst aufgeregt und flüsterten unaufhörlich miteinan-

der. Und Frau Schneil, die sah, wie sie endlos ihre Köpfe zusammensteckten, wußte, daß sie sich an den Geschichtenerzähler erinnerten.
Das Ehepaar Schneil hatte Vermutungen angestellt, mit Hypothesen jongliert. Der oder die Erzähler mußten so etwas sein wie die Briefträger der Gemeinschaft. Personen, die sich in dem weiten Territorium, auf dem die Machiguengas verstreut lebten, von Weiler zu Weiler begaben und den einen berichteten, was die anderen taten, sie gegenseitig über die Vorfälle, Geschicke und Mißgeschicke jener Brüder informierten, die sie sehr selten oder niemals sahen. Ihr Name definierte sie. Sie erzählten. Ihre Münder waren die Bindeglieder dieser Gesellschaft, die der Kampf ums Überleben gezwungen hatte, sich zu zersplittern und in alle Winde zu verstreuen. Dank der Geschichtenerzähler wußten die Väter von den Kindern, die Brüder von den Schwestern, und dank ihrer erfuhren sie von den Todesfällen, Geburten und übrigen Ereignissen innerhalb des Stammes.
»Und noch etwas mehr«, sagte Herr Schneil. »Ich habe den Eindruck, daß der Erzähler nicht nur aktuelle Nachrichten überbringt. Auch solche aus der Vergangenheit. Wahrscheinlich ist er zugleich das Gedächtnis der Gemeinschaft, erfüllt er eine ähnliche Funktion wie die Troubadoure und Spielleute im Mittelalter.«
Frau Schneil unterbrach ihn, um mir zu erklären, daß dies schwer zu beweisen sei. Das sprachliche System der Machiguengas sei verwickelt und irreführend, unter anderem deshalb, weil es Vergangenheit und Zukunft leicht verwechsele. Ebenso wie das Wort »viele« – *tobaiti* – dazu diene, sämtliche Mengen über vier auszudrücken, umfasse das »jetzt« oftmals das Heute und das Gestern, und oft benutzten sie das Verb in der Gegenwart, um sich auf Handlungen der nahen Vergangenheit zu beziehen.

So als wäre allein die Zukunft für sie etwas genau Begrenztes. Das Gespräch wechselte zur linguistischen Thematik und endete mit einer Reihe von Beispielen, die sie mir aufzählten, um die drolligen und beunruhigenden Folgen einer Sprechweise zu veranschaulichen, bei der sich das Vorher und das Jetzt kaum unterschieden.
Die Vorstellung von der Existenz dieses Wesens, dieser Wesen in den ungesunden Wäldern im Osten von Cusco und Madre de Dios, die in Tagen und Wochen gewaltige Regionen durchquerten, Geschichten von den einen Machiguengas zu den anderen trugen und mit sich nahmen und jeden Stammesangehörigen daran erinnerten, daß die anderen lebten, daß sie trotz der großen Entfernungen, die sie trennten, eine Gemeinschaft bildeten und eine Tradition, Glaubensvorstellungen, Vorfahren, Unglück und einige Freuden miteinander teilten, die flüchtige, vielleicht legendäre Gestalt dieser Erzähler, die mit dem einfachen und uralten menschlichen Mittel – Tätigkeit, Notwendigkeit, Wahn – des Geschichtenerzählens das Bindeglied darstellten, das aus den Machiguengas eine Gesellschaft, ein Volk von solidarischen und miteinander verbundenen Wesen machte, bewegte mich zutiefst. Sie bewegt mich unverändert, wenn ich an sie denke, und selbst jetzt, hier, während ich im Café Strozzi im alten Florenz in der glühenden Julihitze diese Zeilen schreibe, überläuft mich noch immer eine Gänsehaut.
»Und warum bekommst du eine Gänsehaut?« sagte Mascarita. »Was findest du so auffällig daran? Was haben diese Erzähler so Besonderes an sich?«
In der Tat, warum gingen sie mir seit jenem Abend nicht aus dem Kopf?
»Sie sind der greifbare Beweis dafür, daß Geschichten erzählen etwas mehr sein kann als bloßer Zeitvertreib«, fiel mir als Antwort ein. »Etwas Elementares, etwas, von

dem die Existenz eines Volkes abhängt. Vielleicht hat mich das so beeindruckt. Man weiß nicht immer, warum einen die Dinge bewegen, Mascarita. Sie berühren eine verborgene Ader in dir, das ist alles.«

Saúl lachte und klopfte mir auf die Schulter. Ich hatte im Ernst zu ihm gesprochen, aber er nahm es als Scherz.

»Ach, die Sache interessiert dich von der literarischen Seite her«, rief er enttäuscht aus, so als würde diese Verbindung den Wert meiner Neugier mindern. »Na, mach dir mal keine Illusionen. Höchstwahrscheinlich haben diese Gringos dir die Geschichte von den Geschichtenerzählern aufgetischt. Die Dinge können nicht so sein, wie sie sie sich vorstellen. Ich versichere dir, die Gringos verstehen die Machiguengas noch weniger als die Missionare.«

Wir befanden uns in einer kleinen Kneipe in der Avenida España und aßen Brot mit Speckgrieben. Mehrere Tage waren seit meiner Rückkehr aus dem Amazonas-Gebiet vergangen. Sosehr ich ihn gleich nach meiner Ankunft in der Universität gesucht und Nachrichten in *La Estrella* hinterlassen hatte, es war mir einfach unmöglich gewesen, ihn zu finden. Und ich fürchtete schon, nach Europa zu fahren, ohne mich von Saúl zu verabschieden, als ich ihn am Vorabend meiner Abreise nach Madrid an einer Ecke der Avenida España traf, wo er gerade aus dem Autobus stieg. Wir gingen in diese Kneipe, in der er mir, wie er sagte, ein Abschiedsfest mit Speckgriebenbrot und eiskaltem Bier bereiten wollte, an das ich mich während meines ganzen Aufenthalts in Europa erinnern würde. Was mir im Gedächtnis blieb, war jedoch eher die Erinnerung an seine ausweichenden Antworten und sein unbegreifliches Desinteresse an einer Sache, den Machiguenga-Erzählern, von der ich geglaubt hatte, sie würde ihn über alle Maßen begeistern. War es wirkliches Desinteresse? Natürlich nicht. Jetzt weiß ich, daß er so tat, als würde er sich nicht für das Thema interessieren, und daß er mich belog, als er mir auf meine drängenden Fragen hin versicherte, er habe nie ein Wort von diesen Erzählern gehört.

Die Erinnerung ist voller Fallstricke: sie korrigiert und biegt die Vergangenheit subtil im Hinblick auf die Gegenwart zurecht. Ich habe so oft versucht, dieses Gespräch mit meinem Freund Saúl Zuratas im August 1958 in jener Kaschemme in der Avenida España mit ihren durchgesessenen Stühlen und wackeligen Tischen zu rekonstruieren, daß es jetzt nichts mehr gibt, dessen ich mir sicher bin, außer vielleicht seines großen, weinfarbenen Leberflecks, der die Blicke der Kunden auf sich zog, seines wirren rötlichen Haarschopfes, seines rot und blau karierten Flanellhemdes und der derben Schuhe des emsigen Fußgängers.

Meine Erinnerung kann jedoch nicht gänzlich die wilde Streitrede fabriziert haben, die Mascarita gegen das Sommerinstitut für Linguistik hielt und die ich siebenundzwanzig Jahre später noch immer zu hören glaube, auch nicht mein Erstaunen, als ich den dumpfen Zorn gewahrte, mit dem er sprach. Es war das einzige Mal, daß ich ihn so erlebte: bleich vor Wut. An diesem Tag erfuhr ich, daß auch der Erzengel Saúl wie die übrigen Sterblichen fähig war, jenen Wutanfällen nachzugeben, die seinen Freunden, den Machiguengas, zufolge das Universum aus dem Gleichgewicht bringen konnten. Ich sagte es ihm, um ihn abzulenken:

»Du wirst eine Apokalypse mit diesem Getobe auslösen, Mascarita.«

Aber er hörte mir nicht zu.

»Sie sind die schlimmsten von allen, deine linguistischen Apostel. Sie nisten sich in den Stämmen ein, um sie von innen zu zerstören, genau wie die Piques. In ihren Geist, in ihre Glaubensvorstellungen, in ihr Unterbewußtsein, in die Wurzeln ihrer Seinsweise. Die anderen nehmen ihnen ihren Lebensraum und beuten sie aus oder treiben sie tiefer in das Land hinein. Schlimmstenfalls bringen sie sie physisch um. Deine Linguisten sind raffinierter, sie wollen sie auf andere Weise töten. Indem sie die Bibel in die Machiguenga-Sprache übersetzen, ist das denn zu fassen!«

Er war so aufgebracht, daß ich ihm nichts erwiderte. Mehrere Male biß ich mir bei seinen Worten auf die Zunge, um ihm nicht zu widersprechen. Ich wußte, daß im Fall von Saúl Zuratas die Einwände gegen das Institut nicht leichtfertig waren oder aus politischen Vorurteilen rührten; daß sie, so fragwürdig sie mir auch schienen, einen zutiefst überlegten und empfundenen Standpunkt reflektierten. Warum erschien ihm die Arbeit des Instituts noch schädlicher als die jener bärtigen Dominikaner oder jener spanischen Nonnen in Quillabamba, Koribeni und Chirumbia?

Er mußte mit seiner Antwort warten, weil die Frau, die uns bediente, in diesem Augenblick mit einer neuen Lage Speckgriebenbrot herantrat. Nachdem sie den Teller auf den Tisch gestellt hatte, schaute sie eine ganze Weile wie gebannt auf Saúls Leberfleck. Ich sah, wie sie sich zum Herd zurückzog, während sie sich bekreuzigte.

»Du irrst dich, sie erscheint mir nicht schädlicher«, antwortete er mir schließlich sarkastisch, immer noch heftig. »Die anderen wollen ihnen natürlich auch die Seele rauben. Aber die Missionare, die schluckt der Urwald, wie den Arturo Cova aus Riveras Roman *La vorágine*. Hast du sie nicht gesehen auf deiner Reise? Halbtot vor Hunger. Außerdem sind sie sehr wenige. Sie leben in einer solchen Verlassenheit, daß sie glücklicherweise nicht mehr imstande sind, irgend jemanden zu evangelisieren. Die Isolierung hat ihren Katechetengeist abgestumpft. Sie überleben nur noch. Der Urwald hat ihnen die Krallen gestutzt, mein Freund. Und so wie die Dinge in der katholischen Kirche liegen, wird es bald nicht mal mehr Priester für Lima geben, von der Amazonas-Region ganz zu schweigen.«

Die Linguisten waren etwas ganz anderes. Hinter ihnen stand eine wirtschaftliche Macht und ein überaus effizienter Apparat, der ihnen vielleicht ermöglichen würde, ihren Fortschritt, ihre Religion, ihre Werte und ihre Kultur durchzusetzen. Die Eingeborenensprachen lernen, was für ein Schwindel! Wozu? Um aus den Amazonas-Indianern gute Angehörige der westlichen Zivilisation, gute moderne Menschen, gute Kapitalisten, gute reformierte Christen zu machen? Nicht einmal das. Nur, um ihre Kulturen, ihre Götter, ihre Institutionen auszulöschen und selbst noch ihre Träume zu verfälschen. Wie sie es mit den Rothäuten und den anderen in ihrem Land getan hatten. Das also wollte ich für unsere Landsleute im Urwald? Daß sie so wurden wie jetzt die Eingeborenen in Nordamerika? Dienstboten und Schuhputzer der Viracochas?

Er machte eine Pause, weil er bemerkte, daß drei Männer am Nachbartisch verstummt waren, um ihm zuzuhören, aufmerksam gemacht durch seinen Leberfleck und seine Heftigkeit. Seine gesunde Gesichtshälfte war rot angelaufen; sein Mund stand halb offen, und seine vorgeschobene Unterlippe zitterte. Ich stand auf, um zu urinieren, ohne daß es mich danach verlangte, aber mit dem Gedanken, daß meine Abwesenheit ihn beruhigen würde. Die Frau am Herd fragte mich im Vorbeigehen mit gesenkter Stimme, ob das, was mein Freund im Gesicht habe, sehr schlimm sei. Nein, flüsterte ich ihr zu, nur ein Leberfleck, genauso wie der, den Sie am Arm haben, Señora. »Der Ärmste, er kann einem leid tun«, murmelte sie. Ich ging an den Tisch zurück, und Mascarita versuchte zu lächeln, während er sein Glas hob: »Prost, Bruderherz, auf dich. Entschuldige, daß ich so hochgegangen bin.«

Aber in Wirklichkeit hatte er sich nicht beruhigt, man sah ihm an, daß er angespannt war und kurz davor, von neuem zu explodieren. Ich sagte ihm, daß sein Ausdruck mir ein Gedicht ins Gedächtnis riefe, und zitierte ihm in der Machiguenga-Sprache die Verse, an die ich mich erinnerte, jenes Lied über die Traurigkeit.

Ich erreichte, daß er einen Augenblick lächelte.

»Du sprichst Machiguenga mit einem leichten kalifornischen Akzent«, sagte er spöttisch. »Warum wohl?«

Aber eine Weile später kam er wieder auf das Thema zurück, bei dem er wie auf glühenden Kohlen saß. Ohne es zu wollen, hatte ich etwas Tiefes aufgerührt, das ihn ängstigte und verletzte. Er sprach ohne Pause, atemlos.

Bisher war es noch niemandem gelungen, aber es konnte sein, daß die Linguisten dieses Mal Erfolg hatten. Vierhundert, fünfhundert Jahre lang waren alle anderen in ihren Versuchen gescheitert. Nie hatten sie diese kleinen Stämme, die sie verachteten, unterwerfen können. Ich hatte doch in den Chroniken gelesen, die ich bei Porras Barrechenea auswertete, oder, alter Freund?, was den Inkas jedesmal passierte, wenn sie ihre Heere zum Reich des Antisuyo entsandten. Túpac Yupanqui vor allem, hatte ich das nicht gelesen? Wie seine Krieger sich im Urwald in Luft auflösten, wie die Antis ihnen zwischen den Fingern hindurchschlüpften. Sie hatten nicht einen einzigen unterworfen, und unverschämt wie sie waren, begannen die Zivilisierten aus Cusco sie daraufhin zu verachten. Deshalb erfanden sie all diese abwertenden Vokabeln in Quechua gegen die Amazonas-Indianer: Wilde, Verwahrloste. Aber was geschah denn mit dem Reich des Tahuantinsuyo, als es einer mächtigeren Zivilisation gegenübertreten mußte? Die Barbaren des Antisuyo waren zumindest noch immer die gleichen wie einst, oder? Und hatten etwa die Spanier mehr Erfolg gehabt als die Inkas? Waren nicht alle ihre »Einfälle« zu einem absoluten Fiasko geraten? Sie brachten sie um, wenn sie ihrer habhaft werden konnten, aber das geschah selten. Konnten die nach Tausenden zählenden Soldaten, Abenteurer, Flüchtlinge und Missionare, die zwischen 1500 und 1800 in den Osten hinuntergingen, auch nur einen einzigen Stamm der erlauchten christlichen, westlichen Zivilisation einverleiben? Bedeutete das alles nichts für mich?

»Sag mir lieber, was es für dich bedeutet, Mascarita«, erwiderte ich ihm.

»Daß diese Kulturen respektiert werden müssen«, sagte er sanft, als fände er endlich seine Gelassenheit wieder. »Und die einzige Art, sie zu respektieren, ist, sich ihnen nicht zu nähern. Sie nicht zu berühren. Unsere Kultur ist zu stark, zu aggressiv. Was sie berührt, verschlingt sie. Man muß sie in Frieden lassen. Haben sie denn nicht mehr als genug bewiesen, daß sie ein Recht dazu haben, weiter das zu sein, was sie sind?«

»Du bist ein kleinkarierter Indigenist, Mascarita«, sagte ich spöttisch. »Genau wie die in den dreißiger Jahren. Wie der junge Dr. Luis Valcárcel, der verlangte, man solle sämtliche Kirchen und Klöster aus der Kolonialzeit niederreißen, weil sie das Anti-Peru repräsentierten. Wir sollen also das Tahuantinsuyo wieder zum Leben erwekken? Auch die Menschenopfer, die Quipus, die Schädeltrepanation mit kleinen Steinmessern? Schon komisch, daß der letzte Indigenist in Peru ein Jude ist, Mascarita.«

»Nun ja, ein Jude ist besser gerüstet als andere, um das Existenzrecht der minoritären Kulturen zu verteidigen«, entgegnete er mir. »Letzten Endes ist das Problem der Boras, Shapras oder Piros unser Problem seit dreitausend Jahren, wie mein Alter sagt.«

Sagte er es so? Konnte man aus seinen Worten zumindest einen Gedanken dieser Art folgern? Ich bin mir nicht sicher. Vielleicht ist es auch bloß ein nachträgliches Hirngespinst von mir. Saúl war kein praktizierender Jude, nicht einmal gläubig, wie oft hörte ich von ihm, daß er nur in die Synagoge gehe, um Don Salomón nicht zu enttäuschen. Andererseits mußte diese Verbindung existieren, oberflächlich oder tief. Daß er bei sich zu Hause, in der Schule, in der Synagoge, bei den unvermeidlichen Kontakten mit anderen Mitgliedern der Gemeinde so viele Geschichten über die Verfolgung und die Diaspora gehört hatte, über die Versuche stärkerer Kulturen, den Glauben, die Sprache und die Sitten der Juden zu unterwerfen, Versuche, denen sich das jüdische Volk um den Preis großer Opfer und unter Bewahrung seiner Identität widersetzt hatte – konnte das nicht zumindest zum Teil die Hartnäckigkeit erklären, mit der Saúl das Leben verteidigte, das die Peruaner der Steinzeit führten?

»Nein, ich bin keiner von diesen Indigenisten der dreißiger Jahre. Sie wollten das Tahuantinsuyo wiederherstellen, und ich weiß sehr genau, daß es für die Nachkommen der Inkas keinen Weg zurück gibt. Ihnen bleibt nichts anderes übrig, als sich zu integrieren. Ihre Verwestlichung ist auf halbem Wege stehengeblieben, sie muß sich beschleunigen, und je rascher sie abgeschlossen ist, um so besser. Das ist für sie jetzt das geringere Übel. Du siehst, ich bin kein Utopist. In der Amazonas-Region ist es jedoch anders. Da hat das große Trauma noch nicht stattgefunden, das die Inkas in ein Volk von Schlafwandlern und Vasallen verwandelt hat. Wir haben ihnen viele Schläge beigebracht, aber sie sind nicht besiegt. Jetzt wissen wir, was es für einen Greuel bedeutet, einem primitiven Volk den Fortschritt zu bringen, es modernisieren zu wollen. Es richtet sie einfach zugrunde. Wir wollen dieses Verbrechen nicht begehen. Lassen wir ihnen ihre Pfeile, Federn und Lendenschurze. Wenn du dich ihnen näherst und sie mit Respekt, mit ein wenig Sympathie beobachtest, dann wird dir klar, daß es nicht richtig ist, wenn man sie Barbaren oder Zurückgebliebene nennt. Für die Umwelt, in der sie sich befinden, für die Verhältnisse, in denen sie leben, reicht ihre Kultur aus. Und außerdem besitzen sie eine tiefe, subtile Kenntnis von Dingen, die wir vergessen haben. Die Beziehung zwischen Mensch und Natur, zum Beispiel. Zwischen Mensch und Baum, zwischen Mensch und Vogel, zwischen Mensch und Fluß, zwischen Mensch und Erde, zwischen Mensch und Himmel. Und auch zwischen Mensch und Gott. Wir wissen nicht einmal, was das ist, diese Harmonie zwischen ihnen und den Dingen, weil wir sie für immer zerstört haben.«

Das sagte er wirklich. Sicher nicht mit diesen Worten. Aber in einer Form, die man so wiedergeben kann. Sprach er von Gott? Ja, ich bin sicher, er sprach von Gott, denn ich erinnere mich, daß ich, überrascht über seine Worte, versuchte, etwas sehr Ernstes scherzhaft zu wenden, und ihn fragte, ob daraus folgen würde, daß wir jetzt auch an Gott glauben müßten.

Er verharrte stumm, mit gesenktem Kopf. Eine große Schmeißfliege hatte sich in die Kneipe verirrt und stieß gegen die rußgeschwärzten Wände. Die Frau, die bediente, beobachtete Mascarita unablässig von der Theke her. Als Saúl den Blick hob, wirkte er verlegen. Seine Stimme war ernster geworden.

»Na ja, ich weiß nicht mehr, ob ich an Gott glaube oder nicht, Kumpel. Das ist eines der Probleme unserer so mächtigen Kultur. Sie hat Gott zu etwas gemacht, auf das man verzichten kann. Für die Menschen dort ist Gott die Luft, das Wasser, die Nahrung, eine Lebensnotwendigkeit, etwas, ohne das das Leben nicht möglich wäre. Sie sind spiritueller als wir, auch wenn du das nicht glaubst. Selbst die Machiguengas, die im Vergleich zu den anderen ziemlich materialistisch sind. Deshalb ist der Schaden so groß, den ihnen die Leute vom Institut zufügen, wenn sie ihnen ihre Götter nehmen, um sie durch den ihren zu ersetzen, einen abstrakten Gott, der ihnen in ihrem täglichen Leben nichts nützt. Die Linguisten sind die Bilderstürmer unserer Zeit. Mit Flugzeugen, Penicillin, Impfstoffen und allem, was dazugehört, um den Urwald zu besiegen. Und wenn ihnen etwas passiert wie den Gringos in Ekuador, dann fühlen sie sich nur noch stärker motiviert, weil sie Fanatiker sind. Nichts Besseres als Märtyrertum, um Fanatiker anzustacheln, meinst du nicht, Alter?«

In Ekuador waren vor einigen Wochen drei nordamerikanische Missionare irgendeiner protestantischen Kirche von einem Stamm der Jíbaros ermordet worden, in dem einer der drei lebte. Die anderen hielten sich dort vorübergehend auf. Einzelheiten des Geschehens waren nicht bekannt. Eine Militärpatrouille hatte die enthaupteten und von Pfeilen durchbohrten Leichen gefunden. Da die Jíbaros Schrumpfköpfe herstellten, war der Grund für die Enthauptung offensichtlich. Das hatte einen großen Skandal in der Presse ausgelöst. Die Opfer gehörten nicht zum Institut für Linguistik. Ich fragte Saúl, schon ahnend, was er mir antworten würde, was er über diese drei Leichen dachte.

»Eines kann ich dir versichern«, sagte er. »Sie wurden ohne Grausamkeit enthauptet. Lach nicht! So war es, glaub mir. Ohne die Absicht, ihnen Leiden zuzufügen. So verschieden die Stämme sind, darin gleichen sich alle. Sie töten nur aus Notwendigkeit. Wenn sie sich bedroht fühlen. Wenn es darum geht, zu töten oder zu sterben. Oder wenn sie Hunger haben. Aber die Jíbaros sind keine Kannibalen, sie haben sie nicht umgebracht, um sie zu essen. Etwas haben die Missionare gesagt, etwas haben sie getan, das sie in den Augen der Jíbaros plötzlich zu einer großen Gefahr werden ließ. Eine traurige Geschichte, natürlich. Aber zieh keine voreiligen Schlüsse. Es gibt nichts daran, was den Gaskammern der Nazis oder der Atombombe auf Hiroshima gleicht.«

Wir verbrachten viel Zeit miteinander, vielleicht drei oder vier Stunden. Wir aßen eine Menge Speckgriebenbrot, und zum Schluß servierte uns die Besitzerin der Kneipe einen maulbeerfarbenen Maisbrei »als Geschenk des Hauses«. Als wir uns verabschiedeten, konnte die Frau sich nicht zurückhalten und fragte Saúl, auf seinen Leberfleck weisend, »ob dieses Mißgeschick ihm sehr weh täte«.

»Nein, Señora, zum Glück tut es überhaupt nicht weh. Ich merke nicht einmal, daß ich es habe«, sagte Saúl lächelnd zu ihr.

Wir machten einen kleinen Spaziergang, auf dem wir weiter über das einzige Thema dieses Nachmittags sprachen, auch darüber hege ich keinen Zweifel. Als wir uns an der Ecke der Plaza Bolognesi und des Paseo Colón verabschiedeten, umarmten wir uns.

»Ich muß dich um Entschuldigung bitten«, sagte er, plötzlich zerknirscht. »Ich hab wie ein Wasserfall geredet und dich überhaupt nicht zu Wort kommen lassen. Du hast mir nicht einmal deine Pläne für Europa erzählen können.«

Wir verabredeten, daß wir uns schreiben würden, und sei es auch nur eine Postkarte dann und wann, um die Verbindung nicht abreißen zu lassen. Ich habe es in den folgenden Jahren dreimal getan, aber er hat mir nie geantwortet.

Es war das letzte Mal, daß ich Saúl Zuratas sah. Das Bild treibt unversehrt auf dem Strom der Jahre. Die graue Stimmung, der bedeckte Himmel und die ätzende Feuchtigkeit des Winters in Lima bilden seinen Hintergrund. Dazu das Durcheinander der Autos, Lastwagen und Omnibusse, die sich in Spiralen um das Denkmal Bolognesis winden, und Mascarita mit seinem großen dunklen Fleck im Gesicht, seinem flammensprühenden Haar und seinem karierten Hemd, der mir zum Abschied mit der Hand zuwinkte und rief:

»Mal sehen, ob du als Madrider zurückkommst und die falsche Anrede gebrauchst und das ›z‹ wie sie aussprichst. Und gute Reise, ja! Alles Gute dort, Alter!«

Es vergingen vier Jahre, ohne daß ich etwas von ihm hörte. Keiner von den Peruanern, die in Madrid vorbeikamen oder in Paris, wo ich nach Beendigung meines Doktorats lebte, konnte mir jemals Nachrichten von Saúl überbringen. Ich erinnerte mich oft an ihn, vor allem in Spanien, nicht nur aufgrund der Hochachtung, die ich für ihn empfand, sondern auch der Machiguengas wegen. Die Geschichte der Erzähler, die ich von den Eheleuten Schneil gehört hatte, kam mir immer wieder ins Gedächtnis zurück und hörte nicht auf, mich intensiv zu beschäftigen. Sie erregte meine Phantasie und meine Wünsche wie ein schönes Mädchen. In die Universität ging ich nur vormittags; nachmittags pflegte ich einige Stunden in der Nationalbibliothek zu verbringen, auf der Castellana, und Ritterromane zu lesen. Eines Tages fiel mir der Name des Dominikanermissionars ein, der über die Machiguengas geschrieben hatte: Fray Vicente de Cenitagoya. Ich suchte im Katalog und fand das Buch.

Ich las es in einem Zug. Es war kurz und naiv, und die Machiguengas, die der gute Dominikaner oft Wilde nannte und paternalistisch tadelte ob ihres kindlichen Charakters, ihrer Trägheit, ihrer Trunksucht und ihrer Zauberpraktiken – die Fray Vicente als »nächtliche Hexensabbate« bezeichnete –, erschienen von außen beschrieben und aus großer Entfernung gesehen, obwohl der Missionar mehr als zwanzig Jahre unter ihnen gelebt hatte. Aber Fray Vicente lobte ihre Redlichkeit, ihre Achtung vor dem gegebenen Wort und ihre rücksichtsvollen Manieren. Außerdem bestätigte sein Buch einige Informationen, die meinen Entschluß endgültig festigten. Sie zeichneten sich durch eine beinahe schon krankhafte Neigung aus, Geschichten zuzuhören und zu erzählen, sie waren unverbesserliche Klatschmäuler. Es hielt sie nirgendwo, sie empfanden nicht die geringste Anhänglichkeit für den Ort, an dem sie lebten, und man könnte meinen, sie seien vom Teufel der Bewegung besessen. Der Wald übte eine Art Zauber auf sie aus. Die Missionare lockten sie unter Aufbietung aller möglichen Köder in die Zentren Chirumbia, Koribeni und Panticollo. Sie mühten sich bis zur Erschöpfung, sie seßhaft zu machen. Sie schenkten ihnen Spiegel, Nahrung, Saatgut, sie belehrten sie über die Vorteile des Gemeinschaftslebens im Hinblick auf ihre Gesundheit, ihre Bildung, ihr bloßes Überleben. Die Machiguengas schienen überzeugt. Sie errichteten ihre Häuser, legten ihre Felder an, fanden sich bereit, ihre Kinder in die kleine Schule der Mission zu schicken, und erschienen selbst, farbig bemalt und pünktlich, zum nachmittäglichen Rosenkranz und zur morgendlichen Messe. Man glaubte schon, sie befänden sich auf dem Weg der christlichen Zivilisation. Und plötzlich, eines schönen Tages, verschwanden sie im Wald, ohne danke schön oder auf Wiedersehen zu sagen. Es war stärker als sie: ein von den Vorfahren ererbter Instinkt trieb sie unwiderstehlich zum Wanderleben, verstreute sie in den unwegsamen Urwäldern.

Noch am gleichen Abend schrieb ich Mascarita und berichtete ihm von dem Buch Padre Cenitagoyas. Ich erzählte ihm, daß ich beschlossen hatte, eine Erzählung über die Machiguenga-Erzähler zu schreiben. Würde er mir helfen? Hier in Madrid, aus Heimweh vielleicht oder weil ich immer wieder über unsere Gespräche nachgedacht hatte, erschienen mir seine Ideen nicht mehr so unsinnig und wirklichkeitsfern. In meiner Erzählung würde ich mir jedenfalls die größte Mühe geben, um das Innenleben der Machiguengas so authentisch wie möglich darzustellen. Würde er mir ein bißchen beispringen, Kumpel?

Ich machte mich mit großer Begeisterung an die Arbeit. Die Ergebnisse waren jedoch reichlich karg. Wie war es möglich, eine Geschichte über die Erzähler zu schreiben, ohne auch nur eine flüchtige Kenntnis ihrer Glaubensvorstellungen, Mythen, Gebräuche und ihrer Historie zu besitzen? Das Dominikanerkloster in der Calle Claudio Coello leistete mir sehr nützliche Hilfe. Es verfügte über die vollständige Sammlung der *Misiones Dominicanas*, Organ der Ordensmissionare in Peru, und dort fand ich umfassende Artikel über die Machiguengas sowie die überaus wertvollen Untersuchungen von Padre José Pío Aza über Sprache und Brauchtum des Stammes.

Aber die lehrreichste Hilfe bot mir wohl das Gespräch in der großen, hallenden Klosterbibliothek – die Decke war sehr hoch und warf das Echo unserer Stimmen zu-

rück –, das ich mit einem bärtigen Dominikaner führte; Fray Elicerio Maluenda hatte viele Jahre am oberen Urubamba gelebt und sich für die Machiguenga-Mythologie interessiert. Ein wacher, gebildeter alter Mann mit den leicht verwilderten Manieren dessen, der sein Leben in der freien Natur verbracht, das harte Leben im Urwald geführt hat. Alle Augenblicke, als wollte er mich noch mehr beeindrucken, spickte er sein reines Spanisch mit komplizierten Machiguenga-Wörtern.
Ich war entzückt angesichts seiner Informationen über die Kosmogonie des Stammes, die äußerst reich ist an Symmetrien und – wie ich jetzt in Florenz entdecke, wo ich zum erstenmal die *Commedia* auf italienisch lese – danteske Anklänge besitzt. Die Erde bildete den Mittelpunkt des Kosmos, und es gab zwei Regionen über ihr und zwei unter ihr. Jede besaß ihre eigene Sonne, ihren Mond und ihr Gewirr an Flüssen. In der höchsten, Inkite, lebte Tasurinchi, der, der alles vermag, der Schöpfer der Menschen, und dort floß an fruchtbaren Ufern mit Bäumen voller Früchte vorbei der Meshiareni oder Fluß der Unsterblichkeit, den man von der Erde aus erkennen konnte, denn er war die Milchstraße. Unter Inkite schwebte die leichte Welt der Wolken oder Menkoripatsa mit ihrem durchsichtigen Fluß, dem Manaironchaari. Die Erde, Kipacha, diente dem wandernden Volk der Machiguengas als Wohnstätte. Darunter befand sich die finstere Welt der Toten, die fast ganz vom Kamabiría-Fluß eingenommen wurde, auf dem die Seelen der Gestorbenen reisten, bevor sie sich in ihrer neuen Heimstatt niederließen. Und schließlich die schrecklichste und tiefste Region des Gamaironi: ein Fluß mit schwarzem Wasser, ohne Fische, inmitten von Einöden, wo es auch keine Nahrung gab. Das war das Reich Kientibakoris, Schöpfer des Unrats, Geist des Bösen und Anführer ei-

ner Legion von Teufeln: der Kamagarinis. Die Sonne jeder Region verlor an Kraft und Glanz im Verhältnis zur vorangehenden. Die Sonne Inkites war unbeweglich und strahlend, weiß. Die Gamaironis dunkel und eisig. Die ungewisse Sonne der Erde kam und ging: zwischen ihrer Fortdauer und dem Verhalten der Machiguengas bestand eine mythische Verbindung.

Wieviel mochte richtig sein daran und an den anderen Angaben, die ich von Fray Maluenda erhielt? Hatte der freundliche Missionar das von ihm gesammelte Material nicht vielleicht durch zu viele Zusätze und Abwandlungen verändert? Ich fragte Mascarita danach, in meinem zweiten Brief. Auch er blieb ohne Antwort.

Den dritten schickte ich ihm etwa ein Jahr später, schon aus Paris. Ich schalt ihn wegen seines hartnäckigen Schweigens und gestand ihm, daß ich darauf verzichtet hatte, meine Erzählung über die Geschichtenerzähler zu schreiben. Ich hatte ganze Hefte vollgekritzelt und viele Stunden an der Place du Trocadéro, in der Bibliothek und vor den Vitrinen des Völkerkundemuseums verbracht und vergeblich versucht, sie zu verstehen und zu ergründen. Von mir erdacht, klangen die Stimmen der Erzähler falsch. So fand ich mich damit ab, andere Geschichten zu schreiben. Und er, was machte er, wie ging es ihm, was hatte er diese ganze Zeit über getrieben, was für Pläne?

Erst Ende 1963, als Matos Mar auf eine Einladung hin zu einem Anthropologenkongreß nach Paris kam, erhielt ich Nachrichten über seinen Aufenthaltsort. Was ich hörte, machte mich sprachlos.

»Saúl Zuratas ist nach Israel gegangen?«

Wir befanden uns im Old Navy, in Saint-Germain-des-Prés, und tranken einen Grog gegen die Kälte und den tristen aschgrauen Dezembernachmittag. Wir rauchten,

und ich fragte ihn Löcher in den Bauch über die Freunde und Dinge des entfernten Peru.
»Es hängt anscheinend mit seinem Vater zusammen«, erklärte mir Matos Mar, tief eingemummt in einen Schal und einen Mantel, die so dick waren, daß er wie ein Eskimo aussah. »Don Salomón aus Talara, hast du ihn gekannt? Saúl liebte ihn sehr. Erinnerst du dich noch, daß er das Stipendium für Bordeaux ausschlug, um ihn nicht allein zu lassen? Der Alte hatte sich scheinbar in den Kopf gesetzt, in Israel zu sterben. Und Mascarita mit seiner großen Zuneigung hat ihm natürlich den Gefallen getan. Sie haben den Entschluß sehr rasch gefaßt, von einem Tag zum anderen. Denn als Saúl es mir sagte, hatten sie schon den kleinen Laden in Breña, *La Estrella*, verkauft und die Koffer gepackt.«
Und Saúl fand Gefallen an der Idee, sich in Israel niederzulassen? Dort würde er doch Hebräisch lernen, Militärdienst leisten, sein Leben völlig neu einrichten müssen. Matos Mar glaubte, daß sie ihn vielleicht seines Leberflecks wegen von der Armee befreit hätten. Ich forschte in meinem Gedächtnis, um mich zu erinnern, ob ich ihn einmal von Zionismus hatte sprechen hören, davon, Alijah zu machen. Niemals.
»Na ja, vielleicht war es nicht schlecht für Saúl, wieder bei Null anzufangen«, spekulierte Matos Mar. »Er muß sich an das Land angepaßt haben, denn das Ganze ist jetzt schon vier Jahre her, und er ist nicht nach Peru zurückgekehrt, soviel ich weiß. Ich kann mir sehr gut vorstellen, daß er in einem Kibbuz lebt. In Lima hat Saúl ja eigentlich nichts gemacht. Er war von der Ethnologie an der Universität enttäuscht, aus einem Grund, den ich niemals ganz verstanden habe. Seine Doktorarbeit hat er nicht beendet. Und ich glaube sogar, daß ihm seine närrische Liebe für die Machiguengas vergangen ist. ›Wirst

du denn deine Nackedeis vom Urubamba nicht vermissen?‹ habe ich ihn gefragt, als wir uns verabschiedeten. ›Bestimmt nicht‹, hat er mir geantwortet. ›Ich passe mich überall an. In Israel gibt es vermutlich auch viele Nakkedeis.‹«

Anders als Matos Mar glaubte ich, daß es Saúl nicht so leicht gefallen sein dürfte, Alijah zu machen. Denn er war zutiefst integriert in Peru, viel zu zerrissen und aufgebracht durch peruanische Angelegenheiten – oder zumindest eine davon –, um das alles von einem Tag zum anderen aufzugeben, als würde er bloß das Hemd wechseln. Ich versuchte oft, ihn mir im Mittleren Osten vorzustellen. Da ich ihn kannte, ließ sich unschwer vermuten, daß der israelische Staatsbürger Saúl Zuratas in seinem neuen Vaterland vor allerlei schwierigen moralischen Entscheidungsfragen im Zusammenhang mit der Palästina-Frage und den besetzten Gebieten gestanden haben mußte. Ich ließ meinen Gedanken freien Lauf und versuchte, ihn mir in seiner neuen Umgebung vorzustellen, wie er seine neue Sprache radebrechte, seinen neuen Beruf – welchen? – ausübte, und ich bat Tasurinchi, es möge Mascarita keine Kugel getroffen haben bei den Kriegen und Grenzvorfällen in Israel, seit er sich dort befand.

V

Ein listiger Kamagarini, der in die Gestalt einer Wespe geschlüpft war, hat Tasurinchi in die Spitze des Penis gestochen, während er urinierte. Er geht weiterhin. Wie? Ich weiß es nicht. Aber er geht, ich habe ihn gesehen. Sie haben ihn nicht getötet. Er hätte die Augen und den Kopf verlieren, ihm hätte die Seele entweichen können für das, was er getan hatte, dort, bei den Yaminahuas. Nichts ist ihm geschehen, so scheint es. Er ist wohlauf, er geht, zufrieden. Ohne Wut und lachend, vielleicht. »Kein Grund für soviel Aufruhr«, spricht er. Als ich zum Mishahua-Fluß ging, um ihn zu besuchen, dachte ich: ›Ich werde ihn nicht antreffen. Wenn es stimmt, daß er das getan hat, wird er weit weg geflohen sein, wo ihn die Yaminahuas nicht finden können. Oder sie haben ihn vielleicht schon getötet, ihn und auch seine Verwandten.‹ Aber da war er und auch seine Familie und die Frau, die er geraubt hatte. »Bist du da, Tasurinchi?« – »He, he, hier bin ich.«

Sie lernt gerade sprechen. »Tu es, damit der Geschichtenerzähler sieht, daß du auch sprichst«, befahl er ihr. Man konnte kaum verstehen, was die Yaminahua sagte, und die anderen Frauen machten sich lustig über sie, »was sind das für Geräusche, die wir hören?«, und taten, als würden sie suchen, »was für ein Tier ist wohl ins Haus gekommen?«, und hoben die Strohmatten hoch. Sie lassen sie arbeiten, und sie behandeln sie schlecht. »Wenn sie ihre Beine öffnet, werden auch ihr Fische herauskommen, wie bei Pareni«, sprechen sie. Und noch schlimmere Dinge. Aber es stimmt, sie lernt gerade sprechen. Einiges von dem, was sie sagte, habe ich verstanden. »Der Mensch geht«, verstand ich.

»Dann ist es also wahr, du hast dir eine Yaminahua geraubt«, sagte ich zu Tasurinchi. Er sagt, daß er sie nicht geraubt hat. Er hat sie vielmehr für eine Sachavaca, einen Sack Mais und einen Sack Yucca getauscht. »Die Yaminahuas sollten sich freuen, was ich ihnen gegeben habe, ist mehr wert als sie«, versicherte er mir. Er fragte die Yaminahua vor mir: »Ist es nicht so?« Und sie stimmte zu. »Ja, so ist es«, sagt sie. Auch das habe ich verstanden.

Seitdem der listige Kamagarini ihn in den Penis gestochen hat, muß Tasurinchi Dinge tun, nach denen es ihn plötzlich verlangt, ohne zu wissen, warum oder weshalb. »Ich höre einen Befehl und muß ihm gehorchen«, sagt er. »Er wird von einem kleinen Gott oder einem kleinen Teufel kommen, von etwas, das tief in meinen Penis eingedrungen ist, wer weiß, wie.« Daß er sich diese Frau geraubt hat, war einer dieser Befehle, so scheint es.

Der Penis ist jetzt genauso wie vorher. Aber in seiner Seele ist ein Geist geblieben, der ihm befiehlt, anders zu sein und Dinge zu tun, die die anderen nicht verstehen. Er zeigte mir, wo er urinierte, als der Kamagarini ihn stach. Au, au, er mußte schreien, mußte hüpfen und konnte nicht mehr weiter urinieren. Er vertrieb die Wespe mit der Hand, und er hörte sie lachen, vielleicht. Einen Augenblick später begann sein Penis zu wachsen. Jede Nacht schwoll er mehr an, jeden Morgen mehr. Alle lachten über ihn. Voll Scham ließ er sich eine größere Cushma weben. Er verbarg ihn in seinem Beutel. Aber der Penis wuchs weiter und weiter, und er konnte ihn nicht mehr verstecken. Er störte ihn beim Bewegen, er schleifte ihn über den Boden wie ein Tier seinen Schwanz. Manchmal traten die Menschen darauf, nur um ihn schreien zu hören: Au! Atatau! Er mußte ihn zusammenrollen und auf die Schulter legen, wie ich meinen Papagei. So bewegten sie sich auf den Reisen, Kopf an Kopf begleiteten sie sich. Tasurinchi sprach zu ihm, um sich zu zerstreuen. Der andere hörte ihn, stumm, aufmerksam, wie ihr mich hört, und schaute ihn mit seinem großen Auge an. Einäugiger! Starr schaute er ihn an, also. Er war mächtig gewachsen. Die Vögel hielten ihn für einen Baum und setzten sich auf ihn, um zu singen. Wenn Tasurinchi urinierte, kam aus seinem großen Mund ein Schwall von warmem Wasser, schaumig wie die Wasserfälle der Großen Stromenge. Tasurinchi konnte darin baden und auch seine Familie, vielleicht. Er diente ihm als Sitz, wenn er anhielt, um auszuruhen. In den Nächten als Lager. Und wenn er jagte, als Steinschleuder und als Wurfspieß. Er konnte ihn bis auf den Wipfel des Baumes schleudern, um die Shimbillos herunterzuholen, und wenn er ihn wie einen Stein benutzte, mit ihm den Puma töten.

Um ihn zu reinigen, wickelte der Seripigari ihm den Penis in Farnblätter ein, die er in der Glut erhitzt hatte. Den Saft des Sudes ließ er ihn in kleinen Schlucken trinken, singend, eine ganze Nacht, während er Tabak und Ayahuasca trank, tanzte, durch das Dach verschwand und in einen Saankarite verwandelt wiederkehrte. Dann konnte er ihm den Schaden aussaugen und ihn ausspukken. Er war gelb, dickflüssig und roch wie das Erbrochene nach einem Rausch. Im Morgengrauen begann der Penis kleiner zu werden, und einige Monde später war er der Zwerg wie einst. Aber seitdem hört Tasurinchi diese Befehle. »In einigen meiner Seelen ist eine launische Mutter«, sagt er. »Deshalb habe ich also die Yaminahua mit mir genommen.«

Es scheint, daß sie sich an ihren neuen Mann gewöhnt hat. Da ist sie, am Mishahua, ruhig, als wäre sie immer Tasurinchis Frau gewesen. Die anderen hingegen sind

wütend, beleidigen sie und schlagen sie unter jedem Vorwand. Ich habe sie gesehen und sie gehört. »Die da ist nicht wie wir«, sprechen sie, »sie ist kein Mensch, wer kann sie also sein. Vielleicht eine Äffin, vielleicht der Fisch, der Kashiri im Hals steckengeblieben ist.« Sie kaute weiter ihre Yucca, als würde sie sie nicht hören.
Ein andermal trug sie einen Krug mit Wasser und stieß, ohne es zu merken, an ein Kind und warf es auf den Boden. Da fielen alle über sie her: »Du hast es absichtlich getan, du wolltest es töten«, sagen sie. Es war nicht wahr, aber so sprachen sie zu ihr. Sie griff nach einem Stock und stellte sich ihnen entgegen, ohne wütend zu sein. »Eines Tages werden sie sie töten«, sagte ich zu Tasurinchi. »Sie kann sich verteidigen«, antwortete er mir. »Sie jagt Tiere, ich habe nie gewußt, daß Frauen das tun. Und sie kann die größte Last auf dem Rücken tragen, wenn wir die Yuccas vom Feld holen. Ich fürchte, daß eher sie die anderen tötet. Die Yaminahuas sind streitbare Menschen, genau wie die Mashcos. Ihre Frauen auch, vielleicht.«
Ich sagte ihm, daß er ebendeshalb beunruhigt sein und so bald wie möglich an einen anderen Ort ziehen müsse. Die Yaminahuas waren bestimmt wütend über das, was er getan hatte. Und wenn sie kamen, um sich zu rächen? Tasurinchi brach in Lachen aus. Alles war geregelt, so scheint es. Der Mann der Yaminahua war zu ihm gekommen, mit noch zwei Männern. Sie sprachen miteinander und tranken Masato. Sie verstanden sich also. Sie wollten nicht die Frau, sondern eine Flinte, außer der Sachavaca, dem Mais und der Yucca, die er ihnen gegeben hatte. Die Weißen Väter hatten ihnen gesagt, daß er eine Flinte habe. »Sucht«, schlug er ihnen vor. »Wenn ihr sie findet, dann nehmt sie mit.« Am Ende gingen sie fort. Froh, so scheint es. Tasurinchi wird die Yaminahua nicht

ihren Verwandten zurückgeben. Denn sie lernt schon sprechen. »Die anderen werden sich an sie gewöhnen, wenn sie ein Kind hat«, sagt Tasurinchi. Denn die Kinder haben sich schon gewöhnt. Sie behandeln sie, als wäre sie ein Mensch, eine Frau, die geht. »Mutter«, so sagen sie.

Das ist zumindest, was ich erfahren habe.

Wer weiß, ob diese Frau Tasurinchi, den vom Mishahua-Fluß, glücklich macht. Sie kann ihm auch Unglück bringen. Als Kashiri, der Mond, auf diese Welt herabstieg, um sich mit einer Machiguenga zu verheiraten, stürzte ihn dies ins Unglück. So heißt es zumindest. Wir sollten uns nicht beklagen, vielleicht. Kashiris Mißgeschicke geben uns Nahrung und schenken uns Wärme. Ist der Mond nicht der Vater der Sonne in einer Machiguenga?

Das war vorher.

Kashiri, stark, gelassen und jung, langweilte sich am höchsten Himmel, Inkite, wo es noch keine Sterne gab. Statt Yucca und Bananen aßen die Menschen Erde. Sie war ihre einzige Nahrung. Kashiri stieg auf dem Meshiareni-Fluß herab, er paddelte mit den Armen, ohne Paddel. Das Kanu wich den Strudeln und den Steinen aus. Er kam, auf dem Wasser treibend, herab. Die Welt war noch dunkel, und es wehte starker Wind. Es regnete in Strömen. In Oskiaje, wo sich diese Erde mit den Welten des Himmels vereinigt, wo die Monstren leben und wo alle Flüsse enden, sprang Kashiri ans Ufer. Er schaute sich um. Er wußte nicht, wo er war, aber er sah froh aus. Er begann zu gehen. Nicht lange danach sah er die Machiguenga auf dem Boden sitzen, die ihm Glück und Unglück bringen sollte; sie flocht eine Strohmatte und sang ein leises Lied, um die Schlange zu vertreiben. Ihre Wangen und ihre Stirn waren bemalt; zwei rote Streifen

liefen von ihrem Mund zu ihren Schläfen hinauf. Sie war also unverheiratet; würde also lernen, zu kochen und Masato zu bereiten.
Um ihr zu gefallen, lehrte Kashiri, der Mond, sie, was die Yucca ist, was die Banane. Er zeigte ihr, wie sie gepflanzt, gepflückt und gegessen werden. Seitdem gibt es in der Welt Nahrung und Masato. Das begann danach, so scheint es. Später erschien Kashiri im Haus des Vaters des Mädchens. Seine Arme waren mit Tieren beladen, die er für ihn gefischt und gejagt hatte. Schließlich bot er ihm an, ihm ein Feld an der höchsten Stelle des Waldes anzulegen und zu arbeiten, zu säen und das Unkraut auszureißen, bis die Yuccas wachsen würden. Tasurinchi willigte ein, daß er seine Tochter mitnahm. Sie mußten das erste Blut des jungen Mädchens abwarten. Es dauerte lange, bis es kam, und in dieser Zeit rodete, verbrannte und säuberte der Mond den Wald und säte Bananen, Mais und Yucca für seine zukünftige Familie. Alles ging sehr gut.
Dann begann das Mädchen zu bluten. Sie verbarg sich, ohne ihren Verwandten ein Wort zu sagen. Die Alte, die sie beschützte, trennte sich Tag und Nacht nicht von ihr. Das Mädchen spann unaufhörlich Baumwollfasern, rastlos. Nicht ein einziges Mal näherte sie sich dem Feuer oder aß Aji, um nicht das Unheil auf sich oder ihre Verwandten zu lenken. Nicht ein einziges Mal schaute sie den an, der ihr Mann sein würde, und sprach auch nicht mit ihm. So blieb sie, bis sie aufhörte zu bluten. Dann schnitt sie sich das Haar, und die Alte half ihr, in lauem Wasser zu baden; sie begoß ihren Körper mit den kleinen Wasserstrahlen des Kruges. Endlich konnte das junge Mädchen zu Kashiri gehen, um mit ihm zu leben. Endlich konnte es seine Frau sein.
Alles ging weiter. Die Welt war ruhig. Die Schwärme der

kleinen Papageien flogen über sie hinweg, laut und fröhlich. Aber in dem Weiler gab es ein anderes Mädchen, das vielleicht keine Frau, sondern ein Itoni war, jener kleine verdorbene Teufel. Jetzt kleidet er sich wie eine Taube, aber damals kleidete er sich wie eine Frau. Sie wurde wütend, so scheint es, als sie die Geschenke Kashiris für seine neuen Verwandten sah. Sie hätte ihn gern zum Mann gewollt, sie hätte also gern die Sonne geboren. Denn die Frau des Mondes hatte jenes kräftige Kind geboren, das wachsen und unserer Welt Wärme und Licht geben würde. Damit alle von ihrem Zorn wußten, malte sie sich das Gesicht rot an, mit Orleantinktur. Und sie stellte sich in einen Schlupfwinkel an den Weg, auf dem Kashiri bei seiner Rückkehr vom Yuccafeld kommen mußte. Im Hocken leerte sie ihren Körper. Sie drückte stark und blähte sich dabei auf. Dann tauchte sie ihre Hände in den Schmutz und wartete, mit angestauter Wut. Als sie Kashiri näher kommen sah, warf sie sich auf ihn, zwischen den Bäumen hervor. Und bevor der Mond entfliehen konnte, rieb sie ihm das Gesicht mit der Kacke ein, die sie gerade gekackt hatte.
Kashiri wußte sogleich, daß diese Flecken niemals wieder ausgelöscht werden konnten. Was sollte er in der Welt tun mit einer solchen Schande? Traurig kehrte er zu Inkite zurück, dem höchsten Himmel. Dort ist er geblieben. Das Licht ist ihm erloschen durch seine Flecken. Aber sein Sohn glänzt. Strahlt die Sonne denn nicht? Wärmt sie nicht? Wir helfen ihr, indem wir gehen. Steh auf, wir ihr jede Nacht sagen, wenn sie stürzt. Ihre Mutter war also eine Machiguenga.
Das ist zumindest, was ich erfahren habe.
Aber der Seripigari aus Segakiato erzählt es anders.
Kashiri stieg zur Erde herab und sah das Mädchen am Fluß. Es badete und sang. Er näherte sich ihm und warf

ihm eine Handvoll Erde zu, die es auf den Bauch traf. Verärgert begann es, ihn mit Steinen zu bewerfen. Plötzlich hatte es zu regnen begonnen. Kientibakori tanzte wohl im Wald, trunken von Masato. »Dumme Frau«, sagte der Mond zu dem jungen Mädchen, »ich habe Lehm auf dich geworfen, damit du ein Kind bekommst.« Alle kleinen Teufel waren glücklich zwischen den Bäumen und furzten um die Wette. Und so geschah es. Das Mädchen wurde schwanger. Aber als die Stunde des Gebärens kam, starb es. Auch ihr Kind starb. Da sind die Machiguengas wohl wütend geworden. Sie haben ihre Pfeile, ihre Messer ergriffen, sind zu Kashiri gegangen, haben ihn umstellt und ihm gesagt: »Du mußt diese Leiche aufessen.« Bestimmt haben sie ihn mit ihren Bogen bedroht, ihn ihre Steine wittern lassen. Der Mond hat gewiß widerstanden, zitternd. Und sie: »Iß sie, du mußt die Tote aufessen.«
Schließlich hat er wohl weinend mit einem Messer den Bauch seiner Frau aufgeschlitzt. Dort war das Kind, leuchtend. Er holte es heraus, und es erwachte wieder zum Leben, so scheint es. Es bewegte sich und schrie, dankbar. Es war lebendig. Auf den Knien hockend, begann Kashiri den Körper seiner Frau von den Füßen aufwärts in sich aufzunehmen. »Es ist gut, jetzt kannst du gehen«, sagten die Machiguengas zu ihm, als er zum Bauch gelangt war. Da warf sich der Mond die Reste über die Schulter und kehrte zu Fuß zum höchsten Himmel zurück. Dort wird er sein und uns anschauen. Hören wird er mich. Seine Flecken sind die Stücke, die er nicht aufgegessen hat.
Wütend über das, was sie mit Kashiri, ihrem Vater, getan hatten, blieb die Sonne stehen und verbrannte uns. Sie trocknete die Flüsse aus, setzte die Felder und Wälder in Brand. Die Tiere ließ sie vor Durst sterben. »Sie wird

sich niemals wieder bewegen«, sagten die Machiguengas und rissen sich die Haare aus. Ängstlich waren sie. »Wir werden sterben müssen«, singen sie traurig. Da stieg der Seripigari zu Inkite hinauf. Er sprach mit der Sonne. Er überzeugte sie, so scheint es. Sie würde sich also von neuem bewegen. »Wir werden zusammen gehen«, sagte er zu ihr, so heißt es. Das Leben war seitdem so, wie es ist. So endete das Vorher und begann das Danach. Deshalb gehen wir noch immer.

»Ist deshalb das Licht von Kashiri so schwach?« fragte ich den Seripigari vom Segakiato-Fluß. »Ja«, antwortete er mir. »Der Mond ist nur ein halber Mensch. Andere sagen, daß eine Gräte in seinem Hals steckengeblieben ist, als er einen Fisch aß. Und daß er seitdem erloschen ist.«

Das ist zumindest, was ich erfahren habe.

Als ich kam, habe ich mich verirrt, obwohl ich den Weg kannte. Die Schuld lag gewiß bei Kientibakori, seinen kleinen Teufeln oder irgendeinem sehr mächtigen Machikanari. Der Regen begann plötzlich, ohne Vorwarnung, ohne daß der Himmel sich vorher verdunkelte und die Luft sich in Salzlake wandelte. Ich durchwatete einen Fluß, und der Regen strömte schon so gewaltig herab, daß er mich daran hinderte, den Abhang zu erklimmen. Ich machte zwei oder drei Schritte, glitt aus, die Erde löste sich auf unter meinen Füßen, und ich sank in den Wasserlauf zurück. Der kleine Papagei begann erschrocken zu flattern und entfloh kreischend. Sehr bald war der Abhang ein reißender Strom. Schlamm und Wasser, auch Steine, Zweige, Gestrüpp, vom Unwetter gespaltene Bäume, Kadaver von Vögeln und Insekten. Alle wälzten sich gegen mich. Der Himmel wurde schwarz; bisweilen brannte er vor Blitzen. Es dröhnte, als hätten alle Tiere des Waldes zu brüllen begonnen.

Wenn der Herr des Donners auf diese Weise wütet, geht etwas Schlimmes vor. Ich wollte noch immer den Abhang hinaufklettern. Würde ich können? Wenn ich nicht auf einen sehr hohen Baum steige, gehe ich fort, dachte ich. Bald wird hier alles brodelndes Himmelswasser sein. Ich besaß keine Kraft mehr, um zu kämpfen; meine Arme und Beine waren voller Verletzungen von den Aufschlägen bei meinen Stürzen. Ich schluckte Wasser durch die Nase und durch den Mund. Sogar durch die Augen und durch den After ist mir gewiß Wasser in den Körper eingedrungen. Das wird dein Ende sein, Tasurinchi, deine Seele wird entfliehen, wer weiß, wohin. Und ich berührte die oberste Stelle meines Kopfes, um sie herauskommen zu fühlen.

Ich weiß nicht, wie lange ich so kletterte, herunterrollte, wieder kletterte und wieder stürzte. Der Wasserarm war zu einem gewaltigen, breiten Fluß geworden, nachdem er die Ufer verschluckt hatte. Bis ich mich vor lauter Erschöpfung untergehen ließ. »Ich werde mich ausruhen«, sage ich, »genug des unnützen Kampfes.« Aber die so fortgehen, ruhen sie aus? Ist ertrinken nicht die schlimmste Art fortzugehen? Sehr bald würde ich im Fluß der Toten treiben, dem Kamabiría, bis zur untersten Welt, dem dunklen Land Kientibakoris, ein Abgrund ohne Sonne und ohne Fische. Unterdessen hatten sich meine Hände unversehens an einen Baumstamm geklammert, den wohl das Unwetter in den Fluß geworfen hatte. Ich weiß nicht, wie ich mich auf ihn setzen konnte. Auch nicht, ob ich in diesem Augenblick eingeschlafen bin. Die Sonne war herabgestürzt. Die Dunkelheit kalt. Auf meinem Rücken schienen die Tropfen Steine.

Im Traum entdeckte ich die Falle. Was ich für einen Baumstamm gehalten hatte, war also ein Alligator. Diese harte und stachelige Kruste, was für eine Rinde sollte das sein? Der Rücken des Kaimans, Tasurinchi. Hatte der Alligator gemerkt, daß er mich trug? Er hätte begonnen, mit dem Schwanz um sich zu schlagen, vielleicht. Oder er wäre untergetaucht, um mich zu zwingen, ihn loszulassen, und dann unter dem Wasser nach mir zu schnappen, wie die Kaimane es immer tun. Ob er vielleicht tot war? Aber dann würde er mit den Füßen zum Himmel dahintreiben. Was wirst du tun, Tasurinchi? Langsam ins Wasser gleiten und bis zum Ufer schwimmen? Niemals hätte ich es erreicht bei diesem Sturm. Nicht einmal die Bäume waren zu sehen. Vielleicht gab es gar kein Land mehr in dieser Welt. Versuchen, den Alligator zu töten? Aber womit? Als ich in jenem Wasserarm gegen den Uferhang kämpfte, hatte ich meinen Beutel, mein Messer und meine Pfeile verloren. Besser, ich bliebe ruhig auf meinem Alligator sitzen. Besser, ich wartete, bis jemand oder etwas für mich entschied.

So trieben wir dahin, wie es dem Wasser gefiel. Mir war sehr kalt, ich zitterte und meine Zähne schlugen aufeinander. ›Wo mag der kleine Papagei sein‹, denke ich. Der Alligator bewegte weder seine Füße noch seinen Schwanz, er ließ sich von der Laune des Flusses treiben. Allmählich klarte es auf. Schlammige Wasser, Tierkadaver, Palisaden aus Dächern, Häusern, Zweigen und Kanus. Ab und zu Menschen, halb von Pirañas und anderen wilden Wassertieren aufgefressen. Es gab große Moskitoschwärme, Wasserspinnen, die über meinen Körper liefen. Ich fühlte, wie sie mich stachen. Auch großen Hunger spürte ich und hätte vielleicht einen dieser toten Fische fangen können, die das Wasser mit sich riß, aber wenn ich nun die Aufmerksamkeit des Alligators auf mich lenkte? Ich trank nur. Um den Durst zu stillen, mußte ich mich nicht bewegen, nur den Mund öffnen. Der Regen füllte ihn mir mit frischem Wasser.

Da ließ sich auf meiner Schulter ein kleiner Vogel nieder. Durch seinen roten und gelben Kamm, seine Federn, seine goldfarbene Brust und seinen ganz spitzen Schnabel sah er wie ein Kirigueti aus. Aber er war vielleicht ein Kamagarini oder sogar ein Saankarite. Denn wer hat je erlebt, daß Vögel sprechen? »Du bist in einer sehr schwierigen Lage«, sagte sein zwitscherndes Stimmchen. »Wenn du losläßt, wird der Alligator dich entdekken. Seine kleinen schielenden Augen sehen sehr weit. Er wird dich mit einem Schlag seines Schwanzes betäuben, dich mit seinem großen, gezahnten Maul am Bauch packen und dich fressen. Mit Haut und Haar wird er dich fressen, denn er ist genauso hungrig wie du. Aber kannst du dich denn dein ganzes Leben an diesen Kaiman klammern?«

»Was nützt es mir, daß du mir sagst, was ich nur zu gut weiß?« antwortete ich ihm. »Könntest du mir nicht lieber einen Rat geben? Sag mir, was ich tun soll, um aus dem Wasser herauszukommen.«

»Fliegen«, piepste er, während er seinen rotgelben Kamm schüttelte. »Es gibt keine andere Möglichkeit, Tasurinchi. Wie dein kleiner Papagei am Uferhang oder so wie ich.« Und er tat einen kleinen Hüpfer, zog ein paar Kreise und verschwand.

Ist es vielleicht so einfach, zu fliegen? Die Seripigaris und die Machikanaris fliegen, im Rausch. Aber sie besitzen die Weisheit; die Sude, die kleinen Götter und die kleinen Teufel helfen ihnen. Ich, was habe ich? Die Dinge, die man mir erzählt und die ich erzähle, nichts weiter. Das hat wohl noch niemanden zum Fliegen gebracht. Ich verfluchte den als Kirigueti verkleideten Kamagarini, als ich fühlte, daß man mich an den Fußsohlen kratzte.

Auf dem Schwanz des Alligators hatte sich ein Fischreiher niedergelassen. Ich sah seine langen rosafarbenen

Beine, sah seinen krummen Schnabel. Er stocherte an meinen Füßen herum, auf der Suche nach Würmern oder weil er sie vielleicht für Nahrung hielt. Auch er war hungrig. Obwohl ich so große Angst empfand, mußte ich lachen. Ich konnte mich einfach nicht zurückhalten. Ich begann zu lachen. So wie ihr jetzt lachte ich. Ich krümmte und wand mich vor Lachen, genau wie du, Tasurinchi. Und da erwachte der Alligator. Sogleich bemerkte er, daß auf seinem Rücken Dinge geschahen, die er weder sah noch verstand. Er öffnete sein großes Maul, grunzte und schlug wütend mit dem Schwanz um sich, doch ich, ohne zu wissen, was ich tat, hatte mich schon an den Fischreiher geklammert. Wie ein Äffchen an die Äffin, wie ein neugeborenes Kind an die Mutter, die ihm die Brust gibt. Erschreckt von den Schwanzschlägen, versuchte der Fischreiher davonzufliegen. Und da er nicht konnte, weil ich mich an ihn klammerte, kreischte er. Sein Gekreische erschreckte den Alligator noch mehr und mich auch. Alle drei kreischten wir, so scheint es. Wir alle drei kreischten und kreischten um die Wette.
Und plötzlich sah ich unten, sich entfernend, den Alligator, den Fluß, den Schlamm, und ein heftiger Wind nahm mir fast den Atem. Da war ich. Ja, in der Luft, dort oben. Da flog Tasurinchi, der Geschichtenerzähler, davon. Der Fischreiher flog, und ich, an seinen Hals geklammert, meine Beine um seine Füße geschlungen, flog auch. Unten war die Erde zu sehen, wo der Morgen graute. Sie glänzte überall vor Wasser. Diese dunklen, kleinen Flecken mußten Bäume sein; diese Schlangen die Flüsse. Es war kälter als je zuvor. Hatten wir die Erde verlassen? Das mußte also Menkoripatsa sein, die Welt der Wolken. Ihr Fluß war nicht zu sehen. Wo war der Marainonchaari mit seinen flockigen Wassern? Flog ich wirklich? Der Fischreiher war gewiß gewachsen, um

mich tragen zu können. Oder vielleicht war ich auf die Größe einer Maus geschrumpft. Wer weiß, wie es sein mochte. Er flog ruhig, flügelschlagend, und ließ sich vom Wind tragen. Ohne daß mein Gewicht ihn störte, vielleicht. Ich schloß die Augen, um nicht zu sehen, wie fern die Erde gerückt war. Wie tief, wie weit unten. Ich fühlte wohl Sehnsucht nach ihr. Als ich meine Augen öffnete, sah ich seine weißen Flügel, die rosafarbenen Ränder, den regelmäßigen Flügelschlag. Die Wärme seines Flaums schützte mich vor der Kälte. Er krächzte bisweilen, mit ausgestrecktem Hals, mit erhobenem Schnabel, als spräche er mit sich selbst. Das war also Menkoripatsa. Bis in diese Welt stiegen die Seripigaris bei ihren Räuschen empor; zwischen diesen Wolken beratschlagten sie sich mit den kleinen Saankarite-Göttern über die Schäden und Ränke der bösen Geister. Wie gern hätte ich einen Seripigari dort schweben sehen! »Hilf mir, hol mich aus dieser Bedrängnis heraus, Tasurinchi«, sage ich. Denn hier oben, zwischen den Wolken fliegend, war ich da nicht noch schlimmer dran als zuvor, da ich auf dem Kaiman saß?
Wer weiß, wie lange ich mit dem Fischreiher flog. Und jetzt, Tasurinchi? Du wirst nicht lange standhalten. Deine Arme und Beine ermüden schon. Du wirst loslassen, dein Körper wird sich in der Luft auflösen, und wenn du zur Erde kommst, wirst du Wasser sein. Es hatte aufgehört zu regnen. Die Sonne erhob sich. Das machte mir Mut. Vorwärts, Tasurinchi! Ich trat den Fischreiher mit den Füßen, ruckte an ihm, stieß ihn mit dem Kopf und biß ihn sogar, um ihn zu zwingen, hinabzufliegen. Aber er verstand nicht. In seinem Schrecken krächzte er nicht mehr; er begann zu kreischen und pickte mit dem Schnabel hierhin und dorthin. Er machte Luftsprünge, so und so, um mich abzuwerfen. Fast hätte er die Oberhand

behalten, ja. Mehrere Male war ich kurz davor, loszulassen. Und plötzlich, als ich seinen Flügel zusammendrückte, merkte ich, daß wir herabstürzten, als würde er über die Luft straucheln. Das rettete mich, vielleicht. Mit den Kräften, die mir noch blieben, umklammerte ich mit meinen Füßen einen seiner Flügel und hielt ihn fest. Dieser Flügel konnte fast nicht mehr flattern. Vorwärts, Tasurinchi! Dann geschah, was ich wollte. Da er nur den anderen bewegte, obwohl er es rasch, ganz rasch tat, flog er nicht mehr wie vorher. Er ermüdete, verlor an Höhe. Tiefer, tiefer herab, unter Gekreisch; verzweifelt, vielleicht. Ich dagegen glücklich. Die Erde näherte sich. Weiter, weiter. Was hast du für ein Glück, Tasurinchi. Da ist sie schon. Als die Wipfel der Bäume mich streiften, ließ ich los. Als ich fiel, sah ich den Fischreiher. Schwatzend, flatternd, wieder froh über seine beiden Flügel, stieg er auf. Ich stieß überall an und holte mir viele Schrammen. Ich prallte auf die Äste, zerbrach sie, riß den Stämmen die Rinde ab und fühlte, daß auch ich in Stücke brach. Ich versuchte, mich mit den Händen, mit den Füßen festzuhalten, ›was für ein Glück haben die Affen, wer jetzt einen Schwanz hätte, um sich daran aufzuhängen‹, denke ich. Die Blätter und die Zweige, die Binsen, die Kletterpflanzen, die Spinnweben und die Lianen würden meinen Sturz abfangen, vielleicht. Als ich auf dem Boden aufschlug, tötete mich der Aufprall nicht, glaube ich. Was für eine Freude, die Erde unter meinem Körper zu spüren. Sie war weich, lau. Auch feucht. He, hier bin ich, bin angekommen. Das ist meine Welt. Das ist mein Haus. Hier zu leben, auf dieser Erde, nicht im Wasser und nicht in der Luft, ist das beste, was mir widerfahren ist.

Als ich die Augen aufschlug, war Tasurinchi da, der Seripigari, und schaute mich an. »Dein kleiner Papagei hat lange auf dich gewartet«, sagte er zu mir. Und da war er, krächzend. »Wie weißt du, daß es meiner ist?« neckte ich ihn. »Es gibt viele Papageien im Wald.« – »Dieser ist dir eben ähnlich«, antwortete er mir. Es war mein kleiner Papagei, ja. Er schwatzte, froh, mich zu sehen. »Du hast ich weiß nicht wie viele Monde geschlafen«, erzählte mir der Seripigari.

»Mir sind viele Dinge auf dieser Reise zu dir widerfahren, Tasurinchi. Es war schwierig, hierherzukommen. Ich wäre niemals angekommen, wenn nicht ein Alligator, ein Kirigueti und ein Fischreiher gewesen wären. Vielleicht kannst du mir das erklären.«

»Dich hat gerettet, daß du während deines ganzen Abenteuers nicht in Wut geraten bist«, erklärte er mir, nachdem ich ihm erzählt hatte, was ich euch gerade erzählt habe. So wird es also sein. Die Wut ist eine Störung der Welt, so scheint es. Wenn die Menschen nicht in Wut gerieten, wäre das Leben besser, als es ist. »Sie ist schuld daran, daß es Sterne mit Schweif – Kachiborérine – am Himmel gibt«, versicherte er mir. »Mit ihrem Feuerschweif und ihrem rasenden Lauf bilden sie eine Gefahr für die vier Welten des Universums und können sie in Verwirrung stürzen.«

Dies ist die Geschichte von Kachiborérine.

Das war vorher.

Der Komet war ein Machiguenga, am Anfang. Jung und gelassen. Er ging. Zufrieden wird er gewesen sein. Seine Frau starb und hinterließ ihm einen Sohn, der gesund und kräftig heranwuchs. Er zog ihn auf und nahm sich eine neue Frau, die jüngere Schwester von der, die er verloren hatte. Eines Tages, als er Boquichicos gefischt hatte und zurückkehrte, fand er den Jungen auf seiner zweiten Frau. Beide keuchten, sehr froh. Kachiborérine entfernte sich von der Hütte, besorgt. ›Ich muß eine Frau für meinen Sohn finden‹, so denkt er. ›Er braucht also eine eigene Frau.‹

Er fragte den Seripigari um Rat. Dieser sprach mit dem Saankarite und kehrte zurück: »Der einzige Ort, an dem du eine Frau für deinen Sohn finden kannst, ist die Region, in der die Chonchoites leben«, sagt er. »Aber sei vorsichtig, du weißt, warum.«

Kachiborérine begab sich dorthin, obwohl er genau wußte, daß die Chonchoites sich die Zähne mit Messern schärfen und Menschenfleisch essen. Kaum betrat er ihr Gebiet, gleich nachdem er den See überquert hatte, wo es beginnt, fühlte er, daß die Erde ihn verschluckte. Er sah alles dunkel. ›Ich bin in eine Tseibarintsi gefallen‹, dachte er. Ja, da war er, in einem durch Zweige und Blätter verborgenen Loch im Boden, mit Lanzen, damit sich das Pekari und der Tapir aufspießen. Die Chonchoites holten ihn dort zerschunden und ängstlich heraus. Sie trugen Teufelsmasken, die ihre hungrigen Schlünde erkennen ließen. Froh waren sie, als sie ihn rochen und leckten. Überall fuhren sie ihm mit ihren Nasen und Zungen herum. Dann holten sie ihm einfach die Eingeweide heraus, wie bei einem Fisch. Und legten sie an Ort und Stelle zum Braten auf heiße Steine. Während die Chonchoites glücklich und wie im Taumel seine Gedärme aßen, entfloh die halbleere Haut von Kachiborérine und überquerte den See.

Auf der Heimfahrt zu seinem Haus bereitete er sich einen Tabaksud. Er war auch Seripigari, vielleicht. Im Rausch erfuhr er, daß seine Frau gerade einen Trank mit Cumo-Gift erhitzte, um ihn zu töten. Noch ohne sich von der Wut hinreißen zu lassen, sandte Kachiborérine ihr einen Boten, um ihr Rat zu erteilen. »Warum willst du deinen Mann töten?« spricht er. »Tu es nicht. Er hat viel gelitten. Bereite ihm lieber einen Sud zu, der ihm die Einge-

weide wiedergibt, die die Chonchoites gegessen haben.«
Sie hörte zu, ohne etwas zu sagen, und blickte dabei verstohlen den Jungen an, der jetzt ihr Mann war. Die beiden waren froh über ihr Zusammenleben.
Wenig später gelangte Kachiborérine zu seinem Haus. Erschöpft vom vielen Reisen, traurig über sein Scheitern. Seine Frau reichte ihm ein Gefäß. Die gelbliche Flüssigkeit sah wie Masato aus, aber es war Chicha aus Mais. Er blies den Schaum von der Oberfläche und trank gierig. Aber die Flüssigkeit floß ihm aus dem Körper, der nur Haut war, mit Strömen von Blut vermischt. Weinend begriff Kachiborérine, daß er leer war; weinend, daß er ein Mensch ohne Eingeweide noch Herz war.
Da erfaßte ihn Wut.
Es regnete, es blitzte. Gewiß gingen alle Teufel in den Wald hinaus, um zu tanzen. Erschrocken lief die Frau davon. Stolpernd lief sie zum Feld, bergaufwärts. Dort verbarg sie sich im Stamm eines Baumes, den ihr Mann ausgehöhlt hatte, um ein Kanu zu bauen. Kachiborérine suchte sie und rief wütend: »Ich werde sie in Stücke reißen.« Er fragte die Yuccas auf dem Yuccafeld, wo sie sich befand, und da sie ihm nicht antworten konnten, riß er sie mit den Händen aus. Er fragte die Maguna, den Stechapfelbaum: wir wissen es nicht. Weder die Pflanzen noch die Bäume sagten ihm, wo sie sich befand. Da zerhackte er sie mit seiner Machete, und dann trampelte er auf ihnen herum. In der Tiefe des Waldes trank Kientibakori Masato und tanzte vor Glück.
Schließlich, erschöpft von der Suche, blind vor Wut, kehrte Kachiborérine zu seinem Haus zurück. Er nahm ein Bambusrohr, zerstampfte eines seiner Enden, tränkte es gründlich mit Harz vom Ojeé-Baum und zündete es an. Als die Flamme hoch brannte, ergriff er das Rohr an

der anderen Spitze und stieß es sich in den After, tief hinein. Er schaute auf den Boden, schaute auf den Wald, hüpfend und brüllend. Schließlich, erstickt vor Wut, rief er aus, zum Himmel weisend: »Wohin soll ich denn gehen, außerhalb dieser verfluchten Welt? Ich werde dort oben hingehen, dort werde ich es besser haben, vielleicht.« In einen Teufel verwandelt, begann er hoch und höher zu steigen. Und seitdem wohnt er dort. Seitdem ist er es, den wir ab und zu sehen, in Inkite: Kachiborérine, der Komet. Man kann sein Gesicht nicht sehen. Man kann seinen Körper nicht sehen. Nur das brennende Rohr, das in seinem After steckt. Er wird noch immer wütend sein, vielleicht.

»Ein Glück, daß du ihm nicht begegnet bist, als du an den Fischreiher geklammert geflogen bist«, neckte mich Tasurinchi, der Seripigari. »Er hätte dich nämlich mit seinem Schweif verbrannt.« Ihm zufolge steigt Kachiborérine zuweilen auf diese Erde herab, um Leichname der Machiguengas an den Flußufern zu sammeln. Er lädt sie sich auf den Rücken und nimmt sie mit hinauf. Er verwandelt sie in Sternschnuppen, so heißt es.

Das ist zumindest, was ich erfahren habe.

Wir unterhielten uns in der Gegend, in der es so viele Leuchtkäfer gibt. Es war Nacht geworden, während ich mit Tasurinchi sprach, dem Seripigari. Der Wald leuchtete dort auf, erlosch da, leuchtete weiter entfernt auf. Es war, als blinkte er uns zu. »Ich weiß nicht, wie du an diesem Ort leben kannst, Tasurinchi. Ich würde nicht hier leben. Bei meinen Reisen kreuz und quer habe ich viele Dinge gesehen bei den Menschen, die gehen. Aber ich versichere dir, nirgendwo habe ich so viele Leuchtkäfer gesehen. Alle Bäume haben angefangen, Funken zu sprühen. Das wird doch kein Unheil ankündigen? Immer wenn ich dich besuche, zittere ich im Gedanken

an diese Leuchtkäfer. Es scheint, als würden sie uns anschauen und zuhören, was ich dir sage.«
»Natürlich schauen sie uns an«, versicherte mir der Seripigari. »Natürlich lauschen sie aufmerksam dem, was du sprichst. Genau wie ich warten sie auf deine Ankunft. Sie freuen sich, wenn sie dich kommen sehen und deine Geschichten hören. Sie haben ein gutes Gedächtnis, ganz anders als ich. Ich verliere die Weisheit zugleich mit den Kräften. Sie erhalten sich jung, so scheint es. Wenn du fortgehst, vertreiben sie mir die Zeit, denn sie erinnern mich an das, was sie von dir gehört haben.«
»Machst du dich über mich lustig, Tasurinchi? Ich habe viele Seripigaris besucht, und von allen habe ich etwas Außergewöhnliches erfahren. Aber ich habe noch nie gehört, daß ein Mensch sich mit Leuchtkäfern unterhält.«
»Nun, hier hast du einen vor dir«, sagte Tasurinchi zu mir und lachte über meine Verwunderung. »Um zu verstehen, muß man zuhören können. Ich habe es gelernt. Sonst hätte ich schon lange aufgehört zu gehen. Erinnere dich, ich hatte eine Familie. Alle sind sie fortgegangen, getötet vom Unheil, vom Fluß, vom Blitz und vom Tiger. Wie, glaubst du, konnte ich so viele Mißgeschicke ertragen? Indem ich zuhörte, Erzähler. Hier, in diesen Winkel des Waldes, kommt nie jemand. Ganz selten irgendein Machiguenga von den Wasserarmen weiter unten, auf der Suche nach Hilfe. Er kommt, er geht, und ich bin wieder allein. Niemand wird herkommen, um mich zu töten; es gibt keinen Viracocha, Mashco, Punamenschen oder Teufel, der in diesen Wald hinaufsteigt. Aber das Leben eines so einsamen Menschen geht rasch zu Ende.
Was konnte ich tun? Wütend werden? Verzweifeln? An das Ufer des Flusses gehen und mich mit einem Cham-

bira-Dorn stechen? Ich begann nachzudenken und erinnerte mich an die Leuchtkäfer. Auch ich empfand eine gewisse Beunruhigung bei ihrem Anblick, genau wie du. Warum gab es wohl so viele? Warum versammelten sie sich nirgendwo im Wald so wie an diesem Ort? Im Rausch fand ich es heraus. Ich fragte den Geist eines Saankarite, dort auf dem Dach meines Hauses. ›Kann es nicht wegen dir sein?‹ antwortete er mir. ›Können sie nicht gekommen sein, um dir Gesellschaft zu leisten? Ein Mensch braucht seine Familie, um zu gehen.‹ So stimmte er mich nachdenklich. Und dann habe ich zu ihnen gesprochen. Wie seltsam für mich, zu einigen Lichtern zu sprechen, die aufleuchteten und erloschen, ohne mir zu antworten. ›Ich habe erfahren, daß ihr hier seid, um mir Gesellschaft zu leisten. Der kleine Gott hat es mir erklärt. Ich war dumm, daß ich es nicht früher erraten habe. Ich danke euch, daß ihr gekommen seid, daß ihr euch um mich versammelt.‹ Es verging eine Nacht, noch eine Nacht und noch eine. Jedesmal, wenn der Wald dunkel wurde und sich mit kleinen Lichtern füllte, reinigte ich mich mit Wasser, bereitete den Tabak zu, die Sude und sprach zu ihnen, singend. Die ganze Nacht sang ich ihnen etwas vor. Und obwohl sie mir nicht antworteten, hörte ich ihnen zu. Mit Aufmerksamkeit. Mit Achtung. Bald war ich sicher, daß sie mich verstanden. ›Ich verstehe, ich verstehe. Ihr stellt Tasurinchis Geduld auf die Probe.‹ Stumm, reglos, gelassen, mit geschlossenen Augen wartete ich. Ich hörte ihnen zu, ohne zu verstehen. In einer Nacht nach vielen anderen Nächten geschah es schließlich. Hier, jetzt. Einige Geräusche, anders als die Geräusche des Waldes, wenn es Nacht wird. Hörst du sie? Gemurmel, Geflüster, Geseufze. Ein Schwall von ganz leisen Stimmen. Wirbel von Stimmen, Stimmen, die sich überstürzen und überschneiden, Stim-

men, die man kaum hören kann. Hör zu, hör zu, Erzähler. So ist es immer am Anfang. Wie ein Gewirr von Stimmen. Später versteht man dann. Ich hatte ihr Vertrauen gewonnen, vielleicht. Bald konnten wir uns unterhalten. Und jetzt sind sie meine Verwandten.«
So ist es anscheinend gewesen. Sie und Tasurinchi haben sich aneinander gewöhnt. Jetzt unterhalten sie sich jede Nacht. Der Seripigari erzählt ihnen von den Menschen, die gehen, und sie erzählen ihm ihre immergleiche Geschichte. Sie sind nicht froh, die Leuchtkäfer. Früher waren sie es wohl. Sie haben das Glück vor vielen Monden verloren, obwohl sie immer noch funkeln. Denn alle Leuchtkäfer hier sind Männchen. Das also ist ihr Unglück. Ihre Weibchen sind die Lichter dort oben. Ja, die Sterne von Inkite. Was machen sie in der oberen Welt und die anderen hier unten? Das ist die Geschichte, die sie erzählen, Tasurinchi zufolge. Schaut, schaut sie an. Kleine Lichter, die auftauchen und verschwinden? Ihre Worte, vielleicht. Jetzt in diesem Augenblick, hier, in unserem Umkreis, werden sie sich erzählen, wie sie ihre Frauen verloren haben. Sie werden nicht müde, darüber zu sprechen, sagt er. Ihr ganzes Leben erinnern sie sich an ihr Unglück und verfluchen Kashiri, den Mond.
Dies ist die Geschichte der Leuchtkäfer.
Das war vorher.
Zu jener Zeit bildeten sie eine einzige Familie, die Männchen hatten ihre Weibchen und die Weibchen ihre Männchen. Es gab Frieden, Nahrung, und die fortgingen, kehrten zurück, von Tasurinchi mit seinem Hauch geschaffen.
Wir Machiguengas hatten noch nicht begonnen zu gehen. Der Mond lebte unter uns, verheiratet mit einer Machiguenga. Unersättlich, wollte er nichts anderes als auf ihr liegen. Er schwängerte sie, und die Sonne wurde

geboren. Kashiri bestieg sie wieder und wieder. Der Seripigari warnte ihn: »Ein Unheil wird geschehen, in dieser Welt und in den oberen, wenn du so weitermachst. Laß deine Frau sich ausruhen, sei nicht so begierig.« Kashiri hörte nicht auf ihn, aber die Machiguengas erschraken daraufhin. Die Sonne würde ihr Licht verlieren, vielleicht. Die Erde würde in Dunkelheit und Kälte versinken; das Leben würde verschwinden, vielleicht. Und so war es. Es gab plötzlich schreckliche Unordnungen. Die Welt bebte, die Flüsse traten über die Ufer, aus der Großen Stromenge tauchten monströse Wesen auf und verheerten das Land. Verwirrt, schlecht beraten, lebten die Menschen, die gehen, in der Nacht und flohen den Tag, Kashiri zu Gefallen. Denn der Mond war neidisch auf seinen Sohn und haßte die Sonne. Würden wir alle sterben? So schien es. Da hauchte Tasurinchi. Er hauchte abermals. Noch einmal hauchte er. Er tötete Kashiri nicht, aber er löschte ihn aus und ließ ihm nur das schwache Licht, das er jetzt hat. Und er schickte ihn zu Inkite zurück, von wo er herabgestiegen war auf der Suche nach einer Frau. So nahm das Danach wohl seinen Anfang.

Aber damit der Mond sich nicht einsam fühlte, sagte sein Vater, die Sonne, zu ihm: »Nimm dir eine Gesellschaft mit, die dir lieb ist.« Da zeigte Kashiri auf die Weibchen dieser Leuchtkäfer. Warum leuchteten sie mit eigenem Licht? Sie erinnerten ihn wohl an das Licht, das er verloren hatte. Die Region des Inkite, wohin der Vater der Sonne vertrieben wurde, wird die Nacht sein. Die Sterne dort oben die Weibchen dieser Leuchtkäfer. Dort werden sie sein, weit oben. Vom Mond, dem unersättlichen Männchen, werden sie sich besteigen lassen. Und die anderen hier, ohne ihre Frauen, warten auf sie. Ob die Leuchtkäfer wohl deshalb toll werden, wenn ein Stern fällt, herunterrollt? Ob sie wohl deshalb aneinanderstoßen und flatternd gegen die Bäume prallen? ›Es ist eine unserer Frauen‹, werden sie denken. »Sie ist Kashiri entflohen«, so sagen sie. Und alle Männchen träumen: ›Es ist meine Frau, die flieht, die kommt.‹

So mag das Danach seinen Anfang genommen haben. Die Sonne lebt auch allein; sie leuchtet und gibt Wärme. Es war Kashiris Schuld, daß es die Nacht gab. Manchmal möchte die Sonne gern eine Familie haben. In der Nähe ihres Vaters weilen, so böse er auch gewesen sein mochte. Sie wird ihn suchen gehen. Und dann stürzt sie, einmal, noch einmal. Das sind die Stürze der Sonne, so scheint es. Deshalb haben wir wohl begonnen zu gehen. Um Ordnung in der Welt zu schaffen und die Verwirrung zu vermeiden. Tasurinchi, der Seripigari, ist wohlauf. Zufrieden. Er geht. Umgeben von Leuchtkäfern.

Das ist zumindest, was ich erfahren habe.

Ich erfahre viel auf jeder Reise, durch Zuhören. Warum dürfen die Männer die Yucca auf dem Feld pflanzen und ernten und die Frauen nicht? Warum dürfen die Frauen die Baumwolle auf dem Feld pflanzen und ausreißen und die Männer nicht? Bis ich es einmal verstand, dort hinten am Poguintinari-Fluß, wo ich den Machiguengas zuhörte. »Weil die Yucca männlich ist und die Baumwolle weiblich, Tasurinchi. Die Pflanze hat also gern mit ihresgleichen zu tun.« Weibchen mit Weibchen, Männchen mit Männchen. Das ist die Weisheit, so scheint es. Nicht wahr, mein kleiner Papagei?

Warum darf die Frau, die ihren Mann verloren hat, zum Fischfang gehen, aber nicht jagen, ohne die Welt zu gefährden? Wenn sie ein Tier mit dem Pfeil tötet, leidet die Mutter der Dinge, so heißt es. So wird es sein, vielleicht. Ich habe an die Verbote und an die Gefahren gedacht auf meinem Weg hierher. »Hast du keine Angst, allein zu

reisen, Erzähler?« fragen sie mich. »Geh lieber in Begleitung.« Manchmal gehe ich in Begleitung. Wenn jemand die gleiche Richtung nimmt, gehen wir zusammen. Wenn ich eine Familie sehe, die geht, gehe ich mit ihr. Aber es ist nicht immer leicht, Gesellschaft zu finden. »Hast du keine Angst, Erzähler?« Vorher hatte ich keine, weil ich nicht wußte. Jetzt habe ich Angst. Jetzt weiß ich, daß ich in einer Schlucht, an einem Wasserlauf einem Kamagarini oder einem der Monstren von Kientibakori begegnen kann. Was würde ich dann tun? Ich weiß es nicht. Manchmal, wenn ich meinen Unterschlupf errichtet, die Pfähle in das Flußufer gerammt und die Palmwedel daraufgelegt habe, beginnt es zu regnen. ›Und wenn der kleine Teufel erscheint, was wirst du dann tun?‹ denke ich. Und ich bleibe die ganze Nacht wach. Bis jetzt ist er nicht erschienen. Vielleicht vertreiben ihn die Kräuter in meinem Beutel; vielleicht die Kette, die der Seripigari mir umgelegt hat. Dabei sagte er: »Sie wird dich vor den bösen Geistern und den Machenschaften des Machikanari schützen.« Ich habe sie mir seither nie mehr abgenommen. Wer einen Kamagarini tief im Wald sieht, stirbt auf der Stelle, so heißt es. Ich werde noch nie einen gesehen haben. Vielleicht.
Auch wegen der Verbote der Jagd ist es nicht gut, allein durch den Wald zu reisen, erklärte mir der Seripigari. »Was wirst du tun, wenn du einen Affen jagst oder eine kleine Truthenne mit dem Pfeil durchbohrst?« sagt er. »Wer soll dann den Kadaver einsammeln? Wenn du das Tier berührst, das du gejagt hast, wirst du dich verderben.« Es ist gefährlich, so scheint es. Durch Zuhören habe ich gelernt, wie man es machen muß. Zuerst das Blut reinigen, mit Kräutern oder Wasser. »Du mußt ihm gut das Blut reinigen, und dann kannst du es berühren. Denn das Verderben sitzt nicht im Fleisch oder in den

Knochen, sondern im Blut des Tieres, das gestorben ist.« So mache ich es, und hier bin ich. Ich spreche. Ich gehe.
Dank Tasurinchi, dem Seripigari mit den Leuchtkäfern, langweile ich mich nie, wenn ich reise. Ich fühle auch keine Traurigkeit, ich denke nicht: ›Wie viele Monde mag es noch dauern, bis ich den ersten Menschen, der geht, treffe.‹ Lieber höre ich zu. Und lerne. Ich höre mit Aufmerksamkeit zu wie er. Mit Sorgfalt, mit Achtung höre ich zu. Nach einer Zeit beginnt die Erde allmählich zu sprechen. Genauso, wie sich im Rausch die Zunge aller Männer und aller Frauen löst. Die unglaublichsten Dinge sagen sie. Da sind sie und sprechen. Die Knochen, die Dorne. Die Steine, die Binsen. Die kleinen Sträucher und die knospenden Blätter. Der Skorpion. Die Schnur der Ameisen, die die Bremse zum Ameisenhaufen schleppen. Der Schmetterling mit dem Regenbogen auf den Flügeln. Der Kolibri. Es spricht die Maus, die auf den Ast geklettert ist, und es sprechen die Kreise des Wassers. Ganz still, auf dem Boden ausgestreckt, die Augen geschlossen, hört der Erzähler zu. Alle sollen mich vergessen, so denke ich. Eine meiner Seelen geht dann fort. Und es kommt zu mir die Mutter von etwas, das mich umgibt. Ich höre, ich beginne zu hören. Ich verstehe schon. Alle haben etwas zu erzählen. Das ist es vielleicht, was ich gelernt habe, als ich zuhörte. Auch der Käfer. Das Steinchen, das aus dem Schlamm hervorlugt und das man kaum sehen kann, nicht weniger. Sogar die Kopflaus, die man mit einem Fingernagel zerdrückt, hat eine Geschichte zu erzählen. Hoffentlich erinnere ich mich an alles, was ich höre. Dann werdet ihr nicht müde, mir zuzuhören, vielleicht.
Einige Dinge kennen ihre Geschichte und die Geschichten der anderen; andere nur die eigene. Wer alle Ge-

schichten weiß, besäße gewiß die Weisheit. Ich habe die Geschichte einiger Tiere erfahren. Alle waren früher Menschen. Sie kamen sprechend auf die Welt, oder vielmehr aus dem Sprechen. Das Wort gab es vor ihnen. Danach, was das Wort sagte. Der Mensch sprach, und das, was er sagte, erschien. Das war vorher. Jetzt spricht nur der Geschichtenerzähler. Die Tiere und die Dinge gibt es schon. Das war danach.
Der erste Erzähler muß also Pachakamue gewesen sein. Tasurinchi hatte Pareni mit seinem Hauch geschaffen. Sie war die erste Frau. Sie badete in der Großen Stromenge und zog sich eine weiße Cushma an. Da war sie: Pareni. Sie existierte. Danach hauchte Tasurinchi den Bruder von Pareni: Pachakamue. Er badete in der Großen Stromenge und zog sich eine lehmfarbene Cushma an. Da war er: Pachakamue, der sprechend so viele Tiere zur Welt bringen sollte. Ohne es zu merken, so scheint es. Er gab ihnen ihren Namen, er sprach das Wort aus, und die Männer und die Frauen wurden, was Pachakamue sagte. Er wollte es nicht tun. Aber er besaß diese Macht.
Dies ist die Geschichte von Pachakamue, dessen Worte Tiere, Bäume und Felsen zur Welt brachten.
Das war vorher.
Einmal ging er seine Schwester Pareni besuchen. Als sie auf den Strohmatten saßen und Masato zu trinken begannen, fragte er sie nach ihren Söhnen. »Sie spielen dort, auf dem Baum«, sagte sie. »Vorsicht, sie werden zu Äffchen«, lachte Pachakamue. Und kaum hatte er das gesagt, da war der Tag auch schon erfüllt vom lauten Gekreisch derer, die Kinder gewesen waren und jetzt ein Fell, jetzt einen Schwanz hatten. Mit den Schwänzen an den Ästen baumelnd, schaukelten sie, zufrieden.
Ein andermal zu Besuch bei seiner Schwester, fragte Pa-

chakamue Pareni: »Und deine Tochter?« Das Mädchen hatte das erste Blut gehabt und reinigte sich gerade in einem Unterschlupf aus Blättern und Rohr, hinter ihrem Haus. »Du hältst sie eingesperrt wie eine Sachavaca«, bemerkte Pachakamue. »Was bedeutet Sachavaca?« rief Pareni aus. Sogleich hörten sie ein Schnauben und das Scharren von Hufen auf der Erde. Und da lief die Sachavaca erschreckt auf den Wald zu, die Schnauze witternd in die Luft erhoben. »Das wird es also bedeuten«, murmelte Pachakamue, während er mit dem Finger auf sie zeigte.

Da wurden Pareni und ihr Mann Yagontoro von Besorgnis erfaßt. Brachte Pachakamue mit den Worten, die er sagte, denn nicht die Welt durcheinander? Es war ratsam, ihn zu töten. Welches Unheil würde geschehen, wenn er weiterspräche! Sie luden ihn ein, Masato zu trinken. Als er betrunken war, führten sie ihn mit List an den Rand eines Abgrunds. »Schau, schau«, sagten sie zu ihm. Er schaute, und da stießen sie ihn hinab. Pachakamue rollte und rollte. Als er am Grund ankam, war er nicht einmal aufgewacht. Er schlief und rülpste noch immer, seine Cushma war mit erbrochenem Masato bedeckt.

Als er seine Augen aufschlug, war er sehr erstaunt. Pareni spähte vom Rand aus nach ihm. »Hilf mir doch, hier herauszukommen!« bat er sie. »Verwandele dich doch in ein Tier und klettere den Abhang hinauf«, spottete sie. »Machst du das nicht mit den Machiguengas?« Pachakamue folgte ihrem Rat und sprach das Wort »Sankori« aus. Und auf der Stelle verwandelte er sich in eine Sankori-Ameise, eine von jenen, die hängende Gänge an den Bäumen und Felsen bauen. Aber dieses Mal besaßen die Bauten der kleinen Ameise ein Geheimnis; sie lösten sich jedesmal auf, wenn sie dem Steilhang nahe kamen. »Was mache ich jetzt?« seufzte der Erzähler verzweifelt. Pareni riet ihm: »Sprich und mach, daß etwas zwischen den Steinen wächst. Und klettere daran hoch.« Pachakamue sagte »Schilfrohr«, und das Schilfrohr kam hervor und wuchs. Aber jedesmal, wenn er sich hochzog, brach das Rohr entzwei, und der Erzähler rollte auf den Grund der Schlucht zurück.

Da ging Pachakamue in die andere Richtung und folgte der Biegung des Abhangs. Er war wütend. »Ich werde Unheil anrichten«, spricht er. Yagontoro verfolgte ihn, um ihn zu töten. Es war eine schwierige, lange Verfolgung. Die Monde vergingen, und die Spur Pachakamues verlor sich. Eines Morgens fand Yagontoro eine Maispflanze. Im Rausch erfuhr er, daß die Pflanze aus einigen gerösteten Maiskörnern gewachsen war, die Pachakamue in seinem Beutel getragen hatte; sie mußten auf den Boden gefallen sein, ohne daß er es bemerkte. Er holte ihn also endlich ein. Und wirklich, nicht lange darauf erblickte er ihn. Pachakamue staute einen Fluß, indem er ihn mit Bäumen und Steinen auffüllte, die er hineinrollen ließ. Er wollte ihn umleiten, um einen Weiler zu überfluten und die Machiguengas zu ertränken. Er furzte, wütend. Im Wald tanzten gewiß Kientibakori und seine Kamagarinis, trunken vor Glück.

Da sprach Yagontoro zu ihm. Er brachte ihn zum Nachdenken und überzeugte ihn, so scheint es. Er forderte ihn auf, zusammen mit ihm zu Pareni zurückzukehren. Aber kurze Zeit nach Beginn der Reise tötete er ihn. Ein Sturm kam auf, der die Flüsse in Aufruhr versetzte und viele Bäume entwurzelte. Es regnete in Strömen, mit Donner. Unerschütterlich fuhr Yagontoro fort, der Leiche Pachakamues den Kopf abzuschneiden. Dann bohrte er zwei Dornen der Stechpalme in den Kopf, eine waagerecht, eine senkrecht, und begrub ihn an einem geheimen Ort. Aber er vergaß, ihm die Zunge abzuschneiden, und für diesen Fehler büßen wir noch immer. Solange wir sie ihm nicht abschneiden, werden wir weiter in Gefahr leben, so scheint es. Denn diese Zunge spricht zuweilen und bringt die Dinge in Unordnung. Man weiß nicht, wo dieser Kopf begraben sein mag. Der Ort riecht nach verfaultem Fisch, heißt es. Und die Farne im Umkreis rauchen immer wie ein Feuer, das erlischt.

Nachdem Yagontoro Pachakamue enthauptet hatte, schickte er sich an, zu Pareni zurückzukehren. Er war froh und glaubte, er habe diese Welt vor der Unordnung gerettet. Jetzt würden alle ruhig leben, dachte er gewiß. Aber nachdem er eine Weile gegangen war, fühlte er sich schwer. Und warum außerdem so unbeholfen? Erschrocken bemerkte er, daß seine Füße Tierfüße waren; seine Hände Fühler; seine Arme Flügel. Anstelle eines Menschen, der geht, war er schon eine Carachupa, wie sein Name sagt. Unter dem Wald mußte die Zunge von Pachakamue durch die beiden Dornen hindurch gesagt haben, während sie sich an der Erde verschluckte: »Yagontoro.« Und da war Yagontoro zu einem Yagontoro geworden.

Tot und enthauptet, fuhr Pachakamue fort, die Dinge zu verwandeln, damit sie seinen Worten glichen. Was würde nun aus dieser Welt werden? Zu jener Zeit hatte Pareni einen anderen Mann, und sie ging, zufrieden. Eines Morgens, während sie eine Cushma webte und die Baumwollfasern zwirnte und entwirrte, näherte sich ihr Mann, um ihr den Schweiß abzulecken, der ihr über den Rücken rann. »Du bist wie eine kleine Biene, die an den Blumen saugt«, sagte eine Stimme aus dem Innern der Erde. Er konnte sie nicht mehr hören, weil er schwirrte und summte, leicht in der Luft, eine glückliche Biene.

Pareni nahm bald darauf Tzonkiri zum Mann, der noch Mensch war. Er bemerkte, daß seine Frau ihm jedesmal,

wenn er vom Jäten des Yuccafeldes zurückkehrte, unbekannte Fische zu essen gab: die Boquichicos. Aus welchem Fluß, aus welchem See kamen sie? Pareni nahm niemals einen Bissen davon. Tzonkiri ahnte, daß etwas Schlimmes geschehen würde. Statt zum Feld zu gehen, verbarg er sich im Gestrüpp und legte sich auf die Lauer. Es erschreckte ihn sehr, was er sah: die Boquichicos kamen Pareni zwischen den Beinen heraus. Sie gebar sie, wie die Kinder. Tzonkiri wurde von Wut erfaßt. Und er stürzte sich auf sie, um sie zu töten. Aber er konnte es nicht tun, weil eine ferne Stimme, die aus der Erde emporstieg, vorher seinen Namen nannte. Können Kolibris etwa eine Frau töten? »Du wirst niemals mehr Boquichicos essen«, spottete Pareni. »Jetzt wirst du von Blume zu Blume fliegen und Pollen schlürfen.« Tzonkiri ist seitdem, was er ist.
Pareni wollte keinen anderen Mann mehr haben. Begleitet von ihrer Tochter, brach sie auf. Sie stieg in ein Kanu und fuhr flußaufwärts; sie kletterte Schluchten hinauf und durchquerte unwegsame Wälder. Nach vielen Monden gelangten sie zum Salzberg. Dort hörten sie beide aus weiter, weiter Ferne die Worte des begrabenen Kopfes, die sie versteinern ließen. Jetzt sind sie zwei gewaltige graue, moosbedeckte Felsen. Sie werden noch immer da stehen, vielleicht. In ihren Schatten setzten sich die Machiguengas, um Masato zu trinken und miteinander zu sprechen, so scheint es. Wenn sie emporstiegen, um das Salz zu sammeln.
Das ist zumindest, was ich erfahren habe.
Tasurinchi, der Kräutermann, der am Tikompinía-Fluß lebte, geht weiterhin. Die Kräuter, die ich in meinem Beutel trage, hat er mir gegeben und mir erklärt, wozu jedes Blatt, jedes Büschel nütze ist. Dieses, das mit den verbrannten Rändern, verschließt dem Tiger die Nase,

und er kann den Menschen, der geht, nicht mehr wittern. Dieses andere, das gelbliche, schützt vor der Viper. Es sind so viele, daß ich sie durcheinanderbringe. Jedes ist für etwas anderes gut. Gegen das Unheil und die Fremden. Damit die Fische des Sees in das Netz gehen. Damit der Pfeil nicht von seinem Ziel abgelenkt wird. Und dieses, um nicht zu stolpern oder in den Abgrund zu stürzen.

Ich bin zum Kräutermann gegangen, obwohl ich wußte, daß diese Gegend jetzt voller Viracochas ist. Es stimmt; sie sind noch immer da. Und viele. Als ich mich auf dem Pfad näherte, sah ich Boote auf dem Fluß, brummend, flußaufwärts und flußabwärts, voller Viracochas. Auf den Sandbänken, auf die in den Nächten die Schienenschildkröten krochen und ihre Eier ablegten und wohin die Menschen gingen, um sie umzudrehen, leben jetzt die Viracochas. Und auch dort, wo das Haus des Kräutermanns stand. Sie sind nicht dorthin gegangen wegen der Schildkröten oder um Felder anzulegen oder Bäume zu fällen, so scheint es. Sondern um die Steinchen und den Sand des Flusses mitzunehmen. Auf der Suche nach Gold, so scheint es. Ich näherte mich nicht, ließ mich nicht sehen. Aber obwohl ich weit entfernt stand, erkannte ich, daß es viele waren. Sie haben ihre Häuser gebaut, sind da, um zu bleiben, vielleicht.

In der Umgebung fand ich keine Spur von Tasurinchi, dem Kräutermann, auch nicht von seinen Verwandten, von keinem Menschen, der geht. ›Du hast eine vergebliche Reise gemacht‹, dachte ich. Die Nähe so vieler Viracochas erfüllte mich mit Unruhe. Und wenn ich nun auf einen von ihnen traf, was würde dann geschehen? So verbarg ich mich bis zur Nacht, um mich dann vom Tikompinía zu entfernen. Ich kletterte auf einen Baum und beobachtete sie, zwischen den Zweigen verborgen.

An den beiden Flußufern holten sie Erde und Steine heraus, mit Händen, Stöcken und Hacken. Und seihten sie durch große Siebe hindurch, so wie man die Yucca für den Masato durchseiht. Sie zermahlten auch die Steinchen in einem Trog. Einige gingen in den Wald, um zu jagen, und man hörte ihre Flintenschüsse. Der Lärm ließ die Bäume erbeben, und die Vögel entflohen laut zwitschernd. Bei soviel Lärm wird bald kein Tier mehr in dieser Gegend sein. Sie werden fortgehen, wie Tasurinchi, der Kräutermann. Nachdem es dunkel geworden war, stieg ich vom Baum herunter und entfernte mich rasch. Als ich weit genug entfernt war, baute ich mir einen Unterschlupf aus Ungurabi-Blättern und schlief ein.
Als ich erwachte, sah ich einen der Söhne des Kräutermanns vor mir hocken. »Was machst du da?« fragte ich ihn. »Warten, daß du aufwachst«, sagte er zu mir. Er war mir gefolgt, seitdem er mich am Vorabend auf dem Pfad erblickt hatte, als ich mich dem Fluß näherte, wo die Viracochas sind. Seine Familie ist fortgezogen, drei Monde Weg entfernt, flußaufwärts an einen Seitenarm des Tikompinía. Wir machten die Reise langsam, um nicht auf die Fremden zu treffen. Der Wald dort ist schwer zu durchqueren. Es gibt keinen Pfad. Die Bäume stehen dicht an dicht und verflechten sich miteinander, als würden sie sich bekämpfen. Die Arme ermüden einem vom vielen Gebrauch der Machete gegen die Zweige und das Dickicht, die sich schließen, als wollten sie sagen, »du kommst nicht durch«. Alles war voller Schlamm. An den Abhängen, die glitschig waren vom Regen, sanken wir ein und rollten hinunter. Wir lachten, als wir uns so beschmutzt und aufgeschrammt sahen. Endlich kamen wir an. Da also lebte Tasurinchi. »Bist du da?« – »He, hier bin ich.« Seine Frau holte Strohmatten

heraus, damit wir uns setzen konnten. Wir aßen Yucca und tranken Masato.
»Du bist so tief in den Wald gegangen, daß die Viracochas bestimmt niemals bis hierher kommen werden«, sagte ich zu ihm. »Sie werden kommen«, antwortete er mir. »Es kann sein, daß sie auf sich warten lassen, aber sie werden auch hier auftauchen. Das mußt du lernen, Tasurinchi. Sie kommen immer dorthin, wo wir leben. Das ist seit dem Anfang so gewesen. Wie viele Male mußte ich fortgehen, weil sie kamen? Schon bevor ich geboren wurde, so scheint es. Und so wird es sein, wenn ich fortgehe und zurückkehre, wenn meine Seele nicht vielmehr in den anderen Welten bleibt. Immer sind wir fortgegangen, weil jemand kam. An wie vielen Orten habe ich gelebt? Wer weiß, aber es sind viele gewesen. ›Wir werden einen ganz schwierigen, ganz unwegsamen Ort suchen, zu dem sie nie hinkommen‹, so sprechen wir. ›Oder einen Ort, an dem sie niemals bleiben wollen, wenn sie hinkommen.‹ Aber sie sind immer gekommen und wollten immer bleiben. Das ist bekannt. Man darf sich nicht täuschen lassen. Sie werden kommen, und ich werde fortgehen. Ist das schlecht? Eher gut. Es wird unser Schicksal sein, Tasurinchi. Sind wir nicht die, die gehen? Man muß den Mashcos und den Punamenschen also dankbar sein. Auch den Viracochas. Sie dringen in die Orte ein, an denen wir leben? So zwingen sie uns, unsere Pflicht zu erfüllen. Ohne sie würden wir verderben. Die Sonne würde herabstürzen, vielleicht. Die Welt wäre Dunkelheit; die Erde gehörte Kashiri. Es gäbe keine Menschen, wohl aber eine große Kälte.«
Tasurinchi, der Kräutermann, spricht wie ein Geschichtenerzähler.
Die schlimmste Zeit war die Ausblutung der Bäume, meint er. Er hat sie nicht erlebt, aber sein Vater und seine

Mütter. Und er hat so viele Geschichten gehört, daß es ist, als hätte er sie erlebt. »So viele, daß ich manchmal glaube, auch ich habe die Stämme verwundet, um ihre Milch herauszuholen, und auch mich haben sie wie ein Pekari gejagt, um mich ins Lager mitzunehmen.« Solche Dinge verschwinden nicht, wenn sie geschehen. Sie bleiben in einer der vier Welten, und der Seripigari kann in seinen Räuschen zu ihnen gehen und sie sehen. Wer sie gesehen hat, wird verstört wiederkehren, seine Zähne werden vor Entsetzen aufeinanderschlagen. Die Angst war so groß und so stark die Verwirrung, daß das Vertrauen verlorenging. Niemand glaubte dem anderen, die Kinder argwöhnten, daß die Eltern sie jagen würden, und die Eltern, daß die Kinder sie bei der geringsten Unachtsamkeit gefesselt in die Lager bringen könnten. »Sie brauchten keinen Zauber, um die Menschen zu rauben, die sie benötigten. Mit bloßer List bekamen sie alle, die sie wollten. Die Viracochas müssen weise sein«, sagte Tasurinchi erstaunt.

Am Anfang durchstreiften sie das Land und jagten Menschen. Sie gingen in die Weiler und schossen mit ihren Flinten. Ihre Hunde bellten und bissen: auch sie waren Jäger. Verängstigt durch den Lärm, wurden die Menschen, die gehen, von Panik erfaßt, wie die Vögel, die ich am Fluß sah. Aber sie konnten nicht davonfliegen. Sie fingen sie mit dem Lasso in den Häusern; sie fingen sie mit dem Lasso auf den Pfaden und in den Kanus, wenn sie auf dem Fluß flohen. Vorwärts, *carajo!* Vorwärts, Machiguenga! Wer Hände hatte, um dem Baum sein Blut abzuzapfen, wurde mitgenommen. Aber die Neugeborenen und die Alten nicht. »Die sind unnütz«, sagen sie. Die Frauen nahmen sie auch mit, damit sie die Felder bestellten und das Essen bereiteten. Vorwärts! Vorwärts! Am Hals gefesselt, kamen sie in die Lager. Alle, die

gefallen waren. Vorwärts, Machiguenga! Vorwärts, Piro! Vorwärts, Yaminahua! Vorwärts, Ashaninka! Da blieben sie, durcheinandergewürfelt. Sie leisteten ihnen gute Dienste, so scheint es. Die Viracochas waren zufrieden. Aus den Lagern kamen wenige heraus. Rasch würden sie fortgehen, so wütend oder so traurig, daß ihre Seelen nicht zurückkehren könnten, vielleicht.
Am schlimmsten, erzählt Tasurinchi, der Kräutermann, war es, wenn in den Lagern Menschen zu fehlen begannen, weil so viele fortgingen. Vorwärts, *carajo!* Aber sie besaßen keine Kraft mehr. Sie war ihnen ausgegangen. Ohne ihre Arme heben zu können, starben sie. Die Viracochas waren wütend. »Was werden wir tun ohne Arbeitskräfte?« sagen sie. »Was sollen wir tun?« Da schickten sie die Gefesselten auf Menschenjagd. »Kauf dir deine Freiheit«, sagen sie. »Und außerdem Geschenke. Hier ist Nahrung. Hier ist Kleidung. Hier ist auch Flinte. Einverstanden?« Alle waren einverstanden, so scheint es. Dem Piro rieten sie: »Du jagst drei Machiguengas, und dann kannst du für immer gehen. Nimm deine Flinte.« Und dem Mashco: »Jage ein paar Piros, und dann kannst du in dein Haus zurückkehren und deine Frau und diese Geschenke mitnehmen. Nimm den Hund, damit er dir hilft.« Sie waren glücklich, vielleicht. Um nur aus dem Lager herauszukommen, wurden sie zu Menschenjägern. Genau wie die Bäume begannen die Familien zu bluten. Alle jagten alle. Mit der Flinte, mit dem Pfeil, mit Fallen, mit dem Lasso, mit dem Messer. Vorwärts, *carajo!* Und sie erschienen in den Lagern: »Da, ich habe sie dir gejagt. Gib mir meine Frau«, sagen sie. »Gib mir meine Flinte. Gib mir das Geschenk. Jetzt gehe ich weg.«
Das Vertrauen ging also verloren. Alle waren die Feinde aller zu jener Zeit. Tanzte Kientibakori glücklich? Würde

die Erde beben? Würden die Flüsse die Häuser mit sich reißen? Wer weiß. »Alle müssen wir fortgehen«, sagten sie erschrocken. Sie hatten auch das Wissen verloren. »Was haben wir nur getan, daß wir uns so verdorben haben«, weinten sie. Jeden Tag gab es Massaker. Die Flüsse müssen rot gewesen sein und auch die Bäume von Blut bespritzt. Die Frauen brachten tote Kinder zur Welt; sie gingen fort, bevor sie geboren wurden, sie wollten nicht leben, wo alles nur Unheil und Verwirrung war. Vorher waren sie viele, die Menschen, die gehen; danach wenige. Das war die Ausblutung der Bäume. »Die Welt ist Unordnung geworden«, sagten sie wütend. »Die Sonne ist herabgestürzt.«
Können die Dinge, die geschehen sind, noch einmal geschehen? Ja, sagt der Kräutermann. »Sie sind da, in einer der Welten, und sie können wiederkehren wie die Seelen. Vielleicht tragen wir die Schuld daran, wenn es geschieht.« Es ist besser, vorsichtig zu sein und die Erinnerung wachzuhalten.
Drei von Tasurinchis Kindern sind fortgegangen, seitdem er dort oben lebt. Als er sah, daß sie eines nach dem anderen fortgingen, dachte er: ›Ob wohl das Unheil wiederkehrt, das ganze Familien mit sich genommen hat?‹ Er hat nicht herausfinden können, ob ihre Seelen zurückgekehrt sind. »Wie mag es nur sein«, sagte er zu mir. Er kennt den Ort, an dem er lebt, noch nicht gut und weiß nicht, warum gewisse Dinge geschehen. Alles ist dort noch Geheimnis für ihn. Aber es gibt auch viele Kräuter. Einige kannte er schon; andere nicht. Er lernt sie jetzt kennen. Er sammelt sie, er verbringt viel Zeit damit, sie zu beobachten, sie zu vergleichen, an ihnen zu riechen, und manchmal steckt er sie sich in den Mund. Er kaut sie und spuckt sie aus oder schluckt sie hinunter. »Dieses ist nützlich«, sagt er.

Seine drei Kinder sind auf dieselbe Weise fortgegangen. Sie erwachten betäubt, zitternd und schwitzend. Und so schwach, als seien sie betrunken gewesen. Sie konnten sich nicht auf den Beinen halten. Sie versuchten zu gehen, zu tanzen, und sie fielen hin. Sie konnten nicht einmal sprechen, so scheint es. Als dies dem größten der Kinder widerfuhr, glaubte Tasurinchi, es sei eine Warnung, damit er aufbreche. Der Ort war nicht gut, um dort zu leben, vielleicht. »Ich habe es nicht wissen können«, sagt er. »Es war kein Unheil wie die anderen, es gab kein Kraut dagegen.« Missetaten der Kamagarinis, vielleicht. Diese kleinen Teufel kommen immer heraus, um Schäden anzurichten, wenn es regnet. Kientibakori beobachtet sie vom Waldrand her und lacht. Es hatte gedonnert, und viel Wasser war am Vorabend herabgeströmt, und es ist bekannt, daß sich irgendein Kamagarini nähert, wenn das geschieht.
Als dieses Kind fortging, ist Tasurinchis Familie ein wenig höher hinaufgezogen in den Wald. Kurze Zeit darauf drehte sich dem zweiten Kind der Kopf, und es fiel zu Boden. Genau wie beim ersten also. Als dieses starb, wechselten sie wieder den Ort. Und da geschah das gleiche mit dem dritten. Er beschloß, sich nicht mehr zu bewegen. »Die fortgegangen sind, werden uns vor dem Kamagarini beschützen, der uns von hier vertreiben will«, spricht er. So wird es also gewesen sein. Niemand ist mehr von Schwindel erfaßt worden und zu Boden gefallen seither.
»Das hat eine Erklärung«, sagt der Kräutermann. »Alles hat eine. Die Menschenjagden zur Zeit der Ausblutung der Bäume auch. Aber es ist nicht leicht, sie zu finden. Nicht einmal der Seripigari findet sie immer. Vielleicht sind die drei fortgegangen, um sich dort mit den Müttern dieses Ortes zu unterhalten. Mit den drei Toten dort

werden diese uns nicht als Eindringlinge betrachten. Wir sind von hier, jetzt. Kennen uns denn nicht diese Bäume, diese Vögel? Kennen uns nicht das Wasser und die Luft hier? Vielleicht ist das die Erklärung. Seitdem sie fortgegangen sind, haben wir keine Feindschaft gefühlt. Als hätten sie uns angenommen an diesem Ort.«

Ich verbrachte viele Monde mit ihm. Wenig fehlte, und ich wäre dort geblieben, in der Nähe des Kräutermanns. Ich half ihm, Fallen aufzustellen für die kleinen Truthennen, und ging mit ihm zum See, um Boquichicos zu fischen. Ich habe mit Tasurinchi zusammen den Wald gerodet, dort, wo er das neue Feld anlegen wird, wenn das, was er jetzt hat, ausruhen muß. An den Nachmittagen sprachen wir. Während die Frauen sich gegenseitig die Läuse töteten, während sie spannen, Strohmatten flochten und Cushmas webten und die Yucca kauten und ausspuckten, um den Masato zu bereiten, unterhielten wir uns.

Der Kräutermann bat mich, ihm von den Menschen, die gehen, zu erzählen. Von denen, die er gekannt hat, und auch von denen, die er nie gesehen hat. Von euch habe ich ihm erzählt, wie ich euch von ihm erzähle. Die Monde vergingen, und ich hatte keine Lust aufzubrechen. Mir widerfuhr etwas, das mir noch nie zuvor widerfahren war. »Bist du es leid zu gehen?« fragte er mich. »Das geschieht vielen. Du darfst dir keine Sorgen machen, Erzähler. Wenn es so ist, ändere deine Gewohnheiten. Bleib an einem Ort und gründe eine Familie. Bau dein Haus, rode den Wald, bestelle dein Feld. Kinder wirst du haben. Hör auf zu gehen und auch zu sprechen. Hier kannst du nicht bleiben, denn in meiner Familie sind wir viele. Aber du kannst weiter hinaufgehen, flußaufwärts, eine Reise von zwei oder drei Monden. Es gibt einen Wasserarm, der auf dich wartet, glaube ich. Ich kann dich

bis dorthin begleiten. Willst du eine Familie? Ich kann dir auch helfen, wenn es das ist, was du willst. Nimm dir diese Frau mit. Sie ist alt und ruhig und wird dir helfen, denn sie kann kochen und spinnen wie wenige. Oder, wenn du es vorziehst, hier hast du die jüngste meiner Töchter. Du darfst sie noch nicht berühren, weil sie nicht geblutet hat. Wenn du sie jetzt besteigst, könnte ein Unheil geschehen, vielleicht. Aber warte ein wenig, und inzwischen wird sie lernen, deine Frau zu sein. Ihre Mütter werden sie lehren. Wenn sie geblutet hat, bringst du mir ein Pekari, einige Fische, einige Früchte der Erde, und zeigst mir damit Dankbarkeit und Achtung. Willst du das, Tasurinchi?«
Ich dachte über seinen Vorschlag nach. Ich hatte Lust, ihn anzunehmen, und träumte sogar, daß ich ihn angenommen hatte und mein Leben veränderte. Das Leben, das ich führe, ist gut, das weiß ich. Die Menschen, die gehen, empfangen mich freudig, sie geben mir zu essen und sagen mir schmeichelhafte Worte. Aber ich lebe immer auf Reisen, wie lange werde ich das noch tun können? Die Entfernungen zwischen den Familien werden immer größer. In der letzten Zeit denke ich oft, während ich gehe, daß mir eines Tages die Kräfte versagen werden. Nicht wahr, mein kleiner Papagei? Ich werde erschöpft liegen bleiben, auf einem Pfad. Es wird wohl kein Machiguenga vorbeikommen. Meine Seele wird fortgehen, und mein leerer Körper wird allmählich verfaulen, während die Vögel an ihm herumpicken und die Ameisen über ihn laufen. Zwischen meinen Knochen wird Unkraut wachsen, vielleicht. Das Wasserschwein wird auch das Kleid meiner Seele fressen. Wenn ein Mensch diese Furcht bekommt, muß er dann seine Gewohnheiten ändern? So schien es Tasurinchi, dem Kräutermann.

»Ich nehme also deinen Vorschlag an«, sagte ich zu ihm. Er begleitete mich zu dem Ort, der auf mich wartete. Wir brauchten zwei Monde, bis wir ankamen. Wir mußten hinauf und hinunter durch einige Wälder, in denen sich der Pfad verlor, und als wir einen Abhang hinaufkletterten, bewarfen uns ein paar Shimbollo-Affen, die ein fürchterliches Gekreisch veranstalteten, mit Schalen. Am Wasser fanden wir einen jungen Ozelot, der sich im Dornengestrüpp verfangen hatte. »Dieser Ozelot will etwas sagen«, sorgte sich der Kräutermann. Aber er konnte nicht herausfinden, was. Deshalb ließ er ihn frei in den Wald laufen, statt ihn zu töten und ihm das Fell abzuziehen. »Ist dies nicht ein guter Ort zum Leben?« fragte er mich, während er ihn mir zeigte. »Du kannst das Yuccafeld auf diesem hohen Waldstück anlegen. Dort wird es niemals eine Überschwemmung geben. Es gibt viele Bäume und wenig Unkraut, der Boden wird also gut sein und die Yucca gut wachsen.« Ja, ein Ort, an dem man leben konnte. Obwohl es in den Nächten kälter war, als ich es jemals an einem anderen Ort erlebt hatte. »Bevor du dich entscheidest, wollen wir sehen, ob es Tiere zu jagen gibt«, sagt Tasurinchi. Wir stellten Fallen auf. Ein Wasserschwein und ein Majaz gingen hinein. Dann erlegten wir von einem Versteck in der Krone eines Baumes aus eine kleine Kanari-Truthenne mit dem Pfeil. Ich beschloß, dort zu bleiben und mein Haus zu bauen.

Aber bevor ich mit dem Fällen der Bäume begonnen hatte, erschien der Sohn des Kräutermanns, derselbe, der mich zu seinem neuen Haus geführt hatte. »Es ist etwas geschehen«, er sagen. Wir kehrten zurück. Die Alte, die Tasurinchi mir zur Frau geben wollte, war tot. Sie hatte Königskerze zerstampft, einen Sud bereitet und dazu gemurmelt: »Ich will nicht, daß man wütend auf mich ist

und sagt, wegen ihr haben wir keinen Geschichtenerzähler mehr. Man wird sagen, daß ich ihn behext habe, daß ich ihm einen Trank bereitet habe, damit er mich zur Frau nimmt. Lieber will ich fortgehen.«
Ich half dem Kräutermann, das Haus, die Cushma, die Töpfe, die Ketten und die anderen Dinge zu verbrennen, die der Frau gehört hatten. Wir wickelten sie in mehrere Strohmatten und legten sie auf ein kleines Floß aus Stechpalmenspanen. Wir stießen es ab, bis die Strömung es flußabwärts mit sich nahm.
»Das ist eine Warnung, die du annehmen oder ablehnen mußt«, sagte Tasurinchi zu mir. »Wenn ich du wäre, würde ich sie annehmen. Jeder Mensch hat also seine Pflicht. Warum gehen wir? Damit es Licht und Wärme gibt, damit alles ruhig ist. Das ist die Ordnung der Welt. Der mit den Leuchtkäfern sprach, tut, was er tun muß. Ich wechsle den Ort, wenn die Viracochas auftauchen. Das wird mein Schicksal sein, vielleicht. Und das deine? Menschen besuchen, zu ihnen sprechen. Es ist gefährlich, dem Schicksal nicht zu gehorchen. Sieh nur, die deine Frau sein sollte, ist schon fortgegangen. Wenn ich du wäre, würde ich wieder gehen, wie vorher. Was beschließt du?«
Ich beschloß, was Tasurinchi, der Kräutermann, mir riet. Und am anderen Morgen, als das Auge der Sonne diese Welt von Inkite her zu betrachten begann, war ich schon unterwegs. Jetzt denke ich an diese Machiguenga, die fortging, um nicht meine Frau zu werden. Jetzt spreche ich zu euch. Morgen, was wird morgen sein.
Das ist zumindest, was ich erfahren habe.

VI

Im Jahr 1981 leitete ich sechs Monate lang im peruanischen Fernsehen ein Programm mit dem Titel »Der Turm von Babel«. Der Besitzer des Kanals, Genaro Delgado, ein alter Freund, hatte mich mit drei verlockenden Angeboten für dieses Abenteuer geködert: mit der Notwendigkeit, das Niveau der Programme zu heben, das in den zwölf Jahren zuvor, als das Fernsehen unter der Militärdiktatur verstaatlicht worden war, in seiner Dummheit und Trivialität einen absoluten Tiefpunkt erreicht hatte; dem Reiz, mit einem Medium zu experimentieren, das in einem Land wie Peru als einziges die unterschiedlichsten Öffentlichkeiten zugleich erreichen konnte; und einem guten Gehalt.

In der Tat wurde es eine außergewöhnliche Erfahrung für mich, wenngleich auch die beschwerlichste und nervenaufreibendste, die mir jemals widerfuhr. »Wenn du es dir gut einrichtest und dem Programm einen halben Tag widmest, dann wird das genügen«, hatte mir Genaro angekündigt. »Nachmittags kannst du weiter schreiben.« Aber wieder einmal funktionierte die Praxis nicht, wie die Theorie es wollte. In Wirklichkeit mußte ich dem »Turm von Babel« sämtliche Vormittage, Nachmittage und Abende jener Monate widmen und vor allem all die Stunden, in denen ich scheinbar nichts Konkretes tat, aber mich voller Angst an das erinnerte, was im vorigen Programm verkehrt gelaufen war, und vorwegzunehmen suchte, was im nächstfolgenden noch schlimmer laufen könnte.

Wir machten den »Turm von Babel« zu viert: Luis Llosa, der sich um die Produktion und um die Aufnahmeleitung kümmerte; Moshé dan Furgang, der Cutter; der

Kameramann Alejandro Pérez und ich. Lucho und Moshé hatte ich zum Fernsehen gebracht. Beide besaßen Kinoerfahrung – sie hatten Kurzfilme gedreht –, aber ebensowenig wie ich hatten sie zuvor für das Fernsehen gearbeitet. Der Titel des Programms verdeutlichte dessen naive Ambitionen: es galt, alles mögliche hineinzupacken, ein Kaleidoskop von Themen zu behandeln. Wir wollten den Zuschauern beweisen, daß ein Kulturprogramm nicht notwendig einschläfernd, esoterisch oder belehrend sein mußte, sondern amüsant und für jeden verständlich sein konnte, war »Kultur« doch nicht gleichbedeutend mit Wissenschaft, Literatur oder irgendeinem anderen Spezialwissen, sondern vielmehr ein Modus, sich den Dingen zu nähern, ein Standpunkt, von dem aus sämtliche Themen der Menschheit behandelt werden konnten. Wir beabsichtigten, in der einen Sendestunde pro Woche – die sich oft auf eineinhalb Stunden ausdehnte –, jedesmal zwei oder drei möglichst kontrastreiche Themen zu berühren, die dem Publikum zeigen sollten, daß ein kulturelles Programm keineswegs Dinge ausschloß wie zum Beispiel Fußball oder Boxen, Salsamusik oder Humor und daß eine politische Reportage oder ein Dokumentarfilm über die Amazonas-Stämme sowohl unterhaltsam als auch lehrreich sein konnte.
Wenn wir, Lucho, Moshé und ich, Listen mit Themen, Persönlichkeiten und Orten zusammenstellten, die der »Turm von Babel« behandeln sollte, und uns darüber Gedanken machten, wie sie am lebendigsten dargestellt werden konnten, klappte alles wunderbar. Wir steckten voller Ideen und hatten große Lust, die kreativen Möglichkeiten des populärsten Mediums unserer Zeit zu entdecken.
Was wir entdeckten, waren jedoch eher die Zwänge der Unterentwicklung, die subtile Art, mit der sie die besten

Absichten verfälscht und die mühseligsten Anstrengungen zum Scheitern bringt. Ich kann ohne Übertreibung behaupten, daß die meiste Zeit, die Lucho, Moshé und ich dem »Turm von Babel« widmeten, dafür verwendet – verschwendet – wurde, nicht etwa kreative Arbeit zu leisten, um das Programm intellektuell und künstlerisch zu bereichern, sondern Probleme zu lösen, die auf den ersten Blick bedeutungslos waren und keine Beachtung verdienten. Wie sollte man es zum Beispiel anstellen, damit die kleinen Lieferwagen der Anstalt uns rechtzeitig abholten, so daß wir nicht die Verabredungen, Flugzeuge und Interviews verpaßten? Die Lösung bestand darin, die Fahrer persönlich zu Hause zu wecken und sie zum Studio zu begleiten, um das Aufnahmeteam abzuholen, und dann zum Flughafen oder wohin auch immer zu fahren. Aber diese Lösung brachte uns um Stunden unseres Schlafs und klappte auch nicht immer, weil es außerdem geschehen konnte, daß diese vermaledeiten Fahrzeuge eine leere Batterie hatten oder die Verwaltung nicht rechtzeitig angeordnet hatte, die Ölwanne, das Auspuffrohr oder das Rad zu wechseln, das am Vorabend in den mörderischen Schlaglöchern der Avenida Arequipa zum Teufel gegangen war . . .
Schon bei unserer ersten Reportage bemerkte ich, daß seltsame Flecken die Bilder entstellten. Was waren das für schmutzige Halbmonde? Alejandro Pérez erklärte uns, daß es sich um ein Problem mit den Filtern der Kamera handelte. Sie waren abgenutzt und mußten ausgewechselt werden. Na schön, dann sollten sie eben ausgewechselt werden. Aber was tun, um das zu erreichen? Außer Mord versuchten wir alles, und nichts führte zu einem Ergebnis. Wir schickten Memoranden zum Wartungsdienst, machten Eingaben, führten telefonische oder persönliche Verhandlungen mit den Inge-

nieuren, Technikern, Verwaltern und sprachen, glaube ich, sogar beim Besitzer des Kanals persönlich vor. Alle gaben uns recht, alle empörten sich, alle ordneten dringend an, die Filter auszuwechseln. Vielleicht wurden sie sogar ausgewechselt. Aber die grauen Halbmonde entstellten unsere sämtlichen Sendungen, von der ersten bis zur letzten. Ich sehe diese ungebetenen Schatten bisweilen noch heute, wenn ich den Fernseher einschalte, und denke dann mit einer gewissen Melancholie: »Ah, die Kamera von Alejandro Pérez.«

Ich weiß nicht, wer in der Anstalt entschieden hatte, Alejandro Pérez solle mit uns zusammenarbeiten. Jedenfalls erwies es sich als eine gute Entscheidung, weil Alejandro – besonders unter Berücksichtigung all der Hindernisse und technischen Mängel, die er mit unerschütterlichem Gleichmut hinnahm – ein äußerst geschickter Mensch ist, wenn er eine Kamera in Händen hält. Sein Talent ist völlig intuitiv, er besitzt eine angeborene Begabung für den Ausschnitt, für die Bewegung, für den Winkel und die Entfernung. Denn Alejandro wurde zufällig Kameramann. Er war Anstreicher und einst aus Huanuco gekommen, und jemand schlug ihm eines Tages vor, sich ein paar zusätzliche Sol mit dem Tragen der Fernsehkameras zu verdienen, wenn im Stadion Fußballspiele stattfanden. Vom vielen Tragen lernte er, mit ihnen umzugehen. Eines Tages sprang er für einen fehlenden Kameramann ein, ein andermal für einen anderen und wurde so ganz beiläufig zum Starkameramann der Anstalt.

Am Anfang machte mich seine Schweigsamkeit nervös. Nur Lucho gelang es, mit ihm ins Gespräch zu kommen. Das heißt, sie verstanden sich ohnehin auf unterschwellige Weise, denn ich kann mich nicht erinnern, aus dem Munde Alejandros in diesen sechs Monaten jemals einen ganzen Satz mit Subjekt, Prädikat und Objekt gehört zu haben. Nur hin und wieder ein kleines zustimmendes oder entmutigtes Brummen und einen Ausruf, den ich wie die Beulenpest fürchtete, weil er bedeutete, daß wir – wieder einmal – an den allmächtigen und allgegenwärtigen Unwägbarkeiten gescheitert waren: »Im Eimer!« Wie oft war das Aufnahmegerät, das Band, der Scheinwerfer, die Batterie, der Monitor »im Eimer«? Alles konnte unzählige Male »im Eimer sein«: es war eine Eigenschaft der Dinge, mit denen wir arbeiteten, vielleicht die einzige, der gegenüber alle eine hündische Treue an den Tag legten. Wie oft gingen minuziös geplante und recherchierte Projekte oder nach erschöpfenden Verhandlungen geplante Interviews zum Teufel, weil der einsilbige Alejandro sein schicksalhaftes »im Eimer« vor sich hin brummte.

Ich erinnere mich vor allem an unser Erlebnis in Puerto Maldonado, einer Stadt in der Amazonas-Region, in die wir gereist waren, um einen kleinen Dokumentarfilm über den Tod des Dichters und Guerrilleros Javier Heraud zu drehen. Alaín Elías, Waffengefährte von Heraud und Anführer des Guerrillatrupps, dessen Angehörige an dem Tag, da Heraud umgebracht wurde, zersprengt oder gefangengenommen worden waren, hatte sich bereit gefunden, das ganze damalige Geschehen vor der Kamera zu erzählen. Sein Zeugnis war interessant und bewegend – Alaín befand sich mit Javier Heraud in dem Kanu, in dem dieser erschossen wurde, und er selbst wurde bei der Schießerei verletzt –, und wir hatten beschlossen, es durch Bilder vom Ort des Geschehens zu ergänzen und, wenn möglich, durch Zeugenaussagen von Bewohnern Puerto Maldonados, die sich an das zwanzig Jahre zurückliegende Ereignis erinnern konnten.

Außer Lucho, Alejandro Pérez und mir war sogar Moshé, der sonst immer in Lima blieb und am Fortgang der Sendungen arbeitete, mit uns in den Urwald gereist. In Puerto Maldonado fanden sich mehrere Zeugen zu Interviews bereit. Unsere große Entdeckung war einer der Polizisten, der an dem anfänglichen Vorfall im Zentrum der Stadt beteiligt gewesen war, durch den die Behörden von der Präsenz der Guerrilleros in Puerto Maldonado erfahren hatten und bei dem ein Zivilgardist ums Leben kam, und später dann an der Verfolgung und an der Schießerei mit Javier Heraud. Er hatte den Dienst längst quittiert und arbeitete auf einem kleinen Stück Land. Es war äußerst schwierig, ihn zu dem Interview zu bewegen, denn der ehemalige Polizist steckte voller Vorbehalte und Ängste. Schließlich konnten wir ihn überzeugen. Und wir erwirkten sogar die Erlaubnis, das Interview in dem Polizeirevier aufzunehmen, aus dem damals die Patrouillen ausgerückt waren.

Just in dem Augenblick, da ich mich anschickte, den ehemaligen Polizisten zu interviewen, begannen die Scheinwerfer von Alejandro Pérez wie Karnevalsballons zu platzen. Und als alle geplatzt waren, versagte – damit auch nicht der geringste Zweifel daran aufkam, daß die amazonischen Götter sich gegen den »Turm von Babel« wandten – die Batterie unseres kleinen tragbaren Monitors, und das Tonaufnahmegerät verlor die Stimme. Im Eimer! Ja, und damit auch eine der ersten Sendungen des Programms. Wir mußten mit leeren Händen nach Lima zurückkehren.

Übertreibe ich die Dinge, um sie deutlicher zu machen? Vielleicht. Aber nicht sehr, glaube ich. Ich könnte Dutzende Anekdoten wie diese erzählen. Und noch andere, die veranschaulichen, was vielleicht das Kennzeichen der Unterentwicklung ist: die Diskrepanz zwischen Theorie und Praxis, zwischen Absichten und Ergebnissen. Während jener sechs Monate erlebten wir diese unüberwindliche Kluft in sämtlichen Phasen unserer Arbeit. Es existierten zum Beispiel Anschlagtafeln, auf denen die Schneidekabinen und Aufnahmestudios gerecht zwischen den verschiedenen Programmleitern verteilt waren. Aber in der Praxis entschieden nicht diese Tafeln, sondern die Erfindungsgabe und Geriebenheit jedes Produzenten oder Technikers darüber, ob man über mehr oder weniger Zeit für das Schneiden und die Aufnahme verfügte und ob man das beste Team bekam.

Natürlich lernten wir rasch, welcher Kniffe, Listen, Kungeleien und Gefälligkeiten man sich bedienen mußte, um nicht etwa ein Privileg zu erhalten, sondern gerade nur mit einem Minimum an Anstand das tun zu können, wofür wir bezahlt wurden. Es waren immer machbare Tricks, aber sie besaßen stets den Nachteil, daß sie uns wertvolle Zeit stahlen, die wir eigentlich dem rein Kreativen hätten widmen müssen. Seitdem mir diese Erfahrung zuteil wurde, kennt meine Bewunderung keine Grenzen, wenn ich im Fernsehen bisweilen eine gut aufgenommene und geschnittene, spannende und originelle Sendung sehe. Denn ich weiß, daß dahinter sehr viel mehr als Engagement und Talent steht: Hexerei, Wunder. In manchen Wochen sagten wir uns, nachdem wir die fertige Sendung ein letztes Mal auf der Suche nach dem allerletzten Schliff angeschaut hatten: »Schön, endlich ist es eine runde Sache geworden.« Doch dann, am folgenden Sonntag, auf dem Fernsehschirm, verschwand der Ton, schlug das Bild Purzelbäume, tauchten Löcher auf . . . Was war diesmal »im Eimer« gewesen? Der diensthabende Techniker, damit beauftragt, die Bänder durchlaufen zu lassen, war wohl betrunken oder eingeschlafen, hatte auf den falschen Knopf gedrückt oder alles verkehrt programmiert ... Für den, der bei seiner Arbeit dem Wahn des Perfektionismus unterliegt, ist das Fernsehen riskant, Ursache zahlloser Schlaflosigkeiten, von Herzjagen, Magengeschwüren und Infarkten ...

Und doch, wenn ich Bilanz ziehe, dann waren diese sechs Monate auch spannend und intensiv. Ich erinnere mich noch bewegt an das Interview mit Borges in dessen Wohnung im Zentrum von Buenos Aires – er hat mir anscheinend niemals verziehen, daß ich gesagt habe, seine Wohnung sei bescheiden und habe Feuchtigkeitsflekken –, wo das Zimmer seiner Mutter genauso erhalten war, wie sie es am Tage ihres Todes hinterlassen hatte (ein violettes Kleid, wie es ältere Damen tragen, lag ausgebreitet auf dem Bett), und an die von Ernesto Sábato gemalten Schriftstellerporträts, die dieser uns in seinem kleinen Haus in Santos Lugares filmen ließ, wo wir ihn besuchten. Seit meinem Aufenthalt in Spanien zu Beginn der sechziger Jahre hatte ich den Wunsch gehegt, Corín Tellado zu interviewen, eine Autorin von Melodramen und Gesellschaftsromanen, deren Geschichten in Spanien und Hispanoamerika von einer unermeßlichen Menschenmenge in Form von Büchern, Fotoromanen, Radio- und Fernsehserien verschlungen werden. Sie erklärte sich bereit, im »Turm von Babel« aufzutreten, und ich verbrachte einen Nachmittag bei ihr in einem Vorort von Gijón, in Asturien – sie zeigte mir ihren Keller mit Tausenden ausrangierter Romane: jeden zweiten Tag beendete sie einen, immer hundert Seiten lang –, wo sie sich von der Welt abschloß, weil sie zu jener Zeit gerade Opfer eines Erpressungsversuchs war, von dem man nicht wußte, ob er von einer politischen Gruppe oder von gewöhnlichen Verbrechern ausging.

Von den Häusern der Schriftsteller trugen wir die Ka-

meras in die Fußballstadien – wir drehten eine Sendung über einen der besten brasilianischen Fußballklubs, den Flamengo, und interviewten Zico, den damaligen Star, in Rio de Janeiro – oder nach Panama, wo wir die Boxringe der Amateure und Profis abklapperten und recherchierten, wie und warum dieses kleine mittelamerikanische Land so viele lateinamerikanische Champions und Weltmeister in fast allen Klassen hervorbringen konnte. In Brasilien befaßten wir uns mit der exklusiven Klinik des athletischen Dr. Pitanguí, dessen Skalpelle sämtliche Frauen der Welt verschönten und verjüngten, die imstande waren, seine Dienste zu bezahlen, und in Santiago de Chile sprachen wir mit den Chicago Boys von Pinochet und mit den christdemokratischen Oppositionellen, die inmitten einer äußerst harten Repression der Diktatur widerstanden.
Wir fuhren nach Nicaragua, um zum zweiten Jahrestag der Revolution eine Reportage über die Sandinisten und deren Gegner zu drehen, und zur Universität von Berkeley bei San Francisco, wo in der Abteilung für slawische Sprachen in einem kleinen Kabuff ein großer Dichter arbeitete, Czeslaw Milosz, funkelnagelneuer Nobelpreisträger. Wir fuhren nach Coclecito in Panama, in das Haus, das General Omar Torrijos dort besaß, der, obwohl er der Regierung theoretisch nicht mehr angehörte, nach wie vor als Herr und Meister des Landes galt. Wir verbrachten den ganzen Tag mit ihm, und trotz aller Liebenswürdigkeit, die er mir gegenüber an den Tag legte, hinterließ er bei mir nicht den angenehmen Eindruck, den er bei anderen Schriftstellern hinterlassen hatte, die ebenfalls seine Gäste gewesen waren. Er kam mir wie der typische lateinamerikanische Caudillo unseligen Angedenkens vor, der »starke Mann« der Vorsehung, autoritär und machistisch, dem ein ganzer Hof

von Zivilen und Militärs (die im Verlauf des Tages bei ihm vorbeidefilierten) mit einer Servilität schmeichelte, die Übelkeit erregte. Die auffälligste Person im Haus in Coclecito war eine der Geliebten des Generals, eine kurvenreiche Blondine, die wir in einer Hängematte liegend entdeckten. Sie war vorhanden wie ein Möbelstück mehr, denn der General richtete weder das Wort an sie, noch stellte er sie einem der Gäste vor, die ein und aus gingen . . .

Zwei Tage nachdem wir aus Panama nach Lima zurückgekehrt waren, erlebten wir, Lucho Llosa, Alejandro Pérez und ich, einen gewaltigen Schrecken: Torrijos war mit dem nämlichen kleinen Flugzeug tödlich abgestürzt, in dem er uns von Coclecito nach Panama-Stadt hatte bringen lassen. Und der Pilot derselbe, mit dem auch wir geflogen waren.

Eines Tages in Puerto Rico, als wir gerade eine kleine Reportage über den wunderschönen Wiederaufbau des alten San Juan beendet hatten, herumgeführt von Ricardo Alegría, dem Mann, der für sie verantwortlich zeichnete, erlitt ich plötzlich einen Ohnmachtsanfall. Mein Körper war ausgetrocknet infolge einer Vergiftung, die ich mir in den Chicha-Kneipen von Catacaos, einem kleinen Dorf im Norden Perus, zugezogen hatte, wohin wir gereist waren, um eine Sendung zu drehen über die Strohhutflechter – eine Kunst, die die Einwohner von Catacaos seit Jahrhunderten pflegen –, über die Geheimnisse des *tondero*, eines regionalen Tanzes, und über die Pikanterien seiner guten Chicha und scharfen Gerichte (natürlich hatten mich letztere vergiftet). Ich finde keine Worte, um sämtlichen puertorikanischen Freunden zu danken, die den freundlichen Ärzten des San-Jorge-Krankenhauses praktisch unter Drohungen das Versprechen abnahmen, mich rechtzeitig gesund zu machen,

damit der »Turm von Babel« an diesem Sonntag pünktlich ausgestrahlt werden konnte.
Die Sendung fiel kein einziges Mal aus, jede Woche wurde sie ausgestrahlt, und wenn man bedenkt, unter welchen Bedingungen wir arbeiteten, dann stellte dies eine beträchtliche Leistung dar. Ich schrieb die Skripte im Lieferwagen oder im Flugzeug, und von den Flughäfen begab ich mich in die Aufnahmestudios oder die Schneidekabinen und von dort wieder zurück, um ein anderes Flugzeug zu nehmen und Hunderte von Kilometern zurückzulegen, um in einer Stadt oder einem Land bisweilen weniger Zeit zu verbringen, als mich die Reise dorthin gekostet hatte. In diesen sechs Monaten vergaß ich zu schlafen, zu essen, zu lesen und natürlich zu schreiben. Da der Etat, über den der Kanal verfügte, begrenzt war, verband ich einige dieser Auslandsreisen mit irgendeiner Einladung zu einem literarischen Kongreß oder zu Vorträgen und ersparte dem Kanal damit meine Reise- und Aufenthaltskosten. Das Problem bestand darin, daß dieses System mich zu einer schizophrenen Aufspaltung der Persönlichkeit zwang, da ich in wenigen Augenblicken von der Rolle des Vortragenden zu der des Journalisten wechseln mußte, von der Rolle des Schriftstellers, dem man das Mikrofon hinhielt, damit er sich äußere, zu der des Interviewers, der wie zur Strafe nun seine Interviewer interviewte.
Obwohl wir zahlreiche Sendungen über das Ausland drehten, blieben die meisten doch peruanischen Themen vorbehalten. Volkstänze und Volksfeste, Probleme der Universität, prähispanische Ausgrabungsorte, ein alter Eisverkäufer, dessen Dreirad nach einem halben Jahrhundert noch immer die Straßen von Miraflores abklapperte, die Legende eines Bordells in Piura, die Unterwelt der Gefängnisse. An den Empfehlungen und Pressionen,

die uns mit der Zeit seitens der verschiedensten Personen und Institutionen erreichten, denen daran lag, daß wir uns mit ihnen befaßten, konnten wir erkennen, daß der »Turm von Babel« gute Einschaltquoten erzielt hatte. Am unerwartetsten war vielleicht die Initiative der Kriminalpolizei (PIP). Ein Oberst erschien eines Tages in meinem Büro und schlug mir vor, der PIP aus Anlaß irgendeines Jahrestages einen »Turm von Babel« zu widmen; um die Sendung lebendig zu gestalten, würde die Institution eine Operation simulieren: die Gefangennahme von Kokainhändlern mit Schießereien und allem Drum und Dran . . .
Als die Frist von sechs Monaten, zu der ich mich dem Kanal gegenüber verpflichtet hatte, schon fast abgelaufen war, erhielt ich als einen der letzten Anrufe den einer Freundin, die ich seit Ewigkeiten nicht gesehen hatte: Rosita Corpancho. Ich vernahm ihre warme Stimme mit dem schleppenden loretanischen Tonfall, unverändert seit meinen Universitätsjahren. Und nicht minder unversehrt und womöglich noch gewachsen war der enthusiastische Eifer, den Rosita Carpancho dem Sommerinstitut für Linguistik entgegenbrachte. Ich erinnerte mich doch an das Institut, nicht wahr? Aber, Rosita . . . Schön, also. Das Institut würde bald auf wer weiß wie viele Jahre Existenz in Peru zurückblicken und außerdem demnächst seine Koffer packen, da es seine Mission in der Amazonas-Region als beendet betrachtete. Wäre es nicht vielleicht möglich, daß der »Turm von Babel« . . .? Ich unterbrach sie, um ihre Frage zu bejahen. Mit großem Vergnügen würde ich einen Dokumentarfilm über die Arbeit der Linguisten-Missionare drehen. Und ich würde die Reise in den Urwald außerdem nutzen, um eine Reportage über einen der am wenigsten bekannten Stämme zu machen, etwas, das von Anfang

an zu unseren Plänen gehört habe. Hocherfreut sagte mir Rosita, daß sie alles mit dem Institut koordinieren würde, damit wir uns innerhalb des Urwalds bewegen könnten. Dachte ich an einen Stamm im besonderen? Ohne zu überlegen, antwortete ich: »Die Machiguengas.«

Seit meinen gescheiterten Versuchen zu Beginn der sechziger Jahre, eine Geschichte über die Machiguenga-Erzähler zu schreiben, war mir das Thema immer wieder im Kopf herumgegangen. Es kehrte in gewissen Zeitabständen zurück, wie eine alte, niemals ganz erloschene Liebe, deren schwelende Glut plötzlich wieder aufflammt. Ich hatte weiter Notizen gemacht und Hefte vollgekritzelt, die ich genauso regelmäßig zerriß. Und immer, wenn ich ihrer habhaft werden konnte, die Studien und Artikel gelesen, die hier und da in wissenschaftlichen Zeitschriften über die Machiguengas erschienen. Die Unkenntnis, deren Opfer sie gewesen waren, hatte einer vielfältigen Neugier Platz gemacht. Eine französische Anthropologin, France-Marie Casevitz-Renard, und ein nordamerikanischer Kollege, Johnson Allen, hatten sich mehrere Male längere Zeit bei ihnen aufgehalten und ihre Organisation, ihre Arbeitsmethoden, ihr Verwandtschaftssystem, ihre Symbole und ihr Zeitverständnis beschrieben. Gerhard Baer, ein Schweizer Ethnologe, hatte ebenfalls bei ihnen gelebt und sich eingehend mit ihrer Religion befaßt. Und Padre Joaquín Barriales begann, seine umfangreiche Sammlung von Mythen und Liedern der Machiguengas in spanischer Übersetzung zu veröffentlichen. Auch einige peruanische Anthropologen, Studienkollegen Mascaritas, wie Camino Díez Canseco und Víctor J. Guevara, hatten die Bräuche und Glaubensvorstellungen des Stammes untersucht.

Aber nirgendwo, in keiner dieser zeitgenössischen Arbeiten, fand ich die geringste Information über die Geschichtenerzähler. Seltsamerweise verschwanden die Hinweise auf sie etwa in den fünfziger Jahren. War die Institution des Erzählers just zu der Zeit, da das Ehepaar Schneil sie entdeckt hatte, bis zur völligen Auflösung verkümmert? In den Texten der Dominikanermissionare, die in den dreißiger und vierziger Jahren über sie geschrieben hatten – Padre Pío Aza, Padre Vicente de Cenitagoya und Padre Andrés Ferrero – fanden sich zahlreiche Anspielungen auf den Geschichtenerzähler. Auch früher, bei einigen Reisenden im neunzehnten Jahrhundert. Eine der ersten Erwähnungen enthielt das Buch des Forschers Paul Marcoy, der am Ufer des Urubamba auf einen *orateur* traf und erlebte, wie dieser eine Zuhörerschaft von »Antis« Stunden um Stunden buchstäblich hypnotisierte. »Glaubst du, daß diese Antis die Machiguengas waren?« fragte mich der Anthropologe Luis Román, als er mir das Zitat zeigte. Ich war mir dessen sicher. Warum erwähnten die modernen Ethnologen die Erzähler nie? Diese Frage stellte ich mir jedesmal, wenn mir eine dieser Arbeiten oder Feldstudien in die Hände fiel und ich feststellte, daß auch in diesem Fall nicht einmal beiläufig jene umherziehenden Geschichtenerzähler Erwähnung fanden, die in meinen Augen das zarteste und schönste Merkmal dieses kleinen Volkes darstellten, das Merkmal jedenfalls, aus dem jene seltsame Gefühlsverbindung zwischen den Machiguengas und meiner eigenen Bestimmung (um nicht zu sagen: meinem Leben) erwachsen war.

Warum hatte ich mich in all diesen Jahren als unfähig erwiesen, meine Erzählung über die Geschichtenerzähler zu schreiben? Die Antwort, die ich mir jedesmal zu geben pflegte, wenn ich das halbfertige Manuskript dieser flüchtigen Geschichte in den Papierkorb warf, lag in

der Schwierigkeit, auf spanisch und innerhalb logischer intellektueller Schemata eine literarische Form zu erfinden, welche die Erzählweise eines primitiven Menschen mit magisch-religiöser Mentalität glaubwürdig anklingen ließe. Meine sämtlichen Versuche gipfelten stets in einem Stil, der mir ebenso offenkundig falsch und ebensowenig überzeugend erschien wie der Stil, in dem die Philosophen und Romanciers der Aufklärung ihre exotischen Gestalten sprechen ließen, als im achtzehnten Jahrhundert in Europa der »gute Wilde« in Mode kam. Aber trotz aller Mißerfolge oder vielleicht um ihretwillen blieb die Versuchung immer präsent; in gewissen Zeitabständen, durch einen zufälligen Umstand wiederbelebt, gewann sie an Heftigkeit, und die murmelnde, flüchtige Urwaldgestalt des Erzählers drang in mein Zuhause und in meine Träume ein. Wie sollte mich unter diesen Bedingungen nicht die Aussicht beflügeln, endlich die Gesichter der Machiguengas zu sehen?
Seit jener Reise in der Mitte des Jahres 1958, auf der ich den peruanischen Urwald entdeckte, war ich mehrere Male in der Amazonas-Region gewesen: in Iquitos, in San Martín, am oberen Marañón, in Madre de Dios, in Tingo María. Aber nach Pucallpa war ich nicht zurückgekehrt. In den dreiundzwanzig Jahren seither hatte diese kleine, staubige Ortschaft, die ich voller Bestattungsunternehmen und Evangelistenkirchen erinnere, einen industriellen und kommerziellen »Boom« erlebt, danach eine Krise, und an jenem Septembermittag 1981, an dem Lucho Llosa, Alejandro Pérez und ich dort landeten, um unsere vorletzte Sendung für den »Turm von Babel« zu drehen, stand sie gerade am Beginn eines neuen »Booms«, aber dieses Mal war etwas wirklich Übles die Ursache: der Kokainhandel. Die entgegenwallende Hitze und die Glut des Lichtes, in dessen Umar-

mung die Menschen und Dinge sich überdeutlich abzeichnen (im Unterschied zu Lima, wo selbst die strahlende Sonne immer irgendwie grau ist), versetzen mich jedesmal, kaum daß ich den amazonischen Boden betrete, in einen Freudentaumel.

Aber mehr noch als über die amazonische Landschaft und ihre Temperatur staunte ich an jenem Vormittag auf dem Flughafen von Pucallpa, als ich die Personen entdeckte, die das Institut geschickt hatte, um uns abzuholen: das Ehepaar Schneil. Höchstpersönlich. Seit einem Vierteljahrhundert lebten sie nun schon in der Amazonas-Region und hatten die ganze Zeit bei den Machiguengas gearbeitet. Sie waren überrascht, daß ich mich an sie erinnerte – ich glaube, daß sie sich an mich überhaupt nicht erinnerten – und daß ich so viele Einzelheiten von den Geschichten im Gedächtnis bewahrte, die sie mir damals bei den zwei Gesprächen in der Basis in Yarinacocha erzählt hatten. Während wir uns in dem Jeep durchrütteln ließen, mit dem wir zum Institut fuhren, zeigten sie mir Fotos ihrer Kinder: ein Trupp junger Leute, die in den Vereinigten Staaten lebten, einige schon mit dem Diplom in der Tasche. Sprachen sie alle Machiguenga? Aber natürlich, es war die zweite Sprache in der Familie, sogar noch vor dem Spanischen. Es freute mich, daß das Ehepaar Schneil uns als Führer und Übersetzer in die Dörfer begleiten würde, die wir besuchen wollten.

Der Yarina-See sah noch immer wie eine Postkarte aus, und die Abenddämmerungen waren schöner denn je. An seinen Ufern hatte sich die Zahl der Bungalows des Instituts vermehrt. Kaum waren wir aus dem Jeep gestiegen, machten Lucho, Alejandro und ich uns an die Arbeit und verabredeten mit dem Ehepaar Schneil, daß beide uns bei Anbruch der Dunkelheit als Vorge-

schmack auf die Reise in die Urwälder am oberen Urubamba einige Informationen über die Orte und Personen geben würden, die wir dort zu sehen bekämen.
Außer dem Ehepaar Schneil befand sich in Yarinacocha keiner der Linguisten mehr, die ich bei meiner vorherigen Reise kennengelernt hatte. Einige waren in die Vereinigten Staaten zurückgekehrt, andere gingen in anderen Urwäldern der Welt ihrer Feldarbeit nach, und einer, Dr. Townsend, der Gründer des Instituts, war gestorben. Aber die Linguisten, die wir kennenlernten und interviewten und die uns als Fremdenführer dienten, während wir verschiedene Aufnahmen von der Örtlichkeit machten, ähnelten wie Zwillingsbrüder denen, an die ich mich erinnerte. Die Männer mit ihrem kurzen Haar und dem athletischen, gesunden Aussehen von Personen, die täglich Gymnastik treiben, nach den Vorschriften eines Ernährungsspezialisten essen und weder rauchen noch Alkohol oder Kaffee trinken, und die Frauen, die in so einfachen wie sittsamen Kleidern stecken, ohne eine Spur von Schminke, ohne einen Anflug von Koketterie, und eine nachgerade erdrückende Effizienz ausstrahlen. Und die einen wie die anderen mit dem stets heiteren, gleichsam felsenfesten Blick von Menschen, die glauben und tun, woran sie glauben, und die Wahrheit auf ihrer Seite wissen, wie sie mich immer fasziniert und zugleich erschreckt haben.
Solange das Licht und die Launen der Ausrüstung von Alejandro Pérez es erlaubten, sammelten wir Material für die Sendung über das Institut. Ein Seminar für zweisprachige Lehrer aus verschiedenen Dörfern, das in diesen Tagen stattfand; die von den Linguisten erarbeiteten Fibeln und Grammatiken; die Erfahrungsberichte dieser und ein Porträt der kleinen Stadt, zu der sich die Basis in Yarinacocha mit ihrer Schule, ihrem Kranken-

haus, ihrem Sportplatz, ihrer Bibliothek, ihren Kirchen, ihrer Post- und Fernmeldestation und ihrem Flughafen mittlerweile entwickelt hatte.
Bei Einbruch der Dunkelheit und nach einem Arbeitsessen, das den Schlußpunkt unter den Teil der Sendung setzte, der dem Institut gewidmet war, machten wir uns an die Vorbereitung des anderen Teils, den wir in den folgenden Tagen aufnehmen wollten: die Machiguengas. In Lima hatte ich die Dokumentation herausgesucht und durchgesehen, die ich seit Jahren über sie zusammengetragen hatte. Aber mehr als alles andere verschaffte uns das Gespräch mit dem Ehepaar Schneil – abermals in ihrer Hütte, abermals begleitet von einer Tasse Tee und Keksen, die Frau Schneil gebacken hatte – Material aus erster Hand über den Zustand dieser Gemeinschaft, mit der sie von Grund auf vertraut waren, hatte sie doch in den letzten fünfundzwanzig Jahren ihr Zuhause gebildet.
Die Situation der Machiguengas am oberen Urubamba und in Madre de Dios hatte sich erheblich verändert seit dem Tag, da Edwin Schneil sich jener Familie nackt genähert hatte und diese nicht geflohen war. Hatte sie sich zum Besseren geändert? Sie waren fest davon überzeugt. Inzwischen lebten auch die Machiguengas in der Region jenseits der Großen Stromenge ganz überwiegend nicht mehr in der einstigen Zersplitterung, in jener Diaspora hier und dort verstreuter, umherirrender Grüppchen, die so gut wie keine Verbindung untereinander besaßen und jedes für sich mühsam um ihr Überleben kämpften, ein Zustand, dessen Fortdauer nichts anderes als die Desintegration der Gemeinschaft, den völligen Verfall ihrer Sprache, die Assimilierung ihrer Angehörigen durch andere Gruppen und Kulturen bedeutet hätte. Nach zahlreichen Bemühungen, an denen offizielle Stel-

len, katholische Missionare, Anthropologen und Ethnologen und das Institut selbst beteiligt waren, hatten die Machiguengas sich allmählich bereit gefunden, Dörfer zu gründen, sich an Orten zusammenzufinden, die die geeigneten Voraussetzungen boten, um den Boden zu bearbeiten, Tiere zu halten und mit dem übrigen Peru Handel zu treiben. Die Dinge entwickelten sich rasch. Es gab bereits sechs Dörfer; einige davon waren erst in allerjüngster Zeit entstanden. Wir würden zwei besuchen: Nuevo Mundo und Nueva Luz.

Von den – schätzungsweise – fünftausend Machiguengas hatte sich bereits nahezu die Hälfte in diesen Dörfern niedergelassen. In einem von ihnen lebten überdies zur Hälfte Machiguengas und zur Hälfte Campas (Ashaninkas), und das Zusammenleben von Angehörigen dieser beiden Stämme warf bislang nicht das geringste Problem auf. Das Ehepaar Schneil war optimistisch und glaubte, daß die übrigen Machiguengas, selbst die widerspenstigsten unter ihnen – die sogenannten Kogapakoris – mit der Zeit ebenfalls ihre Zufluchten im Waldesinnern aufgeben und neue Niederlassungen gründen würden, von der allmählichen Erkenntnis geleitet, daß ihre Stammesbrüder aus der Gründung von Gemeinschaften eine Reihe von Vorteilen zogen: ein weniger unsicheres Leben oder die Möglichkeit, im Notfall Hilfe zu erhalten. Mit wahrer Begeisterung berichteten uns die beiden über die konkreten Schritte, die inzwischen in den Dörfern erfolgt waren, um sie ins Land zu integrieren. Die Schulen und die landwirtschaftlichen Kooperativen, zum Beispiel. Sowohl in Nuevo Mundo als auch in Nueva Luz gab es zweisprachige Schulen mit eingeborenen Lehrern. Wir würden mit ihnen zusammentreffen.

Bedeutete dies, daß die Machiguengas allmählich aufhörten, das primitive, in sich verschlossene, pessimistische, besiegte Volk zu sein, das sie mir 1958 geschildert hatten? In gewisser Weise ja. Zumindest die Machiguengas, die jetzt in Gemeinschaft lebten, zeigten weniger Vorbehalte dem Neuen, dem Fortschritt gegenüber und vielleicht mehr Liebe zum Leben. Was jedoch die Isolierung anbetraf, so konnte man noch nicht von grundlegenden Veränderungen sprechen. Denn wir würden zwar in zwei oder drei Stunden mit den Flugzeugen des Instituts ihre Dörfer erreichen, aber auf dem Fluß dauerte eine Reise in diese Dörfer von jeder bedeutenderen Ortschaft der Amazonas-Region aus ganze Tage und manchmal sogar Wochen. Das heißt, die Eingliederung in das übrige Peru lag wohl jetzt in weniger großer Ferne als einst, stellte indes noch immer keine Realität dar.

Würde ich einige Machiguengas auf spanisch interviewen können? Ja, einige, wenn auch nicht sehr viele. Der Kazike oder Gouverneur von Nueva Luz zum Beispiel sprach es fließend. Wie? Gab es jetzt Kaziken bei den Machiguengas? War es denn nicht das größte Unterscheidungsmerkmal des Stammes gewesen, daß er niemals eine hierarchische politische Organisation mit Führern und Geführten gekannt hatte? Ja, gewiß. Früher. Aber ihr anarchisches System erklärte sich aus ihrer Zersplitterung; jetzt, da sie in Dörfern zusammenlebten, brauchten sie Autoritäten. Der Verwalter oder Kazike von Nueva Luz war ein junger Mann und ein hervorragender Gemeinschaftsführer, der an der Bibelschule von Mazamari sein Diplom abgelegt hatte. Ein protestantischer Pfarrer also? Nun ja, gewissermaßen. Existierte bereits eine Übersetzung der Bibel in Machiguenga? Natürlich, und sie war ihr Werk. In Nuevo Mundo und Nueva Luz würden wir die Exemplare des Neuen Testaments in der Sprache der Machiguengas filmen können.

Ich mußte an Mascarita denken, an unser letztes Gespräch in der kleinen Kneipe in der Avenida España. Ich hörte wieder seine Schmähungen und seine Prophezeiungen. Nach dem, was uns das Ehepaar Schneil erzählte, hatten sich die Befürchtungen, die Saúl Zuratas an jenem Nachmittag geäußert hatte, bestätigt. Die Machiguengas befanden sich, wie andere Stämme auch, mitten im Prozeß der Akkulturierung: die Bibel, zweisprachige Schulen, ein Evangelistenführer, Privateigentum, der Wert des Geldes, Handel und zweifellos westliche Kleidung ... Hatte all dies zu ihrem Wohl beigetragen? Hatte es ihnen als einzelnen und als Volk konkrete Vorteile gebracht, wie das Ehepaar Schneil emphatisch versicherte? Oder hatten sie sich vielmehr aus freien und souveränen »Wilden« allmählich in »Zombies« verwandelt, in Karikaturen westlicher Menschen, nach dem Ausdruck Mascaritas? Würde ein Besuch von gerade nur zwei Tagen genügen, damit ich mir ein Bild machen konnte? Nein, natürlich würde er nicht ausreichen.
In jener Nacht im Bungalow in Yarinacocha blieb ich lange wach und dachte nach. Durch das Fliegengitter des Fensters sah ich ein Stück des Sees mit einem goldenen Lichtstreifen, aber der Mond, den ich mir rund und leuchtend vorstellte, wurde von einer dichten Baumgruppe verdeckt. War es ein gutes oder ein schlechtes Zeichen, daß Kashiri, dieses männliche Gestirn der Machiguenga-Mythologie, das bald böse, bald gütig war, sein geflecktes Gesicht vor mir verbarg? Dreiundzwanzig Jahre waren vergangen, seitdem ich zum erstenmal in einem dieser Bungalows geschlafen hatte, und ich war nicht der einzige, der sich in dieser ganzen Zeit verändert, tausend Erfahrungen durchlebt hatte, älter geworden war. Auch diese Machiguengas, die ich gerade nur aus zwei kurzen Zeugnissen dieses nordamerikanischen

Ehepaars, aus meinem Gespräch mit einem Dominikaner in Madrid und einigen ethnologischen Arbeiten kannte, hatten große Veränderungen erfahren. Anscheinend paßten sie nicht mehr in das Bild, das ich mir von ihnen gemacht hatte. Sie waren nicht mehr jene Handvoll ungebändigter, tragischer Wesen, jene in winzige Familien zersplitterte Gesellschaft, die, immer und ewig auf der Flucht vor dem Weißen, dem Mestizen, dem Hochlandbewohner, vor anderen Stämmen und in stoischer Erwartung und Hinnahme der schicksalhaften individuellen und gemeinschaftlichen Auslöschung, unbeirrt an ihrer Sprache, ihren Göttern und ihren Sitten festgehalten hatte. Eine unabweisbare Melancholie erfaßte mich bei dem Gedanken, daß diese in den unermeßlichen, feuchten Wäldern versprengte Gesellschaft, die von ein paar umherwandernden Geschichtenerzählern zusammengehalten wurde, im Verschwinden begriffen sein sollte.

Wie oft hatte ich in diesen dreiundzwanzig Jahren an die Machiguengas gedacht? Wie oft hatte ich versucht, sie mir vorzustellen, sie zu beschreiben, wie viele Pläne hatte ich gemacht, um in ihre Heimat zu reisen? Um ihretwillen hatten mich sämtliche Personen oder Institutionen, die sich in anderen Teilen der Welt mit dem Erzähler der Machiguengas vergleichen oder in Verbindung bringen ließen, augenblicklich in Bann geschlagen. Wie etwa die umherziehenden Troubadoure im Sertão von Bahia, die, begleitet von den Klängen ihrer Gitarre, in den staubigen Dörfern des brasilianischen Nordostens alte mittelalterliche Romanzen mit dem örtlichen Klatsch vermischten. Ich brauchte nur einen von ihnen zu sehen, an jenem Nachmittag auf dem Markt von Uauá, und schon schob sich vor die Gestalt des *caboclo* mit Lederweste und Lederhut, der einer belustigten Zuhörerschaft die Geschichte von der Prinzessin Magelone und den zwölf Pairs von Frankreich vorsang, die olivenfarbene, mit symmetrischen rötlichen Streifen und dunklen Flecken bemalte Haut des halbnackten Geschichtenerzählers, der unendlich weit von hier an einem kleinen, unter dem Laubwerk am Madre de Dios verborgenen Strand einer aufmerksam vor ihm hockenden Familie von dem Streit berichtete, den Tasurinchi und Kientibakori mit ihrem Atemhauch ausgetragen hatten und aus dem alle guten und bösen Wesen dieser Welt entstanden waren.

Aber stärker und eindringlicher noch als der Troubadour im Sertão hatte mich der irische *seanchai* an die Machiguenga-Erzähler denken lassen. *Seanchai:* »Erzähler von alten Geschichten«, »einer, der Dinge weiß«, übersetzte mir jemand in einer Kneipe in Dublin zerstreut ins Englische. Wie sonst ließe sich diese Aufregung erklären, diese plötzliche Beschleunigung in der Brust, die mich veranlaßte, mich einzumischen, herumzufragen und später dann irische Bekannte und Freunde so lange zu bedrängen und verrückt zu machen, bis sie mich zu einem *seanchai* führten? Lebendiges Relikt der alten Sänger in Hibernia, den Vorfahren gleich, deren Gestalten im Dunkel der Zeit mit den keltischen Mythen und Legenden verschwimmen, welche das kulturelle Fundament Irlands bilden, erzählt der *seanchai* noch heute in der rauchigen Wärme eines Pubs, auf einem Fest, das plötzlich vor dem Zauber seines Wortes verstummt, oder im Kreis einer Familie neben dem Kamin, während draußen der Regen tropft oder der Sturm tobt, uralte Fabeln, epische Geschichten, schreckliches Liebesleid und beunruhigende Wunder. Er ist Kneipenbesitzer, Lastwagenfahrer, Hirt, Bettler, jemand, der auf geheimnisvolle Weise von einem Zauberstab berührt wurde, vom Zauberstab der Weisheit und der Kunst, zu erzählen, zu erinnern, neu zu erfinden und zu bereichern, was schon jahrhundertelang erzählt worden ist, ein Bote aus den vorgeschichtlichen Zeiten des Mythos und der Magie, dem auch die heutigen Iren noch stundenlang wie gebannt zuhören. Ich habe immer gewußt, daß die Eindringlichkeit, mit der ich jene Reise nach Irland dank des *seanchai* erlebte, metaphorisch war, daß ich durch ihn hindurch dem Erzähler lauschte und mich der Illusion hingab, im Gedränge seines Publikums einer Zuhörerschaft von Machiguengas anzugehören.

Und morgen würde ich nun unversehens die Machiguengas kennenlernen, von niemand Geringerem geführt als von Edwin Schneil und seiner Frau. Das Leben besaß also romanhafte Elemente? Jawohl, so war es. »Verdammt noch mal, ich hab dir doch gesagt, daß ich mit einem Zoom aufhören will, Alejandro«, phantasierte Lucho Llosa auf dem Bett neben mir, während er sich unter dem Moskitonetz herumwälzte.

Im Morgengrauen brachen wir jeweils zu dritt in zwei einmotorigen Cessnas des Instituts auf. Der Pilot des kleinen Flugzeugs, mit dem ich flog, stand trotz seines jungenhaften Aussehens schon mehrere Jahre im Dienst der Linguisten-Missionare und hatte, bevor er ihre Flugzeuge durch die Amazonas-Region steuerte, das gleiche bereits in den Urwäldern Mittelamerikas und Borneos getan. Es war ein klarer Morgen, und man konnte aus der Luft sämtliche Windungen zunächst des Ucayali und später des Urubamba deutlich verfolgen – ihre Inseln, ihre stotternden Boote mit Außenbordmotor oder *peque-peques*, ihre Kanus, Seitenarme, Stromengen, Zuflüsse – und, in gewaltigen Abständen voneinander, die winzigen Dörfer, die in der endlosen grünen Ebene eine lichte Öffnung mit Hütten und rötlicher Erde bildeten. Wir überflogen die Strafkolonie El Sepa und die Dominikanermission von Sepahua und verließen dann den Lauf des oberen Urubamba, um der wirren Linie des Mipaya-Flusses zu folgen – eine morastige Schlange –, an dessen Ufern wir gegen zehn Uhr morgens unser erstes Ziel erblickten: Nuevo Mundo.

Der Name Mipaya besaß historische Anklänge. In diesem Pflanzendickicht entstanden vor einem Jahrhundert in großer Zahl die Lager der Kautschuksammler. Nach dem schrecklichen Massensterben, dessen wehrloses Opfer der Stamm während der Kautschuk-Epoche gewesen war, versuchten die ruinierten Kautschuksammler in den zwanziger Jahren, Haziendas in diesem Gebiet aufzubauen, wobei sie auf das alte System der Jagd auf Eingeborene zurückgriffen, um sich mit Arbeitskräften zu versorgen. Damals kam es hier, am Ufer des Mipaya, zum einzigen historisch bekannten Fall von Widerstand seitens der Machiguengas. Als ein Haziendabesitzer der Gegend kam, um die jungen Männer und die Frauen mitzunehmen, empfingen ihn die Machiguengas mit einem Pfeilhagel und töteten und verletzten etliche Viracochas, bevor sie selbst vernichtet wurden. Der Urwald hatte den Schauplatz mit seinem dichten Gewirr aus Stämmen, Zweigen und Blattwerk bedeckt, und keine Spur blieb mehr von diesen Greueltaten. Bevor der Pilot landete, zog er mehrere Kreise über den etwa zwanzig Hütten mit ihren kegelförmigen Dächern, damit die Machiguengas ihre Kinder von der einzigen Straße des Dorfes holten, die als Landepiste diente.

Das Ehepaar Schneil befand sich im gleichen Flugzeug wie ich; kaum waren beide aus der Maschine gestiegen, wurden sie von etwa hundert Bewohnern umringt, die Zeichen großer Aufregung und Freude zu erkennen gaben. Alle drängelten sich, um sie zu berühren, ihnen auf

die Schulter zu klopfen, und alle redeten sie gleichzeitig in einer abgehackten, rauhen Sprache voller extremer Modulationen. Außer der Lehrerin, die Rock und Bluse sowie Sandalen trug, gingen alle Machiguengas barfuß; die Männer waren mit einem kurzen Lendenschurz bekleidet oder mit der Cushma und die Frauen ebenfalls mit diesen ockerfarbenen oder grauen Baumwollgewändern, die vielen Stämmen der Amazonas-Region gemeinsam sind. Nur einige alte Frauen benutzten die *pampanilla*, einen schmalen, in der Taille zusammengerafften Umhang, der die Brüste freiließ. Fast alle, Männer und Frauen, trugen rötliche oder schwarze Tätowierungen zur Schau.
Da waren sie also. Das waren die Machiguengas.
Ich hatte nicht einmal Zeit, ausgiebig bewegt zu sein. Um das Licht maximal auszunutzen, begaben wir uns sofort an die Arbeit, und zum Glück hinderte uns keine Katastrophe daran, Aufnahmen von den Hütten zu machen. Sie glichen einander aufs Haar: eine einfache Plattform aus Baumstämmen auf Pfählen, dünne Wände aus Rohr, die an den Seiten nur bis zur Hälfte reichten, der Federbusch aus Palmwedeln, der das Dach bildete, und karge Innenräume, die nichts weiter bargen als zusammengerollte Strohmatten, Tröge, Fischnetze, Bogen und Pfeile und ein paar Handvoll Yucca, Mais und einige Kürbisse. Anschließend interviewten wir die Lehrerin, die einzige Person, die sich, wenn auch unter Schwierigkeiten, auf spanisch ausdrücken konnte. Sie war zugleich die Verwalterin des Dorfladens, zu dem zweimal im Monat ein Boot kam und Vorräte brachte. Meine Versuche, von ihr irgendeine Information über die Erzähler zu erhalten, erwiesen sich als vergeblich. Verstand sie überhaupt, auf wen ich mich bezog? Anscheinend nicht. Sie betrachtete mich mit einem erstaunten, leicht beunruhig-

ten Gesichtsausdruck, als bäte sie mich, ich solle mich verständlich ausdrücken.

Obwohl wir mit den anderen Machiguengas nicht direkt, sondern nur über das Ehepaar Schneil sprechen konnten, zeigten sie sich sehr entgegenkommend, und wir konnten einige Lieder und Tänze aufnehmen sowie das raffinierte Verfahren, mittels dessen eine alte Frau sich mit Orleantinktur geometrische Zeichnungen ins Gesicht malte. Wir machten Aufnahmen von den aufgehenden Saatfeldern, von den kleinen Geflügelhöfen, von der Schule, und die Lehrerin bestand darauf, daß wir zuhörten, wie die Schüler die Nationalhymne auf machiguenga sangen. Das Gesicht eines der Kinder war von jener lepraähnlichen Krankheit zerstört, der Uta – die Machiguengas führen sie auf den Stich eines rosafarbenen Leuchtkäfers zurück, dessen Unterseite von kleinen leuchtenden Punkten wimmelt –, aber nach der zwanglosen Natürlichkeit zu urteilen, mit der das Kind sich verhielt und zwischen den anderen herumtollte, sah es zumindest nach außen hin nicht so aus, als würde es aufgrund seiner Deformation diskriminiert oder verspottet.

Als wir am frühen Nachmittag unsere Sachen einluden, um zu dem Dorf zu fliegen, in dem wir die Nacht verbringen sollten – Nueva Luz –, erfuhren wir, daß Nuevo Mundo wahrscheinlich bald an einen anderen Ort verlegt werden mußte. Was war geschehen? Eine jener geographischen Willkürlichkeiten, wie sie im Urwald zum täglichen Los gehören. Der Mipaya-Fluß war während der letzten Regenzeit so sehr angeschwollen, daß er seinen Verlauf völlig verändert und sich so weit von Nuevo Mundo entfernt hatte, daß die Bewohner jetzt, da das Wasser auf seinen winterlichen Stand gesunken war, einen sehr weiten Fußmarsch unternehmen mußten, um

zu seinen Ufern zu gelangen. Sie suchten also nach einem anderen Ort, wo die Möglichkeit unvorhergesehener Ereignisse geringer war und wo sie das Dorf errichten konnten. Es würde nicht kompliziert sein für jene, die ihr ganzes Leben lang umhergezogen waren – auch ihre Städte entstanden offenbar unter dem atavistischen Zeichen der Bewegung, des nomadischen Schicksals –, und außerdem ließen sich diese Hütten aus Baumstämmen, Rohr und Palmwedeln leichter ab- und wieder aufbauen als die Häuser der Zivilisation.
Man erklärte uns, daß die zwanzig Minuten, die der Flug von Nuevo Mundo nach Nueva Luz dauerte, trügerisch seien, da diese Entfernung, wenn man sie zu Fuß durch den Urwald zurücklegte, mindestens eine Woche erforderte und im Kanu einige Tage.
Nueva Luz, das älteste der Machiguenga-Dörfer – es war gerade zwei Jahre alt geworden –, zählte mehr als doppelt so viele Hütten und Einwohner wie Nuevo Mundo. Auch hier trug nur Martín, der Curaca-Gouverneur und Lehrer der zweisprachigen Schule, Hemd, Hose und Schuhe und das Haar auf westliche Art kurz geschnitten. Er war ziemlich jung, klein, todernst und sprach ein lebendiges, flüssiges, synkopisches Spanisch voller Endverkürzungen. Ebenso wie in dem anderen Dorf bereiteten die Machiguengas dem Ehepaar Schneil auch in Nueva Luz einen überschwenglichen und lauten Empfang, und den ganzen restlichen Tag und einen Gutteil des Abends sahen wir Gruppen und einzelne, die geduldig warteten, daß andere sich verabschiedeten, um sich ihnen zu nähern und eine kehlige, gesten- und gebärdenreiche Unterhaltung zu führen.
In Nueva Luz filmten wir wiederum Tänze, Gesänge, Trommelsolos, die Schule, den Laden, die Saatfelder, die Webstühle, die Tätowierungen und nahmen ein Inter-

view mit dem Absolventen der Bibelschule in Mazamari auf, einem jungen, sehr schlanken Mann mit kurzgeschorenem Haar und feierlichen Gebärden. Er war ein emsiger Schüler seiner Lehrer, denn lieber als von den Machiguengas sprach er vom Evangelium, vom Wort Gottes, vom Heiligen Geist. Er hatte eine maliziöse Art, vom Thema abzuschweifen und sich endlos in vagen biblischen Betrachtungen zu ergehen, wenn er auf eine Frage nicht antworten wollte. Zweimal versuchte ich, ihm etwas über die Geschichtenerzähler zu entlocken, und beide Male erklärte er mir erneut, während er mich verständnislos anblickte, daß das Buch, das auf seinen Knien lag, das Wort Gottes und seiner Apostel in der Sprache der Machiguengas sei.

Als wir die Arbeit beendet hatten, gingen wir zum Baden an einen Zufluß des Mipaya, etwa fünfzehn Minuten Fußweg vom Dorf entfernt, geführt von den beiden Piloten des Instituts. Es war der Beginn der Abenddämmerung, die geheimnisvollste und schönste Stunde in der Amazonas-Region, sofern es nicht gerade regnet. Der Ort kam einer wahren Entdeckung gleich. Ein Seitenarm des Mipaya wurde durch einen natürlichen Felsendamm abgeleitet und bildete eine Art Bucht, in der man in ruhigem, lauem Wasser schwimmen konnte, wenn man es nicht vorzog, geschützt von den Felsen, die eine Art Rechen bildeten, der Gewalt der Strömung standzuhalten. Selbst der einsilbige Alejandro Pérez begann herumzuplanschen und zu lachen, verrückt vor Glück in diesem amazonischen Jakuzzi.

Als wir nach Nueva Luz zurückkehrten, lud mich der junge Martín (er trieb seine Höflichkeit bis zum äußersten, und seine Gebärden zeugten von wirklicher Eleganz) zu Zitronenkrauttee in seine Hütte neben der Schule und dem Dorfladen ein. Er besaß ein Funkgerät,

über das er mit der Basis in Yarinacocha in Verbindung stand. Wir befanden uns allein in dem Raum, der ebenso peinlich sauber war wie Martín selbst; Lucho Llosa und Alejandro Pérez halfen den Piloten, die Hängematten und Moskitonetze auszuladen, in denen wir schlafen würden. Das Licht ließ rasch nach, und um uns herum wuchsen dichte Schatten. Der ganze Urwald hatte begonnen, synchron zu zirpen, wie immer zu dieser Stunde, und erinnerte uns daran, daß in seinem grünen Dickicht Myriaden von Insekten die Welt beherrschten. Bald würde der Himmel voller Sterne stehen.
Glaubten die Machiguengas wirklich, daß die Sterne der Schimmer waren, der den Geistern von der höchsten Stelle ihres Kopfes ausging? Martín nickte unerschütterlich. Daß die Sternschnuppen die Feuerpfeile dieser kleinen Kind-Götter, der Ananeriite, waren und der Morgentau ihr Urin? Dieses Mal lachte Martín: ja, das glaubten sie. Und jetzt, da die Machiguengas aufgehört hatten zu gehen, um in Dörfern Wurzeln zu schlagen, würde da die Sonne herabstürzen? Sicher nicht: Gott würde es übernehmen, sie zu halten. Er betrachtete mich einen Augenblick mit amüsierter Miene: wie hatte ich von diesen Glaubensvorstellungen erfahren? Ich sagte ihm, daß mich die Machiguengas seit fast einem Vierteljahrhundert interessierten; daß ich seit dieser Zeit versuchte, alles zu lesen, was über sie geschrieben wurde. Und ich erzählte ihm, weshalb. Während ich sprach, wurde sein Gesicht, das zunächst wohlwollend und freundlich gewesen war, ernst und mißtrauisch. Er hörte mir mit äußerster Aufmerksamkeit zu, ohne einen Muskel in seinem Gesicht zu bewegen.
»Sie sehen, ich habe meine Fragen nach den Geschichtenerzählern nicht aus bloßer Neugier gestellt, sondern aus einem sehr viel tieferen Grund. Sie sind sehr wichtig

für mich. Vielleicht ebenso wichtig wie für die Machiguengas, Martín.« Er verharrte stumm und reglos, tief in seinen Pupillen lag ein kleines wachsames Flackern. »Warum wollten Sie mir nichts von ihnen erzählen? Die Lehrerin in Nuevo Mundo wollte mir auch kein einziges Wort sagen. Warum so ein Geheimnis um die Erzähler, Martín?«

Er versicherte mir, er verstünde nicht, was ich da sagte. Was war das für eine Geschichte mit den »Erzählern«? Er hatte nie von ihnen gehört, weder in diesem Dorf noch in irgendeinem anderen der Gemeinschaft. Vielleicht gab es sie bei anderen Stämmen, aber nicht bei den Machiguengas. Das sagte er gerade, als das Ehepaar Schneil hereintrat. Wir hatten doch wohl nicht das ganze Zitronenkraut aufgebraucht, das wohlriechendste der Amazonas-Region, oder? Martín wechselte das Thema, und mir schien es klug, nicht weiter zu beharren.

Aber als ich eine Stunde später, nachdem wir uns von Martín verabschiedet hatten und ich meine Hängematte und mein Moskitonetz in der uns zur Verfügung gestellten Hütte aufgehängt hatte, mit dem Ehepaar Schneil über das freie Gelände inmitten der Häuser von Nueva Luz spazierte, um die frische Nachtluft einzuatmen, lag mir das Thema abermals unwiderstehlich auf der Zunge.

»In den wenigen Stunden hier bei den Machiguengas habe ich mir noch nicht über vieles klarwerden können«, sagte ich zu ihnen. »Aber eines ist mir doch klargeworden. Etwas Wichtiges.«

Der Himmel war ein Dickicht aus Sternen, und eine Wolkenansammlung verbarg den Mond, den man nur an einem verschwommenen Glanz erahnen konnte. In Nueva Luz hatte man an einem der Dorfenden ein Feuer entzündet, und in seinem Umkreis erschienen plötzlich flüchtige Gestalten. Alle Hütten lagen im Dunkeln, mit Ausnahme derjenigen, die man uns gegeben hatte und die fünfzig Meter von uns entfernt vom grünlichen Licht einer tragbaren Lampe erhellt wurde. Die beiden warteten, daß ich fortfuhr. Wir gingen langsam auf einem weichen, mit hohem Gras bewachsenen Boden. Trotz der Stiefel begann ich, die Stiche der Stechmücken an den Knöcheln und Fußrücken zu spüren.

»Und was?« fragte schließlich Frau Schneil.

»Daß all das hier sehr relativ ist«, fuhr ich unbedacht fort. »Ich meine, das Dorf auf den Namen Nueva Luz und den Curaca auf Martín zu taufen. Das Neue Testament in die Machiguenga-Sprache zu übersetzen und die Eingeborenen in die Bibelschulen zu schicken und Pfarrer aus ihnen zu machen. Der gewaltsame Schritt vom Nomadenleben zur Seßhaftigkeit. Die beschleunigte Verwestlichung und Christianisierung. Die vermeintliche Modernisierung. Mir ist klargeworden, daß es bloß äußerlich ist. Auch wenn sie begonnen haben, Handel zu treiben und mit Geld umzugehen, das Gewicht ihrer eigenen Tradition ist doch sehr viel stärker in ihnen als alles andere.«

Ich verstummte. Hatte ich sie verletzt? Ich selbst wußte nicht, welche Schlußfolgerung ich aus diesem überstürzten Gedankengang ziehen sollte.

»Ja, natürlich«, hüstelte Edwin Schneil leicht betreten. »Gewiß. Jahrhundertealte Glaubensvorstellungen und Sitten verschwinden nicht von einem Tag zum anderen. Das wird seine Zeit brauchen. Wichtig ist, daß sie begonnen haben, sich zu ändern. Die Machiguengas von heute sind nicht mehr, was sie waren, als wir hier ankamen, das kann ich Ihnen versichern.«

»Mir ist klargeworden, daß es tief in ihnen etwas gibt, das noch immer unberührbar ist«, unterbrach ich ihn.

»Ich habe sowohl die Lehrerin in Nuevo Mundo als auch Martín hier nach den Geschichtenerzählern gefragt. Und beide haben sie genau gleich reagiert: sie verneinten ihre Existenz, sie taten, als wüßten sie nicht einmal, wovon ich sprach. Das heißt, selbst bei den am stärksten verwestlichten Machiguengas wie bei der Lehrerin und Martín bleibt noch ein letzter Rest Treue gegenüber den eigenen Glaubensvorstellungen. Gewisse Tabus, auf die sie nicht verzichten wollen. Deshalb halten sie sie streng vor den Fremden verborgen.«

»Die Geschichtenerzähler?« fragte Edwin Schneil. Seine Überraschung wirkte echt.

Es entstand eine lange Pause, in der das Zirpen der unsichtbaren nächtlichen Insekten betäubend zu werden schien. Würde er mich jetzt fragen, wer die Erzähler waren? Würden mir die beiden genauso wie die Lehrerin und der Curaca-Pfarrer sagen, daß sie niemals von ihnen gehört hatten? Mir kam der Gedanke, daß die Erzähler wirklich nicht existierten: ich hatte sie erfunden und dann in falsche Erinnerungen eingebettet, um ihnen Realität zu verleihen.

»Ach so, die Erzähler!« rief Frau Schneil schließlich aus. Und dieses Wort oder dieser Satz klang aus ihrem Mund wie das Rascheln von Blättern, auf die man tritt. Mir war, als würde es durch die Zeiten hindurch aus dem Bungalow am Ufer des Yarina-Sees zu mir dringen, wo ich es zum erstenmal gehört hatte, als ich gerade erst erwachsen geworden war.

»Ach so«, wiederholte Edwin Schneil und ahmte ein-, zweimal mit einem Anflug von Verwirrung das kehlige Geräusch nach. »Die Erzähler. Die *speakers*. Ja, natürlich, das ist eine mögliche Übersetzung.«

»Und woher wissen Sie von ihnen?« fragte Frau Schneil, während sie mir kurz den Kopf zuwandte.

»Von Ihnen, von Ihnen beiden«, murmelte ich.
Ich erriet, daß sie im Halbdunkel große Augen machten und einen verständnislosen Blick miteinander wechselten. Daraufhin erklärte ich ihnen, daß die Machiguenga-Erzähler seit jenem Abend in ihrem Bungalow am Ufer des Yarina-Sees, an dem sie mir von ihnen erzählten, mit mir gelebt, meine Neugier gereizt, mir keine Ruhe gelassen hatten und daß ich seither tausendmal versucht hatte, mir vorzustellen, wie sie durch den Wald wanderten, Geschichten, Märchen, Klatsch, Erfindungen sammelten und von einer kleinen Machiguenga-Insel zur anderen trugen in diesem amazonischen Meer, in dem sie trieben, allen Widrigkeiten preisgegeben. Ich sagte ihnen, daß aus einem schwer zu erklärenden Grund die Existenz dieser Geschichtenerzähler, ihre Tätigkeit und die Funktion, die sie damit im Leben ihres Volkes erfüllten, in diesen dreiundzwanzig Jahren ein großer Stimulus für meine eigene Arbeit gewesen sei, eine Quelle der Inspiration und ein Vorbild, das ich gern nachgeahmt hätte. Mir wurde klar, daß ich mich in Erregung gesteigert hatte, und ich schwieg.
Ohne uns verständigt zu haben, waren wir vor einem Haufen aus Baumstämmen und Zweigen stehengeblieben, die in der Mitte der Lichtung aufgeschichtet waren, wie um ein Feuer zu entzünden. Wir hatten uns gesetzt und gegen das Holz gelehnt. Jetzt war Kashiri zu sehen: er stand im zunehmenden Viertel, orangegelb, umgeben von seinem riesigen Harem aus funkensprühenden Leuchtkäfern. Außer den kleinen Stechmücken umschwirrten uns viele Moskitos, und wir mußten die ganze Zeit um uns schlagen, um sie von unseren Gesichtern fernzuhalten.
»Tja, wie seltsam, wer hätte gedacht, daß Sie sich daran erinnern, und vor allem, daß es eine so große Bedeutung

in Ihrem Leben erlangen würde«, sagte Edwin Schneil schließlich, um etwas zu sagen. Er wirkte ratlos und ein wenig verlegen. »Ich erinnere mich noch nicht einmal, daß wir damals das Thema der Redner?, nein der Erzähler, nicht wahr?, berührt haben. Seltsam, seltsam.«

»Es überrascht mich überhaupt nicht, daß Martín und die Lehrerin in Nuevo Mundo Ihnen nichts über sie erzählen wollten«, ließ sich Frau Schneil nach einer Weile vernehmen. »Es ist ein Thema, das kein Machiguenga gern berührt. Eine sehr private, sehr geheime Angelegenheit. Nicht einmal uns gegenüber, obwohl wir sie schon so lange kennen und sehr viele von ihnen auf die Welt haben kommen sehen. Ich verstehe es nicht. Denn sie erzählen alles, ihre Glaubensvorstellungen, ihre Riten mit Ayahuasca, auch über die Zauberer. Sie machen aus nichts ein Geheimnis. Aber aus den Geschichtenerzählern, ja. Es ist das einzige Thema, das sie immer vermeiden. Edwin und ich, wir haben uns oft gefragt, warum es dieses Tabu gibt.«

»Ja, eine merkwürdige Sache«, nickte Edwin Schneil. »Es ist nicht zu verstehen, denn sie sind sehr mitteilsam und haben niemals Bedenken, irgendeine Frage zu beantworten. Die besten Informanten der Welt, da können Sie jeden Anthropologen fragen, der hiergewesen ist. Vielleicht reden sie deshalb nicht gern über sie und wollen nicht, daß man sie kennt, weil die Erzähler die Träger der Familiengeheimnisse sind. Sie kennen die Machiguengas bis in ihr Innerstes. Wie heißt dieses Sprichwort noch? Daß man die schmutzige Wäsche nicht in der Öffentlichkeit waschen soll, oder? Vielleicht entspricht das Tabu, das auf den Erzählern liegt, einem ähnlichen Gefühl.«

Frau Schneil lachte in der Dunkelheit.

»Na ja, das ist eine Theorie, die mich nicht überzeugt«,

sagte sie. »Denn die Machiguengas sind überhaupt nicht zurückhaltend, wenn es um intime Dinge geht. Wenn Sie wüßten, wie oft es mir die Sprache verschlagen hat und ich feuerrot wurde bei ihren Erzählungen . . .«

»Ich versichere Ihnen jedenfalls, daß Sie sich irren, wenn Sie glauben, es sei ein religiöses Tabu«, bekräftigte Edwin Schneil. »Das nicht. Die Erzähler sind weder Zauberer noch Priester wie der Seripigari oder der Machikanari. Sie sind nichts weiter als das: Erzähler.«

»Ich weiß«, sagte ich. »Das haben Sie mir schon das erste Mal erklärt. Und das ist es ja gerade, was mich so bewegt. Daß die Machiguengas einfache Geschichtenerzähler für so wichtig halten, daß sie ein Geheimnis daraus machen.«

Dann und wann glitt ein stummer Schatten an uns vorbei, gab ein paar kehlige Laute von sich, das Ehepaar Schneil erwiderte etwas Kehliges, das soviel heißen mochte wie »guten Abend«, und der Schatten verschwand in der Finsternis. Kein Geräusch drang aus den Hütten. Schlief das ganze Dorf schon?

»Und in all diesen Jahren haben Sie niemals einen Erzähler gehört?« fragte ich sie.

»Ich habe nicht das Glück gehabt«, sagte Frau Schneil. »Mir hat man bislang noch nicht Gelegenheit dazu gegeben. Aber Edwin ja.«

»Sogar zweimal«, sagte er lachend. »Obwohl das in einem Vierteljahrhundert nicht viel ist, nicht wahr? Ich hoffe, was ich Ihnen erzählen werde, wird Sie nicht enttäuschen, aber ich glaube, ich würde die Erfahrung nicht gerne noch einmal machen.«

Das erste Mal – es lag mindestens zehn Jahre zurück – war es reiner Zufall gewesen. Das Ehepaar Schneil lebte schon einige Monate in einer kleinen Machiguenga-Siedlung am Tikompinía-Fluß, und eines Morgens ließ

Edwin seine Frau dort zurück, um einer anderen Familie der Gemeinschaft einen Besuch abzustatten, die einige Stunden Kanufahrt entfernt flußaufwärts lebte. Er reiste in Begleitung eines kleinen Jungen, der ihm beim Paddeln half. Als sie ankamen, sahen sie, daß statt der fünf oder sechs Machiguengas, die dort lebten und die Edwin Schneil kannte, sich mindestens zwanzig dort versammelt hatten, von denen einige aus entfernten Weilern gekommen waren. Sie hockten im Halbkreis, Alte und Kinder, Männer und Frauen, um einen Mann herum, der sprach; er saß mit gekreuzten Beinen auf dem Boden und wandte ihnen das Gesicht zu. Es war ein Geschichtenerzähler. Niemand hatte etwas dagegen, daß Edwin Schneil und der Junge sich ebenfalls hinsetzten, um zuzuhören. Und der Erzähler unterbrach seinen Monolog nicht, während sie sich unter die Zuhörer mischten.

»Er war ziemlich alt und sprach so rasch, daß es mich Mühe kostete, ihm zu folgen. Er mußte schon eine ganze Weile geredet haben. Aber er wirkte alles andere als müde. Das Schauspiel dauerte noch einige Stunden lang. Ab und zu reichten sie ihm einen Kürbis mit Masato, damit er sich mit einem Schlückchen die Kehle befeuchten konnte. Nein, ich hatte diesen Geschichtenerzähler nie zuvor gesehen. Ziemlich alt, auf den ersten Blick, obwohl, Sie wissen ja, hier im Urwald altert man rasch. Alt, bei den Machiguengas, das kann dreißig Jahre bedeuten. Er war ein kleiner, rüstiger, sehr ausdrucksstarker Mann. Ich, Sie, jeder, der so viele Stunden unentwegt redet, wäre am Ende heiser und erschöpft. Aber er nicht. Er redete und redete, mit großer Energie. Nun ja, es war sein Beruf, und er machte ihn zweifellos gut.«

Wovon sprach er? Tja, unmöglich, sich daran zu erinnern. Was für ein Chaos! Von allem ein wenig, von den Dingen, die ihm in den Kopf kamen. Davon, was er am

Vortag gemacht hatte, und von den vier Welten des Kosmos der Machiguengas, von seinen Reisen, von Zauberkräutern, von den Menschen, die er gekannt hatte, und von den großen und kleinen Göttern und Fabelwesen des Pantheons des Stammes. Von den Tieren, die er gesehen hatte, und von der Himmelsgeographie, einem Labyrinth von Flüssen, an deren Namen man sich unmöglich erinnern kann. Edwin Schneil kostete es Mühe, diesem Sturzbach von Wörtern konzentriert zu folgen, bei dem es im Sprung von einer Yuccaernte zu den Dämonenscharen des bösen Geistes Kientibakori ging und von dort zu den Geburten, Heiraten und Todesfällen in den Familien oder zu den Ungerechtigkeiten in der Zeit der Ausblutung der Bäume, wie sie die Kautschuk-Periode nannten. Sehr bald interessierte sich Edwin Schneil mehr als für den Erzähler für die gebannte, statische Aufmerksamkeit, mit der ihm die Machiguengas lauschten, die mit lautem Gelächter seine Witze quittierten oder mit ihm zusammen traurig wurden. Mit gierigen Pupillen, halb offenen Mündern, die Köpfe emporgereckt, ließen sie sich keine Pause, keine Betonung von dem entgehen, was der Mann sagte.

Ich lauschte dem Linguisten nicht anders als sie diesem Mann. Ja, sie existierten, und sie glichen denen in meinen Träumen.

»Um die Wahrheit zu sagen, ich erinnere mich nur wenig an seine Erzählungen«, sagte Edwin Schneil. »Ich kann Ihnen nur ein paar Beispiele nennen. Was für ein Mischmasch! Ich erinnere mich jedoch, daß er von der Initiationszeremonie eines jungen Schamanen erzählte, mit Ayahuasca, unter der Aufsicht eines Seripigari. Er berichtete von den Visionen, die er hatte. Sonderbar, unzusammenhängend, wie bestimmte moderne Gedichte. Er sprach auch über die Eigenschaften eines kleinen

Vogels, des Chobíburiti; wenn man die kleinen Flügelknochen zerstoßen im Boden des Hauses vergräbt, dann ist der Familienfriede garantiert.«

»Wir haben das Rezept angewandt, aber bei uns hat es nicht besonders gut gewirkt«, scherzte Frau Schneil. »Was meinst du, Edwin?«

Er lachte.

»Sie unterhalten sie, sind ihre Filme, ihr Fernsehen«, fügte er nach einer Pause hinzu, wieder ernst geworden. »Ihre Bücher, ihr Zirkus, all der Zeitvertreib, den wir, die Zivilisierten, haben. Für sie gibt es nur einen Zeitvertreib in der Welt. Die Geschichtenerzähler sind nicht mehr als das.«

»Nicht weniger als das«, korrigierte ich ihn sanft.

»Ja?« sagte er verwirrt. »Na gut, ja. Aber entschuldigen Sie, wenn ich so darauf bestehe, ich glaube nicht, daß etwas Religiöses dahintersteht. Deshalb ist dieses ganze Geheimnis so auffallend, der Schleier, den sie darüberbreiten.«

»Man umgibt das mit einem Geheimnis, was einem wichtig ist«, fiel mir ein.

»Darüber gibt es nicht den geringsten Zweifel«, bestätigte Frau Schneil. »Für sie sind die Erzähler sehr wichtig. Aber wir haben nicht herausgefunden, warum.«

Ein weiterer flüchtiger Schatten glitt vorbei, gab kehlige Laute von sich und die beiden ebenfalls. Ich fragte Edwin, ob er damals mit dem Erzähler gesprochen habe.

»Ich hatte keine Zeit dazu. Um ehrlich zu sein, ich war fix und fertig, als er mit dem Sprechen aufhörte, alle Knochen taten mir weh. Ich bin gleich eingeschlafen. Sie müssen sich das mal vorstellen, vier oder fünf Stunden sitzen, ohne die Haltung zu verändern, nachdem ich fast den ganzen Tag gegen den Strom gepaddelt war. Und dann dieses Feuerwerk von Anekdoten. Ich konnte mich zu nichts mehr aufraffen. Ich legte mich schlafen, und als ich erwachte, war der Geschichtenerzähler schon gegangen. Da die Machiguengas nicht gern über die Sache reden, habe ich nichts mehr von ihm gehört.«

Da war er. In der raunenden Dunkelheit von Nueva Luz, die mich umhüllte, sah ich ihn: die Haut zwischen Kupferfarben und Grünlich, mit den Jahren zu zahllosen Falten zusammengezogen; die Backenknochen, die Nase, die Stirn mit Streifen und Kreisen geschmückt, die ihn vor der Pranke und den Fangzähnen des Raubtiers, vor der Rauheit der Elemente, vor Zauber und vor den Wurfspießen der Feinde schützen sollten; kleinwüchsig, mit kurzen, knochigen Beinen, ein Stück Stoff um die Taille und ohne Zweifel einen Bogen und einen Köcher voller Pfeile in der Hand. Da war er: er bahnte sich seinen Weg durch das Unterholz und die Baumstämme, halb unsichtbar im dichten Gestrüpp, er ging und ging, nachdem er zehn Stunden gesprochen hatte, seiner nächsten Zuhörerschaft entgegen, um weiter zu sprechen. Wie viele Jahre machte er das schon? Wie hatte er begonnen? War es eine Tätigkeit, die man erbte? Wählte man sie? Wurde sie von den anderen aufgezwungen?

Die Stimme von Frau Schneil löschte das Bild aus:

»Erzähl ihm von dem anderen Geschichtenerzähler«, sagte sie. »Von dem, der so aggressiv war. Der Albino. Das wird ihn bestimmt interessieren.«

»Na ja, ich weiß nicht, ob er wirklich ein Albino war.« Edwin Schneil lachte in der Dunkelheit. »Unter uns haben wir ihn auch den Gringo genannt.«

Dieses Mal war es kein Zufall gewesen. Edwin Schneil befand sich in einer Niederlassung am Timpía-Fluß, bei einer Familie, die er schon lange kannte, als überraschend andere Familien aus der Umgebung eintrafen, im Zustand höchster Erregung. Edwin sah, wie sie die

Köpfe zusammensteckten; sie zeigten auf ihn, sie traten beiseite, um miteinander zu sprechen. Er ahnte den Grund ihrer Besorgnis. Er sagte ihnen, sie sollten sich keine Sorgen machen, er würde sogleich gehen. Auf Drängen der Besitzer des Hauses kam es jedoch zu einer kurzfristigen Einigung, und sie gaben ihm zu verstehen, daß er bleiben könne. Als derjenige eintraf, den sie erwarteten, kam es jedoch abermals zu einer erbitterten und langen Diskussion, weil der Geschichtenerzähler unwirsch und heftig gestikulierend forderte, der Fremde solle gehen, während die ortsansässige Familie darauf beharrte, er solle bleiben. Edwin Schneil entschied sich dafür, sich von seinen Gastgebern zu verabschieden, weil er, wie er ihnen sagte, nicht Anlaß zu einem Streit sein wollte. Er schnürte seine Sachen zu einem Bündel und brach auf. Als er schon auf dem Pfad unterwegs zu einer anderen Niederlassung war, holten ihn die Machiguengas ein, die ihm Unterkunft geboten hatten. Er könne zurückkommen, könne bleiben. Sie hatten den Erzähler überzeugt.

»In Wahrheit waren weder die einen noch die anderen überzeugt davon, daß ich bleiben sollte, und am allerwenigsten der Erzähler«, fügte er hinzu. »Dem gefiel meine Anwesenheit dort überhaupt nicht. Er ließ mich seine Feindseligkeit spüren, indem er mich keines Blikkes würdigte. Das ist die Art der Machiguengas: sie machen einen unsichtbar mit ihrem Haß. Aber zwischen dieser Familie vom Timpía-Fluß und uns bestand eine sehr enge Beziehung, eine geistige Verwandtschaft, wir behandelten uns gegenseitig als ›Väter‹ und ›Kinder‹ . . .«

»Ist das Gesetz der Gastfreundschaft sehr stark unter den Machiguengas?«

»Eher das Gesetz der Verwandtschaft«, sagte Frau

Schneil. »Wenn ›Verwandte‹ sich bei anderen zu Hause niederlassen, werden sie wie Fürsten behandelt. Das geschieht nicht oft, wegen der großen Entfernung, in der sie voneinander leben. Deshalb haben sie Edwin zurückgeholt und sich damit abgefunden, daß er den Geschichtenerzähler hören würde. Sie wollten nicht einen ›Verwandten‹ beleidigen.«

»Besser, sie wären weniger gastfreundlich gewesen und hätten mich ziehen lassen«, seufzte Edwin Schneil. »Wenn ich an diese Nacht denke, dann tun mir heute noch die Knochen weh und vor allem der Kiefer, vom vielen Gähnen.«

Der Erzähler hatte seine Berichte in der Abenddämmerung begonnen, bevor die Sonne sich verbarg, und sprach die ganze Nacht ohne Pause. Als er verstummte, leuchteten die Baumwipfel im hellen Licht. Es war fast in der Mitte des Vormittags. Edwin Schneil hatte derart verkrampfte Beine, einen so starken Muskelkater im Körper, daß sie ihm helfen mußten aufzustehen, ein paar Schritte zu tun, wieder laufen zu lernen.

»Nie im Leben habe ich mich so schlecht gefühlt«, murmelte er. »Ich konnte nicht mehr vor Müdigkeit, vor Unbequemlichkeit. Eine ganze Nacht Kampf gegen den Schlaf, gegen den Muskelschmerz. Hätte ich mich erhoben, wären sie sehr böse gewesen. Nur in der ersten Stunde oder vielleicht in den ersten beiden Stunden bin ich den Erzählungen gefolgt. Danach habe ich nichts anderes mehr getan, als gegen mich anzukämpfen, um nicht einzuschlafen. Und trotz meiner Anstrengung kippte mein Kopf die ganze Zeit von der einen Seite zur anderen, wie der Klöppel einer Glocke.«

Er lachte leise, in seine Erinnerungen versunken.

»Edwin hat heute noch Alpträume, wenn er sich an diese durchwachte Nacht erinnert, als er sich die ganze Zeit

das Gähnen verkniff und die Beine rieb«, lachte Frau Schneil.
»Und der Geschichtenerzähler?« fragte ich.
»Er hatte einen großen Leberfleck«, sagte Edwin Schneil. Er machte eine Pause und suchte nach seinen Erinnerungen oder nach Worten, um sie zu beschreiben. »Und Haar, das röter war als meins. Ein seltsamer Typ. Das, was die Machiguengas einen Serigórompi nennen. Das heißt ein Exzentriker, jemand, der aus der Norm fällt. Wegen dieses karottenroten Haars haben wir ihn unter uns den Albino, den Gringo genannt.«
Die Stechmücken waren damit beschäftigt, Verheerungen an meinen Knöcheln anzurichten. Ich spürte ihre Stachel, und mir war, als würde ich sie sehen, wie sie in die Haut eindrangen, die jetzt zu kleinen, unerträglich juckenden Abszessen anschwellen würde: das war der Preis, den ich jedesmal bezahlen mußte, wenn ich in den Urwald kam. Die Amazonas-Region hatte es nie unterlassen, ihn mir abzufordern.
»Einen großen Leberfleck?« brachte ich mühsam stotternd hervor. »Meinen Sie damit die Uta? Wie der kleine Junge heute morgen in Nuevo Mundo . . .?«
»Nein, nein, ein Leberfleck, ein großer dunkler Leberfleck«, unterbrach mich Edwin Schneil mit erhobener Hand. »Er bedeckte die ganze rechte Seite seines Gesichts. Eine beeindruckende Erscheinung, das kann ich Ihnen sagen. Ich hatte noch nie einen Menschen mit einem solchen Leberfleck gesehen, weder bei den Machiguengas noch anderswo. Und seither auch nicht mehr.«
Ich spürte jetzt auch die Stiche der Moskitos an allen entblößten Teilen des Körpers: im Gesicht, am Hals, an den Armen, an den Händen. Die Wolken, die Kashiri verborgen hatten, waren abgezogen, und jetzt stand er

da, in unvollständiger Gestalt, hell, und betrachtete uns. Ein Schauer lief mir über den Körper, vom Kopf bis zu den Füßen.
»Er hatte rotes Haar?« murmelte ich sehr langsam. Mein Mund war trocken geworden, meine Hände dagegen schwitzten.
»Röter als meins«, lachte er. »Ein richtiger Gringo, Ehrenwort. Vielleicht wirklich ein Albino. Mir blieb auch nicht viel Zeit, ihn zu beobachten. Ich hab Ihnen ja schon gesagt, in welchem Zustand ich mich nach diesem Erzähl-Marathon befand. Wie narkotisiert. Und als ich aufwachte, war er natürlich schon fortgegangen. Um nicht mit mir reden und mein Gesicht noch länger sehen zu müssen.«
»Wie alt mochte er sein?« brachte ich mit großer Erschöpfung hervor, als wäre ich es gewesen, der die ganze Nacht geredet hatte.
Edwin Schneil zuckte die Schultern.
»Schwer zu sagen«, seufzte er. »Sie haben doch sicher schon gemerkt, wie schwierig es ist, ihr Alter zu schätzen. Sie selbst wissen es nicht, sie berechnen es nicht wie wir, und außerdem kommen alle sehr früh in dieses mittlere Alter. Das Machiguenga-Alter, sagen wir. Aber sicher jünger als ich. Wie Sie, vielleicht, oder auch jünger.«
Ich hustete zwei- oder dreimal lustlos, um meine innere Unruhe zu verbergen. Und mich überkam plötzlich eine wilde, unerträgliche Lust zu rauchen. Als hätten sich auf einmal sämtliche Poren meines Körpers geöffnet und verlangten danach, einen, ja tausend Züge Rauch einzuatmen. Vor fünf Jahren hatte ich meine vermeintlich letzte Zigarette geraucht, ich war sicher, daß ich mich für immer vom Tabak befreit hatte, schon seit geraumer Zeit störte mich der bloße Geruch von Zigaretten, und da

stieg plötzlich in der Nacht von Nueva Luz aus ich weiß nicht welchen geheimnisvollen Tiefen das gebieterische, dringende Bedürfnis auf zu rauchen.
»Sprach er gut Machiguenga?« hörte ich mich leise sagen.
»Gut?« fragte Edwin Schneil. »Na ja, er sprach, er sprach unaufhörlich, ohne Pause, ohne Punkt und Komma.« Er lachte übertrieben. »Wie die Geschichtenerzähler eben sprechen. Wenn sie alles erzählen, was war und sein wird. Er war einfach, was er war.«
»Schon«, sagte ich. »Ich meine Machiguenga, sprach er es gut? Könnte es nicht sein . . .?«
»Ja?« sagte Edwin Schneil.
»Nichts«, sagte ich. »Ein dummer Gedanke. Nichts, nichts.«
Noch immer wie im Traum und im Glauben, meine ganze Aufmerksamkeit richte sich auf die Stechmücken und Moskitos und auf den Wunsch zu rauchen, muß ich Edwin Schneil gefragt haben – mit einem merkwürdigen Schmerz in den Kiefern und in der Zunge, als wären sie erschöpft vom vielen Gebrauch –, vor wie langer Zeit das geschehen war – »Oh, so vor dreieinhalb Jahren«, antwortete er – und ob er ihn noch einmal gehört, gesehen oder etwas von ihm erfahren habe, und ich muß vernommen haben, wie er die drei Fragen verneinte: ich wüßte doch, das war ein Thema, bei dem die Machiguengas sich nicht sehr gesprächig zeigten.
Als ich mich von den beiden verabschiedet hatte – sie schliefen im Haus von Martín – und mich in die Hütte begab, in der sich meine Hängematte befand, weckte ich Lucho Llosa auf, um ihn um eine Zigarette zu bitten.
»Seit wann rauchst du?« fragte er verwundert und reichte mir eine, mit vom Schlaf unbeholfenen Händen.
Ich zündete sie nicht an. Ich hielt sie zwischen den Fin-

gern, zwischen den Lippen, ahmte die Gestik des Rauchens nach in dieser langen Nacht, während ich sanft in der Hängematte schaukelte, die regelmäßigen Atemzüge Luchos, Alejandros und der Piloten hörte, dem Zirpen des Waldes lauschte und dabei spürte, wie die Sekunden langsam, feierlich, unwahrscheinlich, von Bestürzung getränkt, eine nach der anderen verrannen.

Wir kehrten sehr früh nach Yarinacocha zurück. In der Mitte des Fluges mußten wir unvorgesehen landen, weil uns ein Unwetter überraschte. In dem kleinen Campa-Dorf am Ufer des Urubamba, in dem wir Schutz suchten, gab es einen nordamerikanischen Missionar, der sich wie eine jener Faulknerischen Gestalten ausnahm, deren Leben von einer einzigen Idee, von unerschrockener Beharrlichkeit und beunruhigendem Heroismus bestimmt wird. Er lebte seit Jahren mit seiner Frau und etlichen kleinen Kindern in dieser Einsamkeit, und in der Erinnerung sehe ich ihn noch immer unter dem sturzbachartigen Regen, wie er unter einem Schutzdach, das die Wasserfluten jeden Augenblick fortzureißen drohten, mit energischen Armbewegungen eine Reihe von Hymnen dirigierte, die er selbst lauthals anstimmte, um mit gutem Beispiel voranzugehen. Die etwa zwanzig Campas bewegten kaum die Lippen, und es sah aus, als gäben sie keinen Laut von sich, aber sie schauten ihn unverwandt an, mit derselben Aufmerksamkeit und Verzükkung, mit der die Machiguengas zweifellos ihre Geschichtenerzähler betrachteten.

Als wir weiterflogen, fragte mich das Ehepaar Schneil, ob ich mich nicht wohl fühlte. Ich antwortete, es ginge mir ausgezeichnet, nur sei ich etwas müde, denn ich hätte wenig geschlafen. In Yarinacocha hielten wir uns gerade nur die paar Minuten auf, die wir benötigten, um in einen Jeep zu steigen, der uns nach Pucallpa bringen sollte, damit wir unseren Flug mit der Faucett nach Lima erreichten. Im Flugzeug fragte Lucho mich: »Was machst du für ein Gesicht? Was ist dieses Mal schiefgelaufen?« Ich war kurz davor, ihm zu erklären, warum ich so stumm und wie blöde neben ihm saß, aber als ich den Mund öffnete, wurde mir klar, daß ich es nicht konnte. Es paßte nicht in eine Anekdote; es war zu unwirklich und zu literarisch, um wahrscheinlich zu sein, und zu ernst, um es scherzhaft wie einen witzigen Einfall abzuhandeln.

Jetzt kannte ich den Grund des Tabus. Kannte ich ihn? Ja. Konnte es sein? Ja, es konnte sein. Deshalb vermieden sie es, von ihnen zu sprechen, deshalb hatten sie sie in den letzten zwanzig Jahren sorgfältig vor den Anthropologen, den Linguisten, den Dominikanermissionaren verborgen, deshalb erschienen sie nicht in den Schriften der zeitgenössischen Ethnologen über die Machiguengas. Sie beschützten nicht die Institution, den Geschichtenerzähler an sich. Sie beschützten ihn. Auf Bitten von ihm selbst ohne Zweifel. Nur nicht die Neugier des Viracocha wecken auf dieses ungewöhnliche Transplantat, das da in dem Stamm lebte. Und sie hatten die ganze Zeit getan, worum er sie gebeten hatte, so viele Jahre lang, hatten ihn durch ein Tabu geschützt, das sich allmählich auf die ganze Institution ausweitete, auf den Geschichtenerzähler an sich. Wenn es so gewesen war, dann respektierten sie ihn sehr. Wenn es so war, dann war er für sie schon einer von ihnen.

Wir begannen noch am gleichen Tag – nachdem wir alle nach Hause gegangen waren, um zu duschen und uns umzuziehen, und ich in eine Apotheke auf der Suche nach Salbe und antiallergischen Mitteln gegen die Stechmückenstiche, war es bereits Mitternacht – mit der Montage der Sendung im Studio. Wir beschlossen, ihr die Form eines Reisetagebuchs zu geben, bei dem sich Kommentare und Erinnerungen mit den Interviews abwechseln sollten, die wir in Yarinacocha und am oberen Urubamba aufgenommen hatten. Wie immer schimpfte Moshé, während er sich das Material anschaute, daß wir diese Aufnahmen nicht anders gedreht oder sie gerade so gedreht hatten. Da fiel mir ein, daß er ebenfalls Jude war.

»Wie stehst du eigentlich mit dem auserwählten Volk hier in Peru?«

»Bestens natürlich«, sagte er. »Warum? Willst du dich beschneiden lassen?«

»Kannst du mir einen Gefallen tun? Könnte man herausfinden, wo sich eine Familie der Gemeinde aufhält, die nach Israel gegangen ist?«

»Machen wir jetzt einen ›Turm von Babel‹ über die Kibbuze?« fragte Lucho. »Dann müssen wir auch einen über die palästinensischen Flüchtlinge machen. Aber wieso, hört denn das Programm nicht nächste Woche auf?«

»Die Zuratas. Der Vater, Don Salomón, besaß einen kleinen Laden in Breña. Ich war ein Freund seines Sohnes, Saúl. Sie sind Anfang der sechziger Jahre nach Israel gegangen, scheint es. Wenn es möglich wäre, ihre Adresse dort zu erfahren, würdest du mir einen großen Gefallen tun.«

»Ich werde sehen, was ich tun kann«, antwortete mir Moshé. »Ich denke, in der Gemeinde führen sie ein Register mit solchen Sachen.«

Die Sendung über das Institut für Linguistik und die Machiguengas dauerte länger als geplant. Als wir sie der Regie übergaben, teilte man uns mit, daß an diesem Sonntag zu einem unabänderlichen Termin Sendezeit verkauft worden sei, wenn wir sie also nicht selbst auf genau eine Stunde kürzten, würde es der Vorführer im

Augenblick der Sendung tun, und zwar rücksichtslos. Wir mußten sie in aller Eile zusammenschneiden, schimpfend, denn die Zeit saß uns im Nacken. Schon damals hatten wir mit der Vorbereitung des letzten »Turm von Babel« für den nächsten Sonntag begonnen. Wir hatten uns geeinigt, daß er eine Anthologie der vierundzwanzig vorangehenden Sendungen enthalten sollte. Aber wie immer mußten wir die Pläne ändern. Schon seit Beginn des Programms hatte ich versucht, Doris Gibson für ein Interview zu gewinnen, und sie gebeten, uns bei einem Bericht zu helfen, der ihr Leben als Gründerin und Herausgeberin von Zeitschriften, als Unternehmerin, Kämpferin gegen die Diktaturen und als deren Opfer schildern sollte – in einer berühmt gewordenen Episode hatte sie einst die Polizisten geohrfeigt, die zu ihr kamen, um die Exemplare von *Caretas* zu beschlagnahmen – und vor allem ihr Leben als Frau, die in einer Gesellschaft, die zur damaligen Zeit noch sehr viel machistischer und stärker von Vorurteilen geprägt war als heute, fähig gewesen war, ihren Weg zu gehen und in Bereichen Erfolg zu haben, die man bislang für ein männliches Monopol gehalten hatte. Zugleich war Doris eine der schönsten Frauen Limas gewesen, umworben von Millionären und Muse von berühmten Malern und Dichtern. Die ungestüme und doch so scheue Doris verweigerte sich jedoch meinem Ansinnen und erklärte, daß die Kamera sie einschüchtere. Aber in dieser letzten Woche änderte sie ihre Meinung und ließ mir mitteilen, sie sei bereit, in der Sendung aufzutreten.

Ich interviewte sie also, und dieses Interview setzte gemeinsam mit der Anthologie einen Schlußpunkt unter den »Turm von Babel«. Getreu ihrem Schicksal, fiel auch diese letzte Sendung, die Moshé, Lucho, Alejandro und ich bei mir zu Hause ansahen, vor uns einen Tisch mit chinesischen Gerichten und Gläsern eiskalten Biers, unvorhergesehenen technischen Schwierigkeiten zum Opfer. Aus einem dieser mysteriösen Gründe – der Sabotage des Himmels –, die zum täglichen Los in der Fernsehanstalt gehörten, erklang im Augenblick der Ausstrahlung plötzlich Jazzmusik und begleitete als musikalischer Hintergrund sämtliche Anekdoten, die Doris über die Diktatur General Odrías, die polizeilichen Beschlagnahmungen von *Caretas* oder die Malerei von Sérvulo Gutiérrez erzählte.

Als die Sendung zu Ende war und wir gerade auf ihr Ableben und ihre Nicht-Wiederauferstehung anstießen, klingelte das Telefon. Am Apparat war Doris, die mich fragte, ob es nicht passender gewesen wäre, ihr Interview statt mit diesen leicht ungewöhnlichen Jazztakten mit *yaravíe*-Weisen aus Arequípa zu beleben (sie ist unter anderem eine eingefleischte Arequipeñerin). Als Lucho, Moshé und Alejandro sich ausgelacht hatten über die Erklärungen, die ich erfunden hatte, um die der Sendung unterlegte Jazzmusik zu rechtfertigen, sagte Moshé:

»Übrigens, ich hätte es beinahe vergessen. Ich hab mich für dich erkundigt.«

Mehr als eine Woche war seither vergangen, und ich hatte ihn nicht daran erinnert, weil ich mir die Antwort denken konnte und ein wenig Angst hatte, er würde sie bestätigen.

»Es sieht so aus, als wären sie nicht nach Israel gegangen«, sagte er. »Woher hast du das, daß sie fortgegangen sind?«

»Die Zuratas?« fragte ich, obwohl ich sehr genau wußte, wovon er sprach.

»Zumindest Don Salomón ist nicht fortgegangen. Er ist hier gestorben und auf dem jüdischen Friedhof in Lima begraben, in der Avenida Colonial.« Moshé holte ein

Stück Papier aus der Tasche und las: »Am 23. Oktober 1960. An diesem Tag hat man ihn begraben, um genau zu sein. Mein Großvater kannte ihn und war bei seinem Begräbnis. Was seinen Sohn betrifft, deinen Freund, so ist der vielleicht nach Israel gegangen, aber ich habe nichts Genaues erfahren können. Alle, die ich gefragt habe, wußten nichts.«

Aber ich, dachte ich. Ich weiß alles.

»Hatte er einen großen Leberfleck im Gesicht?« fragte Moshé. »Mein Großvater erinnert sich sogar daran. Hat man ihn das Phantom der Oper genannt?«

»Einen riesengroßen. Wir haben ihn Mascarita genannt.«

VII

Es geschehen gute Dinge, und es geschehen schlechte Dinge. Schlecht ist, daß die Weisheit verlorengeht. Früher gab es viele Seripigaris, und wenn der Mensch, der geht, Zweifel darüber hegte, was er essen und wie er den Schaden heilen sollte und welche Steine gegen Kientibakori und seine kleinen Teufel schützten, dann ging er fragen. Immer gab es einen Seripigari in der Nähe. Er rauchte, trank Sude, dachte nach und sprach mit dem Saankarite in den oberen Welten und fand so die Antwort heraus. Jetzt gibt es wenige, und einige dürften sich nicht Seripigaris nennen, denn können sie vielleicht Ratschläge erteilen? Ihre Weisheit ist ausgetrocknet wie eine madige Wurzel, vielleicht. Das führt zu großer Verwirrung. Das sagen die Menschen, die gehen, überall. Ob wir uns nicht genug bewegen? sprechen sie. Sind wir womöglich faul geworden? Wir erfüllen unsere Pflicht nicht, vielleicht.
Das ist zumindest, was ich erfahren habe.
Der weiseste Seripigari, den ich kannte, ist fortgegangen. Vielleicht ist er zurückgekehrt, vielleicht nicht. Er lebte auf der anderen Seite der Großen Stromenge, am Kompiroshiato-Fluß. Er hieß Tasurinchi. Für ihn gab es keine Geheimnisse in dieser Welt und auch nicht in den anderen. Er konnte die Würmer, die man essen kann, an der Farbe ihrer Ringe und an der Art zu kriechen unterscheiden. Mit zusammengekniffenen Augen, mit seinem tiefen Blick schaute er sie einfach an. Eine ganze Weile schaute er sie an. Und dann wußte er. Alles, was ich über Würmer weiß, habe ich von ihm erfahren. Der, der das Bambusrohr bewohnt, Chakokieni, ist gut, und schlecht, der in der Lupuna lebt. Gut der in den verfaul-

ten Baumstämmen, Shigopi, und der auf den Zweigen der Yucca. Sehr schlecht, der im Panzer der Schildkröte nistet. Der beste und wohlschmeckendste ist der im Bodensatz, den Yucca und Mais hinterlassen, wenn man sie durchgeseiht hat, um Masato zu bereiten. Dieser Wurm, Kororo, macht den Mund süß, reinigt den Magen, nimmt den Hunger und bewirkt einen ruhigen Schlaf. Aber der Wurm des am Seeufer gestrandeten Kaimans bringt den Körper zum Schwären und gibt die Visionen eines schlechten Rausches ein.

Tasurinchi, der vom Kompiroshiato, verbesserte das Leben der Menschen. Denn er besaß Rezepte von allem und für alles. Er hat mir viele beigebracht. Jetzt erinnere ich mich an dieses. Wer durch den Biß der Viper stirbt, muß rasch verbrannt werden; sonst wird sein Körper Reptilien hervorbringen und der Wald ringsum vor giftigen Tieren wimmeln. Und an dieses andere. Es genügt nicht, das Haus dessen, der fortgegangen ist, zu verbrennen, man muß ihm dabei den Rücken zukehren. In die Flammen sehen bringt Unglück. Es machte angst, mit diesem Seripigari zu sprechen. Man erfuhr, wie vieles man nicht wußte. Die Gefahren der Unwissenheit, vielleicht. »Wie hast du so viele Dinge gelernt?« fragte ich ihn und sagte zu ihm: »Es scheint, als hättest du schon vor der Zeit gelebt, als wir begonnen haben zu gehen, und als hättest du alles gesehen und erfahren.«

»Wichtig ist, nicht ungeduldig zu werden und das geschehen zu lassen, was geschehen muß«, antwortete er mir. »Wenn der Mensch ruhig lebt, ohne ungeduldig zu werden, dann hat er Zeit, nachzudenken und sich zu erinnern«, sagt er. So wird er wohl sein Schicksal finden, zufrieden leben, vielleicht. Was er gelernt hat, wird er nicht vergessen. Wenn er ungeduldig wird und der Zeit vorauseilt, trübt sich die Welt, so scheint es. Und die

Seele fällt in ein Spinnennetz aus Schlamm. Das ist die Verwirrung. Das Schlimmste, heißt es. In dieser Welt und in der Seele des Menschen, der geht. Dann weiß er nicht, was er tun, wohin er gehen soll. Er weiß auch nicht, wie er sich verteidigen soll, was werde ich tun?, was soll ich tun? spricht er. Dann mischen sich die großen und kleinen Teufel in sein Leben und spielen damit. Wie die Kinder, wenn sie die Frösche hüpfen lassen. Die Irrtümer werden immer aus Verwirrung begangen, so scheint es.

»Was muß man tun, um die Gelassenheit nicht zu verlieren, Tasurinchi?« – »Das Richtige essen und die Verbote achten, Erzähler.« Sonst kann jedem widerfahren, was Tasurinchi damals widerfahren ist.

Was ist ihm widerfahren?

Dies ist ihm widerfahren. Das war vorher.

Er war ein großer Jäger. Er kannte die Größe der Falle für das Pekari und den Knoten des Stricks für den Helmhokko. Auch den Käfig wußte er zu verbergen, damit das Wasserschwein hineinginge. Aber vor allem wußte er den Bogen zu handhaben. Seine Pfeile trafen auf Anhieb ins Ziel, immer.

Eines Tages, als er zur Jagd gegangen war, nachdem er gefastet und sich den Geboten entsprechend angemalt hatte, bemerkte er, wie sich in geringer Entfernung die Blätter bewegten. Er ahnte eine Form und blieb stehen. Ein großes Tier! sagt er. Langsam näherte er sich, leichtsinnig. Ohne zu erkunden, was es war, stürzte er voran, schoß den Pfeil ab. Er lief hin, um zu sehen. Da war es, tot. Was war es? Ein Hirsch. Er bekam einen großen Schrecken, natürlich. Jetzt würde ihn irgendein Unheil heimsuchen. Was geschieht mit dem, der ein verbotenes Tier tötet? Kein Seripigari war in der Nähe, den er fragen konnte. Würde sein Körper sich mit Blasen bedekken? Würden ihn furchtbare Schmerzen quälen? Würden die Kamagarinis ihm heute nacht eine Seele entreißen und sie in den Wipfel des Baumes hinauftragen, damit die Geier auf sie einhacken konnten? Viele Monde vergingen, und nichts geschah ihm. Da wurde Tasurinchi hochfahrend. »Daß man Hirsche nicht töten darf, ist Lüge«, hörten ihn seine Verwandten sagen, »Geschwätz von Angsthasen, nichts weiter.« – »Wie kannst du wagen, das zu sagen!« zankten sie ihn aus und schauten erschrocken nach allen Seiten, nach oben und unten. »Ich habe einen getötet und fühle mich ruhig und glücklich«, antwortete er ihnen.

Nachdem er es lange genug gesagt hatte, ging Tasurinchi dazu über, das zu tun, was er sagte. Er begann Hirsche zu jagen. Er folgte ihrer Spur bis zur Quelle, zu der sie gingen, um die salzige Erde zu lecken. Folgte ihnen bis zu dem stillen Flußwasser, wo sie sich versammelten, um zu trinken. Er suchte die Höhlen, wo die Weibchen die Jungen gebaren, stellte sich in ein Versteck, und wenn er den Hirsch sah, schoß er den Pfeil auf ihn ab. Sie schauten ihn mit ihren großen Augen an, während sie mit dem Tode rangen. Traurig, als würden sie fragen: »Was hast du mir getan?« Er warf sie sich über die Schulter. Zufrieden, vielleicht. Es machte ihm nichts aus, sich mit dem Blut des Tieres zu beflecken, das er gejagt hatte. Nichts machte ihm wohl mehr etwas aus. Nichts fürchtete er wohl mehr. Er trug es nach Hause und befahl seiner Frau: »Bereite es zu. Genau wie die Sachavaca«, sagt er. Sie gehorchte ihm, zitternd vor Angst. Manchmal versuchte sie, ihn zu warnen. »Dieses Essen wird uns Unheil bringen«, weint sie. »Dir und mir und allen, vielleicht. Es ist genauso, als würdest du deine Kinder oder deine Mütter essen, Tasurinchi. Sind wir denn Chonchoites? Wann hat der Machiguenga je Menschenfleisch gegessen?« Er spottete über sie. Während er die Fleischstücke hinunterschlang und kaute, sagte er: »Wenn die Hirsche verwandelte Menschen sind, dann haben die Chonchoites recht. Sie sind Nahrung, sind wohlschmekkend. Sieh den Festschmaus, den ich mir bereite, sieh, wie ich dieses Essen genieße.« Und er ließ viele Fürze fahren. Im Wald trank Kientibakori Masato und tanzte auf dem Fest. Seine Fürze klangen wie Donnerschläge; sein Rülpsen wie das Gebrüll des Jaguars.

Und so war es. Trotz der Hirsche, die er mit dem Pfeil erlegte und aß, geschah Tasurinchi nichts. Einige Familien waren besorgt; andere begannen, durch sein Beispiel belehrt, verbotenes Fleisch zu essen. Da verwirrte sich die Welt.

Eines Tages fand Tasurinchi eine Spur im Wald. Er wurde sehr froh. Sie war breit, man konnte ihr ohne Mühe folgen, und seine Erfahrung sagte ihm, daß es ein Rudel von Hirschen war. Er folgte ihr viele Monde lang, voller Vorfreude, sein Herz klopfte. ›Wie viele werde ich jagen?‹ träumte er. ›Vielleicht so viele, wie ich Pfeile bei mir trage. Ich werde sie einen nach dem anderen zu mir nach Hause schleifen, ich werde sie zerteilen, einsalzen, und wir werden Nahrung für lange Zeit haben.‹

Die Spur endete an einem kleinen See mit dunklem Wasser; in einem Winkel stürzte ein Wasserfall herab, der von den Zweigen und Blättern der Bäume halb verborgen wurde. Der Pflanzenwuchs dämpfte das Geräusch des Wassers, und der Ort wirkte nicht wie diese Welt, sondern wie Inkite. So friedlich, vielleicht. Hierher kam das Rudel, um zu trinken. Hier versammelten sich die Hirsche wohl, um in Ruhe vor sich hin zu kauen. Hier schliefen sie wohl, sich gegenseitig wärmend. Erregt über seine Entdeckung, erkundete Tasurinchi die Umgebung. Da stand er, dies war der beste Baum. Dort würde

er eine gute Sicht haben, von dort würde er seine Pfeile auf sie abschießen. Er kletterte hinauf und bereitete sich sein Versteck aus Zweigen und Blättern. Mucksmäuschenstill, als wären seine Seelen ihm entschlüpft und als wäre sein Körper eine leere Haut, wartete er.
Nicht lange. Nach kurzer Zeit vernahm sein feines Jägerohr – trapp, trapp – in der Ferne die Trommel der Hirschhufe im Wald: trapp, trapp, trapp. Bald sah er ihn auftauchen: einen großen, stolzen Hirsch mit dem traurigen Blick des Menschen, der er gewesen ist. Da leuchteten Tasurinchis Augen. Seine Lippen wurden feucht, vielleicht, ›wie zart, wie saftig‹, denkt er. Er zielte und schoß. Aber der Pfeil flog schwirrend an dem Hirsch vorbei, als verbiege er sich, um ihn nicht zu treffen, und verlor sich in der Tiefe des Waldes. Wie viele Male kann ein Mensch sterben? Viele Male, so scheint es. Dieser Hirsch starb nicht. Er erschrak nicht einmal. Was geschah? Statt zu fliehen, begann er zu trinken. Er streckte den Hals am Seeufer, tauchte sein Maul wieder und wieder ins Wasser, schnalzte mit der Zunge und trank, sch, sch. Sch, sch, zufrieden. Als hätte er die Gefahr nicht gespürt. Ruhig. War er vielleicht taub? Ein Hirsch ohne Geruchssinn? Tasurinchi hielt schon den zweiten Pfeil bereit. Trapp, trapp. Da entdeckte er, daß ein weiterer Hirsch kam: er teilte die Zweige, bewegte die Blätter. Er stellte sich neben den ersten und begann zu trinken. Sie schienen beide zufrieden, während sie ihr Wasser tranken. Sch, sch, sch. Tasurinchi ließ den Pfeil losschnellen. Auch dieses Mal traf er nicht. Was geschah? Die beiden Hirsche tranken weiter, ohne zu erschrecken, ohne zu fliehen. Was ist nur mit dir, Tasurinchi? Zittert dir vielleicht die Hand? Hast du vielleicht das Augenlicht verloren? Kannst du nicht mehr die Entfernung berechnen? Was sollte er nur tun. Er zögerte, ungläubig. Die Welt

war wohl Finsternis geworden für ihn. Und er schoß weiter. Er schoß alle seine Pfeile ab. Trapp, trapp. Trapp, trapp. Die Hirsche kamen weiter herbei. Mehr und mehr, viele, sehr viele. In Tasurinchis Ohren klangen unentwegt die Trommeln ihrer Hufe. Trapp, trapp. Sie schienen nicht aus dieser Welt zu kommen, sondern aus der unteren oder der oberen. Trapp, trapp. Da hat er wohl verstanden. Vielleicht. Wer war in die Falle geraten: sie oder du, Tasurinchi?
Da waren die Hirsche, ruhig und ohne Zorn. Sie tranken, fraßen, ruhten sich aus, paarten sich. Sie rieben ihre Hälse aneinander, gingen mit dem Geweih aufeinander los. Als wäre nichts geschehen und als würde auch nichts geschehen. Aber Tasurinchi wußte, daß sie wußten, daß er da war. So rächten sie also ihre Toten? Indem sie ihn durch dieses Warten leiden ließen? Nein, das war nur der Anfang. Was geschehen mußte, würde nicht mit der Sonne in Inkite geschehen, sondern später, in der Stunde Kashiris. Des Grollenden, des Gefleckten. Es dunkelte. Der Himmel bedeckte sich mit Sternen, Kashiri sandte sein blasses Licht. Tasurinchi sah, wie in den Augen der Hirsche die Wehmut darüber aufleuchtete, daß sie keine Menschen mehr waren, die Traurigkeit darüber, nicht zu gehen. Plötzlich begannen die Tiere sich zu bewegen, als hätten sie einen Befehl vernommen. Gleichzeitig, so scheint es. Sie kamen alle auf den Baum von Tasurinchi zu. Da standen sie, zu seinen Füßen. Sehr viele. Ein Wald von Hirschen, wahrhaftig. Einer nach dem anderen, wohlgeordnet, ohne ungeduldig zu werden, ohne sich gegenseitig ins Gehege zu kommen, gingen sie mit dem Geweih auf den Baum los. Zuerst, als würden sie spielen, dann stärker. Noch stärker. Er war traurig. »Ich werde hinunterfallen«, sagt er. Niemals hätte er gedacht, daß er vor seinem Fortgehen wie ein Shimbollo-Affe an einem

Ast hängen und versuchen würde, nicht in dieses Dunkel aus Hirschen zu stürzen. Er widerstand jedoch die ganze Nacht. Schwitzend und stöhnend widerstand er, bevor seine Arme und Beine ermüdeten. Im Morgengrauen ließ er sich erschöpft hinuntergleiten. »Ich muß mich meinem Schicksal fügen«, sagt er.

Jetzt ist auch er ein Hirsch, wie die anderen. Dort wird er also herumlaufen, kreuz und quer durch den Wald, trapp, trapp. Auf der Flucht vor dem Tiger, voll Furcht vor der Schlange. Trapp, trapp. Auf der Hut vor dem Puma und vor dem Pfeil des Jägers, der, aus Unwissen oder Bosheit, seine Brüder tötet und ißt.

Wenn ich auf einen Hirsch treffe, erinnere ich mich an die Geschichte, die ich vom Seripigari am Kompiroshiato-Fluß gehört habe. Und wenn dieser nun Tasurinchi, der Jäger wäre? Wer könnte das wissen. Ich zumindest könnte nicht sagen, ob ein Hirsch früher ein Mensch, der geht, war oder nicht. Ich trete nur zurück und schaue ihn an. Vielleicht erkennt er mich; vielleicht denkt er, wenn er mich sieht: ›Ich war wie er.‹ Wer weiß.

In einem schlechten Rausch verwandelte sich ein Machikanari vom Yoguieto, dem Regenbogenfluß, in einen Tiger. Wie wußte er das? Weil er plötzlich das dringende Bedürfnis verspürte, Hirsche zu töten und sie zu fressen. »Wild vor Wut war ich«, sagte er. Und brüllend vor Hunger lief er durch den Wald, auf der Suche nach ihren Spuren. Bis er auf einen traf und ihn tötete. Als er wieder ein Machikanari war, hatte er Fleischfetzen zwischen den Zähnen, und seine Fingernägel waren blutig von den vielen Prankenhieben. »Kientibakori muß also zufrieden sein«, sagte er. So wird es sein, vielleicht.

Das ist zumindest, was ich erfahren habe.

Wie der Hirsch, so wird jedes Tier des Waldes seine Geschichte haben. Das kleine, das mittlere und das große.

Das, das fliegt wie der Kolibri. Das, das schwimmt wie der Boquichico. Das, das immer im Rudel läuft wie das Nabelschwein. Alle waren vorher etwas anderes, als sie jetzt sind. Allen muß etwas widerfahren sein, das man erzählen kann. Ihr würdet gerne ihre Geschichten kennen? Ich auch. Viele, die ich kenne, habe ich vom Seripigari am Kompiroshiato gehört. Wenn es nach mir ginge, würde ich noch immer dort sein und ihm zuhören, wie ihr jetzt hier. Aber er warf mich eines Tages aus seinem Haus: »Wie lange willst du noch hierbleiben, Tasurinchi«, zankt er mit mir. »Du mußt gehen. Du bist Geschichtenerzähler, ich Seripigari, und wenn du mich soviel fragst, wenn du mich soviel sprechen läßt, dann machst du mich jetzt zu dem, was du bist. Würdest du gerne Seripigari sein? Dann müßtest du wohl noch einmal geboren werden. Alle Prüfungen bestehen. Dich reinigen. Viele Räusche erleben, schlechte und gute, und vor allem leiden. Es ist schwer, zur Weisheit zu gelangen. Du bist schon alt, ich glaube nicht, daß du sie erlangen würdest. Außerdem, wer weiß, ob dies dein Schicksal sein mag. Geh fort, mach dich auf den Weg. Sprich, sprich. Verbiege nicht die Ordnung der Welt, Erzähler.«
Es stimmt, ich habe ihm immer Fragen gestellt. Er wußte alles, und das verstärkte meine Neugier. »Warum bemalen sich die Menschen, die gehen, den Körper mit Orleantinktur?« fragte ich ihn einmal. »Wegen des Moritoni«, antwortete er mir. »Wegen dieses kleinen Vogels, willst du sagen?« – »Ja, genau.« Und dann brachte er mich zum Nachdenken. Warum glaubst du denn, daß die Machiguengas vermeiden, den Moritoni zu töten? Warum versuchen sie, wenn sie ihn auf den Weiden finden, nicht auf ihn zu treten? Warum fühlst du Dankbarkeit, wenn er auf dem Baum sitzt und du seine weißen Füß-

chen und seine schwarze Brust siehst? Wir haben es der Orleanpflanze und dem kleinen Moritoni-Vogel zu danken, daß wir gehen, Tasurinchi. Ohne sie, ohne ihn wären die Menschen, die gehen, verschwunden. Kochendheiß wäre ihnen geworden, gebrannt hätten sie vor Blasen, geplatzt wären sie ihnen.

Das war vorher.

Der Moritoni war zu jener Zeit ein Kind, das geht. Eine seiner Mütter muß Inaenka gewesen sein. Ja, jenes Unheil, das das Fleisch auflöst, war zu jener Zeit eine Frau. Jenes Unheil, das das Gesicht verbrennt und überall Löcher hinterläßt. Inaenka. Sie war dieses Unheil, und sie war auch die Mutter des Moritoni. Sie schien eine Frau wie die anderen zu sein, aber sie hinkte. Hinken alle Teufel? So scheint es. Kientibakori auch, heißt es. Inaenka war wütend über ihr Hinken; sie trug eine lange, sehr lange Cushma, und niemals sah man ihre Füße. Es war nicht leicht, sie zu erkennen, zu wissen, daß sie keine Frau war, sondern das, was sie war.

Tasurinchi fischte am Ufer des Flusses. Plötzlich ging ihm ein gewaltiger Sungaro ins Netz. Er wurde sehr froh. Er könnte einen ganzen Trog Öl aus ihm gewinnen, vielleicht. Da sah er vor sich ein Kanu durch das Wasser gleiten. Er erblickte eine Frau, die paddelte, und mehrere Kinder. Ein Seripigari, der vor Tasurinchis Hütte saß und Tabak einatmete, ahnte sogleich die Gefahr. »Ruf sie nicht«, warnte er ihn. »Siehst du nicht, daß es Inaenka ist?« Aber Tasurinchi, ungeduldig, hatte schon seinen Pfiff ausgestoßen, hatte schon seinen Gruß gerufen. Die langen Stäbe, die das Kanu voranstießen, reckten sich in die Höhe. Tasurinchi sah, wie das Boot sich dem Ufer näherte. Die Frau sprang auf den Strand, froh.

»Was für einen schönen Sungaro hast du da gefangen, Tasurinchi«, sagte sie zu ihm, während sie näher trat. Sie

ging langsam, und er bemerkte ihr Hinken nicht. »Komm, trag ihn in dein Haus, ich werde ihn dir zubereiten. Nur für dich.«
Tasurinchi gehorchte, aus Eitelkeit. Er warf sich den Fisch über die Schulter und schlug den Weg zu seiner Hütte ein, ohne zu wissen, daß er seinem Schicksal begegnet war. Der Seripigari, der wußte, was mit ihm geschehen würde, schaute ihn traurig an. Wenige Schritte vor dem Ziel glitt ihm der Sungaro von der Schulter, angezogen von einem unsichtbaren Kamagarini. Tasurinchi sah, wie das Tier, als es den Boden berührte, seine Haut zu verlieren begann, als hätte man es mit kochendem Wasser übergossen. Er war so überrascht, daß es ihm nicht gelang, den Seripigari zu rufen oder sich zu rühren. Das war die Angst. Seine Zähne schlugen aufeinander, vielleicht. Sie betäubte ihn, sie hinderte ihn daran zu merken, daß auch ihm das gleiche zu widerfahren begann wie dem Sungaro. Erst als er Hitze spürte und es nach versengtem Fleisch zu riechen begann, schaute er seinen Körper an: auch er verlor seine Haut. An einigen Stellen konnte er schon sein blutiges Inneres sehen. Entsetzt stürzte er zu Boden, schreiend. Tasurinchi ruderte mit den Beinen und weinte. Da trat Inaenka zu ihm und betrachtete ihn mit ihrem wahren Gesicht: eine Blase mit kochendem Wasser. Sie begoß ihn gründlich von oben bis unten und sah genußvoll, wie Tasurinchi, genau wie der Sungaro, sich schälte, kochte und durch das Unheil starb.
Inaenka begann vor Freude zu tanzen. »Ich bin die Herrin der Krankheit, die rasch tötet«, rief sie den Menschen herausfordernd zu. Sie hob die Stimme, damit der ganze Wald es erführe. »Ich habe sie getötet, und jetzt werde ich sie essen, gekocht und mit Orlean gewürzt«, spricht sie. Auch Kientibakori und seine kleinen Teufel tanzten

fröhlich, sie stießen und bissen einander im Wald. »He, he, sie ist Inaenka«, singen sie.
Erst da bemerkte die Frau, deren Gesicht eine kochende Blase war, daß auch der Seripigari sich dort befand. Er betrachtete gelassen, was geschah, ohne Wut, ohne Angst, und atmete seinen Tabak durch die Nase ein. Er nieste ruhig, als wäre sie nicht da und als wäre gar nichts geschehen. Inaenka beschloß, ihn zu töten. Sie näherte sich ihm, und sie wollte ihn schon mit ein wenig kochendem Wasser begießen, als der Seripigari ihr unerschütterlich zwei weiße Steine zeigte, die von seinem Hals herabbaumelten.
»Du kannst mir nichts tun, solange ich diese Steine habe«, erinnerte er sie. »Sie schützen mich vor dir und vor allem Unheil der Welt. Weißt du das denn nicht?«
»Das ist wahr«, antwortete Inaenka. »Ich werde hier, an deiner Seite, warten, bis du einschläfst. Dann werde ich dir die Steine fortnehmen, sie in den Fluß werfen und dich nach Belieben begießen. Nichts wird dich retten. Du wirst dich genauso schälen wie der Sungaro, und deine Haut wird wie bei Tasurinchi in Blasen zerplatzen.«
So mag es gewesen sein, vielleicht. So sehr der Seripigari auch gegen den Schlaf kämpfte, er würde nicht widerstehen können. In der Nacht, benommen vom trügerischen Licht Kashiris, des Gefleckten, schlief er ein. Inaenka näherte sich ihm hinkend. Mit großer Vorsicht nahm sie ihm die beiden Steine fort und warf sie in die Strömung. Dann konnte sie ihn mit Wasser aus der großen Blase bespritzen, die ihr Gesicht war, und genußvoll zusehen, wie der Körper des Seripigari kochte, zu unzählbaren Blasen anschwoll und sich zu schälen, zu platzen begann.
»Was für einen schönen Festschmaus ich mir jetzt berei-

ten werde«, hörte man sie rufen, während sie hüpfte und tanzte. Von dem ans Ufer gezogenen Kanu aus hatten ihre Kinder die Missetaten Inaenkas gesehen. Sie waren besorgt, vielleicht. Traurig, vielleicht.

Dort in der Nähe wuchs eine Orleanpflanze. Einer der Söhne der Unheil-Frau bemerkte, daß das Pflänzchen ihm die Zweige entgegenstreckte und die Blätter in seine Richtung bewegte. Wollte es ihm vielleicht etwas sagen? Das Kind näherte sich und duckte sich unter den glühenden Hauch seiner Früchte. »Ich bin Potsotiki«, hörte er es mit zitternder Stimme sagen. »Inaenka, deine Mutter, wird das Volk, das geht, vernichten, wenn wir nicht etwas tun.« – »Was können wir tun?« sagte das Kind traurig. »Sie besitzt diese Macht, sie ist die Krankheit, die rasch tötet.« – »Wenn du mir helfen willst, die Menschen, die gehen, zu retten, dann können wir es. Wenn sie verschwinden, wird die Sonne herabstürzen. Sie wird aufhören, diese Welt zu erwärmen. Oder willst du lieber, daß alles Finsternis ist und daß die bösen Geister von Kientibakori alles beherrschen?« – »Ich werde dir helfen«, sagte das Kind. »Was soll ich tun?«

»Iß mich«, lehrte es die Orleanpflanze. »Dein Gesicht wird sich verändern, und deine Mutter wird dich nicht wiedererkennen. Dann gehst du zu ihr und sagst: ›Ich kenne einen Ort, wo die Unvollkommenen vollkommen werden; die Monstren zu Menschen. Dort werden deine Füße wie die der anderen Frauen sein.‹ Und dann wirst du sie an diesen Ort führen.« Während Potsotiki weise ihre Blätter und Zweige bewegte und ihre Früchte fröhlich tanzen ließ, erklärte sie dem Kind die Richtung, die es einschlagen mußte.

Inaenka, damit beschäftigt, die Reste derer zu zerstükkeln, die sie getötet hatte, sah ihre Eingeweide, ihr Herz zum Vorschein kommen und merkte nicht, was sie ausheckten. Nachdem sie die Stücke zurechtgeschnitten hatte, briet sie sie und würzte sie mit Orlean, das ihr so sehr schmeckte. Da hatte das Kind Potsotiki schon aufgegessen. Nun war es ein rotes, ein erdrotes, ein orleanrotes Kind. Es näherte sich seiner Mutter, und diese erkannte es nicht. »Wer bist du«, fragte sie es. »Wieso näherst du dich mir, ohne zu zittern? Weißt du denn nicht, wer ich bin?«

»Natürlich weiß ich das«, sagte das Orlean-Kind. »Ich komme dich holen, denn ich kenne einen Ort, wo du glücklich sein wirst. Es genügt, daß jemand die Erde dort betritt und sich in ihren Flüssen badet, und alles Krumme an ihm wird gerade. Alle Glieder, die er verloren hat, werden ihm dann wieder wachsen. Ich bringe dich dorthin. Dein Hinken wird verschwinden. Du wirst glücklich sein, Inaenka. Komm, folge mir.«

Es sprach mit einer solchen Sicherheit, daß Inaenka, verwundert über dieses Kind mit der seltsamen Farbe, das keine Furcht vor ihr empfand und ihr versprach, was sie am meisten ersehnte – gesunde Füße –, ihm folgte.

Sie begaben sich auf eine endlose Reise. Sie durchquerten Wälder, Flüsse, Seen, Stromengen; gingen Berge hinauf, hinunter und abermals durch Wälder. Oft regnete es auf sie herab. Der Blitz zuckte über ihren Köpfen, und der Sturm heulte und betäubte sie. Nach einem rauchenden Morast mit sirrenden Schmetterlingen gelangten sie ans Ziel. Es war Oskiaje. Hier treffen alle Flüsse dieser Welt und der anderen Welten zusammen; der Meshiareni kommt vom Sternenhimmel herab, und auch der Kamabiría, dessen Wasser die Seelen der Toten zu den tiefen Welten tragen, fließt hier vorbei. Es gab Monstren in allen Formen und Größen, die Inaenka mit ihren Rüsseln und Klauen herbeiwinkten. »Komm, komm, du bist eine von uns«, grunzten sie.

»Warum hast du mich hierhergebracht?« murmelte Inaenka unruhig, wütend, denn nun witterte sie die Täuschung. »Ich habe diese Erde betreten, und meine Füße sind noch immer krumm.«
»Ich habe dich auf den Rat von Potsotiki, der Orleanpflanze, hergebracht«, verriet ihr das Kind. »Damit du das Volk, das geht, nicht weiter vernichtest. Die Sonne darf nicht durch deine Schuld herabstürzen.«
»Gut«, sagte Inaenka und fügte sich in ihr Schicksal. »Du magst sie gerettet haben, vielleicht. Aber dich werde ich Tag und Nacht verfolgen. Tag und Nacht, bis ich dich mit meinem Feuerwasser übergieße. Ich werde dich mit Blasen bedecken, werde sehen, wie du dich schälst, strampelnd. Und ich werde lachen über deine Schmerzen. Du wirst dich nicht von mir befreien können.«
Aber es befreite sich. Um Inaenka zu entkommen, mußte seine Seele jedoch auf ihre menschliche Hülle verzichten. Sie entschlüpfte, irrte weit umher auf der Suche nach einer Zuflucht und ließ sich in diesem kleinen schwarzen Vogel mit weißen Füßchen nieder. Jetzt ist es Moritoni. Jetzt lebt es am Fluß und schläft auf den Weiden, geschützt durch das Gras. Dank seiner und dank Potsotikis sind die Menschen, die gehen, dem Unheil entronnen, das abhäutet, verbrennt und rasch tötet. Deshalb bemalen wir uns den Körper mit Orleantinktur, so scheint es. Weil wir nämlich den Schutz von Potsotiki suchen. Niemand tritt auf den Moritoni, den er schlafend auf der Weide findet; er weicht ihm vielmehr aus. Wenn ein Moritoni sich auf der Leimrute verfängt, die der Jäger an den Tränken auslegt, dann macht er ihn los, nimmt ihm die Kälte und die Angst mit seinem Atem, und die Frauen wiegen ihn zwischen ihren Brüsten, bis er wieder fliegen kann. Das also wird der Grund sein.
Nichts von dem, was geschieht, geschieht einfach so,

sagte Tasurinchi, der Seripigari vom Kompiroshiato. Alles hat seine Erklärung, alles ist Ursache oder Folge von etwas. Das mag sein. Es gibt mehr kleine Götter und Teufel als Wassertropfen im größten See und im größten Fluß, sagte er. Sie sind mit den Dingen vermischt. Die Söhne von Kientibakori, um die Welt in Unordnung zu stürzen, und die Söhne von Tasurinchi, um ihre Ordnung zu erhalten. Wer die Ursachen und die Folgen kennt, besitzt die Weisheit, vielleicht. Ich habe sie noch nicht erlangt, spricht er, wenn ich auch ein wenig weise bin und Dinge tun kann, die die anderen nicht können. Welche, Tasurinchi? Fliegen, mit der Seele des Toten sprechen, die oberen und unteren Welten besuchen, in den Körper der Lebenden schlüpfen, die Zukunft weissagen und die Sprache bestimmter Tiere verstehen. Das ist viel. Aber so viele andere Dinge weiß ich nicht.
Das ist zumindest, was ich erfahren habe.
Es ist wahr, er hat es erraten: wenn ich nicht Geschichtenerzähler wäre, würde ich gern Seripigari sein. Die Räusche mit Weisheit lenken, damit sie immer gut wären. Einmal, am Fluß des Tapirs, dem Kimariato, hatte ich einen schlechten Rausch und erlebte in ihm eine Geschichte, an die ich mich nicht erinnern möchte. Aber trotz allem erinnere ich mich immer an sie.
Dies ist die Geschichte.
Das war danach, am Fluß des Tapirs.
Ich war ein Mensch. Besaß eine Familie. Ich schlief. Und dann erwachte ich. Kaum schlug ich die Augen auf, da verstand ich, o weh, Tasurinchi! Denn ich hatte mich in ein Insekt verwandelt. In eine Machacuy-Zikade, vielleicht. Tasurinchi-Gregor war ich. Ich lag auf dem Rükken. Da war die Welt größer geworden. Ich bemerkte alles. Diese behaarten, aus Ringen bestehenden Füßchen waren meine Füße. Diese schlammfarbenen, durchsich-

tigen Flügel, die knisterten, wenn ich mich bewegte, und mir so weh taten, waren wohl zuvor meine Arme gewesen. Der Pesthauch, der mich umgab, mein Geruch? Ich sah diese Welt auf andere Weise: sah ihr Unten und Oben, ihr Vorne und Hinten zur gleichen Zeit. Denn jetzt, da ich ein Insekt war, besaß ich mehrere Augen. Was ist dir nur widerfahren, Tasurinchi-Gregor? Hat ein böser Zauberer eine Strähne deines Haars gegessen und dich verwandelt? Ist ein kleiner Kamagarini-Teufel durch das Loch des Hinterteils in dich eingedrungen und hat dich so verändert? Ich fühlte große Scham, als ich mich erkannte. Was würde meine Familie sagen? Denn ich besaß eine Familie wie die anderen Menschen, die gehen, so scheint es. Was würden sie denken, wenn sie sähen, daß ich mich in ein häßliches, schmutziges Tier verwandelt hatte? Eine Machacuy-Zikade wird einfach zertreten. Dient sie vielleicht als Nahrung? Zur Heilung von Schäden? Nicht einmal zur Zubereitung der unreinen Tränke des Machikanari, vielleicht.
Aber meine Verwandten sagten nichts. Sie ließen sich nichts anmerken und kamen und gingen in der Hütte am Fluß, als bemerkten sie das Unglück nicht, das mir widerfahren war. Sie schämten sich wohl auch: Wie man ihn verändert hat! sagen sie, gewiß nannten sie mich deshalb nicht bei meinem Namen. Wer weiß. Und währenddessen sah ich alles. Die Welt schien zufrieden wie zuvor. Ich sah, wie die Kinder die Steine von den Ameisenhaufen hoben und fröhlich die Ameisen mit der süßen Schale schälten und aßen. Wie die Männer gingen, um das Yuccafeld vom Unkraut zu säubern, oder sich mit Orlean oder Huito bemalten, bevor sie zur Jagd aufbrachen. Wie die Frauen Yucca schnitten, sie kauten, ausspuckten und in den Trögen des Masato ruhen ließen und wie sie die Baumwolle entwirrten, um die Cushmas zu

weben. In der Abenddämmerung bereiteten die Alten das Feuer vor. Ich sah, wie sie zwei Binsen schnitten und nah am Ende der kleineren eine Öffnung auskerbten, wie sie sie auf den Boden legten, mit den Füßen festhielten, die andere Binse in die Öffnung setzten und sie drehten und drehten, mit viel Geduld, bis endlich der Rauch aufstieg. Ich sah, wie sie das Pulver in einem Bananenblatt sammelten, es mit Baumwolle umwickelten und schüttelten, bis das Feuer züngelte. Dann entzündeten sie die Holzfeuer, und ringsum schliefen die Familien. Die Männer und Frauen kamen und gingen, sie setzten ihr Leben fort, zufrieden, vielleicht. Ohne etwas über meine Veränderung zu sagen, ohne Verdruß oder Verwunderung zu zeigen. Wer fragte nach dem Geschichtenerzähler? Niemand. Wer brachte dem Seripigari einen Beutel mit Yucca und einen mit Mais und sagte zu ihm: »Verwandele ihn wieder in einen Menschen, der geht«? Niemand. Viele liefen geschäftig hin und her. Dabei vermieden sie es, zu dem Winkel zu schauen, in dem ich mich befand. Tasurinchi-Gregor, o weh, du Armer! Ich bewegte wütend die Flügel und Füße. Versuchte, mich umzudrehen, mühte mich aufzustehen, o weh, o weh! Wie konnte ich um Hilfe bitten, ohne zu sprechen? Ich wußte es nicht. Das mochte die schlimmste Qual sein, vielleicht. Ich würde leiden im Wissen, daß niemand käme, um mich aufzurichten. Würde ich niemals wieder gehen? Ich erinnerte mich an die Schienenschildkröten. Wie ich sie jagen ging, an dem kleinen Strand, wo sie ihre Eier vergraben. Wie ich sie am Panzer faßte und umdrehte. So wie ihnen ging es mir jetzt, ich strampelte und strampelte in der Luft, ohne mich aufrichten zu können. Ich war eine Machacuy-Zikade und fühlte mich wie eine Schienenschildkröte. Genau wie sie würde ich durstig und hungrig sein, und dann würde meine Seele fortge-

hen. Kehrt die Seele einer Machacuy-Zikade zurück? Vielleicht würde sie zurückkehren.
Plötzlich begriff ich. Sie hatten mich eingesperrt. Wer? Meine Verwandten, sie selbst. Sie hatten die Hütte verschlossen und alle Löcher zugestopft, durch die ich entschlüpfen könnte. Wie die Mädchen bei ihrem ersten Blut hielten sie mich. Aber wer würde kommen und Tasurinchi-Gregor baden, ihn danach ins Leben zurückholen, rein und sauber? Niemand würde kommen, vielleicht. Warum hatten sie das getan? Wohl aus Scham. Damit kein Besucher mich sehen und Ekel vor mir empfinden und über sie spotten könnte. Hatten meine Verwandten mir vielleicht eine Haarsträhne ausgerissen und sie dem Machikanari gebracht, damit er mich in Tasurinchi-Gregor verwandele? Nein, ein kleiner Teufel wird es gewesen sein oder vielleicht Kientibakori. Irgendeine Schuld werde ich haben, vielleicht, daß sie mich über ein solches Unheil hinaus auch noch wie einen Feind einsperren. Warum holten sie nicht lieber einen Seripigari, der mir meine Hülle zurückgäbe? Vielleicht sind sie ja zum Seripigari gegangen, vielleicht haben sie dich eingesperrt, damit du dir keinen Schaden zufügst, wenn du ins Freie gehst, dem Wetter ausgesetzt.
Diese Hoffnung half mir. Verzage nicht, Tasurinchi-Gregor, noch nicht, ein kleiner Sonnenstrahl mitten im Unwetter war sie. Und in der Zwischenzeit versuchte ich weiter, mich umzudrehen. Die Füße taten mir weh vom vielen Hin- und Herbewegen, und die Flügel knisterten von meinen Anstrengungen, als wollten sie brechen. Wieviel Zeit mochte vergangen sein, wer weiß. Aber plötzlich schaffte ich es. Vorwärts, Tasurinchi-Gregor! Es war wohl eine kräftigere Bewegung gewesen, ich hatte wohl einen Fuß weiter ausgestreckt. Ich weiß es nicht. Aber mein Körper zog sich zusammen, neigte sich

auf die Seite, drehte sich, und da spürte ich ihn unter mir, hart. Sicher, fest. Das war der Boden. Ich schloß die Augen, trunken. Aber die Freude darüber, daß ich mich aufgerichtet hatte, verschwand sogleich. Und dieser heftige Schmerz im Rücken? Wie wenn sie mich verbrannt hätten. Als ich so plötzlich gesprungen war oder zuvor, während ich mich abmühte, hatte ich mir den rechten Flügel an einem Splitter zerrissen. Er hing herab, entzwei, schleifte auf dem Boden. Das war wohl mein Flügel. Ich begann auch Hunger zu spüren. Angst stieg in mir auf. Die Welt war unbekannt geworden. Gefährlich, vielleicht. Jeden Augenblick konnte man mich zertreten. Mich zerquetschen. Man konnte mich essen. O weh, Tasurinchi-Gregor! Die Eidechsen! Ich zitterte und zitterte. Hatte ich denn nicht gesehen, wie sie Kakerlaken, Käfer, jedes Insekt fraßen, das sie erjagten? Der zerbrochene Flügel schmerzte mich immer stärker und erlaubte mir kaum, mich zu bewegen. Und ständig der nagende Hunger, der in meinem Bauch wühlte. Ich versuchte, das trockene Stroh zu schlucken, das zwischen das Rohr gestopft war, aber es zerkratzte mir den Mund, ohne sich aufzulösen, und ich spuckte es aus. Ich begann, hier und dort in der feuchten Erde zu scharren, bis ich nach langer Zeit auf ein Nest von Larven stieß. Winzig waren sie und bewegten sich, weil sie entkommen wollten. Larven des Poco, des Holzwurms. Ich schluckte sie langsam, mit geschlossenen Augen, glücklich. Dabei fühlte ich, wie die Stücke meiner Seele, die schon fortgehen wollten, in meinen Körper zurückkehrten. Ja, glücklich.

Ich hatte die Larven noch nicht alle hinuntergeschluckt, als ein andersartiger Gestank mich einen großen Sprung tun ließ, mit dem ich aufzufliegen suchte. Ich hörte ein fremdes Keuchen in der Nähe. Die Wärme des Atems

drang in meine Nase. Es roch und war Gefahr, vielleicht. Die Eidechse! Sie war also gekommen. Da war ihr dreieckiger Kopf, zwischen zwei morschen Bambusrohren. Da ihre triefenden Augen, die mich anschauten. Glänzend vor Hunger. Trotz des Schmerzes schlug ich mit den Flügeln, ohne mich erheben zu können, aber ich versuchte es wieder und wieder. Tat ein paar ungeschickte Hüpfer, so scheint es. Ich verlor das Gleichgewicht, hinkte. Der Schmerz meiner Verletzung war stärker geworden. Da kam sie, da. Sie zog sich zusammen wie eine Schlange, drehte sich zur Seite, schob ihren Körper durch das Rohr und kam herein. Da war die Eidechse also. Sie näherte sich mir langsam, ohne mich aus den Augen zu lassen. Wie groß sie schien! Rasch, rasch, lief sie auf mich zu. Ich sah, wie sie ihr großes Maul auftat. Sah die beiden Reihen ihrer krummen weißen Zähne, und ihr Atemhauch machte mich blind. Ich spürte ihren Biß, fühlte, wie sie mir den verletzten Flügel ausriß. Meine Angst war so groß, daß der Schmerz verschwand. Mir wurde immer schwindliger, mir war, als würde ich einschlafen. Und ich sah ihre grüne, runzlige Haut, ihren zitternden Magen, der verdaute, und wie sie ihre großen Augen halb schloß, als sie diesen Bissen von mir hinunterschluckte. Da habe ich mich wohl in mein Schicksal gefügt. Besser so. Mit Traurigkeit, vielleicht. Und ich wartete, bis sie mich ganz auffraß. Danach, als sie gesättigt war, konnte ich aus ihrem Innern, aus ihrer Seele, durch ihre hervorspringenden Augen sehen – alles war grün –, daß meine Familie zurückkehrte.
Sie traten in die Hütte mit der gleichen Furcht wie zuvor. Ich war nicht mehr da! Wohin mag er nur verschwunden sein? sagen sie. Sie näherten sich dem Winkel der Machacuy-Zikade, schauten und suchten. Leer! Sie atmeten erleichtert auf, als wären sie einer Gefahr entronnen.

Gewiß lächelten sie zufrieden. Jetzt haben wir uns von einer großen Schande befreit, denken sie. Sie müßten vor den Besuchern nichts mehr verbergen. Jetzt könnten sie das tagtägliche Leben wiederaufnehmen.
So endete die Geschichte von Tasurinchi-Gregor, dort am Kimariato, dem Fluß des Tapirs.
Ich fragte Tasurinchi, den Seripigari, was meine Erlebnisse bei diesem schlechten Rausch bedeuteten. Er überlegte eine Weile und machte eine Gebärde, als wollte er einen Unsichtbaren beiseite schieben. »Ja, es war ein schlechter Rausch«, gab er schließlich nachdenklich zu. »Tasurinchi-Gregor! Wie ist das möglich. Es muß schlecht sein. Daß man sich in eine Machacuy-Zikade verwandelt, wird das Werk eines Kamagarini sein. Ich kann es dir nicht mit Sicherheit sagen. Ich müßte den Pfahl der Hütte hinaufklettern und es den Saankarite in der Welt der Wolken fragen. Er wird es wissen, vielleicht. Am besten, du vergißt es. Sprich nicht mehr darüber. Was man erinnert, lebt und kann wieder geschehen.« Aber ich habe es nicht vergessen können und gehe herum und erzähle es.
Ich war nicht immer so, wie ihr mich jetzt seht. Ich meine nicht mein Gesicht. Diesen Fleck mit der Farbe von maulbeerfarbenem Mais habe ich immer gehabt. Lacht nicht, ich sage euch die Wahrheit. Ich wurde mit ihm geboren. Wirklich, es gibt keinen Grund zum Lachen. Ich weiß schon, ihr glaubt mir nicht. Ich weiß schon, was ihr denkt. »Wenn du so geboren worden wärst, Tasurinchi, dann hätten dich deine Mütter in den Fluß geworfen. Wenn du hier bist und gehst, dann wurdest du rein geboren. Erst später hat wohl jemand oder etwas dich so gemacht, wie du bist.« Denkt ihr das? Ihr seht, ich habe es erraten, ohne Wahrsager zu sein und ohne Rauch oder Rausch.

Ich habe den Seripigari oft gefragt: »Was bedeutet es, ein Gesicht zu haben wie meines?« Kein Saankarite konnte eine Erklärung geben, so scheint es. Warum hat Tasurinchi mich wohl so mit seinem Hauch geschaffen? Ruhig, ruhig, erzürnt euch nicht. Warum schreit ihr? Gut, es war nicht Tasurinchi. Wird es dann Kientibakori gewesen sein? Nein? Gut, er auch nicht. Sagt der Seripigari nicht, daß alles seine Ursache hat? Ich habe die Ursache meines Gesichts noch nicht gefunden. Einige Dinge werden also keine haben. Sie geschehen einfach. Ihr seid nicht einverstanden, ich weiß. Ich kann es erraten, wenn ich euch nur in die Augen sehe. Ja, gewiß, wenn man die Ursache nicht kennt, heißt das nicht, daß es keine gibt.

Früher machte mir dieser Fleck viel aus. Ich sagte es nicht. Nur mir allein, meinen Seelen. Ich bewahrte es, und dieses Geheimnis verzehrte mich. Ganz langsam verzehrte es mich hier drinnen. Ich lebte traurig, so scheint es. Jetzt macht er mir nichts mehr aus. Zumindest glaube ich das. Dank eurer wird es sein. So ist es gewesen, vielleicht. Denn ich habe gemerkt, daß es denen, die ich besuchte, zu denen ich sprach, auch nichts ausmachte. Ich habe zum erstenmal, vor vielen Monden, eine Familie danach gefragt, mit der ich am Koshireni-Fluß lebte. »Macht es euch etwas aus, mich zu sehen? Daß ich bin, wie ich bin, macht es euch etwas aus?« – »Was die Menschen tun und was sie nicht tun, das ist wichtig«, erklärte mir Tasurinchi, der Älteste. Er sagte: »Daß sie gehen und damit ihr Schicksal erfüllen, ist wichtig. Daß der Jäger nicht berührt, was er gejagt hat, und der Fischer nicht, was er gefischt hat. Die Achtung der Verbote, ja. Es ist wichtig, daß sie gehen können, damit die Sonne nicht herabstürzt. Damit die Welt in Ordnung ist, ja. Damit die Dunkelheit, das Unheil nicht wieder-

kehren. Das ist wichtig. Die Flecke im Gesicht wohl nicht.« Das ist die Weisheit, so heißt es.
Ich möchte euch lieber sagen, daß ich vorher nicht war, was ich jetzt bin. Ich bin zum Geschichtenerzähler geworden, nachdem ich war, was ihr in diesem Augenblick seid: Zuhörer. Das war ich: Zuhörer. Es geschah, ohne daß ich es wollte. Nach und nach geschah es. Ohne es überhaupt zu bemerken, entdeckte ich allmählich mein Schicksal. Langsam, ruhig. Stückchenweise erschien es. Nicht mit dem Tabaksaft noch mit dem Sud aus Ayahuasca. Auch nicht mit der Hilfe des Seripigari. Ich allein habe es entdeckt.
Ich irrte umher, auf der Suche nach den Menschen, die gehen. Bist du da? He, hier bin ich. Ich fand Unterkunft in ihren Häusern und half ihnen, das Yuccafeld vom Unkraut zu säubern und Fallen aufzustellen. Kaum erfuhr ich, an welchem Fluß, an welchem Bach eine Familie von Menschen, die gehen, lebte, begab ich mich also zu ihnen. Auch wenn ich eine sehr lange Reise machen und die Große Stromenge durchqueren mußte, ging ich hin. Schließlich kam ich an. Da waren sie. Bist du gekommen? He, ich bin gekommen. Einige kannten mich, andere lernten mich kennen. Sie ließen mich eintreten, sie gaben mir zu essen und zu trinken. Eine Strohmatte zum Schlafen liehen sie mir. Viele Monde blieb ich bei ihnen. Ich fühlte mich wie einer von der Familie. »Warum bist du bis hierher gekommen?« fragten sie mich. »Um zu lernen, wie man den Tabak zubereitet, bevor man ihn durch die Nasenlöcher einatmet«, antwortete ich ihnen. »Um zu sehen, wie man mit Pech die Flügelknochen der Kanari-Truthenne klebt, um den Tabak einatmen zu können«, sagte ich ihnen. Sie ließen mich alles hören, was sie sagten, lernen, was sie waren. Ich wollte ihr Leben kennenlernen, also. Es aus ihren

Mündern hören. Wie sie sind, was sie tun, woher sie kommen, wie sie geboren werden, wie sie fortgehen, wie sie zurückkehren. Die Menschen, die gehen. »Es ist gut«, sagten sie zu mir. »Gehen wir also.«
Ich hörte ihnen voll Staunen zu. Ich erinnerte mich an alles, was sie sagten. Über diese Welt und über die anderen. Über das von vorher und das von nachher. An die Erklärungen und Ursachen erinnerte ich mich. Am Anfang hatten die Seripigaris kein Vertrauen zu mir. Später wohl. Sie erlaubten mir auch, daß ich ihnen zuhörte. Die Geschichten von Tasurinchi. Die Ungerechtigkeiten von Kientibakori. Die Geheimnisse des Regens, des Blitzes, des Regenbogens, der Farbe und der Linien, mit denen die Menschen sich anmalen, bevor sie zur Jagd gehen. Nichts von dem, was ich hörte, vergaß ich. Manchmal erzählte ich der Familie, die ich besuchen ging, was ich gesehen und erfahren hatte. Nicht alle wußten alles, und wenn sie es wußten, dann gefiel es ihnen, es noch einmal zu hören. Mir auch. Als ich das erste Mal die Geschichte von Morenanchiite hörte, dem Herrn des Donners, beeindruckte sie mich sehr. Ich fragte alle danach. Ich ließ sie mir einmal, viele Male erzählen. Hat der Herr des Donners einen Bogen? Ja, einen Bogen. Aber er schießt keine Pfeile ab, sondern Donnerschläge. Ist er von Tigern umgeben? Ja. Von Pumas auch, so scheint es. Und er hat einen Bart, ohne ein Viracocha zu sein? Ja, einen Bart. Ich wiederholte also die Geschichte von Morenanchiite, wohin ich auch ging. Sie hörten mir zu und wurden froh, vielleicht. »Erzähl uns dasselbe noch einmal«, sagen sie. »Erzähl uns, erzähl uns.« Nach und nach, ohne zu wissen, was geschah, begann ich zu tun, was ich jetzt tue.
Eines Tages, als ich zu einer Familie kam, sagten sie hinter meinem Rücken: »Da kommt der Geschichten-

erzähler. Wir werden ihn hören.« Das vernahm ich. Ich war sehr erstaunt. »Sprecht ihr von mir?« fragte ich sie. Alle nickten. »He, he, von dir sprechen wir«, sagen sie. Ich war also der Erzähler. Verwunderung erfüllte mich. Ja, so war es. Mein Herz schien eine Trommel. Es schlug in meiner Brust: bum, bum. Hatte ich mein Schicksal gefunden? Vielleicht. So mag es gewesen sein, damals. An einem kleinen Nebenarm des Timpshía-Flusses, wo Machiguengas lebten, geschah es. Jetzt ist keiner mehr da. Aber jedesmal, wenn ich nah an diesem Wasserarm vorbeikomme, beginnt mein Herz wieder zu tanzen. ›Hier wurde ich zum zweitenmal geboren‹, denke ich. »Hierher bin ich zurückgekehrt, ohne fortgegangen zu sein«, sage ich. So begann ich der zu sein, der ich bin. Es war das Beste, was mir widerfahren ist, vielleicht. Niemals wird mir etwas Besseres widerfahren, glaube ich. Seit jener Zeit spreche ich. Gehe ich. Und ich werde es weiter tun, bis ich fortgehe, so scheint es. Denn ich bin der Geschichtenerzähler.

Das ist zumindest, was ich erfahren habe.

Ist ein Gesicht wie das meine ein Unheil? Ist es ein Unheil, mit mehr oder weniger Fingern geboren zu werden, als es sich gehört? Ein Unglück, wie ein Monstrum auszusehen und es nicht zu sein? Es wird Unglück und Unheil zugleich sein. Vielleicht. Auszusehen wie einer dieser Krummen, Aufgeblähten, Buckligen, Schwärenbedeckten, wie einer von denen mit Reißzähnen und Klauen, die Kientibakori am Tag der Schöpfung in der Großen Stromenge mit seinem Hauch geschaffen hat, und es nicht zu sein. Wie ein böser Geist oder ein kleiner Teufel auszusehen, wenn man nur ein von Tasurinchi gehauchter Mensch ist, muß Unheil und Unglück sein. Wird es also sein.

Als ich zu gehen begann, hörte ich, daß eine Frau im

Fluß ihre neugeborene Tochter ertränkt hatte, weil ihr ein Fuß oder die Nase fehlte, weil sie Flecken hatte oder weil zwei Kinder statt einem zur Welt gekommen waren. Ich verstand es nicht, so scheint es. »Warum tust du das? Warum hast du es getötet?« – »Es war nicht vollkommen. Es mußte fortgehen.« Ich verstand nicht. »Tasurinchi hat nur vollkommene Frauen und Männer gehaucht«, erklärten sie mir. »Die Monstren hat Kientibakori gehaucht.« Ich würde es niemals richtig verstehen, vielleicht. Weil ich bin, wie ich bin, weil ich das Gesicht habe, das ich habe, wird es mir schwerfallen. Wenn ich höre: »Ich habe sie in den Fluß geworfen, weil sie als kleine Teufelin auf die Welt gekommen ist, ich habe ihn getötet, weil er als böser Geist auf die Welt gekommen ist«, verstehe ich wieder nicht. Worüber lacht ihr?

Wenn die Unvollkommenen unrein waren und Kinder von Kientibakori, warum gab es dann hinkende, blinde Menschen oder solche mit gezeichneter Haut oder steifen Händen? Wieso waren sie da und gingen? Warum hatte man sie dann nicht getötet? Warum hat man mich mit meinem Gesicht nicht getötet? Ich fragte sie. Sie lachten auch. »Wie können sie Kinder von Kientibakori sein, wie können sie Teufel oder Monstren sein! Wurden sie denn so geboren? Rein waren sie; vollkommen wurden sie geboren. Später wurden sie so. Es mag ihre Schuld sein oder die eines Kamagarini oder eines anderen bösen Geistes von Kientibakori. Wer weiß, warum sie verändert wurden. Nur ihre Hülle ist die eines Monstrums, im Innern werden sie noch immer rein sein.«

Auch wenn ihr es nicht glaubt, mich haben nicht die kleinen Teufel von Kientibakori so gemacht. Ich wurde als Monstrum geboren. Meine Mutter warf mich nicht in den Fluß, sie ließ mich leben. Was mir zuvor wie eine Grausamkeit erschien, erscheint mir jetzt als Glück.

Jedesmal, wenn ich eine Familie besuche, die ich noch nicht kenne, denke ich, daß sie erschrecken wird: »Der ist ein Monstrum, der ist ein kleiner Teufel«, sagen sie, wenn sie mich sehen. Ihr lacht schon wieder. So lachen alle, wenn ich sie frage: »Bin ich vielleicht ein Teufel? Mag dieses Gesicht das bedeuten?« – »Nein, das bist du nicht, auch kein Monstrum. Du bist Tasurinchi, du bist der Geschichtenerzähler.« Durch sie fühle ich mich ruhig. Zufrieden, vielleicht.

Die Seele der Kinder, die die Mütter in den Flüssen und Seen ertränken, sinkt in die Tiefe der Großen Stromenge. So heißt es. Hinunter, auf den Grund. Tiefer als die Strudel und die Kaskaden aus schmutzigem Wasser, in Höhlen voller Krebse. Dort werden sie sein, zwischen den riesigen Felsen, taub vor soviel Getöse, und leiden. Hier werden die Seelen dieser Kinder mit den Monstren zusammentreffen, die Kientibakori mit seinem Hauch geschaffen hat, als er mit Tasurinchi kämpfte. Das war der Anfang, so scheint es. Vorher war die Welt, in der wir gehen, wohl leer. Wer in der Großen Stromenge ertrinkt, kehrt er zurück? Er versinkt, versinkt immer tiefer im tosenden Wasser, ein Strudel ergreift seine Seele, dreht sie und dreht sie hinunter. Bis auf den dunklen, schlammigen Grund, wo die Monstren leben. Dort setzt sich die Seele zwischen die Seelen der anderen ertränkten Kinder, also. Sie wird den Teufeln, den Monstren lauschen, die über jenen Tag klagen, da Tasurinchi zu hauchen begann. Über den Tag, an dem so viele Machiguengas erschienen.

Dies ist die Geschichte der Schöpfung.

Dies ist der Kampf zwischen Tasurinchi und Kientibakori.

Das war vorher.

Es geschah dort, an der Großen Stromenge. Dort fing

der Anfang an. Tasurinchi kam mit einer Idee im Kopf auf dem Meshiareni-Fluß von Inkite herunter. Er blähte seine Brust und begann zu hauchen. Die gute Erde, die fischreichen Flüsse, die tierreichen Wälder, ganz viele eßbare Tiere erschienen nacheinander. Die Sonne stand fest am Himmel und wärmte die Welt. Froh war sie und schaute auf das, was erschien. Kientibakori wurde von schrecklicher Wut erfaßt. Er erbrach Schlangen und Kröten, als er sah, was dort oben geschah. Tasurinchi hauchte, und auch die Machiguengas begannen zu erscheinen. Da verließ Kientibakori die Welt des Gamaironi mit ihren schwarzen Wassern und Wolken und stieg auf einem Fluß aus Urin und Kot empor. Er raste, rauchte vor Zorn. »Ich muß es besser machen«, sagt er. Kaum gelangte er zur Großen Stromenge, begann er zu hauchen. Aber aus seinem Atem entstanden keine Machiguengas. Nur faulige Erde, wo nichts wuchs; schlammige Seen, deren Pestgeruch nur die Vampire ertragen konnten. Schlangen kamen hervor. Vipern, Eidechsen, Mäuse, Moskitos und Fledermäuse. Ameisen, Geier. Alle Pflanzen, die jucken, kamen hervor, die die Haut verbrennen, die man nicht essen kann. Nur diese. Kientibakori hauchte weiter, und statt Machiguengas erschienen die Kamagarinis, die kleinen Teufel mit krummen, spitzen Füßen, mit Dornen. Die Teufelinnen erschienen mit ihren Eselsgesichtern und fraßen Erde und Moos. Und die vierfüßigen Menschen, die Achaporos, die so behaart und blutdürstig sind. Kientibakori raste. Seine Wut war so groß, daß die Wesen, die er hauchte, wie das Unheil und das Ungeziefer, immer noch unreiner, noch böser hervorkamen. Als sie mit dem Hauchen fertig waren und zurückkehrten, Tasurinchi zu Inkite und Kientibakori zu Gamaironi, war diese Welt, was sie jetzt ist.

So begann danach, scheint es.
So begannen wir zu gehen. An der Großen Stromenge. Seither gehen wir also. Wir widerstehen dem Unheil, wir erleiden die Grausamkeiten der großen und kleinen Teufel Kientibakoris. Die Große Stromenge war verboten, vorher. Nur die Toten kehrten dorthin zurück, Seelen, die fortgingen, ohne zurückzukehren. Jetzt gehen viele dorthin; Viracochas und Punamenschen gehen dorthin. Auch Machiguengas. Mit Angst und Achtung werden sie hingehen. Und denken: Ist dieses laute Getöse nur das Wasser, das beim Herabstürzen auf die Felsen trifft? Nur ein Fluß, der sich zwischen steinernen Wänden verengt? Wohl nicht. Es ist auch Getöse, das aus der Tiefe kommt. Seufzen und Weinen von ertränkten Kindern wird es sein. Aus den Höhlen am Grund steigt es empor. In den Mondnächten kann man es hören. Sie werden seufzen, traurig. Die Monstren von Kientibakori werden sie wohl mißhandeln. Sie mit Qualen dafür büßen lassen, daß sie dort sind. Sie werden sie nicht für unrein, sondern für Machiguengas halten, vielleicht.
Das ist zumindest, was ich erfahren habe.
Ein Seripigari sagte mir: »Das schlimmste Unheil ist nicht, mit einem Gesicht wie deinem geboren zu werden, sondern seine Pflicht nicht zu kennen.« Sich nicht in sein Schicksal zu fügen also? So erging es mir, bevor ich der war, der ich heute bin. Ich war nur eine Hülle, eine Schale, Körper, dessen Seele aus der höchsten Stelle des Kopfes entschlüpft ist. Auch für eine Familie und für ein Volk wird es das schlimmste Unheil sein, die eigene Pflicht nicht zu kennen. Monster-Familie, Monster-Volk werden sie sein, die zu viele oder zu wenige Hände oder Füße haben. Wir gehen, die Sonne steht oben. Das wird unsere Pflicht sein. Wir erfüllen sie, so scheint es. Warum überstehen wir das Unheil von so vielen großen und

kleinen Teufeln? Deshalb wird es sein. Deshalb werden wir jetzt hier sein, ich, der ich spreche, ihr, die zuhört. Wer weiß.

Das Volk, das geht, ist jetzt das meine. Früher ging ich mit einem anderen Volk und glaubte, es sei das meine. Ich war noch nicht geboren worden. Wirklich geboren wurde ich, seit ich wie ein Machiguenga gehe. Das andere Volk ist dort geblieben, hinter mir. Es hatte auch seine Geschichte. Es war klein und lebte sehr weit von hier entfernt, an einem Ort, der seiner gewesen war und es nicht mehr war, sondern anderen gehörte. Denn er wurde von schlauen und starken Viracochas besetzt. Wie bei der Ausblutung der Bäume? Genauso. Obwohl der Feind in ihren Wäldern umging, verbrachten sie ihr Leben damit, den Tapir zu jagen, Yucca zu säen, Masato zuzubereiten, zu tanzen, zu singen. Ein mächtiger Geist hatte sie mit seinem Hauch geschaffen. Er besaß weder Gesicht noch Körper. Tasurinchi-Jehova. Er beschützte sie, so scheint es, hatte sie gelehrt, was sie tun mußten, auch die Verbote. Sie kannten ihre Pflicht also. Sie lebten gewiß ruhig. Zufrieden und ohne Zorn lebten sie, vielleicht.

Bis eines Tages in einer entlegenen kleinen Grotte ein Kind geboren wurde. Es war anders. Ein Serigórompi? Ja, vielleicht. Seine ersten Worte waren: »Ich bin der Atemhauch Tasurinchis, ich bin der Sohn Tasurinchis, ich bin Tasurinchi. Ich bin diese drei Dinge zugleich.« Das sagte er. Und daß er von Inkite auf diese Welt herabgekommen sei, von seinem Vater gesandt, der er selbst war, um die Sitten zu verändern, denn die Menschen waren verdorben und wußten nicht mehr zu gehen. Sie haben ihm wohl zugehört, erstaunt. »Er wird ein Geschichtenerzähler sein«, sprechen sie. »Es werden Geschichten sein, die er erzählt«, sprechen sie. Er ging von einem Ort zum anderen, wie ich. Und sprach und sprach. Er verwirrte und entwirrte die Dinge mit seinen Ratschlägen, besaß eine andere Weisheit, so scheint es. Neue Sitten wollte er auferlegen, denn in seinen Augen waren die, denen die Menschen folgten, unrein. Unheil waren sie, brachten Unglück. Und allen wiederholte er: »Ich bin Tasurinchi.« Man mußte ihm gehorchen, also; ihn achten. Nur ihn, keinen sonst als ihn. Die anderen waren keine Götter, sondern von Kientibakori gehauchte große und kleine Teufel.

Sehr überzeugend war er, so heißt es. Ein Seripigari mit großer Macht. Er besaß auch seinen Zauber. War er vielleicht ein böser Zauberer, ein Machikanari? Oder ein guter, ein Seripigari? Wer weiß. Er konnte einige Yuccas und wenige Bagrewelse in ganz viele verwandeln, in sehr viele Yuccas und Fische, damit alle Menschen Nahrung hätten. Den Einarmigen gab er ihre Arme zurück, den Blinden die Augen, und er ließ sogar die Seelen, die fortgegangen waren, in ihren eigenen Körper zurückkehren. Beeindruckt, begannen einige ihm zu folgen und seinen Worten zu gehorchen. Sie gaben ihre Sitten auf, gehorchten den alten Verboten nicht, wurden andere, vielleicht.

Die Seripigaris waren sehr beunruhigt. Sie reisten und versammelten sich im Haus des Ältesten. Tranken Masato und saßen im Kreis auf Strohmatten. »Unser Volk wird untergehen«, sprechen sie. Es würde sich wie eine Wolke verflüchtigen, vielleicht. Wind wäre es am Ende. »Was mag uns von den anderen unterscheiden?« fragten sie erschrocken. Waren sie vielleicht wie die Mashcos? Waren sie Ashaninkas oder Yaminahuas? Niemand wußte wohl, wer wer war, weder sie noch die anderen wußten es. »Sind wir denn nicht, was wir glauben, die Streifen, mit denen wir uns bemalen, die Art und Weise, in der wir die Fallen aufstellen?« fragten sie. Wenn sie auf diesen Erzähler hörten und alles anders machten, alles verkehrt, würde dann nicht die Sonne herabstürzen? Was würde sie zusammenhalten, wenn sie den anderen gleich wären? Nichts, niemand. Alles wäre Verwirrung? Da verurteilten die Seripigaris ihn, weil er gekommen war, um die Klarheit der Welt zu trüben. »Er ist ein Betrüger«, sagen sie, »ein Lügner; ein Machikanari wird er sein.«

Die Viracochas, die Mächtigen, waren ebenfalls besorgt. Große Verwirrung herrschte, die Menschen waren erregt und voller Zweifel durch die Erzählungen dieses Geschichtenerzählers. »Ist es Wahrheit oder Lüge? Müssen wir ihm gehorchen?« Und sie dachten nach über das, was er erzählte. Und da sie glaubten, sie könnten sich so von ihm befreien, töteten die Machthaber ihn. Wie es ihrer Sitte entsprach, wenn jemand eine Übeltat beging, raubte oder gegen das Verbot verstieß, peitschten die Viracochas ihn aus und setzten ihm eine Krone aus Chambira-Dornen auf. Dann, wie bei den Stockfischen des Flusses, die man auslaufen läßt, nagelten sie ihn an zwei gekreuzte Baumstämme und ließen ihn ausbluten. Sie irrten sich. Denn als sie gegangen waren, kehrte dieser Geschichtenerzähler zurück. Um diese Welt noch mehr zu verwirren als zuvor, wird er zurückgekehrt sein. Sie begannen unter sich zu sagen: »Es war die Wahrheit. Sohn von Tasurinchi ist er, der Atemhauch von Tasurinchi wird er sein, er ist Tasurinchi selbst. Alle drei Dinge zusammen, also. Er ist gekommen. Er ist fortgegangen und wiedergekommen.« Und da begannen sie zu tun, was er sie lehrte, und seine Verbote zu achten.

Seitdem dieser Seripigari oder Gott gestorben ist, wenn er wirklich gestorben ist, sind dem Volk, in dem er geboren wurde, schreckliche Mißgeschicke widerfahren.

Dem Volk, das aus Tasurinchi-Jehovas Atemhauch entstanden ist. Die Viracochas vertrieben es aus dem Wald, in dem es bislang gelebt hatte. Fort! Fort! Wie die Machiguengas mußte es sich auf den Weg machen durch die Wälder. Die Flüsse, die Seen und die Schluchten dieser Welt sahen es kommen und gehen. Da es nie sicher wußte, ob es an dem Ort bleiben konnte, zu dem es gelangte, gewöhnte es sich daran, ebenfalls im Gehen zu leben. Das Leben wurde Gefahr, so als könnte der Tiger es jeden Augenblick anspringen oder der Pfeil des Mashco es treffen. In Furcht und Schrecken werden sie gelebt haben, in ständiger Erwartung des Unheils, des Zaubers der Machikanaris. In der Klage über ihr Schicksal werden sie wohl gelebt haben.

Überall, wo sie sich niederließen, wurden sie vertrieben. Sie errichteten ihre Hütten, und da fielen die Viracochas ein. Die Punamenschen, die Yaminahuas fielen ein und klagten sie an. Aller Schlechtigkeiten und allen Unheils klagten sie sie an. Sogar, Tasurinchi getötet zu haben. »Er ist Mensch geworden, ist auf diese Welt gekommen, und ihr habt ihn verraten«, sagten sie zu ihnen und bewarfen sie mit Steinen. Wenn Inaenka irgendwo vorbeikam und die Menschen mit ihrem kochenden Wasser begoß und diese sich abhäuteten und starben, sagte niemand: »Das sind die Missetaten der kochenden Blase, Inaenka, die niest und furzt.« – »Schuld daran sind diese verfluchten Fremden, die Tasurinchi getötet haben«, sagten sie. »Jetzt haben sie einen Zauber veranstaltet, um ihrem Herrn zu gehorchen, Kientibakori.« Überall hatte sich dieser Glaube verbreitet: daß sie den kleinen Teufeln halfen und mit ihnen zusammen tanzten und Masato tranken, vielleicht. Deshalb gingen sie zu den Hütten derer, die Tasurinchi-Jehova mit seinem Hauch geschaffen hatte. Deshalb schlugen sie sie; nahmen ihnen, was

sie besaßen, durchbohrten sie mit Pfeilen, verbrannten sie lebendig. Und sie, sie mußten davonlaufen. Entkommen, sich verbergen. In allen Wäldern der Welt verstreut, irrten sie umher. ›Wann werden sie kommen, um uns zu töten?‹ dachten sie gewiß. ›Wer wird uns dieses Mal töten? Die Viracochas? Die Mashcos?‹ Nirgendwo wollte man sie aufnehmen. Wenn sie als Besuch kamen und den Besitzer des Hauses fragten: »Bist du da?«, lautete die Antwort immer: »Nein, ich bin nicht da.« Genau wie das Volk, das geht, mußten sich die Familien voneinander trennen, um aufgenommen zu werden. Wenn sie wenige waren, wenn sie keinen Schatten warfen, dann ließen andere Völker ihnen einen Ort, an dem sie säen, jagen und fischen konnten. Manchmal befahlen sie ihnen: »Du kannst bleiben, aber ohne zu säen. Oder ohne zu jagen. Das ist die Sitte.« So lebten sie einige Monde lang; viele, vielleicht. Aber immer fanden sie ein schlechtes Ende. Wenn es viel regnete oder wenn Dürre herrschte, wenn irgendeine Katastrophe geschah, dann begannen alle sie zu hassen. »Es ist eure Schuld«, sprechen sie. »Fort!« Sie vertrieben sie abermals, und es schien, als würden sie untergehen.
Denn diese Geschichte wiederholte sich an sehr vielen Orten. Immer die gleiche, wie ein Seripigari, der nicht von einem schlechten Rausch zurückkehren kann und verwirrt zwischen den Wolken kreist. Aber trotz so vieler Mißgeschicke ging das Volk nicht unter. Trotz seiner Leiden überlebte es. Es war nicht kriegerisch, niemals gewann es einen Krieg, und doch ist es da. Zersplittert lebte es, seine Familien waren in den Wäldern der Welt zerstreut, aber es blieb bestehen. Größere Völker von Kriegern, starke Völker von Mashcos, von Viracochas, von weisen Seripigaris, Völker, die unzerstörbar schienen, gingen fort. Sie verschwanden also. Keine Spur

blieb von ihnen in dieser Welt; niemand erinnerte sich später an sie. Sie dagegen sind gewiß noch immer da. Sie reisen, kommen und gehen, entrinnen. Lebendig, gehen sie also. In der Zeit und auch im Raum der Welt.
Das wird seinen Grund darin haben, daß das Volk Tasurinchi-Jehovas trotz allem, was ihm widerfuhr, sein Schicksal nicht verleugnet hat. Es wird immer seine Pflicht erfüllt und auch die Verbote geachtet haben. Wurde es vielleicht gehaßt, weil es sich von den anderen unterschied? Deshalb hätten die Völker, unter denen es lebte, es nicht angenommen? Wer weiß. Die Menschen leben nicht gern mit Menschen, die anders sind. Sie werden wohl mißtrauisch sein. Andere Sitten, eine andere Art zu sprechen werden sie erschrecken, als würde die Welt plötzlich wirr und dunkel. Die Menschen möchten, daß alle gleich sind, daß die anderen ihre Sitten vergessen, ihre Seripigaris töten, den Verboten den Gehorsam verweigern und ihre eigenen nachahmen. Hätte das Volk Tasurinchi-Jehovas das getan, wäre es untergegangen. Nicht einmal ein Geschichtenerzähler wäre von ihm übriggeblieben, um seine Geschichte zu erzählen. Ich wäre nicht hier und würde sprechen, vielleicht.
»Gut ist, daß er gehe, der Mensch, der geht«, sagt der Seripigari. Das ist die Weisheit, glaube ich. So wird es gut sein. Daß der Mensch also ist, was er ist. Sind wir Machiguengas nicht jetzt, wie wir vor sehr langer Zeit waren? Wie an jenem Tag an der Großen Stromenge, als Tasurinchi zu hauchen begann, sind wir. Deshalb sind wir nicht verschwunden, also. Deshalb gehen wir noch immer, vielleicht.
Das habe ich von euch gelernt. Bevor ich geboren wurde, dachte ich: ›Ein Volk muß sich ändern. Die Sitten, die Verbote, den Zauber der starken Völker übernehmen. Sich der großen und kleinen Götter, der großen und

kleinen Teufel der weisen Völker bemächtigen. So werden alle reiner werden‹, dachte ich. Auch glücklicher. Es war nicht richtig. Jetzt weiß ich es. Ich habe es von euch gelernt, ja. Wer ist denn reiner und glücklicher, wenn er auf sein Schicksal verzichtet? Niemand. Wir werden sein, was wir sind, das ist besser. Wer aufhört, seine Pflicht zu erfüllen, um die eines anderen zu erfüllen, wird seine Seele verlieren. Und seine Hülle auch, vielleicht, wie Tasurinchi-Gregor, der zur Machacuy-Zikade wurde in jenem schlechten Rausch. Wenn man die Seele verliert, dann werden gewiß die abstoßendsten Wesen, die schädlichsten Tiere ihr Schlupfloch im leeren Körper errichten. Die Fliege wird von der Hornisse verschluckt; die Hornisse vom Vogel; der Vogel von der Schlange. Wollen wir verschluckt werden? Nein. Wollen wir spurlos verschwinden? Auch nicht. Wenn wir aufhören zu sein, wird auch die Erde aufhören zu sein. Es ist besser, weiter zu gehen, so scheint es. Um die Sonne am Himmel zu halten, den Fluß in seinem Bett, den Baum an seiner Wurzel und den Berg auf der Erde.
Das ist zumindest, was ich erfahren habe.
Tasurinchi befindet sich wohlauf. Er geht. Ich wollte ihn in seinem Haus besuchen, am Timpinía-Fluß, als ich ihm auf dem Pfad begegnete. Mit zweien seiner Söhne kehrte er von den Weißen Vätern zurück, die am Ufer des Sepahua leben. Er hatte ihnen seine Maisernte gebracht. Das macht er schon seit langem, erzählte er mir. Die Weißen Väter geben ihm Saatgut, Macheten, um den Wald zu roden, Schaufeln, um die Erde umzugraben und Kartoffeln, Süßkartoffeln, Mais, Tabak, Kaffee und Baumwolle zu säen. Später verkauft er ihnen, was er nicht braucht, und so kauft er weitere Dinge. Er zeigte mir, was er besaß: Kleidung, Nahrung, eine Öllampe, Angelhaken, ein Messer. »Vielleicht werde ich mir das

nächste Mal auch eine Flinte kaufen können«, sagt er, und daß er dann alles mögliche im Wald jagen würde. Aber Tasurinchi war nicht zufrieden. Eher besorgt, seine Stirn faltig und seine Augen hart, ja. »Auf dieser Erde am Timpinía kann man nur zweimal am gleichen Ort säen, niemals mehr«, klagte er. »Und an einigen Stellen nur einmal. Eine schlechte Erde, so scheint es. Die letzte Aussaat der Yuccas und Kartoffeln brachte eine ganz karge Ernte.« Es ist ein Boden, der rasch ermüdet, so scheint es. »Er will, daß ich ihn in Ruhe lasse«, sagte Tasurinchi. Er beklagte sich bitter bei mir. »Träger Boden ist der hier am Timpinía«, sagt er. »Kaum läßt man ihn arbeiten, schon bittet er um Ruhe. So ist er.«
Während wir darüber und über andere Dinge sprachen, gelangten wir zu seinem Haus. Seine Frau kam zur Begrüßung heraus, sehr aufgeregt. Sie hatte ihr Gesicht zum Zeichen der Trauer angemalt, sie gestikulierte und zeigte mit dem Finger und sagte, der Fluß sei ein Dieb. Er hatte nämlich eines ihrer drei Hühner geraubt. Sie hatte es in den Armen gehalten, um es zu wärmen, denn es schien krank zu sein, während sie mit dem Gefäß Wasser schöpfte. Und plötzlich begann alles zu beben. Die Erde, der Wald, das Haus, alles begann zu beben. »Wie bei Unheil«, sagte sie. »Es bebte, als würde es tanzen.« Durch den Schrecken ließ sie das Huhn los und sah, wie die Strömung es mitnahm und es verschluckte, ohne ihr Zeit zu lassen, es zu retten. An dieser Stelle des Timpinía ist das Wasser sehr reißend, das stimmt. Sogar an den Ufern ist es sehr wild, ja.
Tasurinchi begann sie zu schlagen, wütend. »Ich schlage dich nicht, weil du es in den Fluß hast fallen lassen, das kann jedem passieren«, sagt er. »Sondern weil du lügst. Warum sagst du nicht, daß du eingeschlafen bist, statt zu erfinden, daß die Erde bebte? Es ist dir aus den Armen

geglitten, nicht wahr? Oder du hast es hier am Ufer gelassen, und es ist hineingefallen. Oder du hast es in den Fluß geworfen, weil du wütend geworden bist. Sag nicht, was nicht geschehen ist. Bist du denn ein Geschichtenerzähler? Bringen die Lügen denn nicht Unheil über die Familien? Wer wird dir glauben, daß die Erde zu tanzen begann. Dann hätte auch ich es bemerkt.«

Und als Tasurinchi sie so auszankte und wütend schlug, begann die Erde zu beben. Lacht nicht. Es ist keine Erfindung, ich habe es nicht geträumt. Es geschah. Sie begann zu tanzen. Wir hörten zuerst ein tiefes Grollen, als wäre der Herr des Donners unter uns und ließe seine Jaguare brüllen. Ein Kriegsgetöse, Trommeln, die gleichzeitig erklangen, unten, im Innern der Erde. Ein tiefer Lärm; bedrohlich, ja. Und da fühlten wir, daß die Welt nicht mehr in Frieden war. Die Erde bewegte sich, tanzte, hüpfte, als hätte sie sich berauscht. Die Bäume bewegten sich, das Haus Tasurinchis, die Wasser des Flusses schäumten stürmisch wie die Yucca, die im Trog kocht. Es lag Zorn in der Luft, vielleicht. Der Himmel füllte sich mit erschreckten Vögeln, mit Papageien, die in den Bäumen kreischten, und aus dem Wald kam das Grunzen, Pfeifen und Krächzen verängstigter Tiere. »Da ist es wieder, da ist es wieder«, rief die Frau von Tasurinchi. Und wir schauten verwirrt nach allen Seiten und wußten nicht, ob wir bleiben oder fortlaufen sollten. Die kleinen Kinder hatten zu weinen begonnen; sie klammerten sich an Tasurinchi und weinten. Er erschrak auch, ich auch. »Ist es das Ende dieser Welt?« sagte er. »Wird die Dunkelheit wiederkommen, wird das Chaos kommen?«

Als das Beben endlich aufhörte, wurde der Himmel dunkel, als hätte die Sonne begonnen herabzustürzen. Rasch verdunkelte er sich, sehr rasch. Und es erhob sich eine große Staubwolke, überall, und bedeckte diese Welt mit aschgrauer Farbe. Ich konnte Tasurinchi und seine Familie fast nicht sehen in dem Sandsturm. Alles war grau. »Es geschieht etwas sehr Schlimmes, und wir wissen nicht, was es ist«, sagte Tasurinchi ängstlich. »Bedeutet es das Ende von uns, die wir gehen? Die Stunde ist gekommen, da wir fortgehen müssen, vielleicht. Die Sonne ist herabgestürzt. Sie wird also nicht mehr aufstehen.«

Ich weiß, daß sie nicht herabgestürzt ist. Ich weiß, wenn sie herabgestürzt wäre, dann befänden wir uns nicht hier. Die Staubwolke ging vorbei, der Himmel hellte sich wieder auf, und die Erde blieb endlich ruhig. Es roch nach Salzlake und nach verfaulten Pflanzen, ein Geruch, der Übelkeit verursachte. Die Welt war nicht zufrieden, vielleicht. »Da siehst du, daß ich nicht gelogen habe, da siehst du, daß es gebebt hat. Deshalb hat der Fluß das Huhn verschluckt«, sagte die Frau von Tasurinchi. Aber er beharrte und sagte: »Es ist nicht wahr.« Wütend war er: »Du hast gelogen«, schrie er seine Frau an, »vielleicht hat die Erde deshalb jetzt gebebt.« Er schlug sie erneut, schwoll an, brüllte vor lauter Anstrengung. Tasurinchi, der vom Timpinía, ist ein sehr starrköpfiger Mann. Es ist nicht das erste Mal, daß ihn die Wut packt. Ich habe andere Male erlebt. Deshalb werden ihn wenige besuchen. Er gab nicht zu, daß er sich geirrt hatte, aber ich erkannte, jeder hätte erkannt, daß seine Frau die Wahrheit gesagt hatte.

Wir aßen, wir legten uns zur Ruhe auf die Strohmatten, und wenig später, lange vor der Morgendämmerung, merkte ich, daß er sich erhob. Ich sah, wie er sich auf einen Stein setzte, wenige Schritte von der Hütte entfernt. Da saß Tasurinchi, im Mondlicht, und grübelte. Ich erhob mich im Halbdunkel und ging zu ihm, um

mich mit ihm zu unterhalten. Er war dabei, Tabakpulver zu mahlen, um es einzuatmen. Ich sah, wie er das Pulver in den hohlen Flügelknochen der Truthenne tat, und er bat mich, ich möge es ihm einblasen. Ich setzte ihm den Knochen zuerst in ein Nasenloch und blies; er atmete heftig, gierig ein, mit geschlossenen Augen. Danach tat ich das gleiche beim anderen Nasenloch. Dann blies er den Staub, der übrig war, in meine Nase. Er war unruhig, Tasurinchi. Verängstigt, ja. »Ich kann nicht schlafen«, sagt er, mit der Stimme eines sehr müden Mannes. »Zwei Dinge sind geschehen, die zu denken geben. Der Fluß raubte eines meiner Hühner, und die Erde begann zu beben. Und außerdem hat der Himmel sich verdunkelt. Was soll ich tun?« Ich wußte es nicht, war so verwirrt wie er. Warum fragst du mich das, Tasurinchi? »Daß diese Dinge geschehen sind, dicht hintereinander, fast gleichzeitig, bedeutet, daß ich etwas tun muß«, sagte er zu mir. »Aber ich weiß nicht, was. Es gibt niemanden hier, den ich fragen kann. Der Seripigari lebt viele Monde Fußweg entfernt, flußaufwärts am Sepahua.«
Tasurinchi blieb den ganzen Tag auf diesem Stein sitzen, ohne mit jemandem zu sprechen. Ohne zu essen oder zu trinken. Als seine Frau ihm einige zerstampfte Bananen bringen wollte, ließ er sie nicht einmal näher kommen; er drohte ihr mit der Hand, als wollte er sie erneut schlagen. Und diese Nacht ging er nicht in sein Haus. Kashiri leuchtete hell dort oben, und ich sah ihn, wie er sich bemühte, diese Mißgeschicke zu verstehen, ohne sich von der Stelle zu rühren, den Kopf auf die Brust gesenkt. Was befahlen sie ihm also zu tun? Wer weiß. Alle in der Familie blieben stumm, unruhig, sogar die Kinder. Sie beobachteten ihn still, ängstlich. Was wird geschehen? denken sie.
Gegen Mittag erhob sich Tasurinchi, der vom Timpinía-

Fluß, von dem Stein. Mit raschen Schritten näherte er sich dem Haus; wir sahen, daß er auf uns zukam und uns mit seinen beiden Armen herbeiwinkte. Er zeigte einen entschlossenen Ausdruck, so scheint es.
»Wir werden uns auf den Weg machen«, sagte er mit ernster Stimme, gebieterisch. »Auf den Weg. Sofort. Wir müssen weit von hier fortgehen. Das bedeutet es. Wenn wir bleiben, wird es Unheil geben, werden Katastrophen geschehen. Das ist die Botschaft. Endlich habe ich sie verstanden. Dieser Ort ist unserer überdrüssig. Wir müssen also fortgehen.«
Es muß ihm schwergefallen sein, sich zu entscheiden. An den Gesichtern der Frauen, der Männer, an der Traurigkeit seiner Verwandten konnte man sehen, wieviel es sie kostete, fortzugehen. Sie lebten schon lange Zeit am Timpinía-Fluß. Mit den Ernten, die sie den Weißen Vätern am Sepahua verkauften, konnten sie Dinge kaufen. Sie schienen zufrieden zu sein. Hatten sie vielleicht ihr Schicksal gefunden? Wohl nicht, so scheint es. Ob sie verdarben, wenn sie so lange Zeit unbeweglich blieben? Wer weiß. All das zu verlassen, so plötzlich, ohne zu wissen, wohin sie gehen würden, ohne zu wissen, ob sie das, was sie verließen, noch einmal besitzen würden, war gewiß ein großes Opfer. Schmerz für alle, ja.
Aber niemand in der Familie protestierte; weder die Frau noch die Kinder, noch der Junge, der dort in der Nähe lebte, weil er die älteste Tochter von Tasurinchi zur Frau nehmen wollte, beklagten sich. Große und Kleine begannen sogleich mit den Vorbereitungen. »Rasch, rasch, wir müssen fort von hier, dieser Ort ist zum Feind geworden«, trieb Tasurinchi sie an. Er wirkte tatkräftig, ungeduldig, weil er aufbrechen wollte. »Ja, rasch, gehen wir also, fliehen wir«, sagt er, während sie sich beeilten und gegenseitig anstießen.

Ich half ihnen bei den Vorbereitungen und ging auch mit ihnen fort. Zuvor verbrannten wir die beiden Hütten und alles, was wir nicht tragen konnten, so als wäre jemand gestorben. »Hier bleibt alles Unreine, das wir besitzen«, versicherte Tasurinchi seiner Familie. Wir gingen mehrere Monde lang. Es gab wenig Nahrung. In den Fallen fanden sich keine Tiere. Schließlich fischten wir an einem See einige Bagrewelse. Wir aßen. In der Nacht setzten wir uns hin und sprachen. Die ganze Nacht sprach ich zu ihnen, vielleicht.
»Jetzt fühle ich mich ruhiger«, sagte Tasurinchi zu mir, als ich mich einige Monde später von ihnen verabschiedete. »Ich werde keine Wut mehr haben, glaube ich. Sehr wütend bin ich gewesen, in der letzten Zeit. Jetzt nicht mehr, vielleicht. Ich habe gut daran getan, mich auf den Weg zu machen, so scheint es. Hier in der Brust fühle ich es.« – »Wie hast du gewußt, daß du von dort fortgehen mußtest?« fragte ich ihn. »Ich habe mich an etwas erinnert, das ich schon bei der Geburt gewußt habe«, antwortete er mir. »Oder ich habe es im Rausch erfahren, vielleicht. Wenn ein Unheil auf der Erde geschieht, dann deshalb, weil die Menschen ihr keine Aufmerksamkeit mehr schenken, sie nicht pflegen, wie sie gepflegt werden muß. Kann die Erde denn sprechen wie wir? Um zu sagen, was sie sagen will, muß sie etwas tun. Beben, vielleicht. Vergeßt mich nicht, heißt das. Ich lebe auch, heißt das. Ich will nicht schlecht behandelt werden. Darüber hat sie sich also beklagt, während sie tanzte. Vielleicht habe ich sie zu sehr arbeiten lassen. Vielleicht sind die Weißen Väter nicht, was sie scheinen, sondern mit Kientibakori verbündete Kamagarinis, und als sie mir rieten, immer dort zu leben, wollten sie der Erde Schaden zufügen. Wer weiß. Aber wenn sie sich beklagte, dann mußte ich etwas tun, ja. Wie helfen wir der Sonne,

den Flüssen? Wie helfen wir dieser Welt, dem, was lebt? Indem wir gehen. Ich habe die Pflicht erfüllt, glaube ich. Schau, es wird schon gewirkt haben. Lausche dem Boden unter deinen Füßen; tritt auf ihn, Erzähler. Wie ruhig und wie fest er ist! Zufrieden wird er sein, jetzt, wo er von neuem fühlt, daß wir auf ihm gehen.«

Wo mag Tasurinchi jetzt sein? Ich weiß es nicht. Ob er in der Gegend geblieben ist, in der wir uns verabschiedet haben? Wer weiß. Eines Tages werde ich es erfahren. Wohlauf muß er sein. Zufrieden. Gehen wird er wohl.

Das ist zumindest, was ich erfahren habe.

Als ich mich von Tasurinchi trennte, wandte ich mich um und schlug die Richtung zum Timpinía-Fluß ein. Ich hatte die Machiguengas dort seit langem nicht mehr besucht. Aber bevor ich ankam, erlebte ich mehrere Überraschungen, und ich mußte meine Richtung ändern. Deshalb werde ich hier, bei euch sein, vielleicht.

Als ich versuchte, ein Brennesseldickicht zu überspringen, riß ich mir einen Dorn ein. Hier, in diesen Fuß. Ich saugte an ihm und spuckte ihn aus. Irgendein Schaden muß in ihm geblieben sein, denn nach kurzer Zeit begann er mir weh zu tun. Er tat mir sehr weh, ja. Ich hörte auf zu gehen und setzte mich hin. Warum war mir das widerfahren? Ich wühlte in meinem Beutel. Dort waren noch immer die Kräuter, die mir der Seripigari gegen den Biß der Viper, gegen die Krankheit, gegen die seltsamen Dinge gegeben hatte. Und im Riemen meiner Tasche steckte der Iserepito, der gegen den bösen Zauber schützt. Dieses Steinchen also, ich trage es noch immer um meinen Hals. Weshalb hatten mich weder die Kräuter noch der Iserepito gegen den kleinen Teufel der Brennessel geschützt? Der Fuß war stark angeschwollen; er sah aus, als gehörte er einem anderen. Ob ich mich in ein Monstrum verwandelte? Ich machte ein Feuer und hielt den Fuß daran, damit er schwitzte und der Schaden aus ihm herauskäme. Es tat sehr weh; brüllend versuchte ich, den Schmerz zu erschrecken. Durch das viele Schwitzen und Schreien schlief ich wohl ein. Und im Schlaf hörte ich das Geschwätz und das Lachen von Papageien.

Ich mußte viele Monde an diesem Ort bleiben, während mein Fuß abschwoll. Ich versuchte zu gehen, aber au-au, es tat mir sehr weh. Nahrung fehlte mir nicht, zum Glück; in meinem Beutel hatte ich Yucca, Mais und einige Bananen. Außerdem lachte mir das Glück. An Ort und Stelle, ohne daß ich aufstehen mußte, im Kriechen rammte ich eine kleine Gerte in den Boden und bog sie mit einem verknoteten Strick, den ich in der Erde verbarg. Nach kurzer Zeit ging ein Rebhuhn in die Falle. Es gab mir Nahrung für zwei Tage. Aber es waren qualvolle Tage, nicht wegen des Dorns, sondern wegen der Papageien. Warum nur gab es so viele? Warum diese Bewachung? Es waren viele Schwärme; sie hatten sich auf allen Ästen und Büschen im Umkreis niedergelassen. Jeden Augenblick kamen mehr und mehr. Alle hatten begonnen, mich zu betrachten. Geschah vielleicht etwas? Warum kreischten sie nur so laut? Hatte dieses Geschwätz mit mir zu tun? Sprachen sie über mich? Manchmal brachen sie in Gelächter aus, in ihr Papageiengelächter, das jedoch von Menschen zu kommen scheint. Spotteten sie? Hier wirst du nie herauskommen, Geschichtenerzähler, sagen sie das? Ich bewarf sie mit Steinen, um sie zu verscheuchen. Vergeblich, sie stoben einen Augenblick auseinander und kehrten wieder an ihren Platz zurück. Da waren sie, in großer Menge, über meinem Kopf. Was wollt ihr? Was wird geschehen?

Am zweiten Tag verschwanden sie plötzlich. In Angst und Schrecken brachen die Papageien auf. Alle gleich-

zeitig, sie kreischten, ließen Federn, stießen aneinander, als näherte sich der Feind. Sie hatten die Gefahr gewittert, so scheint es. Denn in diesem Augenblick flog ein sprechender Affe über mich hinweg, der von einem Baum zum andern sprang. Der Yaniri. Ja, er selbst, dieser rote, große und schreiende Affe, der Yaniri. Riesengroß, laut, von seiner Herde Weibchen umgeben. Sie sprangen und gestikulierten um ihn herum, glücklich, bei ihm zu sein. Glücklich, seine Weibchen zu sein, vielleicht. »Yaniri, Yaniri!« rief ich ihn an. »Hilf mir! Warst du denn nicht früher Seripigari? Komm herunter, heil mir diesen Fuß, ich möchte meinen Weg fortsetzen.« Aber der sprechende Affe schenkte mir keine Beachtung. Ob es stimmt, daß er früher ein Seripigari war, der ging? Deshalb darf man sie nicht jagen oder essen, vielleicht. Wenn man einen sprechenden Affen kocht, dann füllt sich die Luft mit Tabakgeruch, so heißt es. Es ist der Tabak, den der Seripigari, der er gewesen ist, bei den Räuschen eingeatmet und getrunken hat.
Kaum war der Yaniri mit seiner Herde von Weibchen verschwunden, kehrten die Papageien zurück. In ihrer Begleitung kamen noch andere. Ich machte mich daran, sie zu beobachten. Sie waren von der verschiedensten Art. Große, kleine, winzige; mit krummen und sehr langen und mit flachen Schnäbeln; es gab Papageien, Tukane und Aras. Aber vor allem Sittiche. Sie schwatzten gleichzeitig, laut, ohne Pause, ein Papageiengetöse drang mir in die Ohren. Ich war unruhig und schaute. Die einen und die anderen schaute ich an, schön langsam. Was taten sie hier? Etwas würde sicher geschehen, trotz meiner Kräuter gegen die seltsamen Dinge. »Was wollt ihr, was sagt ihr«, begann ich ihnen zuzurufen. »Worüber sprecht ihr, worüber spottet ihr.« Erschrocken, aber auch neugierig. Niemals hatte ich so viele auf einmal

gesehen. Es war gewiß kein Zufall, es war nicht einfach nur so. Was war dann der Grund? Wer hatte sie mir gesandt?
Tasurinchi, der Freund der Leuchtkäfer, kam mir in den Sinn, und ich versuchte, ihr Geschwätz zu verstehen. Wenn sie da waren, in meinem Umkreis, und mit solcher Beharrlichkeit sprachen, waren sie dann nicht meinetwegen gekommen? Wollten sie mir vielleicht etwas sagen? Ich schloß die Augen, strengte meine Aufmerksamkeit an, richtete sie auf ihr Geplapper. Ich versuchte also, mich wie ein Papagei zu fühlen. Es war schwer. Aber die Anstrengung ließ mich den Schmerz des Fußes vergessen. Ich ahmte ihr Kreischen, ihr Gurgeln nach; ihr Gemurmel ahmte ich nach. All ihre Geräusche. Und von Pause zu Pause, ganz allmählich, begann ich, einzelne Wörtchen, kleine Lichter in der Dunkelheit, zu verstehen. »Beruhige dich, Tasurinchi«, »Erschrick nicht, Erzähler«, »Niemand wird dir etwas tun.« Ich verstand wohl, was sie sagten. Lacht nicht, ich träumte nicht. Was sie sprachen, ja. Jedesmal verstand ich besser. Ich fühlte mich ruhig. Mein Körper hörte auf zu zittern. Die Kälte verschwand. Dann sind sie also nicht hier, weil Kientibakori sie gesandt hat. Auch nicht durch den Zauber eines Machikanari. Aus Neugier vielmehr? Um mir Gesellschaft zu leisten?
»Genau das, Tasurinchi«, schwatzte eine Stimme, die die anderen übertönte. Jetzt gab es keinen Zweifel mehr. Der Papagei sprach, und ich verstand ihn. »Wir sind hier, um dir Gesellschaft zu leisten, um dir Mut zu machen in der Zeit deiner Genesung. Hier werden wir bleiben, bis du wieder gehst. Warum hast du dich vor uns erschreckt? Deine Zähne haben geknirscht, Erzähler. Hast du erlebt, daß ein Papagei einen Machiguenga auffrißt? Dagegen haben wir viele Machiguengas gesehen, die Papageien

aßen. Lach lieber, Tasurinchi. Schon seit langem folgen wir dir. Wohin du auch gehst, wir sind da. Erst jetzt bemerkst du es?«

Erst jetzt. Mit zitternder Stimme fragte ich ihn: »Machst du dich über mich lustig?« – »Ich sage die Wahrheit«, beharrte der Papagei, während er mit den Flügeln gegen die Blätter schlug. »Du mußtest dir erst einen Dorn einreißen, um deine Begleiter zu entdecken, Erzähler.«

Wir unterhielten uns lange, so scheint es. Die ganze Zeit, die ich dort verbrachte und wartete, daß der Schaden fortginge, unterhielten wir uns. Während ich meinen Fuß am Feuer schwitzen ließ, damit der Schmerz herauskäme, sprachen wir. Ich sprach mit diesem Papagei; auch mit anderen. In dem Geschwätz schnitt einer dem anderen das Wort ab. Zuweilen verstand ich nicht, was sie mir sagten. »Schweigt, schweigt. Sprecht doch langsamer und einer nach dem anderen.« Sie gehorchten mir nicht. Sie waren genau wie ihr. Worüber lacht ihr so? Ihr gleicht den Papageien also. Sie warteten nicht, daß einer fertig war, sie sprachen alle zugleich. Froh waren sie, daß wir uns endlich verstanden. Sie überstürzten sich, flügelschlagend. Ich fühlte mich erleichtert. Froh. ›Wie ungewöhnlich, was da geschieht‹, dachte ich.

»Na, was für ein Glück, du hast gemerkt, daß wir Geschichtenerzähler sind«, sagte plötzlich einer von ihnen. Und die anderen blieben stumm. Eine große Stille herrschte im Wald. »Jetzt wirst du verstehen, warum wir hier sind und dir Gesellschaft leisten. Jetzt wirst du begreifen, warum wir dir folgen, seitdem du wieder geboren wurdest und begonnen hast zu gehen, zu sprechen. Tag und Nacht; durch die Wälder und auf den Flüssen, also. Du bist auch Erzähler, nicht wahr, Tasurinchi? Sind wir uns denn nicht ähnlich?«

Da erinnerte ich mich. Jeder Mensch, der geht, hat sein

Tier, das ihm folgt, ist es nicht so? Auch wenn er es nicht sieht oder es nicht zu erraten vermag. Je nachdem, was er ist, je nachdem, was er tut, wählt die Mutter des Tieres ihn aus und sagt zu ihrem Jungen: »Dieser Mensch ist für dich, paß auf ihn auf.« Das Tier wird sein Schatten, so scheint es. Das meine war der Papagei? Ja, das war er. Ist es nicht das Tier, das spricht? Ich wußte es, und mir schien, daß ich es schon vorher gewußt hatte. Weshalb hätte ich sonst immer eine Vorliebe für die Papageien gehabt? Oft hielt ich auf meinen Reisen inne, um ihrem Geschwätz zu lauschen, und lachte über ihr Flügelschlagen und ihr lautes Getöse. Wir waren also Verwandte, vielleicht.

Es war gut zu erfahren, daß mein Tier der Papagei ist. Jetzt reise ich mit größerem Vertrauen. Nie werde ich mich mehr allein fühlen, vielleicht. Kommt die Müdigkeit, die Furcht, kommt die Wut über etwas, dann weiß ich, was ich tun muß. Den Blick zu den Bäumen heben und warten. Mein Mittel wird nicht versagen, glaube ich. Wie der sanfte Regen nach der Hitze wird das Geschwätz beginnen. Da werden also die Papageien sein. »Ja, hier, wir haben dich nicht verlassen«, sagen sie. Deshalb habe ich wohl so lange Zeit allein reisen können. Weil ich nämlich nicht allein reiste.

Als ich begann, eine Cushma zu tragen und mich mit Huito und Orlean anzumalen, Tabak durch die Nase einzuatmen und zu gehen, wunderten sich viele, daß ich allein reiste. »Es ist verwegen«, warnten sie mich. »Ist der Wald denn nicht voll von schrecklichen bösen Geistern und von den schändlichen Teufelinnen, die Kientibakori mit seinem Hauch geschaffen hat? Was wirst du tun, wenn sie dir begegnen? Reise lieber wie ein Machiguenga. Mit einem kleinen Jungen oder wenigstens mit einer Frau. Sie werden die Tiere tragen, die du jagst, die

Tiere holen, die in die Falle gegangen sind. Du wirst nicht verderben, indem du die Kadaver der Tiere berührst, die du getötet hast. Außerdem wirst du jemanden haben, mit dem du dich unterhalten kannst. Mehrere helfen sich besser, wenn die Kamagarinis erscheinen. Wo hat man einen Machiguenga allein im Wald gesehen!« Ich schenkte ihnen keine Beachtung, denn ich habe mich nie allein gefühlt auf meinen Wegen. Dort, zwischen den Zweigen, wo sie mit den Blättern der Bäume verschwimmen, schauen mich gewiß meine Gefährten mit ihren großen grünen Augen an und folgen mir. Und ich würde sie spüren, auch wenn ich es nicht wüßte, vielleicht.

Aber nicht das ist der Grund, warum ich diesen kleinen Papagei habe. Das ist eine andere Geschichte, so scheint es. Ich kann sie euch jetzt erzählen, weil er eingeschlafen ist. Wenn ich plötzlich verstumme und Dummheiten sage, dann glaubt nicht, ich hätte den Kopf verloren. Dann wird nur der kleine Papagei aufgewacht sein. Es ist eine Geschichte, die er nicht gerne hört, die ihm genauso weh tun muß, wie mir dieser Brennesseldorn weh getan hat.

Das war danach.

Ich ging zum Cashiriari, um Tasurinchi zu besuchen, und hatte mit einer Falle einen Helmhokko gefangen. Ich kochte ihn und machte mich daran, ihn zu essen, als ich ein Geschwätz nah über meinem Kopf vernahm. Da war ein Nest zwischen den Zweigen, halb verborgen durch ein großes Spinnennetz. Dieser war gerade ausgeschlüpft. Er hatte noch nicht die Augen geöffnet; sein weißer Schleim bedeckte ihn wie alle Jungen, wenn sie die Schale zerbrechen. Ich beobachtete ihn, ohne mich zu bewegen, ganz still, um das Papageienweibchen nicht zu reizen, um es nicht wütend zu machen, indem ich mich seinem Jungen näherte. Aber das Papageienweibchen

kümmerte sich nicht um mich. Es betrachtete prüfend ihr Junges, ganz ernst. Unzufrieden schien es. Und plötzlich begann es, auf das Junge einzuhacken. Ja, mit seinem krummen Schnabel. Wollte das Weibchen es von seinem weißen Schleim befreien? Nein. Es wollte es töten. Ob es Hunger hatte? Ich faßte es bei den Flügeln, ließ nicht zu, daß es mich hackte, entfernte es aus dem Nest. Und damit es sich beruhigte, gab ich ihm ein paar Reste des Helmhokko. Froh fraß es, schwatzte und schlug mit den Flügeln, während es fraß. Aber seine großen Augen waren noch immer wütend. Als es zu Ende gefressen hatte, flog es zum Nest zurück. Ich schaute hin, und wieder hackte es auf das Junge ein. Bist du nicht aufgewacht, kleiner Papagei? Wach nicht auf, laß mich erst deine Geschichte zu Ende erzählen. Warum wollte es sein Junges töten? Nicht aus Hunger also. Ich faßte das Papageienweibchen bei den Flügeln und schleuderte es kraftvoll in die Luft. Nachdem es ein paar gewaltige Purzelbäume geschlagen hatte, kehrte es zurück und stellte sich gegen mich. Wütend, hackend und kreischend, kehrte es zurück. Es hatte sich in den Kopf gesetzt, sein Junges zu töten, so scheint es.
Erst da verstand ich, warum. Es war nicht zur Welt gekommen, wie das Weibchen es erwartet hatte, vielleicht. Es hatte einen krummen Fuß, und die drei kleinen Krallen waren Stummel. Damals hatte ich noch nicht gelernt, was ihr alle wißt: daß die Tiere die Jungen töten, die anders geboren werden. Warum schlägt der Puma die Klauen in sein lahmes oder einäugiges Junges? Warum zerreißt der Sperber sein Junges mit dem gebrochenen Flügel? Bestimmt ahnen sie, daß ihr Leben schwer und voll Leid sein wird, da sie nicht vollkommen sind, denn sie können sich nicht verteidigen, nicht fliegen, jagen, fliehen oder ihre Pflicht erfüllen. Daß ihr Leben kurz

sein wird, denn andere Tiere werden sie bald fressen. »Deshalb fresse ich es, so nähre ich mich wenigstens«, sagen sie. Oder ist es so, daß auch sie, wie die Machiguengas, die Unvollkommenheit nicht gelten lassen? Glauben auch sie, daß das Junge, das nicht vollkommen ist, von Kientibakori gehaucht wurde? Wer weiß.
Das ist die Geschichte des kleinen Papageis. So sitzt er immer, zusammengekauert auf meiner Schulter. Was macht es mir aus, daß er nicht rein ist, daß er einen bösen Fuß hat, daß er hinkt, daß er hinunterfällt, sobald er sich ein wenig in die Luft hebt. Denn auch seine Flügel sind sehr kurz, so scheint es. Bin ich denn vollkommen? Wir gleichen uns, deshalb verstehen wir uns und leisten uns Gesellschaft. Er reist auf dieser Schulter, und in regelmäßigen Zeitabständen klettert er zur Abwechslung über meinen Kopf auf die andere Seite. Er geht hin und her, kommt und geht. Klammert sich an mein Haar, wenn er klettert. Er zieht an ihm, als wollte er mich warnen: »Vorsicht, ich falle, vergiß nicht, mich aufzuheben.« Er ist keine Last, ich spüre ihn nicht einmal. Hier schläft er, in meiner Cushma. Da ich ihn nicht Vater noch Verwandter, noch Tasurinchi nennen kann, nenne ich ihn bei einem Wort, das ich für ihn erfunden habe. Ein Papageienlaut, also. Auf, ahmt ihn nach. Wir wollen ihn wecken, ihn rufen. Er hat ihn gelernt und sagt ihn sehr gut nach: Mas-ca-ri-ta, Mas-ca-ri-ta, Mas-ca-rita . . .

VIII

Die Florentiner stehen in Italien im Ruf, arrogant zu sein und die Touristen zu hassen, die ihre Stadt jeden Sommer wie ein Amazonas-Strom überschwemmen. Zur Zeit läßt sich das schwer nachprüfen, weil es in Florenz fast keine Einheimischen mehr gibt. Sie haben die Stadt nach und nach verlassen, in dem Maße, wie die Hitze zunahm, die nachmittägliche Brise sich legte, die Wasser des Arno verdunsteten und die Mücken die Stadt in Besitz nahmen. Wahre fliegende Myriaden, die allen Abwehrmitteln und Insektiziden siegreich widerstehen und ihre Opfer Tag und Nacht verfolgen, vor allem in den Museen. Sind die *zanzare* von Florenz die Totemtiere, die Schutzengel der Leonardos, Cellinis, Botticellis, Filippo Lippis, Fra Angelicos? Man könnte es meinen. Denn zu Füßen dieser Statuen, Fresken und Bilder habe ich die meisten Stiche abbekommen, die meine Arme und Beine ebenso verheerten wie bei jeder meiner Reisen in den peruanischen Urwald.

Oder sind die Mücken die Werkzeuge, deren sich die abwesenden Florentiner bedienen, um ihre verhaßten Invasoren in die Flucht zu schlagen? Wie dem auch sei, es ist vergeblich. Weder die Insekten noch die Hitze, noch sonst etwas könnte einen Deich gegen die massenhafte Invasion bilden. Sind es nur die Bilder, die Paläste, die Steine der verwinkelten Altstadt, die uns in Florenz trotz der sommerlichen Unbequemlichkeiten derart in Bann schlagen, uns, die Horden der Ausländer? Oder ist es dieses nahe Beieinander von Fanatismus und Exzeß, von Frömmigkeit und Grausamkeit, von Spiritualität und sinnlichem Raffinement, von politischer Korruption und kühner Intelligenz, wie es ihre Vergangenheit geprägt hat, das uns in dieser erstickenden, von ihren Bewohnern verlassenen Stadt festhält?

In diesen beiden Monaten hat nach und nach alles die Pforten geschlossen: die Geschäfte, die Wäschereien, die unbequeme Nationalbibliothek am Fluß, die Kinos, die meine abendliche Zuflucht waren, und schließlich die Cafés, in die ich ging, um Dante und Machiavelli zu lesen und an Mascarita und an die Machiguengas an den Quellflüssen des oberen Urubamba und des Madre de Dios zu denken. Zuerst schloß das elegante und noch dazu klimatisierte Café Strozzi mit seiner Art-deco-Einrichtung, eine herrliche Oase an den glühendheißen Nachmittagen; dann schloß das Café Paszkowski, in dem man, wenn auch schwitzend, im altmodisch anmutenden Oberstock mit seinen Ledersesseln und blutroten Samtvorhägen für sich sein konnte; dann schloß das Café Gillio und zum Schluß das am meisten von Touristen besuchte und immer überfüllte Café Rivoire an der Piazza della Signoria, in dem mich ein *caffè macchiato* genausoviel kostete wie ein Abendessen in einer Vorstadttrattoria. Da es nicht im entferntesten möglich ist, in einer Eisdiele oder in einer Pizzeria zu lesen oder zu schreiben (die wenigen gastfreundlichen Enklaven, die offenbleiben), habe ich mich damit abfinden müssen, in meiner Pension im Borgo dei Santi Apostoli zu lesen, im Schweiße meines Angesichts und im ranzigen Licht einer Lampe, die man wohl in der Absicht entworfen hatte, die Lektüre zu erschweren oder den hartnäckigen Leser mit rascher Blindheit zu strafen. Unbequemlichkeiten, die, wie der schreckliche kleine Mönch von San Marco gesagt hätte – eine unerwartete Folge dieses Aufenthalts in Florenz, die ich seinem Biographen Rodolfo Ridolfi zu danken habe, war für mich die Entdeckung, daß der diskreditierte Savonarola letztlich eine interessante Gestalt und womöglich sogar besser war als diejenigen, die ihn verbrannten –, den Geist darauf einstimmen, die Danteschen Qualen während der Höllenwanderung besser zu verstehen, ja sie geradezu nachzuerleben, oder mit der gebotenen Ruhe über die erschreckenden Schlußfolgerungen nachzudenken, die der eiskalte Chronist Machiavelli aus seiner Erfahrung als Beamter dieser Republik in bezug auf den Staat der Menschen und die Regierung ihrer Angelegenheiten gezogen hat.

Geschlossen hat natürlich auch die kleine Galerie in der Santa-Margherita-Straße, wo zwischen einem Optikergeschäft und einem Krämerladen gegenüber der sogenannten Dante-Kirche die Machiguenga-Photographien von Gabriele Malfatti ausgestellt waren. Aber vor ihrer *chiusura estivale* konnte ich sie noch mehrmals besichtigen. Als das magere, bebrillte Mädchen, das die Galerie beaufsichtigte, mich zum dritten Male eintreten sah, teilte sie mir unvermittelt mit, sie habe einen *fidanzato*. Ich mußte ihr in meinem holprigen Italienisch versichern, daß mein beharrliches Interesse an dieser Ausstellung uneigennützig, gewissermaßen patriotisch bedingt sei und nichts mit ihrer Schönheit, sondern allein mit den Photographien Malfattis zu tun habe. Sie hat es mir nicht abgenommen, daß ich diese Bilder aus reiner Sehnsucht nach meinem Land so lange Minuten betrachtete. Und warum vor allem dieses eine, das mit der Gruppe der Indianer, die in einer Stellung ähnlich dem Lotussitz auf dem Boden saßen und versunken jenem gestikulierenden Mann lauschten? Ich bin sicher, sie hat meine Versicherungen nie ernst genommen, daß diese Photographie ein vollendetes Meisterwerk darstelle, etwas, das man langsam genießen müsse, so wie man in den Uffizien *Die Allegorie des Frühlings* oder *Die Schlacht von San Romano* betrachtet. Aber nachdem sie mich zum vierten

oder fünften Mal in der einsamen Galerie gesehen hatte, ließ ihr Mißtrauen schließlich etwas nach, und eines Tages war sie sogar so freundlich, mich zu informieren, daß gegenüber der Chiesa di San Lorenzo jeden Abend »eine Inka-Musikgruppe« mit typischen Instrumenten peruanische Musik spiele: warum ginge ich nicht hin, das würde mich auch an meine Heimat erinnern. (Ich tat, wie mir geheißen, ging hin und entdeckte, daß die Inkas zwei Bolivianer und zwei Portugiesen aus Rom waren, die sich an einer unvereinbaren Mischung aus Fados und *carnavalitos* aus Santa Cruz versuchten.) Vor einer Woche hat die Galerie in der Santa-Margherita-Straße geschlossen, und die magere Brillenträgerin verbringt jetzt ihre Sommerferien in Ancona, bei ihren *genitori*.
Aber diese Photographie brauche ich ohnehin nicht mehr zu sehen. Ich habe sie auswendig gelernt, bis in ihre Einzelheiten, Millimeter für Millimeter. Und ich habe so sehr über sie nachgedacht, daß ich merkwürdigerweise weiß, daß ihre nackten sitzenden Figuren mit dem steif herabfallenden Haar, die Gestalt des stehenden Erzählers und der Horizont aus wirr verzweigten Wipfeln dickstämmiger Bäume unter einer Flut grauer, dickbäuchiger Wolken die dauerhafteste Erinnerung dieses Florentiner Sommers sein werden. Dauerhafter und bewegender vielleicht als die architektonischen und bildnerischen Herrlichkeiten der Renaissance, als das wohlklingende Murmeln der Danteschen Terzine oder die wilden Ritornelle der Prosa Machiavellis (in seinem Fall immer mit luziferischer Intelligenz vereinbar).
Ich bin sicher, daß die Photographie einen Geschichtenerzähler der Machiguengas zeigt. Es ist das einzige, worüber ich nicht den geringsten Zweifel hege. Der Mann, der vor dieser verzückten Zuhörerschaft seine Reden hält, wer könnte er sein, wenn nicht diese Person,

deren Aufgabe es ist, nach Art der Vorväter die Neugier, die Phantasie, die Erinnerung, das Verlangen nach Traum und Lüge des Machiguenga-Volkes zu schüren? Wie hat Gabriele Malfatti es bewerkstelligt, bei dieser Sitzung anwesend zu sein und photographieren zu dürfen? Womöglich existierte die Ursache des Geheimnisses nicht mehr, das die Geschichtenerzähler in der jüngsten Gegenwart umgeben hatte – der zum Machiguenga gewandelte Fremde –, als der Italiener die Region besuchte. Oder vielleicht hat sich die Situation in den letzten Jahren am oberen Urubamba derart rasch gewandelt, daß die Erzähler nicht mehr ihre jahrhundertealte Aufgabe erfüllen, daß sie ihre Authentizität eingebüßt haben und ebenso wie die Ayahuasca-Zeremonien oder die Heilpraktiken der Schamanen in anderen Stämmen zu einer für Touristen organisierten Pantomime geworden sind.

Aber ich bezweifle, daß dem so ist. Das Leben hat sich in dieser Region verändert, gewiß, aber nicht in einer Weise, daß sich der Tourismus verstärkt haben kann. Zuerst tauchten die Ölfördertürme auf und die Lager, für die viele Campas, Yaminahuas, Piros und sicher auch Machiguengas als Tagelöhner eingestellt wurden. Danach oder zur gleichen Zeit begann sich der Drogenhandel wie eine biblische Plage in der Amazonas-Region auszuweiten, mit seinem Netz von Kokapflanzungen, versteckten Labors und Flugplätzen und der logischen Folge: regelmäßige Massaker, Abrechnungen zwischen rivalisierenden kolumbianischen und peruanischen Banden, Abbrennen von Saatfeldern und die Menschenjagden und Razzien der Polizei. Und schließlich – oder vielleicht ebenfalls gleichzeitig, um das Dreieck des Schreckens vollständig zu machen – der Terror und der Gegenterror. Die revolutionären Verbände von Sendero

Luminoso, dem Leuchtenden Pfad, in den Anden einer harten Repression ausgesetzt, sind in den Urwald hinabgewandert und operieren auch in dieser Gegend der Amazonas-Region, die deshalb regelmäßig von der Armee kontrolliert und, wie es heißt, sogar von der Luftwaffe bombardiert wird.
Wie hat sich all das auf das Volk der Machiguengas ausgewirkt? Hat es seinen Zerfall und seine Auflösung beschleunigt? Existieren die Dörfer noch, in denen sie sich vor fünf oder sechs Jahren zusammenzufinden begannen? Diese Weiler haben natürlich zwangsläufig den unaufhaltsamen, störenden Einfluß jener widersprüchlichen Zivilisation erfahren, wie sie repräsentiert wird durch die guten Löhne von Shell oder von Petro Peru, durch die mit Dollar gefüllten Geldschränke des Kokahandels und die Risiken, in die Schlächtereien des Krieges zwischen den Drogenhändlern, Guerrilleros, Polizisten und Soldaten zu geraten, ohne ein Wort von dem zu verstehen, was auf dem Spiel steht. Nicht anders als zu der Zeit, da sie von den Heeren der Inkas heimgesucht wurden, von den spanischen Exploratoren, Eroberern und Missionaren, den Kautschuk- und Holzsammlern der Republik und den Goldsuchern und Einwanderern aus dem Hochland im zwanzigsten Jahrhundert. Für die Machiguengas geht die Geschichte weder vor noch zurück: sie kreist, wiederholt sich. Doch obwohl die Zerstörungen der Gemeinschaft infolge all dieser Entwicklungen sehr groß gewesen sind, ist anzunehmen, daß sich ein großer Teil von ihr angesichts der Wirren der letzten Jahre für den traditionellen Überlebensmechanismus entschieden hat: die Diaspora. Dafür, sich einmal mehr auf den Weg zu machen, wie in ihrem dauerhaftesten Mythos.
Geht in ihrer Mitte – mit dem kurzen Schritt des

Schwimmvogels, der immer die ganze Fußsohle auf den Boden setzt, eine Gangart, die typisch ist für die Menschen der amazonischen Stämme – mein ehemaliger Freund, der ehemalige Jude, ehemalige Weiße und ehemalige westliche Mensch Saúl Zuratas? Ich habe beschlossen, daß er der Geschichtenerzähler auf der Photographie von Malfatti ist. Denn objektiv gesehen kann ich es nicht wissen. Zwar läßt die stehende Gestalt im Gesicht einen dichteren Schatten erkennen – auf der rechten Seite, wo er den Leberfleck hatte –, das entscheidende Merkmal, anhand dessen man ihn identifizieren könnte. Aber auf diese Entfernung kann der Eindruck trügen, es kann sich lediglich um den Schatten der Sonne handeln (das Gesicht ist so zur Seite gewandt, daß das von der entgegengesetzten Seite einfallende Licht der Abenddämmerung jeweils die rechte Seite der Menschen, Bäume und Wolken verdunkelt). Vielleicht bildet die körperliche Erscheinung der Gestalt die zuverlässigste Spur. Obwohl nur aus der Entfernung zu sehen, besteht kein Zweifel: Dies ist nicht der typische Körperbau eines Urwaldindianers, im allgemeinen ein kleinwüchsiger Mensch mit kurzen, krummen Beinen und breitem Brustkorb. Der da spricht, hat einen langgestreckten Körper und, ich könnte schwören, eine sehr viel hellere Haut – er ist nackt von der Taille aufwärts – als seine Zuhörer. Sein Haar weist allerdings den runden Schnitt – ähnlich einer mittelalterlichen Kappe – des Machiguenga auf. Ich habe auch beschlossen, daß dieses unbestimmbare Etwas auf der linken Schulter des Erzählers auf dem Foto ein Papagei ist. Wäre es nicht das natürlichste von der Welt, daß ein Erzähler die Wälder mit einem Papagei als Totem, Gefährten oder Meßdiener durchstreift?

Nachdem ich die Teile des Puzzles hin- und hergewendet und die einen mit den anderen kombiniert habe, passen

sie ineinander. Sie fügen sich zu einer mehr oder minder kohärenten Geschichte zusammen, wenn man sich strikt an das Anekdotische hält und nicht nach dem fragt, was Fray Luis de León »den eigenen und verborgenen Ursprung der Dinge« nannte.
Seit jener ersten Reise, die Mascarita nach Quillabamba zu dem bäuerlichen Verwandten seiner Mutter unternahm, war er in Verbindung zu einer Welt getreten, die sein Interesse weckte und ihn verführte. Was zu Beginn eine Regung intellektueller Neugier und Sympathie für die Lebensgewohnheiten und die Seinsweise der Machiguengas gewesen sein muß, verwandelte sich mit der Zeit, in dem Maße, wie er sie besser kennenlernte, ihre Sprache lernte, ihre Geschichte studierte und begann, ihr Leben während immer längerer Zeiträume zu teilen, in eine Konversion im kulturellen und auch religiösen Sinne des Begriffs, eine Identifikation mit ihren Sitten und Traditionen, in denen Saúl – aus Gründen, die ich erahnen, aber nicht ganz verstehen kann – einen geistigen Halt, einen Antrieb, einen Daseinsgrund, eine Möglichkeit des Engagements fand, die er bei den anderen peruanischen Stämmen – Juden, Christen, Marxisten usw. –, in denen er gelebt hatte, nicht finden konnte.
Die Verwandlung muß sehr langsam vonstatten gegangen sein, sich unbewußt in jenen Jahren vollzogen haben, in denen er Ethnologie an der San-Marcos-Universität studierte. Daß er enttäuscht war vom Studium, daß er in der wissenschaftlichen Haltung des Ethnologen eine Bedrohung für diese primitive und archaische Kultur sah (diese Bezeichnung hätte er zur damaligen Zeit schon nicht mehr akzeptiert), eine Einmischung seitens des zerstörenden modernen Zeitalters, eine Form der Verfälschung, ist etwas, das ich verstehen kann. Die Vorstellung des Gleichgewichts zwischen Mensch und

Natur, das Bewußtsein der Umweltzerstörung durch die Industriegesellschaft und die moderne Technologie, die Aufwertung des Wissens des Primitiven, der gezwungen ist, seinen Lebensraum zu respektieren, wenn er nicht untergehen will, ist eine Anschauung, die in jenen Jahren zwar noch keine intellektuelle Mode darstellte, aber doch schon allenthalben, selbst in Peru, Wurzeln zu schlagen begann. Mascarita muß diese Dinge mit besonderer Intensität erlebt haben, als er mit eigenen Augen die gewaltigen Verheerungen sah, welche die Zivilisierten im Urwald anrichteten, und im Gegensatz dazu die Art und Weise, in der die Machiguengas harmonisch mit der natürlichen Welt zusammenlebten.

Entscheidend für den großen Schritt war zweifellos der Tod Don Salomóns, des einzigen Menschen, mit dem Saúl sich verbunden fühlte und dem gegenüber er die Verpflichtung empfand, Rechenschaft über sein Leben abzulegen. Danach zu urteilen, wie sich seine Haltung im zweiten oder dritten Universitätsjahr veränderte, ist es wahrscheinlich, daß er schon vorher beschlossen hatte, nach dem Tod seines Vaters alles aufzugeben und zum oberen Urubamba zu gehen. Bis hier findet sich noch nichts Außergewöhnliches in seiner Geschichte. In den sechziger und siebziger Jahren – den Jahren der Studentenrevolte gegen das Konsumdenken – verließen viele junge Leute der Mittelklasse Lima, getrieben von einer Mischung aus Abenteuerlust und Unzufriedenheit mit dem Leben in der Hauptstadt, und gingen ins Hochland oder in den Urwald, um dort unter bisweilen sehr prekären Bedingungen zu leben. Eine der Sendungen des »Turm von Babel« – leider zum großen Teil verstümmelt durch die chronischen Anomalien der Kamera von Alejandro Pérez – war eben einer solchen Gruppe von Jugendlichen aus Lima gewidmet, die nach Cusco ausgewandert waren, wo sie durch die Ausübung pittoresker Tätigkeiten überlebten. Daß Mascarita gleich ihnen den Entschluß faßte, auf eine bürgerliche Zukunft zu verzichten und sich auf der Suche nach Abenteuern in die Amazonas-Region zu begeben – die Rückkehr zum Elementaren, zu den Quellen –, hat an sich nichts allzu Überraschendes.

Aber Saúl ging nicht fort wie sie. Er ging, indem er die Spuren seines Fortgangs und seiner Absichten verwischte und diejenigen, die ihn kannten, glauben machte, er ginge nach Israel. Was sonst sollte dieses Alibi des Juden bedeuten, der Alijah macht, als daß Saúl Zuratas bei seinem Fortgang aus Lima bereits unwiderruflich beschlossen hatte, seine Haut, seinen Namen, seine Sitten, seine Tradition, seinen Gott, alles, was er bislang gewesen war, zu wechseln? Offensichtlich verließ er Lima in der Absicht, nicht wiederzukehren und für alle Zeiten ein anderer zu sein.

Wenn es mich auch einige Mühe kostet, kann ich ihm doch bis hierher folgen. Ich glaube, daß seine Identifikation mit der kleinen umherirrenden Randgruppe in der Amazonas-Region, wie sein Vater vermutete, etwas – sehr viel – mit der Tatsache zu tun hatte, daß er Jude war und damit Angehöriger einer Gemeinschaft, die im Verlauf ihrer Geschichte ebenfalls eine umherirrende Randgruppe gewesen war, Paria unter den Gesellschaften der Welt, in denen sie, wie die Machiguengas in Peru, als Fremdkörper lebte, ohne sich zu vermischen oder jemals völlig akzeptiert zu werden. Und gewiß hatte an dieser Solidarität, wie ich ihm gegenüber zu scherzen pflegte, auch jener gewaltige Leberfleck einen Anteil, der aus ihm eine Randexistenz unter den Machiguengas machte, einen Mann, dessen Schicksal immer durch das Stigma der Häßlichkeit geprägt sein würde. Mir leuchtet sogar ein, daß Mascarita sich unter den Anbetern des Geistes des Baumes und des Donners, unter den Ritualisten des Tabaks und des Ayahuasca-Sudes stärker akzeptiert – aufgegangen in einem kollektiven Sein – fühlte als unter den Juden oder Christen seines Landes. Auf eine sehr persönliche und subtile Weise hatte Saúl, indem er zum oberen Urubamba ging, um neu geboren zu werden, seine Alijah gemacht.

Die Schwierigkeit, ihm zu folgen – eine Schwierigkeit, die mich schmerzt und frustriert –, wird freilich unüberwindlich, sobald es sich um die zweite Phase handelt: die Verwandlung des Konvertiten in den Geschichtenerzähler. Natürlich hat mich diese Tatsache an Saúls ganzer Geschichte am meisten bewegt und mich dazu geführt, daß ich ständig an sie denke, sie tausendmal knüpfe und wieder auflöse und daß ich sie schreibe, um mich so von dieser Obsession zu befreien.

Denn seine Verwandlung in einen Geschichtenerzähler hieß, dem nur Unwahrscheinlichen das Unmögliche hinzufügen. Daß jemand in der Zeit zurückgeht, von Hose und Krawatte zu Lendenschurz und Tätowierung, vom Spanischen zu den agglutinierenden, kehligen Lauten der Machiguenga-Sprache, von der Vernunft zur Magie und von der monotheistischen Religion oder dem westlichen Agnostizismus zum heidnischen Animismus, ist gerade noch zu begreifen durch eine gewisse Anstrengung der Vorstellungskraft. Das andere jedoch setzt mir ein Dunkel entgegen, das immer tiefer wird, je mehr ich versuche, es zu durchdringen.

Denn zu sprechen wie ein Geschichtenerzähler spricht, heißt, daß es ihm gelungen ist, das Tiefste dieser Kultur zu empfinden und zu leben, heißt, in ihr Innerstes eingedrungen zu sein, das Mark ihrer Geschichte und Mythologie berührt, ihre uralten Tabus, Reflexe, Wünsche und Schrecken körperlich nachvollzogen zu haben. Heißt, in einer Weise, die fundamentaler nicht sein kann, ein eingewurzelter Machiguenga sein, einer mehr dieses uralten Geschlechts, das bereits zu der Epoche, in der das Florenz, in dem ich schreibe, sein blendendes Feuerwerk von Ideen, Bildern, Bauwerken, Verbrechen und Intrigen veranstaltete, die Wälder meines Landes durchstreifte und die Anekdoten, Lügen, Erfindungen, Klatsch- und Scherzgeschichten mit sich nahm und weitertrug, die aus diesem Volk zerstreuter Wesen eine Gemeinschaft machten und unter ihnen das Gefühl lebendig erhielten, zusammenzugehören, etwas Brüderliches und Verbundenes darzustellen. Daß mein Freund Saúl Zuratas auf alles verzichtet hat, was er war, und zu jemandem werden konnte, der seit mehr als zwanzig Jahren durch die Urwälder der Amazonas-Region zieht und gegen Wind und Wetter – und vor allem gegen die Begriffe der Modernität und des Fortschritts – die Tradition dieses unsichtbaren Geschlechts von wandernden Geschichtenerzählern fortsetzt, ist etwas, an das ich immer wieder denken muß, und wie an jenem Tag, an dem ich es erfuhr, im sternenbesäten Dunkel von Nueva Luz, versetzt es mein Herz in stärkere Aufregung, als Angst oder Liebe es je vermocht haben.

Die Dunkelheit ist hereingebrochen, und auch in der Florentiner Nacht gibt es Sterne, aber sie leuchten nicht so hell wie die Sterne im Urwald. Ich habe das Gefühl, daß mir jeden Augenblick die Tinte ausgeht (die Geschäfte, in denen ich eine Patrone für meinen Füller kaufen könnte, befinden sich natürlich ebenfalls in *chiusura estivale*). Die Hitze ist unerträglich, und das Zimmer in der Pension Alexandra wimmelt vor Mücken, die summend meinen Kopf umschwirren. Ich könnte eine Dusche nehmen und ein wenig hinausgehen, auf der Suche nach Zerstreuung. Möglicherweise weht am Lungarno eine kleine Brise. Wenn ich ihn entlanglaufe, dann mündet der immer schöne Anblick der beleuchteten Uferwege, Brücken und Paläste in ein eher schauriges Schauspiel auf dem Cascine, der am Tage der friedlichen Promenade von Frauen und Kindern und in diesen Stunden Huren, Schwulen und Drogenhändlern als Schlupfwinkel dient. Ich könnte mich unter die von Musik und Marihuana berauschten jungen Leute auf der Piazza del Santo Spirito mischen oder weiter zur Piazza della Signoria gehen, zu dieser Zeit ein bunter Jahrmarkt, wo gleichzeitig vier, fünf und bisweilen zehn Spektakel improvisiert werden: Musikgruppen karibischer Maraca-Spieler und Trommler, türkische Trapezkünstler, marokkanische Feuerschlucker, eine spanische Studentengesangsgruppe, französische Pantomimen, nordamerikanische Jazzmusiker, wahrsagende Zigeunerinnen, deutsche Gitarristen, ungarische Flötisten. Manchmal ist es angenehm, sich in dieser buntscheckigen, jugendlichen Menge zu verlieren. Aber wohin ich heute nacht auch ginge, es wäre vergeblich. Ich weiß, daß ich überall, auf den ockerfarbenen Arno-Brücken, unter den unzüchtigen Bäumen des Cascine oder unter den Muskeln des Neptunbrunnens und der von Taubendreck bedeckten Bronze von Cellinis Perseus, wohin auch immer ich vor der Hitze, vor den Mücken, vor dem Aufruhr meines Geistes fliehen würde, ganz nah, pausenlos, kehlig, unvordenklich, jenen Machiguenga-Erzähler hören werde.

Florenz, Juli 1985
London, 13. Mai 1987

DANKSAGUNG

Wie alle Romane, die ich geschrieben habe, verdankt auch dieser viel der bewußten oder unbewußten Hilfe verschiedener Institutionen und Personen. Erwähnen möchte ich besonders das Sommerinstitut für Linguistik, die Dominikanermission am Urubamba und das CIPA (Forschungszentrum für die Förderung der Amazonas-Region) und ihnen für die Gastfreundschaft danken, die sie mir im Urwald gewährten; Vicente de Szyszlo und Luis Román, die mir so gute Reisegefährten in der Amazonas-Region waren, und Padre Joaquín Barriales, O. P., der viele Lieder und Mythen der Machiguengas gesammelt und übersetzt hat, die in meinem Buch erscheinen.